野，对江湖诗集的文献考辨也有所推进。胡念贻指出四库本
《江湖小集》混杂着并非陈起书棚本的小集，这是一个非常重要
的发现①。但胡先生认为这是因为陈起编书时收入了同时代其他
人刊刻的集子，则没有充分考虑陈起是"编刻"而非"编书"，
即使采用已经其他人刊刻的集子为底本，版式上也必与同系列的
江湖小集相同。与胡先生观点不同，费君清指出四库本《江湖
小集》存在一些江湖诗案后成书的小集、陈起去世以后成书的
小集，以及几部明显并非陈起刊刻的小集，是因为四库本《江
湖小集》并非陈起编刊的《江湖集》。他还注意到《永乐大典》
所引江湖诸集，认为是宋元时期藏书家撷拾旧本，将不同时期、
地点刊刻的江湖诗人小集汇聚成编，并非出自陈起编刊②。罗鹭
详细考证了江湖诸集的原本面貌，指出江湖诸集包含有普通形式
的总集和小集汇编形式的总集③；又指出台北"国家图书馆"收
藏的宋刊本《南宋群贤小集》由陈起刊书棚本、版式行款与书
棚本相同但没有牌记的小集、非书棚本小集三类版本构成，进而
提出形成该辑本的两种可能性：一是明末清初藏书家汇编《南
宋群贤小集》时，混入了少数其他地区刊刻的诗集；二是宋元

---

① 胡念贻：《江湖前、后、续集的编纂和流传》，《文史》第十六辑，中华书局1982年，第229—240页。
② 参见费君清博士论文《江湖派考论》（浙江大学1998年）以及公开发表的《论〈江湖小集〉非陈刻〈江湖集〉》（《文学遗产》1989年第3期）、《论〈江湖集〉的历史真相》（《中国人文社会科学博士硕士文库续编·文学卷上》）等系列论文。
③ 罗鹭：《〈江湖前、后、续集〉与〈江湖集〉求原》，《新国学》2010年第八卷。

统六年（1441）杨士奇等编撰的《文渊阁书目》中记载有《中兴江湖集》三部，分别为十册、十五册、五十二册，皆为阙本。万历三十三年（1605）张萱等编撰的《内阁藏书目录》中不再著录，当因明中期以后内阁藏书管理不善而流散出去①。晁瑮《宝文堂书目》中著录"《江湖前、后、续集》宋刻"和"《中兴江湖集》"二种，恰可证明已被私人藏书家所得。到了明末以后，宋刻《江湖前、后、续集》和《中兴江湖集》便不再见诸记载，只有《前贤小集拾遗》一直流传至今。

　　明末清初以来，在学者、藏书家中流传着数量多达五六十种的宋人小集。学者们各自搜集、汇聚，遂形成数量多寡不等、内容参差不齐，命名为"南宋群贤小集"、"群贤小集"、"宋人小集"之类的辑本。在搜集、汇聚宋人小集时，有的学者意识到这些小集与陈起刊刻的江湖诗集有所关联，将辑本题为"陈起编"。《四库全书》中收入的六十二家宋人小集辑本，便是题为"江湖小集　陈起编"。今人根据这些宋人小集辑本来确定江湖诗派成员的名单或研究陈起刻书情况，例如张瑞君用四库本《江湖小集》作为统计江湖诗派成员的文献依据②；张宏生也用十二种宋人小集辑本作为考证江湖诗派成员的文献依据③。

　　二十世纪八九十年代以来，伴随着江湖诗派进入研究者的视

① 明代宫廷藏书的流散，可参考张升《明清宫廷藏书研究》第五章，商务印书馆 2006 年，第 119—128 页。
② 张瑞君：《〈江湖集〉〈江湖前后续集〉的刊行及江湖派的鉴定》，《文献》1990 年第 1 期。
③ 张宏生：《江湖诗派成员考》，《江湖诗派研究》附录，中华书局 1995 年。

人曾极、敖陶孙同被流放，史称"江湖诗案"。诗案解禁之后，陈起刊刻的同时代诗人小集仍沿用"江湖"二字来命名，先后编成《江湖前集》、《江湖后集》、《江湖续集》。"江湖"二字，亦被用来命名与之密切相关的诗人群体和诗歌流派。

陈起父子刊刻了大量江湖诗人的集子。这些集子既可散之而为小集，也可汇之而为总集，以多种形式流行于世。江湖诗集刊刻之所以能够成功地实现商业化经营，其运作方式值得引起注意。为了节约成本、促进流通，陈氏书籍铺刊刻的诗集大多篇幅短小，只有一至数卷，由诗坛名家、诗人自己或陈起本人从诗稿中精选而成。精选的小集代表了江湖诗人作品中最优秀的部分，也从某种程度上体现了诗坛名家的审美趣味，比较容易取得良好的市场效应。在陈氏父子的推动下，最终出现"诗料满天地，诗人满江湖，人人为诗，人人有集"（刘克庄《跋毛震龙诗稿》）的盛况。陈起也因为对诗歌出版事业的贡献，在江湖诗人之中有了"定南针"的美誉。

从诗歌发展的角度来看，诗集的刊售对南宋后期的诗风转向起到推波助澜的作用，可以说是出版业与文学发展完美结合的一个案例。

陈氏书籍铺在南宋覆灭之后肆毁人亡，元代以后陈起父子刊刻的江湖诗集罕见有人提及。明成祖年间编纂的《永乐大典》中引录了《中兴江湖集》（被省称为《江湖集》）、《江湖前、后、续集》（此三种也被省称为《江湖集》）、《前贤小集拾遗》等九种名目的江湖诗集。《永乐大典》所引为明代内阁藏书，正

前　言

　　南宋中后期，由于科举取士名额和仕途晋升途径收紧，许多诗人不得不为了谋生而四处奔走。从都城临安、地方官府到边境幕府，都有很多诗人在频繁活动。他们交游甚密，互相唱和，缔结诗社，形成一道独特的文学景观。

　　这些诗人居于社会中下层的地位，又多有漫游各地的经历，故被称为"江湖诗人"。"江湖诗人"群体没有固定的组织和活动方式，也没有共同的诗学观念，但受到当时风气的影响，大多数人紧随"永嘉四灵"之后，以晚唐姚合、贾岛诗歌为师法对象，诗风清浅近俗，与江西诗派生新艰涩的风格形成鲜明对比，被后世称为"江湖诗派"。

　　"江湖诗人"、"江湖诗派"之得名，也与南宋临安陈起、陈续芸父子的刻书活动有关。陈起父子在棚北大街睦亲坊巷口经营书籍铺长达六十多年，以刊刻、售卖诗集作为主要经营方向，与寓居都城的各地"江湖诗人"多有交往。陈起刊刻的唐宋诗集中，最具影响力的是《中兴江湖集》。这部诗集在宝庆元年（1225）引发了一场文字狱案件，导致诗版被劈，陈起与涉案诗

王媛 著

南宋江湖诗研究

上海古籍出版社

国家社会科学基金一般项目
"江湖诗集整理与研究"（17BZW129）成果

目　录

湖诗了。可能宋人类书、诗话中也有少量江湖诗人佚诗,那需要
长时间的搜集和积累。

四十多年前,胡念贻先生曾说过:"从顾修读画斋以来将近
二百年,没有人对此书重新加以整理刊印。今天读画斋本流传已
少,一般已不易见到。研究宋诗的人,多么希望得到此书的新的
版本!"① 但至今仍未出现整理本。期待在不久的将来,这方面
的工作可以得到推进。

---

① 参见《江湖前、后、续集的编纂和流传》。

第一章

南宋刻书家陈起事迹考辨

第一节　陈起与陈宅书籍铺

临安是南宋的政治、经济、文化中心。耐得翁《都城外纪》"三教外地"载："都城内外自有文武两学，宗学、京学、县学之外，其余乡校、家塾、舍馆、书会，每一里巷须一二所，弦诵之声往往相闻。"① 这里不仅教育资源丰富，也是全国刻书业最发达的地区之一。城里书坊有猫儿桥河东岸开笺纸马铺钟家、太庙前尹家书籍铺、杭州众安桥南行东贾官人宅开经籍铺、棚北大街睦亲坊陈宅书籍铺、鞔鼓南河西岸陈宅书籍铺、钱塘门里车桥南大街郭宅经铺、中瓦南街东荣六郎家书籍铺、棚前南街西王念三郎经坊、中瓦子张家……众多书坊的存在彰显着临安地区文化

---

① 耐得翁撰，汤勤福整理：《都城纪胜》，《全宋笔记》第 88 册，大象出版社 2019 年，第 19 页。

重新修葺这所宅院还需要栌与楣、栋与椽，所以诗歌的末尾在感谢郑清之馈赠之余，还表达了继续求助之意。

将身体比喻为宫室并非陈起的创意，《道德经》第五十二章载："塞其兑，闭其门，终身不勤；开其兑，济其事，终身不救。"老子认为身体如同宫室，主张塞其嗜欲之孔穴，关闭贪求之门径。陈起巧妙地沿用了这个比喻而略加改变，使整首诗歌略具自我调侃的意味，从中也可以感受到他既珍视生命而又对生死颇为豁达的态度。

在欣赏诗歌的奇思妙想之余，我们注意到陈起写这首诗的时候已在宅院"居来七十年"，也就是说他此时至少已有七十岁。而郑清之卒于淳祐十一年（1251），假设赠药是在郑清之去世之年，则陈起应该生于淳熙九年（1182）。如果赠药时间提前，陈起生年更当往前推。

陈起的卒年，张瑞君先生曾据作于宝祐第三春（1255）的张至龙《雪林删余自序》："芸居先生就摘稿中拈出律绝各数首，名曰删余。"（《雪林删余》卷首）而编定于宝祐丙辰（1256）良月望日的释斯植《采芝集》中有《挽芸居秘校》，从而推定陈起死于宝祐三年至宝祐四年十月十五日之间①。这个结论是可靠的。以此推算，陈起的寿命当在七十五岁左右。

---

① 张瑞君：《〈江湖集〉〈江湖前后续集〉的刊行及江湖派的鉴定》，《文献》1990 年第 1 期。

二、陈宅书籍铺的位置

陈起与许多诗人有过交游唱和，友人的赠答诗中曾描写到陈宅书籍铺的经营情况。赵师秀《赠陈宗之》诗云：

> 四围皆古今，永日坐中心。门对官河水，檐依绿树阴①。每留名士饮，屡索老夫吟。最感书烧尽，时容借检寻。（《清苑斋集》）

赵师秀字紫芝，号灵秀，永嘉（今浙江温州）诗人。宋太祖八世孙，绍熙元年（1190）进士。庆元元年（1195）任上元主簿，后为筠州推官。晚年寓居钱塘，嘉定十二年（1219）卒于临安。这首赵师秀晚年所作的诗描述了陈起书铺早期经营的实况：书籍铺中四壁摆放着书柜，插架皆为古今书籍，主人的柜台设在书铺中央；诗中还描写书籍铺门外是官河，河边高大的树木为商铺带来一片绿荫。此景致在其他诗人酬赠中也提到过。如许棐《赠陈宗之》："六月长安热似焚，廛中清趣总输君。买书人散桐阴

---

① 方回《瀛奎律髓》卷四十二"寄赠类"将此诗题为"赠卖书陈秀才"，并且"檐依绿树阴"被改成"檐依柳树阴"，陈起书籍铺门口栽种的绿树变成了柳树。（方回著、李庆甲集评校点：《瀛奎律髓汇评》，上海古籍出版社 1986年，第1503页）然从同时诗人赠答来看，陈宅书籍铺门口栽种的并非柳树，而是桐树。如黄顺之《赠陈宗之》："羡君家阙下，不踏九衢尘。万卷书中坐，一生闲里身。贪诗疑有债，阅世欲无人。昨日相思处，桐花烂漫春。"（《前贤小集拾遗》卷二）赵师秀决不至于连柳树和桐树都不能区分，故原诗当作"檐依绿树阴"，才合乎陈起书籍铺附近的景致。

胜流。我堕寂寞滨，嵌岩一筇秋。"（《东斋小集》）此诗赠与陈起兼简敖陶孙，诗中有"万人海"一词，说明江湖诗案之前陈起已经搬迁到睦亲坊。

陈起的刻书事业主要发生在搬迁至睦亲坊之后，除了早期交往的诗人，大量赠诗中提及的陈氏书籍铺均指睦亲坊书籍铺。陈书良提出："诗祸平反后，'心雕鬓改'的陈起从流放地回到临安，复出重操旧业……书肆亦重建，由平房而变成高楼。"① 这里关于陈起重建新居的推断是合理的。吴文英《丹凤吟·赋陈宗之芸居楼》词云：

> 丽景长安人海，避影繁华，结庐深寂。灯窗雪户，光映夜寒东壁。心雕鬓改，镂冰刻水，缥简离离，风签索索。怕遣花虫蠹粉，自采秋芸熏架，香泛纤碧。　　更上新梯窈窕，暮山澹著城外色。旧雨江湖远，问桐阴门巷，燕曾相识。吟壶天小，不觉翠蓬云隔。桂斧月宫三万手，计元和通籍。软红满路，谁聘幽素客。②

吴文英来游书肆时，陈起邀请他登楼远眺，观看城外山色以及楼下绿桐成荫的美丽风景。这说明经修葺过的新屋至少有两层以上。夏承焘《唐宋词人年谱·吴梦窗系年》将这首词系于淳祐

---

① 陈书良：《江湖——南宋"体制外"平民诗人研究》，中国国际广播出版社2013年，第114页。

② 孙虹、谭学纯校笺：《梦窗词集校笺》，中华书局2014年，第389页。

十一年（1251）吴文英初交陈起时①，但并没有充分证据。笔者认为，吴文英自淳祐三年（1243）开始在杭州寓居，长达十年之久，而竟到淳祐十一年才与陈起相识，似不合情理，其作年应该提前。

睦亲坊因宋高宗一系的宗室成员多迁居于此而得名，其西面设有宗学，是宗室子孙接受教育的地方，因此又称为"宗学巷"②。睦亲坊邻近宗学，往北过了众安桥和观桥，西侧便是主持省试的礼部贡院。可以想见，这里的文化氛围是比较浓厚的。

棚北大街则未见于《京城图》。事实上，除了陈起刻书牌记之外，南宋史书、方志中并未见到任何关于"棚北大街"的记载。御街东北面有一座著名的棚桥，附近的坊巷多以"棚"命名，例如戒民坊又称"棚桥巷"，东侧的定民坊又称"中棚巷"，众乐坊又称"南棚巷"。《（咸淳）临安志》卷十九《府城》"左二厢"载："定民坊，戒民坊相对，俗呼中棚巷。睦亲坊，定民坊相对，俗呼宗学巷。以上并在北御街西首一带。"可见，"棚北大街"应该不是正式地名，如同其他"俗呼某某巷"的称谓一样，是市井百姓对棚桥西面御街北段的通俗叫法。陈起似乎更习惯使用"棚北大街"此一俗称，其刻书牌记只称"棚北大街"，从未出现"御街"的称谓。这应该也是出于现实的考虑，

---

① 夏承焘：《唐宋词人年谱·吴梦窗系年》，商务印书馆 2021 年，第 430 页。
② 施谔：《（淳祐）临安志》卷七《坊巷》所载左二厢坊市有"睦亲坊"，注"宗学巷"。清嘉庆间宛委别藏本，卷七，第 3a 页。吴自牧《梦粱录》卷七"禁城九厢坊巷"条："左二厢所管坊巷……定民坊即中棚巷，睦亲坊俗呼宗学巷。"浙江人民出版社 1980 年，第 60 页。

《芸居吟稿》、《芸居乙稿》也由此命名，其子号"续芸"也是得自于此。"芸居"二字应得自书楼名称，后来人们习惯以此代替"芸窗"来称呼他。陈起编刊的《群贤小集拾遗》五卷中收录了多首诗友投赠的诗歌，皆称其为"陈宗之"，这部诗稿收录的作者都是陈起的前期交游，至淳祐中后期交游的诗人胡仲弓、释斯植、武衍等多称其为"芸居"，可见陈起号芸居由楼名而来，而非楼以其号命名。之所以不避繁琐，是因为弄清楚这个前后关系比较重要，陈起以"芸居"命名的自刻诗集以及江湖诗人称其为"芸居"的赠诗，也可由此鉴定为后期的作品。

四、陈续芸：陈宅书籍铺的继承人

陈起死后，他的儿子继承了书籍铺，继续从事江湖诗集的编刊工作。南宋后期江湖诗人提及陈起儿子，都称其为"续芸"。"芸居"为陈起的号，"续芸"乃承续芸居之意，应该是号非名。

陈续芸可能是陈起中年以后才生的儿子，因为到陈起去世的时候，他还没什么主持书铺经营的经验。周端臣《挽芸居》诗云："诗思闲逾健，仪容老更清。遽闻身染患，不见子成名。易箦终昏婆，求棺达死生。典型无复睹，空有泪如倾。"（四库本《江湖后集》卷三）这里颇以陈起去世时儿子尚未成名为憾，可知其时陈续芸年齿尚浅。

陈起生前已有意识地培养儿子继承自己的书铺经营之业。方回《瀛奎律髓》卷四十二赵师秀《赠卖书陈秀才》注云："陈起字宗之，睦亲坊卖书开肆。予丁未至行在所，至辛亥凡五年，犹

识其人，且识其子。今近四十年，肆毁人亡，不可见矣。"① 陈
起卒于宋理宗宝祐三年（1255）至四年（1256）十月之间。方
回在临安府的时间是淳祐七年（1247）至十一年（1251），期间
曾访问陈宅书籍铺，他专门提及陈续芸，说明陈起曾特意介绍儿
子与其相识，故能给他留下一些印象。

不过，陈续芸独立主持刊书，应该是在陈起去世之后，因为
据张至龙《雪林删余》自序，宝祐三年（1255）陈起仍然是书
铺的主持人，陈续芸尚未独立主持书铺，独立主持刻书事务应是
在陈起去世以后。

从现存文献看来，陈续芸继承父业之后颇能发扬光大。他不
仅继续维持与江湖诗人的交往，同时江湖诗集的编刊工作也很顺
利地进行着。江湖诗集中收录的小集有不少成书于陈起去世之
后。例如李龏为毛珝《吾竹小稿》作序时在理宗宝祐六年
（1258），林希逸为刘翼《心游摘稿》作序时在理宗景定辛酉
（1261），二集都是陈起死后才刊行。朱继芳有《静佳龙寻稿》
和《静佳乙稿》两种小集，陈起《芸居乙稿》中有《适安夜访
读静佳诗卷》一首，可见其《龙寻稿》当为陈起刊刻。而《静
佳乙稿》中有《挽芸居》和《赠续芸》二诗，《赠续芸》云：
"谁谓芸居死，余香解返魂。六丁将不去，孤子续犹存。"可见
此集编成时陈起已经去世，应该是由陈续芸主持刊刻的。又胡仲
弓《苇航漫游稿》。集中有《为续芸赋》云："芸居老衣钵，付
与宁馨儿。旧种无多叶，生香不断枝。折芳归艺圃，剩馥入诗

① 《瀛奎律髓汇评》，第 1503 页。

牌。粉省他年事，清名当自期。"可知其集也是编成于陈起去世之后，应当由陈续芸刊刻。胡仲弓称赞陈续芸在刻书方面贡献甚大，无愧家声。又释斯植《采芝集》中有《挽芸居秘校》，应当编刊于陈起去世之后。又周弼《端平诗隽》，该集亦属《江湖续集》之一种，宝祐五年（1257）李龏为周弼《端平诗隽》作序云："因摘其坦然者兼集外所得者近二百首，目曰《端平诗隽》，俾万人海中续芸陈君书塾入梓刻行。"①序中已经交代此集乃陈续芸刊刻。辑录自《永乐大典》的四库本《江湖后集》中，还载有周端臣佚诗《挽芸居二首》，以及黄文雷佚诗《挽芸居》二首，说明周端臣《葵窗集》是陈起去世之后才刊刻的。黄文雷有《看云小集》，挽诗并不在其中，由此可知，他除了现存的小集之外，尚有一部收入于江湖诗集但已经亡佚的小集，这部诗集刊于陈起去世之后。

南宋后期大量江湖诗人小集刊刻流传，刘克庄描述当时的情形为"诗料满天地，诗人满江湖，人人为诗，人人有集"（《跋毛震龙诗稿》）②，这里面有陈续芸很大的功劳。当时江湖诗人盛赞其能承继父业，并非虚誉。江湖诗集中收录的刘翼《心游摘稿》，卷首有林希逸序，作于理宗景定辛酉（1261），已经是江湖诗案的三十六年之后，这是所能知道的江湖诗集刊刻的时间底限。在陈续芸主持书铺经营的十数年后，蒙古大军攻陷临安。元世祖至元十六年（1279）南宋被灭，方回于至元二十年

---

① 曾枣庄、刘琳主编：《全宋文》第 343 册，上海辞书出版社、安徽教育出版社 2006 年，第 260 页。
② 刘克庄著，辛更儒笺校：《刘克庄集笺校》，中华书局 2011 年，第 4539 页。

（1283）撰的《瀛奎律髓》中说陈宅书籍铺已经"肆毁人亡"。

纵观陈起父子的人生，经历了几次重要的政治转向，先后由韩侂胄、史弥远、郑清之、吴潜、贾似道等执掌政权。不同执政者对诗坛采取不同的态度和措施。庆元诗禁是陈起生命中的重大挫折，所幸时间非常短暂，并没有造成太大的阻滞。伴随着王朝命运的终结，不仅陈氏书籍铺的结局令人唏嘘，许多江湖诗人在宋元易代之后都不知所踪，再无作品流传，只剩这些诗集在默默彰显一个时代的文学景观。

五、陈起父子刊刻的唐诗

南宋的书业经营有两种情况：一是以刻书为主，刻完以后靠租赁板片或批量售卖印本而获得利润，如福建麻沙一带书坊所刻书籍行于天下；二是兼具出版和零售两项职能，自己编纂书籍或选取他人编撰的书籍加以刊刻并自行售卖，临安地区的书籍铺多采取这种方式。

出于商业经营的需要，有的书坊主人刻意选择某类书籍作为刊刻对象，逐渐形成特色。陈起刊刻的书籍以诗集为主，周端臣《挽芸居》中称其"字画堪追晋，诗刊欲遍唐"①，蒋廷玉《赠陈宗之》则谓："经营一室面清波，不是儒衣不见过。南渡好诗都刻尽，中朝名士与交多。"② 分别提到陈起刊刻大量唐、宋诗

---

① 陈起：《芸居乙稿·附录》，清光绪年间钱塘丁氏刻《武林往哲遗书》本，第4b页。
②《诗渊》，书目文献出版社1993年，第518页。

集的贡献。下面略以唐集为例，简单介绍陈起刻书的情况。

由于陈起在出版史和诗歌史上的地位，学界从不缺乏对其刻书的关注。但由于版本鉴定的不易，过去对陈起刊刻书籍的记载往往存在数量和种类的差别。经过黄韵静、罗鹭的相继考证，陈起刊刻书籍的名目基本比较清晰。其中有睦亲坊陈宅书籍铺印记而能够确切判断为陈起刊刻的唐人诗集有十六种①：

1. 常建《常建诗集》二卷（国家图书馆、台北故宫博物院藏）。卷上之末有印记"临安府棚北大街睦亲坊南陈宅刊印"一行。

2. 朱庆余《朱庆余诗集》一卷（国家图书馆藏）。卷末有印记"临安府睦亲坊陈宅书籍铺印"一行。

3. 周贺《周贺诗集》一卷（国家图书馆藏）。卷末有牌记"临安府棚北睦亲坊南陈宅书籍铺印"一行。

4. 鱼玄机《唐女郎鱼玄机诗》一卷（国家图书馆藏）。卷末有"临安府棚北睦亲坊南陈宅书籍铺印"一行。

5. 王建《王建诗集》十卷（国家图书馆、上海图书馆藏）。卷末有牌记"临安府棚北睦亲坊巷口陈解元宅刊印"。

6. 李成用《李推官披沙集》（台北"中央研究院"傅斯年图书馆藏），卷首绍熙四年杨万里序后有"临安府棚北大街陈宅书籍铺印行"一行。

---

① 具体数量与名目，因为鉴定的方法和标准不同，诸家统计结果也各不相同。十六种为笔者统计结果。

7. 李群玉《李群玉诗集》三卷《后集》五卷（台北"中央研究院"傅斯年图书馆藏），卷首第三页有"临安府棚前睦亲坊南陈宅书籍铺刊行"一行。卷五第四页有"临安府棚北大街睦亲坊南陈解元宅书籍铺印"一行。

8. 李中《碧云集》三卷（台北"中央研究院"傅斯年图书馆藏），目录后有"临安府棚北睦亲坊南陈宅书籍铺印"一行。

9. 罗隐《甲乙集》十卷（国家图书馆藏），目录后有"临安府棚北睦亲坊南陈宅书籍铺印"一行。

10. 高适《高常侍集》（日本东京大东急纪念文库藏），此本据孙钦善先生所言有"临安府睦亲坊南陈宅经籍铺印"牌记①。

11. 许浑《丁卯集》，宋刻原本已佚，国家图书馆藏明《唐四十七家诗》影宋钞本上有"临安府睦亲坊南陈宅书籍铺印"一行。

12. 张蠙《张蠙诗集》。《铁琴铜剑楼藏书目录》卷十九："《张蠙诗集》一卷，旧抄本……此从宋本写出，止有一卷，卷末有'临安府棚北大街睦亲坊南陈宅书籍铺印行'一行。"②

13. 孟郊《孟东野集》十卷。丁丙《善本书室藏书志》卷二十五"孟东野诗集十卷"条载："陆存斋《仪顾堂续

---

① 转引自罗鹭：《宋元文学与文献论考》，第50页。
② 瞿镛：《铁琴铜剑楼藏书目录》，上海古籍出版社2000年，第526页。

跋》载藏汲古阁影宋精本，题衔作'平昌'不作'武康'，与此同。后有宋敏求题，题后有'临安府棚前北睦亲坊南陈宅经籍铺印'一行。"① 可知陈起曾刊刻过《孟东野集》无疑。

14. 司空曙《唐司空文明诗集》。明抄《唐四十七家诗》本卷末有"临安府棚北睦亲坊南陈宅书籍铺印"一行。

15. 郎士元《郎士元诗集》。明抄《唐四十七家诗》本卷末有"临安府棚北睦亲坊南陈解元宅书籍铺印行"一行。

16. 李龏《唐僧弘秀集》（台北"国家图书馆"、北京大学图书馆藏），序后有"临安府棚北大街睦亲坊南陈解元宅书籍铺刊行"一行。

以上是有牌记能够说明确为陈起刊刻的唐人集子②。清代以来不少版本学家从版式、行款的角度来判断书籍的刊刻者，有的宋刻本虽没有"棚北大街睦亲坊陈宅书籍铺"印记，由于版式、行款、字体与陈起刊本非常相似，也被判定为陈起刊刻。列举如下：

1. 韦应物《韦苏州集》十卷《拾遗》一卷。今存宋本

---

① 丁丙著，曹海花点校：《善本书室藏书志》，浙江古籍出版社 2016 年，第 1025 页。
② 许浑集虽无宋刻，但明代的影宋钞本上牌记应为如实抄录，且该本行款为半页十行十八字，与陈起刊刻的其他诗集相同，因此可以判定陈起确曾刊过《丁卯集》。

二种，皆为半页十行，行十八字。其一刻于乾道七年（1171）平江府学。另一本为宁宗以后刻本。杨绍和《楹书偶录》卷四"宋本《韦苏州集》十卷六册"："岁辛亥，获此本于袁江。每半页十行，行十八字。与余前收黄复翁藏本《唐山人诗》款式正合，即《百宋一廛赋注》所谓'临安府睦亲坊南陈氏书棚本'也。"① 丁丙《善本书室藏书志》卷二四"韦苏州集十卷拾遗一卷"："此前四卷，宋刊本，每半页十行，行十八字，当即棚本行款。"② 陆心源《仪顾堂续跋》卷一二《宋椠〈浣花集〉跋》："每叶二十行，每行十八字，与临安睦亲坊陈宅本《孟东野集》行款、框格皆同，当亦南宋书棚本也。宋刊存卷四至十云云。"③ 诸家著录皆据行款认为韦集为陈起所刻。

2. 贾岛《贾浪仙长江集》七卷。丁丙《善本书室藏书志》卷二五即云："《贾集》，宋刻每叶二十行，行十八字，藏扬州阮氏。汲古影宋本，则藏士礼居。盖即书棚本也。"④（考黄丕烈《士礼居藏书题跋记》所载《长江集》题跋，并未断为书棚本。）

3. 唐求《唐求诗集》一卷。杨绍和《楹书偶录》卷四"宋本《唐求诗集》一卷一册"："此本与《韦苏州集》同

---

① 《藏园批注楹书偶录》，第 175 页。
② 《善本书室藏书志》，第 995 页。
③ 陆心源著，冯惠民整理：《仪顾堂书目题跋汇编》，中华书局 2009 年，第 418 页。
④ 《善本书室藏书志》，第 1027 页。

一行式，皆临安府棚北大街睦亲坊南陈宅书籍铺刊行，所谓书棚本是也。"① 丁丙也认可这个观点。王国维《两浙古刊本考》直接著录此书有"临安府棚北大街睦亲坊南陈宅书籍铺印"②，其实国图所藏宋刻本上并没有牌记。

4.《于濆诗集》一卷，王国维《两浙古刊本考》载为陈宅书籍铺刊刻。③

5. 张籍《张司业诗集》三卷（残存中下二卷），宋本藏于台北"国家图书馆"，馆藏目录据行款格式定为南宋临安陈宅书籍铺刊本。

6. 韦縠《才调集》十卷。钱曾《读书敏求记》卷四："余藏《才调集》三：一是陈解元书棚宋椠本，一是钱复真家藏旧钞本，一是影写陈解元书棚本。"④ 今传宋本前五卷为刻本，版式为半页十行，行十八字，与陈起刊书相似，钱氏或以此断为陈起刊本。

7.《杜审言诗集》一卷《皇甫冉诗集》二卷《岑嘉州集》八卷（残存四卷）。据杨绍和《楹书偶录》卷四载，以上三种三本，旧与书棚本《常建诗集》合为四册。《常建诗集》有陈宅书籍铺刊刻印记，此三种则无，但版式行款字

① 杨绍和撰，傅增湘批注，朱振华整理：《藏园批注楹书偶录》，中华书局2017年，第198页。
② 王国维著，黄爱梅点校：《两浙古刊本考》，《王国维全集》第七卷，浙江教育出版社2009年，第34页。
③《两浙古刊本考》，第34页。
④ 钱曾：《读书敏求记》，书目文献出版社1984年，第143页。

体相近，罗鹭断其"当是书棚本"。①

8.《于武陵诗集》一卷。吴师道《吴礼部诗话》载《唐百家诗选》后评语："李端、于武陵集，钱塘陈氏刊行，才各百余首，仅是断稿耳。"② 罗鹭认为"钱塘陈氏"当指陈起，说明《李端集》和《于武陵集》有书棚本，而明抄《唐四十七家诗集》本作十行十八字，底本应即陈起刻本。③

9.《储嗣宗诗集》一卷《文化集》一卷《林宽夫集》一卷。上海图书馆藏明末抄本《唐人小集》合钞此三种与《张蠙诗集》，皆为十行十八字，罗鹭认为应该都是出自书棚本。④

以上诗集虽无牌记，但结合其他方面的信息，大致可以推断出自陈起的刊刻。此外，还有多种半页十行十八字的唐宋诗集在疑似之间。总的来说，判定古籍刊刻者的方法主要依靠牌记、序跋、版式等信息。牌记、序跋中的刊刻者信息是确凿可信的，版式字体作为版本鉴定依据也有一定的合理性，但若没有牌记或其他文字作为佐证，则尚未有十足的说服力。即以陈起刻书而言，陈起刻书普遍采取"半页十行十八字"的版式，字体以柳体为主，但现存宋刻本采用这种版式行款，而能够确定不是陈起刊刻的书籍也有不少，因此，在没有牌记或序跋印证的情况下，论断尚需谨慎。

① 罗鹭：《宋元文学与文献论考》，复旦大学出版社2020年，第51页。
② 王步高主编：《唐诗三百首汇评》，凤凰出版社2017年，第782页。
③ 罗鹭：《宋元文学与文献论考》，第58—59页。
④ 罗鹭：《宋元文学与文献论考》，第59页。

六、陈起刻书不应称"书棚本"

　　清代以来，藏书家将陈起刊刻的书籍称为"棚本"或"书棚本"。这个概念最早见于钱曾《读书敏求记》卷四：

　　　　《才调集》十卷。余藏《才调集》三：一是陈解元书棚宋椠本，一是钱复真家藏旧钞本，一是影写陈解元书棚本。闲尝论之，韦谷选此集，每卷简端题古律杂歌诗一百首，概绝句于律诗中。南宋人不复解此。今之诗家，并不知绝句是律矣。格律之间，溯流穷源，未免有诗亡之叹。①

　　此后黄丕烈《士礼居藏书题跋记》、丁丙《善本书室藏书志》、瞿镛《铁琴铜剑楼书目》、杨绍和《楹书隅录》、陆心源《皕宋楼藏书志》等大藏书家皆使用此一概念。杨守敬《日本访书志》卷十四"李推官披沙集六卷"条载："后有'临安府棚北大街陈宅书籍铺印行'，世谓之府棚本。"② 这里以"府棚本"代替"书棚本"，则又出现一新概念。

　　实际上，宋代临安府中并没有所谓的"书棚"。《（咸淳）临安志》中将临安城划分为"厢界—坊巷—市"，各厢之中为坊巷，都城内外有市、行、团、瓦子等商业经营场所，但书肆并不

────────────

① 钱曾：《读书敏求记》，书目文献出版社 1984 年，第 143 页。
② 杨守敬：《日本访书志》，《国家图书馆藏古籍题跋丛刊》（第 23 册），北京图书馆出版社 2002 年，第 221 页。

集中在一个场所之中，也未见以"棚"作为书肆的称呼。

宋人也从未将包括陈起在内的书坊刻书称为"书棚"刊刻。陈振孙《直斋书录解题》中记载了很多宋代书坊编刊之书，卷二："《尚书精义》六十卷，三山黄伦彝卿编次，或书坊所托。"卷五："《高宗孝宗圣政编要》二十卷，《高宗圣政》五十卷《孝宗圣政》五十卷，乾道淳熙中所修，皆有御制序，此二帙书坊钞节以便举子应用之储者也。《孝宗圣政》十二卷，亦书坊钞节，比前为稍详。"卷八："《宝刻丛编》二十卷，临安书肆陈思者云云。"卷十一："《碎录》二十卷《后录》二十卷，温革撰，陈昱增广之。《后录》者，书坊增益也。"卷十二："《万历会同》三卷（原注：案《文献通考》作三十卷），陈从古撰，以前书（指《三历会同》）推广之，书坊售利之具也。"又："《五星三命指南》十四卷，亦不知名氏，大抵书坊售利，求俗师为之。"卷十四："《书苑菁华》二十卷，临安书肆陈思者集。"又："《书林韵会》一百卷，无名氏蜀书坊所刻。"又："《幼学须知》五卷，余姚孙应符仲潜撰次，此书本书坊所为以教小学，应符从而增广之。"卷十五："《江湖集》九卷，临安书坊所刻本。"又："《指南赋笺》五十五卷《指南赋经》八卷，皆书坊编集时文。"卷二十一："《万曲类编》十卷，皆书坊集编者。"① ……以上坊刻皆称"书坊"、"书肆"，而未有称为"书棚"者。

"书棚"二字，最早见于韩愈与孟郊的《城南联句》："白蛾

① 陈振孙撰，徐小蛮、顾美华点校：《直斋书录解题》，上海古籍出版社1987年，第33、168、237、344、371、372、410、428、452、458、633页。

飞舞地，幽蠹落书棚。"① "书棚"即书阁之意，陆龟蒙《甫里集》卷四《江南秋怀寄华阳山人》"饿乌窥食案，斗鼠落书棚"②，宋韩维《南阳集》卷一《西墅》"书棚落幽蠹，佛幔掩余香"③，魏了翁《鹤山全集》卷八《次韵李参政秋怀十绝》"书棚尚有送春诗"、《杨处士》"丁年已分与时违，便把书棚嘱咐儿"④，这些诗中"书棚"皆谓书阁、书架，从来也没有坊肆之意。

　　总之，宋人只称书坊或书肆，南宋临安城里不存在称为"书棚"的地方，城里书坊也并非集中于棚桥一带。"棚北大街"的"棚"应指棚桥而非书棚，如果将陈起刻书称"棚本"，或可勉强解释为"棚北大街"或"棚桥附近"的简称，但称"书棚本"或"府棚本"则是纯出于清人臆造。可能因为陈起所刻书籍上有牌记写着"临安府棚北大街睦亲坊南陈宅书籍铺印行"，又因市井坊肆有茶棚、酒棚，遂误将"棚北"牵合于书肆而造出"书棚"一词。

　　这个词语自出现以来广为流传，江藩《国朝汉学师承记》卷二"余古农先生"条："家贫不能蓄书，有苕溪书棚徐姓识先生，一日诣书棚借《左传注疏》，币月读毕，归其书，徐姓讶其速。"⑤ 这里"书棚"已开始有书肆的含义。现在更是见于各种

----

① 宋魏仲举集注：《五百家注韩昌黎集》卷八，中华书局 2019 年，第 462 页。
② 何锡光校注：《唐甫里先生集》，凤凰出版社 2015 年，第 328 页。
③ 韩维：《南阳集》，台湾商务印书馆影印文渊阁《四库全书》本，第 17b 页。
④ 魏了翁：《鹤山先生大全文集》卷八，民国间商务印书馆《四部丛刊》本，第 6a 页。
⑤ 江藩著，钟哲整理：《国朝汉学师承记》，中华书局 1983 年，第 31 页。

文献学和版本学教材之中，以讹传讹，故略为之辨析。

七、陈道人为陈思而非陈起

南宋后期临安府的陈姓书商非止一人，还有被称为"陈道人"的陈思。陈思也是临安人士，且与陈起生活时段大致相近，所以后人记载中常常将二人混淆在一起。

最早将他们混为一谈的是方回。《瀛奎律髓》卷四十二刘克庄《赠陈起》诗注："此所谓卖书陈彦才，亦曰陈道人。宝庆初以'秋雨梧桐皇子府，春风杨柳相公桥'诗为史弥远所黥。诗祸之兴，捕敖器之、刘潜夫等下大理狱，郑清之在琐闼止之。予及识此老，屡造其肆，别有小陈道人，亦为贾似道编管。"① 据此，似乎陈起还有别号"陈道人"。但从江湖诗人小集中涉及陈起的诗来看，只称其为解元、秘校、秀才，并未见称其为"陈道人"者。方回撰写《瀛奎律髓》时距离结识陈起已过去半个世纪，对于数十年前临安书林的回忆未必准确。

临安府书林中被称为"陈道人"者当指陈思，而非陈起。《宝刻丛编》卷首有绍定二年（1229）魏了翁序称"抚卷太息书而归之"，又有绍定五年（1232）乔行简（孔山居士）序云"辛卯（即绍定四年）之秋，余箧中所藏书厄于郁攸之焰，因求所阙于肆，有陈思道人者数持书来售"云云，又佚名序"陈道

---

① 《瀛奎律髓汇评》，第 1503 页。

人久居京辇，与士大夫接"云云。① 这里明确称"陈思道人"，且绍定年间陈起正因江湖诗案被流放外地（详见下），不存在编刊《宝刻丛编》并求序之事。又《书小史》卷首有咸淳丁卯（1267）重九天台谢愈修序云："《书小史》者，中都陈道人所编也。……道人趣尚之雅，编类之勤，可谓不苟于用心矣。"② 谢愈修作序时陈起已经去世十年有余。可见"陈道人书籍铺"的主人当为陈思无疑。

　　陈起编刊的《前贤小集拾遗》中收入了不少江湖诗人赠予他的诗歌，卷四有周孚《寄陈道人》一首，周孚为南宋初人，在陈起出生之前的淳熙四年（1177）已经去世，此诗中的"陈道人"当别有其人，比较容易引起误解，故在此加以分辨。这并非笔者多虑，周孚还有一首《元日怀陈道人并忆焦山旧游》，收入清人朱梓、冷昌言所编《宋元明诗三百首》，今人校注中就将"陈道人"注为"陈起"③，其实不只周孚与陈起生活时代没有交集，就陈起本人行迹而言又何曾去过镇江？

　　清代以来学者和藏书家或者将陈思刊刻的书籍归之于陈起，或者将陈起刊刻的书籍归之于陈思。实际上，二陈的差别是非常明显的：陈起是诗人兼出版家，所交往的人多为同时代的诗人，其书籍铺售卖的书籍品类主要是诗集。而陈思是一位具有学者气质的出版家，对书画、小说类书籍较感兴趣。

---

① 陆心源：《皕宋楼藏书志》，浙江古籍出版社 2016 年，第 644 页。

② 曾枣庄编：《宋代序跋全编》，齐鲁书社 2015 年，第 1498 页。

③ 朱梓、冷昌言编，徐元校注：《宋元明诗三百首》，浙江文艺出版社 1983 年，第 121 页。

陈思刊刻书籍上有牌记"临安府陈道人书籍铺刊行"可以识别。今见书目所载，陈道人书籍铺刊刻的书籍有《画继》十卷、《米海岳画史》十卷、《唐朝名画录》一卷、《五代名画补遗》一卷、《画评》三卷、《古画品录》一卷、《续画品录》一卷（唐李嗣真）、《后画录》一卷、《续画品》一卷（陈姚最）、《贞观公私画史》一卷、《沈存中图画歌》一卷、《笔法记》一卷、《益州名画录》三卷、《历代名画记》十卷、《图画闻见志》六卷①，以上皆为书画类书籍。又《剧谈录》二卷②、《续世说》十二卷③、《茅亭客话》十卷④，《灯下闲谈》二卷⑤、《湘山野录》三卷《续》一卷、《挥麈三录》三卷⑥，以上皆为小说类书籍。此外，清代藏书家张金吾曾收藏一部宋刻残本刘成国《释名》八卷，仅存一至四卷，云是"陈道人书籍铺刊行"⑦。此外是否还有出自陈思书籍铺刊刻而没有牌记的书籍，则不可考知了。

在经营策略方面，陈思的书籍铺以"博古"为主要特色。

---

① 以上见傅增湘《藏园群书经眼录》，中华书局 2009 年，第 536—537 页。

②《藏园群书经眼录》，第 662 页。

③《藏园群书经眼录》，第 636 页。

④ 莫友芝著，傅增湘增订：《藏园订补郘亭知见传本书目》，中华书局 2009 年，第 868 页。

⑤《灯下闲谈》目录后载："《中兴馆阁书目》载《灯下闲谈》二卷，不知作者，载唐及五代异闻，陈道人书籍铺刊行。"（民国六年张钧衡适园刻本《灯下闲谈》卷首，第 1b 页）《铁琴铜剑楼藏书目录》（清光绪常熟瞿氏家塾刻本，第 28b 页）卷十七著录有旧钞本，云"所作目后有陈道人书籍铺刊行一行"，应即从宋刊本抄录而来。

⑥ 袁克文著，李红英点校：《寒云藏书题跋辑释》，中华书局 2016 年，第 263 页。

⑦ 张金吾：《爱日精庐藏书志》卷七著录"《释名残本》四卷"，中华书局 2012 年，第 95 页。

陈振孙《宝刻丛编序》言："都人陈思贾书于都市，士之好古博雅、蒐遗猎忘以足其所藏，与夫故家之沦坠不振，出其所藏以求售者，往往交于其肆。且售且贾，久而所阅滋多，望之辄能别其真赝。"① 魏了翁即到过陈思书籍铺的好古博雅士之一，他在《书苑菁华序》中赞道："予无他嗜，惟书癖殆不可医。临安鬻书人陈思多为余收揽散佚，扣其书颠末，辄对如响。"② 谢愈修《书小史序》亦云："予识之五十余年，每一到都，必先来访，订证名帖，饱窥异书，愈久而愈不相忘，亦未易多得也。"③ 从这些描述可以看出，陈思擅长古董尤其是书画的鉴定，其书籍铺不仅经营刻书卖书之业，同时也售卖从故家散出的藏品。

　　陈思还编刊过《宝刻丛编》、《书小史》、《书苑菁华》、《海棠谱》、《小字录》④、《赐谥类编》⑤ 等书籍。《宝刻丛编》二十卷辑录当时各地碑刻的总目，也包含少数金石铭文及法帖；《书小史》十卷为历代书法家撰写小传介绍生平事迹及风格特征；《书苑菁华》二十卷辑录古人论书之语。《小字录》著录历代名人的小字，《赐谥类编》则是编录历代名人的朝廷赠谥。开庆改元（1259）成书的《海棠谱》三卷，汇编历代关于海棠的典故与诗歌，其重点在于"聊预众谱之列"⑥，而非为了编诗。陈思

---

① 曾枣庄编：《宋代序跋全编》，第 1465 页。
② 曾枣庄编：《宋代序跋全编》，第 1336 页。
③ 曾枣庄编：《宋代序跋全编》，第 1498 页。
④《书小史》、《小字录》皆为史料类编。《小字录》卷首题款为"成忠郎缉熙殿国史实录院秘书省搜访陈思纂次"，他书卷首但题"钱塘陈思"，疑陈思曾以学识而为国史院效力。
⑤《永乐大典》卷 13345 中所引甚多，中华书局 1986 年，第 5742—5758 页。
⑥ 陈思：《海棠谱》卷首自序，浙江古籍出版社 2019 年，第 2 页。

编纂这些书籍的目的在于售卖，陈振孙《宝刻丛编序》中明确说："思，市人也，其为是编，志于價而已矣，而于斯文有补焉。视他书坊所刻，或芜酿不切，徒费板墨、靡櫻楮者，可同日语哉？诚以是获厚利，亦善于择术矣！"① 序中盛赞陈思见多识广，其著作也显示出较高的学术性，与一般书肆刊刻的丛杂之书不同。魏了翁也颇有感慨地说："呜呼，贾人阒书于肆，而善其事若此，可以为士而不如乎！"② 可见陈思编纂诸书颇有次第。

总之，二陈各有别号，刻书牌记也各不相同。他们刊刻的书或者仍存宋刻，或者宋刻不存，但明清翻宋刻本或影钞本上仍保存有牌记，是比较容易识别的。陈道人书籍铺刊刻的《画继》、《五代名画补遗》现藏于辽宁省图书馆③，宋刻本《图画见闻志》（前三卷配元钞本）、《书苑菁华》藏于国家图书馆，都是半叶十一行，行二十字，白口，左右双边，单黑鱼尾。与睦亲坊陈宅书籍铺"半页十行十八字"的版式并不相同。

第二节　作为诗人的陈起

作为出版家和诗刊编纂者的陈起是备受学界关注的，无论研究南宋后期诗坛还是江湖诗派，都不能不提到陈起和江湖诗案。但陈起能够成为诗坛声气联络的中心，更重要的原因在于他本身

---

① 《全宋文》第 333 册，第 313 页。
② 《全宋文》第 310 册，第 81 页。
③ 《辽宁省图书馆藏古籍精品图录·宋元刻本》，第 16 页。

也是一位诗人，能够与江湖诗集的作者群体缔结诗友关系并进行深度交流。然而，作为诗人的陈起常常被学界所忽视，甚少有人关注到他的诗歌创作成就。下面试从这个角度加以阐述。

一、陈起的诗歌流传情况

陈起的诗集完整流传下来的只有《芸居乙稿》一卷，共载诗七十六首。宋韦居安《石礀诗话》卷中："陈起宗之，杭州人，鬻书以自给，刊唐宋以来诸家诗，颇详备。亦有《芸居吟稿》板行，芸居其自号也。集中有《夜过西湖》诗一绝云：'鹊巢犹挂三更月，渔板惊回一片鸥。吟得诗成无笔写，醮他春水画船头。'语意殊不尘腐。"① 这首《夜过西湖》诗不见于《乙稿》中，可见《乙稿》之前还有一部《芸居吟稿》，但这部《吟稿》已经亡佚了。

四库馆臣从《永乐大典》中辑录《江湖后集》，存陈起佚诗五十一首。其中《胡季怀有诗约群从为秋泉之集辄以山果助筵戏作二迭》为周必大所作，见《文忠集》卷三。胡季怀即胡从周，卒于陈起出生之前的乾道八年（1172）七月。又《早起》一首已见《乙稿》。除此之外，其余四十八首诗皆为《乙稿》的集外诗，应即《吟稿》中的诗歌。但四库馆臣的辑录多有疏漏，韦居安称叹的《夜过西湖》诗就不在其中。胡益民先生《陈起佚诗辑补》从《诗渊》中辑录诗歌十三首，从《永乐大典》残

① 丁福保编：《历代诗话续编》，中华书局 2006 年，第 556 页。

卷中辑得诗歌十五首（其中《过西湖》一首，即韦居安《诗话》所引《夜过西湖》），共二十八首①。除了《夜诵》一首已见四库馆臣所辑，《早起》一首已见《乙稿》之外，有二十六首足可补《乙稿》与四库本《江湖后集》之未备。

　　按以上统计，陈起现存的诗歌共有一百五十二首。《诗渊》中所载陈起诗歌或题"陈起宗之"，或题"芸居陈起宗之"，或题"芸居陈起"。《永乐大典》卷2264载："陈宗之《芸居遗稿·同毛谊夫喻可中夜泛西湖》：'又复移舟践旧盟……'《过西湖》：'鹊巢犹挂三更月……'"卷2347载："陈宗之《芝（当作芸）居诗稿》：呜呜画角悲……"卷2812载："陈起《芸居诗集·梅谷毛应麟画梅》：生平只为爱梅看……"卷3526载："钱塘陈起《芸居诗稿》：短艇漾秋霞……"可知《诗渊》所载以及四库馆臣辑录的佚诗应该出自《乙稿》之前的《芸居诗稿》（或称《芸居吟稿》）。

　　需要注意的是，《沅湘耆旧集》卷十八载录陈起诗《迎月》："尊酒贪迎月，人生醉后佳。夜来窗不掩，吹落一瓶花。"其小传曰："起字辅圣，沅江人。景祐改元，甲戌进士，历官宁乡、姊归、湘卿、萍乡等县令。在姊归时，疏凿新滩，以便舟楫。欧阳文忠公铭其功于石。终永州通判。"② 陆心源《宋诗纪事补遗》引录此诗，并曰："厉（笔者按：即厉鹗《宋诗纪事》）有，非一人。"③ 清人廖元度《楚风补校注》亦同。以上所载皆

---

① 胡益民：《文史论萃》，安徽大学出版社2008年，第152—159页。
② 邓显鹤编纂，欧阳楠点校：《沅湘耆旧集》，岳麓书社2007年，第310页。
③ 陆心源：《宋诗纪事补遗》卷九，光绪刻本，第15A页。

误，《芸居乙稿》中有《迎月》一首，与此诗全同，可见作者确为南宋临安府江湖诗人陈起，而非北宋沅江人陈起。

《芸居诗稿》和《乙稿》的具体刊刻时间不详。四库本《江湖后集》卷二十四所载陈起佚诗中有赠与武衍、施枢、周端臣、黄文雷等人的作品，此数人皆江湖诗案之后所交游，而《永乐大典》卷20354载《元夕雨中偶成四绝奉寄东斋》有"病后情怀慵把酒"之句，应是在淳祐四年（1244）得病以后所作。由此可见，陈起刊刻自己两部诗集的时间都不早，可能《乙稿》之后就没有续稿了。

元代以后，罕有人注意到陈起的诗歌。元初方回《瀛奎律髓》卷二十《落梅》诗题后言其"能诗，凡江湖诗人皆与之善"①，但集中并未选录陈起诗作，几处言及陈起的地方也未对其诗有所批评。清代编纂的宋诗总集中，厉鹗《宋诗纪事》卷六十四、曹庭栋《宋百家诗存》卷六十八、四库本《江湖后集》卷二十四中皆录陈起诗歌，然而小传中也仅言其刊书及江湖诗案，而未论及其诗歌创作。由此可见，虽然陈起在当时颇有诗名，但在文学史上并没有留下太多痕迹，人们关注更多的是江湖诗案，其诗名久为刊书之名所掩。

二、新奇：陈起的诗歌特征

陈起对于诗歌的挚爱得到很多诗友的称许。郑斯立《赠陈

---

① 《瀛奎律髓汇评》，第843—844页。

《宗之》云：

> 昔人耽隐约，屠酤身亦安。矧伊丛古书，枕藉于其间。
> 读书博诗趣，鬻书奉亲欢。君能有此乐，冷淡世所难。我本
> 抱孤尚，为贫试弹冠。欲和南熏琴，秋风欻戒寒。恬无分外
> 想，剩有日晷闲。阅书于市廛，得君羁思宽。诵其所为诗，
> 刻苦雕肺肝。陶韦淡不俗，郊岛深以艰。君勇欲兼之，日夜
> 吟辛酸。京华声利窟，车马如浪翻。淡妆谁为容，古曲谁为
> 弹。桐阴覆月色，静夜独往还。人皆掉臂过，我自刮眼看。
> 百年适志耳，岂必身是官。不见林和靖，清名载孤山。
>
> (《前贤小集拾遗》卷二)

这里提到陈起日夜苦吟如雕肺肝的学诗经历，以及力求兼具陶渊明、韦应物淡而不俗和孟郊、贾岛艰涩深僻的艺术追求。正是基于对诗歌的认真态度，陈起才能与诗人们有更深入的交流。

经过勤苦学习，陈起的书法、绘画和诗歌创作都达到比较高的艺术水平，受到诗人们的赞扬。许棐《赠芸窗》："能书能画又能诗，除却芸窗别数谁。只是霜毫冰茧纸，才经拈起便新奇。"(《梅屋诗稿》)俞桂《寄陈芸居》："生长京华地，衣冠东晋人。书中尘不到，笔下句通神。江海知名日，池塘几梦春。精神长似旧，芸稿愈清新。"(《渔溪诗稿》卷二)都称赞陈起诗风新奇、清新、不尘腐。与当时流行的被叶适称赞为"因狭出奇"、"斫思尤奇"的四灵诗有异曲同工之妙，可见其诗歌艺术有学步于四灵之处。

陈起诗歌一个很重要的特色是常常使用一些出人意料的新奇比喻。如《秋怀》：

> 又见街头卖紫菜，老怀扰扰类催租。客来喜得吴江纸，
> 欲写新吟一字无。（《芸居乙稿》）

古来伤春悲秋之作极多，时光荏苒产生的伤感在诗人笔下有千千万万种呈现方式。而陈起的这首诗别开生面，以"催租"来抒写面对生命局促的无奈，具有生命意识的"我"不过租住在这个躯体里面。春去秋来，这个"我"仿佛被街头卖紫菜的人提醒又快到交租的时期。

僦屋而居对江湖诗人是寻常事。何应龙有《题临安僦楼》诗，高翥《小楼雨中》有"长安市上僦楼居"，万俟绍之《旅中》有"僦楼如斗大"之句，都写到他们客居异地的租房经历。陈起本人也有过借居的经历，对于催租这种情况应该非常了解。这样的类比不仅不会显得生僻突兀，反而能读后会心一笑。

陈起对自己的诗歌颇为自信。《芸隐提管诗来依韵奉答》其一："君诗如梅花，将尽春意函。一枝漏泄处，踏雪寒曾谙。肯践桃李场，溪山还自甘。破玉暗香度，似亲夷甫谈。"其二："我诗如折桐，经霜为一空。尚可亲时髦，托根日华宫。莫谓背于时，会在春风中。小雨洒清明，又是一番红。"（四库本《江湖后集》卷二十四）这里将自己的诗歌和施枢的诗歌进行对比，称赞施枢的诗如寒雪中的梅花别具意态，也肯定自己的诗似经霜之后逢春又将绽放的桐花一般自有生机。

三、陈起对理学的接受

陈起生平跨越孝宗、光宗、宁宗和理宗四朝，经营刻书业则主要在宁宗和理宗时期，这个时期正好是理学蓬勃发展的阶段。

经过朱熹、张栻、吕祖谦等大儒的递相推阐，南宋后期理学已经形成完整的思想体系，在学术界和政治上形成越来越大的影响力。宋宁宗庆元年间，韩侂胄专权，为了排挤支持理学的政敌赵汝愚，发起专门针对理学之士的党禁，许多理学之士遭受打压，甚至为此丧失了性命。直到开禧北伐失败，韩侂胄被杀之后，党禁才彻底解放。嘉定元年，史弥远开始担任右相，摈弃韩侂胄对金抗战和禁锢道学的两个措施。在其主持下，宋国与金国签订了和议条约，以沉重的代价换取了此后多年的和平。同时他重新起用被韩侂胄打压的理学之士，使理学在南宋后期得到很好的发展。

理学家虽有重道轻文的思想倾向，但实际上理学和文学存在千丝万缕的关联。很多理学家本身就是非常优秀的文学家，比如朱熹，流传下来的有"诗作凡七百四十五篇，一千二百首，另有词十七篇，十八首"①。很多诗人也受到理学的吸引，从中汲取思想养分而使诗歌具有独特的理趣。陈起也对理学表现出一定的兴趣。《夜听诵〈太极〉、〈西铭〉》云：

---

① 郭齐笺注：《朱熹诗词编年笺注》前言，巴蜀书社 2000 年，第 18 页。

> 六经宇宙包无际，消得斯文一贯穿。万水混茫潮约海，
> 三辰焕烂斗分天。鸢鱼察理河洛后，金玉追章秦汉前。遥夜
> 并听仍闇味，奎明谁敢第三篇。（四库本《江湖后集》卷二
> 十四）

这是陈起听诵周敦颐《太极图说》、张载《西铭》二篇之后，有
所感而作的诗歌。《太极》、《西铭》两篇文章是宋代理学中备受
称赞传诵不绝的经典之作，朱熹弟子刘清之（字子澄）曾说：
"本朝只有四篇文字好，《太极图》、《西铭》、《易传序》、《春秋
序》。"[1] 陈起称赞这两篇文章的义理贯穿在宇宙般浩瀚无际的
《六经》中，地位如同万水混茫中的潮汐、三辰焕烂中的北斗那
般重要，这是他对这两篇文章的诗意认知。

"鸢鱼"是朱熹对理学本体的一种形象表述。朱熹《中庸或
问》中说道："道之流行发见于天地之间，无所不在：在上者则
鸢之飞而戾于天者，此也；在下者则鱼之跃而出于渊者，此也；
其在人则日用之间，人伦之际，夫妇之所知所能，而圣人之所不
知不能者，亦此也。此其流行发见于上下之间者，可谓著矣。"[2]
陈起诗中引此二字，可见对朱子理学有一定的接受和感悟。

陈起的另一首诗《夜诵》云：

---

[1] 黎靖德编，王星贤点校：《朱子语类》卷一百三十九，中华书局 1986 年，
第 3307 页。
[2] 朱熹：《四书或问》，《朱子全书》本，上海古籍出版社、安徽教育出版社
2002 年，第 571 页。

父子跏趺绝似僧，青灯一璨夜三更。读残《戴记》儿
将倦，山栗旋煨仍擘橙。（四库本《江湖后集》卷二十四）

诗中写到与儿子二人深夜燃灯诵读的乐趣。他们所读的是儒家经
典戴氏《礼记》，这是五经中比较难读的一部。结合理学发展迅
速的背景，可以推想，陈起父子感兴趣的应非那些繁琐古礼，而
是被朱熹编入《四书》的《大学》、《中庸》二篇。

四、陈起诗歌的用事

除了理学经典之外，陈起还广泛涉猎各部类的典籍。前揭陈
起《安晚先生贶以丹剂四种古调谢之》中以"宫室"比喻躯体，
即来自《道德经》中的譬喻。陈起《芸居乙稿》第二首《履斋
先生下颁参附往体以谢》云：

有客号奚毒，西来自赤水。外负炎炎气，内存温粹美。
当年杨天惠，夸大不绝齿。解后段氏子，即之殊可喜。却邪
乃素心，调中古无比。世仰大医王，民瘼咨朝市。二子愿托
身，赴汤任驱使。兴怜维摩老，遣前护衰毁。病魔亟退舍，
怡然得安全。缅想蓄牛溲，陋哉子韩子。既非瞑眩剂，厥疾
无瘳理。一念卫生恩，百拜额加指。

这首诗投赠对象是淳祐年间在政治上颇有作为的吴潜。吴潜继郑
清之之后担任宰相。与郑清之一样，他乐意接引并慷慨资助江湖

诗人，与不少江湖诗人有往来酬唱。陈起此诗乃为答谢吴潜赠送附子、人参两味药材而作。诗中连续用了五个典故。奚毒是一种中草药，又称土附子、草乌头，北宋医学家杨天惠撰有《彰明附子传》介绍附子药性和栽培等知识。"当年杨天惠，夸大不绝齿"即指此事。"解后段氏子"中"解后"即邂逅，典出《太平广记》卷四一七《赵生》：

> 天宝中，有赵生者，其先以文学显。生兄弟数人，俱以进士、明经入仕。独生性鲁钝，虽读书，然不能分句详义，由是年壮尚不得为郡贡。常与兄弟友生会宴，盈座朱绿相接，独生白衣，甚为不乐。及酒酣，或靳之，生益惭且怒。后一日，弃其家遁去，隐晋阳山，葺茅为舍。生有书百余编，笈而至山中，昼习夜息，虽寒热切肌，食粟袭纻，不惮劳苦。而生蒙懂，力愈勤而功愈少。生愈恚怒。终不易其志。后旬余，有翁衣褐来造之，因谓生曰："吾子居深山中，读古人书，岂有志于禄仕乎？虽然，学愈久而卒不能分句详议，何蔽滞之甚邪！"生谢曰："仆不敏，自度老且无用，故入深山，读书自悦。虽不能达其精微，然必欲死于志业，不辱先人。又何及于禄仕也？"翁曰："吾子之志甚坚。老夫虽无术能有补于郎君，但幸一谒我耳。"因征其所止。翁曰："吾段氏子，家于山西大木之下。"言讫，忽亡所见。生怪之，以为妖。遂径往山西寻其迹，果有椴树蕃茂。生曰："岂非段氏子乎？"因持锸发其下，得人参长尺余，甚肖所遇翁之貌。生曰："吾闻人参能为怪者，可愈疾。"遂

瀹而食之。自是醒然明悟，目所览书，尽能穷奥。后岁余，以明经及第。历官数任而卒。① （出《宣室志》）

另一个典故"大医王"，在佛教中是释迦牟尼佛的化身，《维摩诘所说经》卷上《佛国品》载："为大医王，善疗众病，应病与药，令得服行。"这里将送药的吴潜比喻为大医王，而自比为受佛祖庇护的维摩老，既凸显了吴潜超然的地位和能力，又恰当地表达了作为被庇护者的感激之心。"缅想蓄牛溲"典出韩愈《进学解》："玉札丹砂，赤箭青芝，牛溲马勃，败鼓之皮，俱收并蓄，待用无遗者，医师之良也。"② "既非瞑眩剂，厥疾无瘳理"出自《孟子·滕文公上》："《书》曰：若药不瞑眩，厥疾不瘳。"赵岐注："《书》逸篇也。瞑眩药攻人疾，先使瞑眩愦乱，乃得瘳愈也。"③

　　这首诗中的典故有的来自医书，有的来自佛教故事，有的来自小说，有的来自文学名篇，有的来自儒家经典，运用之妙令人惊叹。诸多类型的典故虽然导致诗歌不甚易解，但一旦理解每个典故的含义，又不得不承认都用得非常恰切。

　　一般认为，江湖诗派反对江西诗派"资书以为诗"，而主张"捐书以为诗"，作诗以不用事为贵。从陈起诗歌看来，江湖诗人亦非不能用事。

---

① 李昉：《太平广记》，中华书局 1961 年，第 3399 页。
② 韩愈撰，魏仲举集注，郝润华、王东峰整理：《五百家注韩昌黎集》，中华书局 2019 年，第 714 页。
③《孟子》，嘉庆刊《十三经注疏》本，中华书局 2009 年，第 5874 页。

第三节　《中兴江湖集》与江湖诗案

与众多书业经营者一样，陈起也尝试自己编刊书籍用于售卖，《中兴江湖集》是他早期编纂的，也是影响最为深远的诗集。这部用于"射利"的诗集，因为无意中卷入一场政治斗争而影响了许多文人的命运。李越深《江湖诗案始末考略》中根据存留下来的不多材料对江湖诗案发生的政治背景、诗案的结束和影响等方面进行考索，张宏生《江湖诗派研究》中也对此问题有所推进。前辈学者已经在此问题上取得不少成果，不过，其中的一些细节仍可进一步讨论。

一、江湖诗案始末

作为一部编纂粗疏而受到诟病的诗歌总集，《中兴江湖集》能够在文学史上留下深刻的烙印，是因为它引发了南宋后期的一桩著名文字狱案件。

从宁宗嘉定到理宗宝庆、绍定时期，史弥远独揽专权，以丞相兼任枢密使掌握朝廷兵权，倚宣缯、葛洪、郑清之、袁韶为心腹，广泛培养自己的势力。罗大经《鹤林玉露》乙编卷三《宰辅久任》条载道："近时史卫王独专国秉至二十六年，此古今所无。至晚年得末疾，犹专国秉数年，尤古今所无。"① 可见其权

————————

① 罗大经著，王瑞来点校：《鹤林玉露》，中华书局1983年，第169页。

势之煊赫。史弥远篡改了宁宗想要传位于赵竑的意旨，改立赵昀为继位人，擅行废立的行为在朝野引起广泛的不满和声讨。宝庆元年（1225）正月，湖州人潘壬起事造反，企图拥立赵竑。事败之后史弥远奉谕旨逼死赵竑，诏贬为巴陵郡公。真德秀、魏了翁、洪咨夔等人皆上言申诉其冤情。史弥远为了抑制物议，指使言官监察御史梁成大、监察御史李知孝、殿中侍御史莫泽等（当时人称"三凶"）对有异议的朝臣进行弹劾，同时在朝野间搜罗各种谤己言论。

　　江湖诗案正是在这样的背景下，由李知孝策划的对文人议政的一次杀鸡儆猴式的文字狱。正史中并没有记载此事，只在几处诗话、笔记中出现过。罗大经《鹤林玉露》乙编卷四《诗祸》条：

　　　　宝、绍间，《中兴江湖集》出，刘潜夫诗云："不是朱三能跋扈，只缘郑五欠经纶。"又云："东风谬掌花权柄，却忌孤高不主张。"敖器之诗云："梧桐秋雨何王府，杨柳春风彼相桥。"曾景建诗云："九十日春晴景少，一千年事乱时多。"当国者见而恶之，并行贬斥。①

周密《齐东野语》卷十六《诗道否泰》条载：

　　　　宝庆间，李知孝为言官，与曾极景建有隙，每欲寻衅以

————————————

① 罗大经著：《鹤林玉露》，第187页。

报之。适极有春诗云："九十日春晴景少，百千年事乱时多。"刊之《江湖集》中。因复改刘子翚《汴京纪事》一联为极诗云："秋雨梧桐皇子宅，春风杨柳相公桥。"初，刘诗云："夜月池台王傅宅，春风杨柳太师桥。"今所改句，以为指巴陵及史丞相。及刘潜夫《黄巢战场》诗云："未必朱三能跋扈，都缘郑五欠经纶。"遂皆指为谤讪，押归听读。同时被累者，如敖陶孙、周文璞、赵师秀，及刊诗陈起，皆不得免焉。于是江湖以诗为讳者两年。①

方回《瀛奎律髓》卷二十《落梅》诗注：

当宝庆初，史弥远废立之际，钱塘书肆陈起宗之能诗，凡江湖诗人皆与之善。宗之刊《江湖集》以售，《南岳稿》与焉。宗之赋诗有云："秋雨梧桐皇子府，春风杨柳相公桥。"哀济邸而诮弥远，本改刘屏山（子翚）句也。敖臞庵器之为太学生时，以诗痛赵忠定丞相之死，韩侂胄下吏逮捕，亡命。韩败，乃始登第，致仕而老矣。或嫁"秋雨"、"春风"之句为器之所作，言者并潜夫梅诗论列，劈《江湖集》板，二人皆坐罪。初，弥远议下大理逮治，郑丞相清之在琐闼，白弥远中辍，而宗之坐流配，于是诏禁士大夫作诗。如孙花翁惟信季蕃之徒，寓在所，改业为长短句。绍定

① 周密著，张茂鹏点校：《齐东野语》，中华书局 2004 年，第 276 页。

癸巳弥远死，诗禁解。①

以上三则材料存在矛盾和错讹之处。例如引起诗案的"秋雨梧桐皇子府，春风杨柳相公桥"，罗大经载其作者为敖陶孙，方回载为陈起，周密则载为李知孝诬陷曾极而篡改。

周密《齐东野语》对事件始末的记载最详。所载"皆不得免"的涉案人物中，赵师秀早在诗案发生之前的嘉定十二年（1219）已经去世，并没有受到诗案牵连。另一位诗人周文璞，据张端义《贵耳集》卷上"余有《挽晋仙》诗载《江湖集》中"②，可知他也于此前已经去世。陈尚君先生据刘克庄《后村集》卷三所载《哭周晋仙》，推定周文璞死于嘉定十四年（1221）春前③，故周文璞在江湖诗案发生前数年已经离世，不可能受其影响。除此以外，其余关于诗案情节和影响的记载应当是可靠的。

据周密所载，江湖诗案的兴起缘由乃因言官李知孝与曾极有隙，遂从《中兴江湖集》中大做文章，似乎这是一场由私人恩怨引起的案件。但实际上是由专权及攀附而起，《江湖集》只是一个导火线，早在这件事发生之前已经埋下伏笔。

嘉定间曾极游于金陵，作《金陵百咏》，其中有《行宫古龙屏风》一首云："乘云游雾过江东，绘事当年笑叶公。可恨横空千丈势，翦裁今入小屏风。"此诗传到史弥远那里，史弥远认为

①《瀛奎律髓汇评》，第843—844页。
② 张端义著，许沛藻、刘宇整理：《贵耳集》，《全宋笔记》第81册，大象出版社2019年，第155页。
③ 陈尚君：《姜夔卒年考》，《复旦学报》1983年第2期。

诗中对其擅行废立事暗含讽刺，因而怀恨在心，伺机报复。李知孝攀附史弥远，利用《江湖集》对曾极予以打击。《宋史·罗必元传》直接记载为"郡士曾极题金陵行宫龙屏，迕丞相史弥远，谪道州"①，《豫章人物志》亦同，这些记载揭示了江湖诗案的根本原因是史弥远忌讳文人议政，尤其忌讳文人对其独断专权的非议。

导致曾极被贬的春诗，标题应作《寄陈正己》，全诗为："庋廖深闭断经过，倒折尘编且卧疴。九十日春晴景少，一千年事乱时多。吟成楚些翻愁绝，鬓染吴霜奈老何。心铁正坚思急试，忆君中夜起悲歌。"（元金履祥《濂洛风雅》卷六）诗中有不得志之叹，但指斥朝政的意思并不明显。为了罗织罪名，李知孝恣意扩大打击面，将《江湖集》所载其他诗人敖陶孙、刘克庄的诗也解读为毁谤和讽刺朝政，进而指认《江湖集》为一部影射和讽刺时政的诗集，使得这部诗集遭到劈板禁毁的惩罚，相关诗人也被贬谪和流放。

二、江湖诗案中的流配诗人

江湖诗案在历史洪流中不过是一朵很小的浪花，史书中甚至都没给予只言片语的记载。但这朵小浪花对于诗坛的冲击却是巨大的，不仅影响到有所关涉的诗人，对于同时代其他文人也有长久的震撼力。

---

① 《宋史》，第 12460 页。

作为《江湖集》的编刊者，陈起首当其冲承受了诗案的劫难，遭到被流放的命运，陈宅书籍铺也只能停业关闭。据方回《瀛奎律髓》记载，直至史弥远死后即绍定六年（1233）十一月之后，诗案才解禁。学者或据此认为陈起得以重回临安是在端平元年（1234）以后，则被流放时间将近十年之久。然据刘克庄《余辛卯岁卧病郡城，陈宗之、胡希圣有诗问讯。后五岁，希圣寄新刊〈漫游集〉，前诗已载集中，次韵二首》①，诗题中辛卯为南宋绍定四年（1231），陈起与胡仲弓开始交往，并通过胡仲弓向刘克庄致意，这说明他已经从流放地赦归，回到临安生活，其流放时间只有五年甚至更少。

重回家乡的陈起曾经有过如何波澜起伏的心路历程，已不得而知，但他的生活与诗案之前相比发生了不小的变化。诗案之前，陈起生活非常安逸。陈鉴之《古诗四首奉寄陈宗之兼简敖臞翁》其二："君隐万人海，啸咏足胜流。"其三："甘旨娱母颜，雍雍春满室。咿哑索梨枣，诸儿争绕膝。波明再茁桐，露滴清吟笔。人生如此足，富贵刀头蜜。"（《东斋小集》）郑斯立《赠陈宗之》亦云："昔人耽隐约，屠酤身亦安。矧伊丛古书，枕藉于其间。读书博诗趣，鬻书奉亲欢。"（《前贤小集拾遗》卷二）从这些赠诗中可以看到，陈起依靠经营书铺的收入足以奉养母亲，抚育诸儿。在经营书籍铺之余，还有清闲的心境去读书吟咏，像名流高士一般自得自在。

然而流放归来之后似是另一番景象，陈起在《借居值雪》

①《刘克庄集笺校》，第 1215 页。

中自述：

> 已叹长安索米难，可禁风雪满长安。无家又是于人借，有命从来只自宽。春入园林根觉暖，色连天地眼生寒。西湖寂寞梅无伴，合向孤山忍冻看。（四库本《江湖后集》卷二十四）

首句化用顾况"长安米贵，居大不易"之语描写京城生活之难，在回风荡雪的寒冬不得不找人借居，更凸显出了诗人陷入困境的窘态。身为临安人士而云"无家又是于人借"，或可理解为旧屋需要重建，但"有命从来只自宽"则是在经历劫难之后才有此感慨。从诗中透露出来的境遇和情绪来看，在陈起流放期间，家庭可能产生了某种变故，此后的友朋投赠中再不见提及老母，而为人所知的儿子也只有年纪不大就继承书籍铺的陈续芸，原先的诸儿或许已各自自立门户，不再在一处生活了。总之，在结束流放重返临安的初期，陈起应该度过一段比较艰难的岁月。

在江湖诗案中遭遇最悲惨的当属曾极。曾极开始被判流配岭南，后改为道州听读。听读即将士人押送往地方学校进行教化，通过限制人身自由而对其进行管制约束。这本是一项较轻的刑罚，但在朝廷权贵的授意下，在执行环节中曾极差点陷入险境。刘克庄《直宝章阁罗公墓志铭》载："（罗公）服阕，授州崇仁县丞，郡檄权法曹。曾极坐诗案系狱，初编隶广南，继改湖南听读。吏议甚峻，公奋笔数百言：'朝廷既不深罪诗人，郡当推广上恩。'守感悟。极得善达贬所，公力也。"① 曾极是江西临川人，可能当地长官逢迎权臣，想对他不利，罗必元正好任职于江南西路抚州管辖的崇仁县，乃极力予以保护。可以想见，如果不是罗必元伸出援手，曾极不一定能够顺利抵达道州贬所。

道州听读经历印证了"诗穷而后工"之语，给曾极带来许多诗歌创作的灵感。他在这时期所作的诗结成《舂陵小雅》（舂陵为秦时所置，唐宋时改为道州），为古代贬谪文学增加了一种著作。可惜这一小集已经不存，我们也未能得知落难诗人更多羁管时的生存状况和心理变化。《鹤林玉露》卷十《诗祸》载："景建，布衣也，临川人，竟谪舂陵，死焉。其往舂陵也，作诗曰：'挟策行行访楚囚，也胜流落峤南州。鬃丝半是吴蚕吐，襟血全因蜀鸟流。径窄不妨随茧栗，路长那更听钩辀。家山千里云千迭，十口生离两地愁。'"② 这首诗很可能就是出自《舂陵小雅》，诗人虽暗自庆幸自己不需前往广南，却仍抹不掉被流放到山遥水远的异地，不得不与家人离别的痛苦。更可悲的是，江湖诗案长久不得平反，最后曾极竟死在湖南，与家人的生离最终变成死别。

为此，刘克庄有《怀曾景建二首》寄托自己的哀思：

> 造物生才自昔难，此君天矫类龙鸾。圣贤本柄藏椰子，
> 佛祖机锋寓棘端。畴昔诸人多北面，暮年万里著南冠。伤心

---

① 《刘克庄集笺校》，第 6338 页。
② 罗大经：《鹤林玉露》，第 188 页。

海内交游尽，箧有遗书不忍看。

　　曾有春陵逐客篇，流传哀动紫阳仙。安知太白长流处，亦在重华野葬边。碎板一如坡贬日，盖棺不见桧薨年。谁云老眼枯无涕，闻说临川即泫然。①

乐雷发也有《濂溪书院吊曾景建》：

　　太极楼头霁月寒，断弦绿绮不堪弹。窗前自长濂溪草，泽畔还枯正则兰。苍野骚魂惟我吊，乌台诗案倩谁刊。伤心空有《金陵集》，留与江湖洒泪看。（《雪矶丛稿》卷三）

这些诗篇抒发了对曾极多舛命运的同情，而将江湖诗案比诸乌台诗案，则暗含了当时文士的是非评判和不满之心。

　　曾极死后，经过一段时间才得到平反。雍正《江西通志》卷一六二《人物》："卒，李公心传为上言：曾极久斥可念。上曰：非为《江湖集》者耶？有旨归葬。"② 李心传为四川学者，庆元元年乡荐不第之后闭户著书，后被荐为史馆校勘，参与修纂《中兴四朝帝纪》、《十三朝会要》，端平三年（1236）书成，召为工部侍郎，《宋史》本传载其"未几，复以言去，奉祠居潮州"③，虽然没有明载因进何言，但结合《江西通志》所载，罢

---

① 《刘克庄集笺校》，第793—794页。
② 转引自傅璇琮、程章灿主编：《宋才子传笺证》（南宋后期卷），辽海出版社2011年，第157页。
③ 《宋史》，第12985页。

职很有可能与论曾极事相关。按此推测，曾极平反已是史弥远死后的事了。

　　另一位涉案诗人敖陶孙，字器之，福清人。淳熙七年（1180）乡荐第一。敖陶孙成名很早，据刘克庄《臞庵敖先生》所载："淳熙庚子，乡荐第一，律赋传海内为式。下第，客吴中，吴士从者云集。钜家名族，率虚讲席竞迎致。"[1] 可见具有很大的影响力。因《江湖集》已佚，其犯讳的"梧桐秋雨何王府，杨柳春风彼相桥"二句不知出自何诗。方回以为此二句为有人改刘子翚句，"或嫁'秋雨'、'春风'句为器之所作"，则分明指陈起将此诗嫁名于敖陶孙。

　　嫁名之说，最初见于刘克庄《臞庵敖先生墓志铭》："然先生诗名益重，托先生以行者益众，而《江湖集》出焉。会有诏毁集，先生卒不免。乌虖！前世以言语得罪者多矣，种豆观桃，往哲深戒。……先生之诗，主乎忠孝，不主乎刺讥。送朱、哀赵之作，发乎情性义理之正，顾藏稿不轻出。真诗未为先生之福，而赝诗每为先生之祸。乌虖，悲乎！"[2] 果如刘克庄、方回所言，陈起在编纂《江湖集》时改窜诗文托名于当时诗人，导致诗人罹祸下狱，那么这件事不仅会造成陈起与诗坛交往的障碍，也将不可避免地成为其人生中的污点。其真相到底如何呢？

　　在思考这件事的是非之前，有必要回顾敖陶孙其人的经历。庆元年间，敖陶孙当太学生的时候，韩侂胄与赵汝愚争权，赵汝

---

[1]《刘克庄集笺校》，第 5845 页。
[2]《刘克庄集笺校》，第 5847 页。

愚被贬谪流放而死，以朱熹、彭龟年、陈傅良等为代表的支持者被列入"逆党"，理学被诬为"伪学"。针对庆元党禁，国子祭酒李祥、博士杨简及多位太学生向朝廷上疏，皆被贬斥。敖陶孙也牵涉其中。刘克庄《臞庵敖先生墓志铭》载：

> 初，朱文公在经筵，以耆艾难立讲，除外祠。先生送篇有曰："当年灵寿杖，只合扶孔光。"赵丞相谪死，先生为《甲寅行》以哀之，语不涉权臣也。或为律诗，托先生以行。京尹承望风旨，急逮捕先生，微服变姓名去。当是时也，先生少壮，忠愤号鸣于都邑众大之区，几不免矣，卒幸免。①

敖陶孙写《甲寅行》对朱熹被贬、赵汝愚谪死表示同情和哀悼，留下了敢于议政的声名。刘克庄所言"或为律诗，托先生以行"一事，详见岳珂《桯史》卷一〇《庆元公议》："赵忠定既以议者之言去国，善类多力争而逐，韩平原之权遂张，公议哗然，日有悬书北阙下者，捕莫知主名。太学生敖器之亦有诗其间，曰：'左手旋乾右转坤，如何群小恣流言。狼胡无地居姬旦，鱼腹终天痛屈原。一死固知公所欠，孤忠赖有史长存。九原若遇韩忠献，休说渠家末代孙。'一时都下竞传。既乃知其出于器之，平原闻之，亦不之罪也。器之后登进士第，今犹在选调中。"② 据

①《刘克庄集笺校》，第 5846 页。
②《桯史》，第 174 页。

岳珂所载，律诗出自敖陶孙之手无疑，然而对此事的处理结果只有一句轻描淡写的"平原闻之，亦不之罪"，则是有意舍弃其间许多史事。叶绍翁《四朝闻见录》卷三中对此事经过另有详细记载："庆元初，韩侂胄既逐赵忠定，太学生敖陶孙赋诗于三元楼，云……陶孙方书于楼之木壁，酒一再行，壁已不复存。陶孙知诗必已为韩所廉，则捕者必至，急更行酒者衣，持暖酒具下。捕者与交臂，问以'敖上舍在否'，对以'若问太学秀才，即饮方酣'。陶孙亟亡命归走闽。逮之入都。至都，以书祈哀于韩，谓诗非己作，韩笑而命有司复其贯。敖陶孙旋中乙丑第，由此得诗名，《江湖集》中诗最多。"① 这则颇具戏剧性的故事在《（咸淳）临安志》中也有引载，惟省去被逮入都之后以书祈哀于韩侂胄一节。敖陶孙被逮入都的情节，在成书于宋理宗淳熙十二年（1185）的《庆元党禁》中也有记载："时有太学生于斋生题名中削去何澹名字，以其尝排道学也。澹时已显，大怒，谋于京尹，因其出，使不逞者与之哄，遂捕治之。太学士敖陶孙者，为诗以吊汝愚，而侂胄未得其名，俾其人并承之。辞不伏，乃移送大理，命狱丞劾其事，掠治无完肤。狱竟不就，犹坐不应削澹名，送岭南编管。"② 此则材料夸大了对敖陶孙的处理结果，所谓"掠治无完肤"、"送岭南编管"云云并不可信，否则不可能在不久之后参加科举考试，但敖陶孙从福建被捕入都则属事实。

综合以上几则材料，可大致还原事件的经过：庆元二年

---

① 叶绍翁撰，张剑光、周绍华整理：《四朝闻见录》丙集，《全宋笔记》第71册，大象出版社2019年，第172页。
② 沧州樵川樵叟撰：《庆元党禁》，知不足斋丛书本。

（1196），敖陶孙在北阙下题诗表达对时事不满①，北阙题诗必有
见之闻之者，故岳珂等所载言之凿凿。得罪韩侂胄之后险象丛
生，敖陶孙不得不第一时间微服变姓名亡走入闽，但仍被逮捕回
京治罪。再从不久之后庆元己未年（1199）敖陶孙登第来看
（此据刘克庄《臞庵敖先生墓志铭》所载，叶绍翁《闻见录》误
为乙丑），《闻见录》所载祈哀告免之事亦当属事实，因其时韩
侂胄权势正盛，若其无祈哀告免则当有系狱之事，更不可能科举
得中。

　　敖陶孙通过"谓非己作"逃过诗案之劫，既已对韩侂胄祈
哀告免，则不管北阙诗是否出自其手，此后都不可能再承认此诗
为自己所作。而刘克庄与敖陶孙过从甚密，故不疑朋友所言，或
即心知北阙诗出自敖陶孙之手，也必为之讳言无疑。

　　敖陶孙登第之后，历任海门主簿、漳州教授、泉州签判，广
东转运司主管文字等职，嘉定十七年（1224）宋理宗即位之后
转奉议郎，主管华州西岳庙。然其与陈起相识当在太学生时期，
敖陶孙《凄其岁晚不胜乡国坟墓之情再得四篇赠宗之毋以示他
人也》言："昔我宦南海，宾友日击鲜。今来重市归，掌肉分乌
鸢。"（四库本《江湖后集》卷十八）可见仕宦之后还有赠答往
来，二人应有一定的交情。

　　敖陶孙诗人之名颇著，士林中又多推其气节，然通过北阙诗

---

① 叶绍翁《闻见录》载为三元楼，据《（咸淳）临安志》卷十九《疆域·
市》："中瓦在市南坊北，及咸淳六年更创三元楼"，则三元楼为宋末咸淳六年
（1270）创建，敖陶孙早已去世。三元楼所在中瓦子在朝天门外不远，或其附
近即敖陶孙题诗之所，故有误载耶？

案或可看出其为人的另一方面。"秋雨"、"春风"句的嫁名之说与北阙诗案并无二致。刘克庄、方回之所以认为"秋雨"、"春风"为"赝诗",可能也是因为江湖诗案发生之后,敖陶孙尝试以"诗非己作"来为自己脱罪。《江湖集》中收录的诗作是陈起自己搜集而来,但并没有任何动机去改窜诗作嫁名于当代诗人,其所录当代诗人作品中也只有这首涉案之诗被作者敖陶孙所否认。

敖陶孙侥幸逃过北阙诗案,却没能避开江湖诗案,最终因这首似有所指的诗歌而获罪。敖陶孙于宝庆三年（1227）十一月去世,研究者或据此认为江湖诗案发生在本年,不过从陈起和曾极的遭遇来看,敖陶孙可能也是在某地编管,其卒年未可视为诗案发生的时间。

三、郑清之与江湖诗案

江湖诗案中出力营救最多诗人的当属郑清之无疑。郑清之,字德源,号安晚先生,庆元鄞县人,曾长期在临安太学读书。周密《齐东野语》卷八"郑安晚前谶"条载:

> 郑丞相清之,在太学十五年,殊困滞无聊。乙亥岁,甫升舍选,而以无名阙,未及奏名,遂仍赴丁丑省试。临期,又避知举袁和叔亲试别头,愈觉不意。及试《青紫明主恩》诗,押明字。短晷逼暮,思索良艰。漫检韵中,有颒字可用,遂用为末句云:"他年蒙渥泽,方玉带围颒。"归为同

> 舍道之，皆大笑曰："绿衫尚未能得着，乃思量系玉带乎？"
> 已而中选，攀附骤贵，官至极品，竟此赐，遂成吉谶。以此
> 知世之叨窃富贵，皆非偶然也。①

根据《宋史》本传的记载，郑清之嘉泰二年（1202）入太学时已二十七岁。虽然年纪不小，但在太学中并无出色表现，际遇不佳，所以在度过困滞无聊的十五年之后，才于嘉定十年（1217）登进士第。

郑清之早年经历并无特殊之处，登第之后历仕峡州教授、国子学录、太学博士，也只是普通官职。他在太学任教期间得到史弥远的赏识，倚为合力拥立宋理宗的重要人选，才开始碰触核心政务。随后被授诸王宫大小学教授，升宗学博士、宗正寺丞兼权工部郎、崇政殿说书等职。宝庆元年（1225），升任起居郎，次年权工部侍郎。绍定三年（1230），参知政事兼书枢密院事。六年（1233），史弥远病逝，被任命为右丞相兼枢密使。郑清之担任宰相期间，辅助宋理宗开展各项政治措施的革新，促成端平年间政局清平、理学兴盛的局面，在朝野上下享有极高的声誉。端平三年（1236），郑清之辞去宰相职务，日与宾客门生徜徉于山水之间。宋理宗顾念其匡助之功，先后下旨加封观文殿大学士、少保、少傅、少师、太保、太傅等衔，又在淳祐七年（1247）命其复相，直到十一年（1251）去世。

郑清之长期在临安游学、任职，对京城生活非常熟悉，可能

---

① 周密著，张茂鹏点校：《齐东野语》卷八，中华书局 2004 年，第 144 页。

与陈起的相识也比较早。江湖诗案发生时，郑清之官位并不显赫，但史弥远已开始对他倚以重任，令他负责教导被立为沂王嗣子并准备作为宁宗继位人的赵昀，因此他完全有能力为涉案诗人周旋。

倚赖郑清之的救援，诗案的影响被控制在一定范围之内，刘克庄也得以逃过流配之罪。这在朱继芳《挽芸居》诗有涉及："不得来书久，那知是古人。近吟丞相喜，往事谏官嗔。身死留名在，堂空着影新。平生闻笛感，为此一沾巾。"（《静佳乙稿》）叶德辉指出："丞相当谓清之，谏官当谓李知孝兴诗狱事。"① 郑清之继史弥远之后担任相位，这是以后来官职称呼他。

陈起对郑清之的仗义搭救心怀感恩，在诗案解禁之后与其保持长久的交往。《芸居乙稿》中赠与郑清之的诗歌多达六首，其中两首有明确的时间记载：《以仁者寿为韵寿侍读节使郑少师》注"丙午"，即宋理宗淳祐六年（1246），此时郑清之已辞退相位在家闲居，但朝廷仍给予他极高的礼遇，屡次提升其品级，还在西湖的鱼庄赏赐宅第。还有一首《寿大丞相安晚先生》，根据自注"己酉"，可知作于淳祐九年（1249）。这时距离江湖诗案已经过去二十四年之久，郑清之也在十余年闲居生活之后再居相位。

晚年郑清之常常对陈起表达关切和亲近之意，不仅馈赠药剂，还将带有皇帝御题的道经《太上感应篇》送给陈起观阅（《芸居乙稿》中有《安晚先生送自赞太上感应篇帙首御题诸恶

① 叶德辉《书林清话》卷二，复旦大学出版社 2008 年，第 49 页。

莫作众善奉行八字辅以佑圣像一轴两诗见意云》），可见陈郑二人虽然地位悬殊，他们的交往却很接近于寻常朋友①。

四、刘克庄与江湖诗案

刘克庄被牵涉诗案，理由是其《黄巢战场》中"未必朱三能跋扈，都缘郑五欠经纶"（载录于《江湖集》）二句，以及同时刊刻的《南岳稿》中《落梅》诗"东风谬掌花权柄，却忌孤高不主张"二句，含有谤讪之意。

刘克庄在嘉泰五年（1205）与仲弟刘克逊（无竞）、从弟刘希道（志学）同入太学，当时太学中共有二十斋，刘克庄参果行斋，二弟参持志斋，郑清之也在持志斋学习，刘克庄因此得以与他相识②。刘克庄天资聪颖，读书过目成诵，为文未尝起稿，在太学中"以词赋魁胄监"（《墓志铭》），无疑给郑清之留下深刻的印象。

诗案发生时，刘克庄任职为建阳知县，本应被提解到临安接受审讯，幸得签书枢密院事郑清之为其周旋，才勉强得以脱身。此事在林希逸《后村刘公状》中有详细记载：

　　　言官李知孝、梁成大笺公《落梅》诗，与"朱三郑五"

①　宋代书贾与达官贵人交往，陈起并非唯一案例。陈思也与魏了翁、乔行简等一时名流有交往（参见陈思编纂《宝刻丛编》卷首魏、乔序）。
②　刘克庄《杂记》："余开禧乙丑（1205）补入，参果行。仲弟无竞、从弟志学参持志，与安晚同斋，余因二弟识之。"（《刘克庄集笺校》第 4675 页）

之句激怒当国，几得谴。安晚郑公时在琐闼，力为释辨
以免。①

刘克庄的诗文中也对此事屡有提及。《杂记》言：

> 后余宰建阳，李知孝方兴乌台诗案，余踪迹危甚。晚
> （即安晚先生郑清之）在琐闼，力劝远相不宜以言语罪人，
> 其语遂解。余有一启谢晚。②

文中所言"启"即《上郑给事》，其文谓："中年以后，一字亦
无。忧患侵凌，精华消竭。犹以虚名之传布，遂为好事者中伤。
实则咏桃，乃曰含讥于燕麦；偶然题桧，遂云寓意于蛰龙。语播
市朝，命悬刀几，几置乌台之对，谁明奏邸之冤？左右莫为之先
容，大夫皆曰其可杀。侧闻琐闼，密启庙堂。……寝祸机于垂
发，圣谗说而不行。"③虽然刘克庄最终没有遭遇被流配的厄运，
但也因此闲废了很长时间。

江湖诗案在刘克庄生命中烙下了深深的印记，后来所作诗词
中屡屡流露出忧谗畏讥之感。方回《瀛奎律髓》卷二十"梅花
类"载刘克庄《落梅》诗，评云：

---

① 《刘克庄集笺校》，第 7549 页。
② 《刘克庄集笺校》，第 4675 页。
③ 《刘克庄集笺校》，第 4817 页。

诗禁解，潜夫为《病后访梅九绝句》云："梦得因桃却左迁，长源为柳忤当权。幸然不识桃并柳，却被梅花累十年。"又云："一言半句致魁台，前有沂公后简斋。自是君诗无警策，梅花穷杀几人来。"又云："春信分明到草庐，呼儿沽酒买溪鱼。从前弄月嘲风罪，即日金鸡已赦除。"时潜夫废闲恰十年矣。其诗格本卑，晚而渐进。如此诗"迁客"、"骚人"，"金刀"、"玉杵"二联，皆费妆点，气骨甚弱。如《忆真州梅园》诗、次韵《方孚若瀑上种梅》"窗"、"庞"之韵至于十首，今无可选，后集梅绝句至百首，谓之百梅。如方乌山澄孙诸人，各和至百首，颇不无赘，而亦有奇者，惟此可备梅花大公案也。①

《病后访梅九绝》作于诗禁初解之后，最能反映诗人的心曲。首篇中用了刘禹锡和李泌的典故，刘禹锡因写"玄都观里桃千树"而得罪权贵；李泌（长源）《咏柳》云"青青东门柳，岁晏必憔悴"两句，杨国忠以为讥讽自己。刘克庄以刘禹锡和李泌自比，可见《落梅》诗对其仕途生涯影响至深，也带给他长久的心理创伤。

不仅梅花诗中如此，其他诗词文章中也能够看到诗案的影响。如《贺新郎·再和前韵》云："梦断钧天宴。怪人间曲吹别调，局翻新面。不是先生暗哑了，怕杀乌台旧案。"② 又《贺新

---

① 《瀛奎律髓汇评》，第843—844页。
② 《刘克庄集笺校》，第7678页。

郎·宋庵访梅》云:"老子平生无他过,为梅花受取风流罪。"①
又《题杨补之墨梅》云:"予少时有《落梅》诗,为李定、舒亶
(按:制造"乌台诗案"陷害苏轼的人)辈笺注,几陷罪苦。后
见梅花辄怕,见画梅花亦怕。"② ……可以说,江湖诗案成为刘
克庄不时就会浮现在心里的梦魇。

胡仲弓是刘克庄的门人③,二人长期有通信交往,往来赠答
诗歌数量很多,他非常了解梅花诗案对于刘克庄的影响。《读后
村〈梅花百咏〉》:"曾被梅花累十春,孤山踪迹断知闻。百篇
依旧相嘲弄,却恐梅花又怕君。"(四库本《苇航漫游集》卷四)
又《送后村去国》:"累疏笺天乞挂冠,此时便合整归鞍。玉音
不许难轻去,局面那知竟未安。但得中朝常有道,何妨右史左迁
官。此行不被梅花累,把作寻常物外看。"(四库本《苇航漫游
集》卷三)两首诗中均提及梅花诗案,后一首中更以后一次被
贬事件与梅花诗案相比来安慰刘克庄。

刘克庄与陈起之间的关系也因为江湖诗案的发生而变得有些
尴尬。早年刘克庄作《赠陈起》云:

　　陈侯生长纷华地,却以芸香自沐熏。炼句岂非林处士,
鬻书莫是穆参军? 雨檐兀坐忘春去,雪案清谈至夜分。何日

①《刘克庄集笺校》,第 7369 页。
②《刘克庄集笺校》,第 4171 页。
③ 胡仲弓《过蒲城怀刘后村中书因以奉寄》其四:"模楷从来属李膺,皋比
授业我何能。倚墙甚欲重参请,恐累龙门不敢登。"可见他是以刘克庄门人自
居的。

我闲君闲肆，扁舟同泛北山云。①

此诗在《后村集》卷七，次于《赠翁卷》之前，视其语气似为初识陈起时的赠诗。诗中盛赞陈起虽然生活在繁华市井之中，志趣却非常人所及，堪比北宋高士林逋和穆修。林逋是隐居在西湖孤山的隐逸诗人，苏轼《书林逋诗后》言其"神清骨冷无由俗"、"诗如东野不言寒"。穆修性格耿介，魏泰《东轩笔录》卷三载："（穆修）晚年得《柳宗元集》，募工镂板，印数百帙，携入京相国寺，设肆鬻之。有儒生数辈至其肆，未评价直，先展揭披阅，修就手夺取，瞋目谓曰：'汝辈能读一篇，不失句读，当以一部赠汝。'其忮物如此，自是经年不售一部。"② 刘克庄将陈起比之于林逋、穆修二人，可见对陈起的欣赏之情。二人在烟雨霏霏的暮春时节，清谈至夜幕降临仍意犹未尽，还期待着空闲时能够一起泛舟湖海。从诗中可以体会到刘克庄与陈起交往的愉悦感。

陈起留给刘克庄极佳的第一印象，而他们早期合作也是非常密切的。刘克庄将精选出来的《南岳稿》交予陈起刊刻，这是他人生中首部刊行流传的诗稿。二人成功地从这部诗稿中获得名声和利润的双赢，可以想见，如果没有江湖诗案的发生，他们还会有更深入的交往和合作。

但江湖诗案改变了他们之间的关系。刘克庄自己牵涉诗案遭

---

① 《刘克庄集笺校》，第 415 页。
② 魏泰著，李裕民点校：《东轩笔录》，中华书局 1983 年，第 30—31 页。

到贬谪，同时因为相信陈起伪造诗歌嫁名于好友敖陶孙而导致其
罹祸，也难免心存芥蒂。《后村集》中有《余辛卯岁卧病郡城，
陈宗之、胡希圣有诗问讯。后五岁，希圣寄新刊〈漫游集〉，前
诗已载集中，次韵二首》，此二首诗是次韵门人胡仲弓赠诗之
作，分别押"寒"字韵和"东"字韵。胡仲弓《苇航漫游稿》
卷一所载《次陈芸居问讯后村韵》及《后村来书，有"此心如
珠，有物蒙之"之语，芸居有诗，再用前韵》用韵相同，可知
刘克庄正是答这两首诗。胡仲弓赠后村诗作于绍定四年
（1231），当时他应该正在临安（可能是为了参加会试），与陈起
结识并成为好友。陈起很自然地通过他打听刘克庄的消息，并借
刘胡二人通信往来之便向刘克庄赠诗致意。刘克庄回信中有
"此心如珠，有物蒙之"二句，对此，陈起、胡仲弓又再次赠诗
与后村。陈起赠诗已经不存，胡仲弓《再用前韵二首》其一云：
"襟抱天样宽，万象并包函。富贵一虫臂，此理君饱谙。直语苦
如荼，回味留余甘。吟诗秉史笔，未数司马谈。"其二云："男
儿重意气，咄咄宁书空。笑人愧邓禹，抵掌随臧宫。信是心如
珠，有物蒙其中。非珠亦非物，点雪付炉红。"二诗以不苟全富
贵、不随流合污来宽慰和劝解，可见他们对"此心如珠，有物
蒙之"二句，正是理解为诗案带给刘克庄的心灵伤害。对于陈、
胡的再次赠诗，刘克庄采取置之不理的态度，直至五年后的端平
三年（1236）胡仲弓寄赠新刊《漫游集》，因集中收录这两首写
给自己的诗歌，这才给予回复。通过这次诗歌赠答，可见刘克庄
心中"有物蒙之"，与陈起交往的怠惰之意已不言自明。

　　淳祐十一年（1251）初，刘克庄起复任秘书监兼太常少卿、

直学士院，再次来到临安任职。陈起《〈史记〉送后村刘秘监兼致欲见之惊》：

> 昏瞆嗟耳目，管弦堂上调。世事每相背，秋月虚良宵。涓吉拟登龙，疾雨惊风飘。祢刺不得前，东睇心旌摇。近履传康强，变体笔更饶。风响虽时接，未若亲闻韶。忆昔西湖滨，别语请教条。嘱以马迁史，文贵细字雕。名言犹在耳，堤柳凡几凋。兹焉得蜀刻，持赠践久要。会晤知何时，霁色审来朝。（《芸居乙稿》）

陈起在诗中表达了想求见刘克庄的愿望，随诗一同呈上的还有一部蜀刻本《史记》。之所以赠送《史记》，是因为过去陈起曾就刻书业务上的事情向刘克庄请教，刘克庄建议他用小字刊刻《史记》使之得以广泛流传。然而陈起书籍铺以诗集作为经营方向，因此没有刊刻《史记》。他以蜀刻本《史记》作为赘见之礼，表示自己从未忘记刘克庄的教益。

刘克庄收到赠诗之后是否与陈起见面，不得而知。此次起复不到一年，就因言事峻切得罪权贵，十二年正月除右文殿修撰，出知建宁府。在刘克庄离开京城之际，胡仲弓有《送后村去国二首》赠别。刘克庄《辛亥去国，陈宗之胡希圣送行，避谤不敢见。希圣赠二诗，亦不敢答。乙卯追和其诗》分别押"尤"字韵和"寒"字韵，与胡仲弓诗相同，即答其送别之诗。然而和诗时间是四年之后的宝祐三年（1255），刘克庄以"卧病"、"避谤"为辞，这就不由得令人猜想，他是否在有意避免与陈起这位"好事者"有过多的接触呢。

五、《南岳稿》与江湖诗案

方回在论及江湖诗案时有"《南岳稿》与焉"之语，似乎《南岳稿》亦曾牵涉诗案。而宋人记载中仅提到《江湖集》被劈版，那么《南岳稿》是否也有类似的遭遇，值得进行探讨。

刘克庄《南岳稿》宋刻本长期湮没无闻，2006 年出现在北京德宝国际拍卖有限公司秋拍上，后不知为何人购藏。所幸当时几位学者亲自上手鉴定，写过一些文章，对此宋刻本有所介绍。这部新发现的宋刻《南岳稿》包含《南岳旧稿》、《第一稿》、《第三稿》、《第四稿》，《第二稿》缺失。方回《瀛奎律髓》卷二十《落梅》诗题后云刘克庄"初有南岳五稿"，可见此数稿虽然各自独立，但应视为一个整体。

《南岳旧稿》卷首标注"诗一百首"，卷末有两行跋语："余少作几千首，嘉定己卯自江上奉祠南归，发故箧尽焚之，仅存百篇，是为《南岳旧稿》。"① 由此可知，《南岳旧稿》编定于嘉定十二年（1219）离开江淮幕府，奉祠回归之时。刘克庄《黄恺诗》："顷游江淮幕府，年壮气盛，建业又有六朝陈迹，诗料满目，而余方为书檄所困，留一年十阅月，得诗仅有二十余首。"②

---

① 宋刻本《后村居士集》卷六下也注"南岳旧稿"四字，然此卷所收诗歌为嘉定十五年（1223）游桂幕以后所作，明显并非属于《南岳旧稿》，很可能是误衍。
②《刘克庄集笺校》，第 4180 页。

《旧稿》中即包含了江淮幕府所作的少数诗歌。

《南岳》第一稿、第二稿、第三稿均存诗百首，为奉祠南归之后两年中所作。《黄㥄诗》："及出幕，奉南岳祠未两考，得诗三百，非必技进，身闲而功专尔。"① 刘克庄与叶适交情颇深，开禧三年叶适落职奉祠之时，刘克庄有《送叶尚书奉祠二首》相送，表达"曾出龙门称弟子，感知惟有寸心丹"的拳拳之意。其《南岳第三稿》编成之后，也曾寄给叶适指正。叶适《题刘潜夫南岳诗稿》云："于时刘潜夫年甚少，刻琢精丽，语特惊俗，不甘为雁行比也。今四灵丧其三矣……而潜夫思愈新，句愈工，历涉老练，布置阔远，建大将旗鼓，非子孰当!"② 又《题刘潜夫诗什并以将行》诗云："寄来南岳第三稿，穿尽遗珠簇尽花。几度惊教祝融泣，一齐传与尉佗夸。龙鸣自满空中韵，凤味都无巧后哇。庾信不留何逊往，评君应得当行家。"③ 诗中对《南岳第三稿》不吝赞许之言。

《南岳第四稿》百首虽然不详其编定时间，但观其所载诗歌多涉湖南、广西地名，当为嘉定十四年（1221）充广西经略使胡槻幕僚赴任途中及到任之后所作。岭南游幕时期刘克庄作诗甚夥，虽非奉祠南岳期间，但仍冠以"南岳"之名。此五稿编定之后交由陈起刊刻，由于牵涉江湖诗案，其刊刻当在诗案发生的宝庆元年（1225）之前。

与《南岳旧稿》相对，《南岳》第一、二、三、四稿为后

---

① 《刘克庄集笺校》，第 4180 页。
② 《叶适集》，第 611 页。
③ 《叶适集》，第 121 页。

编，故又称《南岳新稿》。许棐《读〈南岳新稿〉》则云："春
来游未遍湖山，已是风光一半残。细把刘郎诗读后，莺花虽好不
须看。""刘郎"字面上指刘克庄，实则暗用刘禹锡写《玄都观
桃花》而遭贬的故事，表达了对刘克庄因《梅花诗》遭遇文字
公案的同情。又武衍《刘后村被召》："衔上官虽显，吟边兴不
衰。细评《南岳稿》，远过后山诗。才大人多忌，名高士素知。
瓣香吾敢后，幸见召环时。"（《适安藏拙余稿乙卷》）武衍的评
价应是指《南岳稿》全部而言。

　　程章灿先生曾对比宋刻本《后村集》与《南岳稿》，指出宋
刻本《后村集》卷一即《南岳旧稿》①，《后村集》卷二即《南
岳第一稿》，卷首注"嘉定己卯奉南岳祠以后所作"，其中《立
春二首》注"嘉定庚辰奉南岳祠"；卷三注"《南岳第二稿》"；
卷四注"《南岳第三稿》"；卷五内容则与《南岳第四稿》全
同②。由此可见，《南岳五稿》早期单刻流传，后复编入《后村
集》中。赵前先生指出，宋刻《南岳稿》尽管每卷首页第三行
皆题"诗一百首"，但各卷实际录诗篇数并不相同③。程章灿先
生仔细统计了各卷的具体数目，分别为《南岳旧稿》录诗 101
首；《南岳第一稿》录诗 99 首，其中有三诗重出，实际录诗 96

---

① 方回《瀛奎律髓》卷十四"晨朝类"选录刘克庄《早行》一诗云："店妪
明灯送，前村认未真。山头云似雪，陌上树如人。渐觉高星少，才分远烧新。
何烦看堠子，来往暗知津。"其后自注云："《南岳一稿》第七诗，三四可观，
盖少作也。"此诗实际上是《旧稿》第七首，方回可能是偶尔误记。
② 程章灿：《〈南岳稿〉考证》，《文献》2016 年第 1 期。
③ 程章灿：《〈南岳稿〉考证》，《文献》2016 年第 1 期。

首；《南岳第三稿》录诗 96 首；《南岳第四稿》录诗 97 首①。

　　结合宋刻本《后村居士集》卷一所收《旧稿》未录《淮扬客舍》，合一百首；且方回《瀛奎律髓》卷十四"晨朝类"选录刘克庄《早行》一诗，云在"第七诗"，与《后村居士集》正好相同，程先生认为："宋刻《南岳稿》属于比宋刻《后村居士集》更早的版本，但也不是江湖诗案发生前的原貌，而是也经过了增删抽换，《淮扬客舍》应是后来补入的。"② 又言："仅据宋刻本《后村居士集》和宋刻《南岳稿》而论，宋代至少已有两种不同的《南岳旧稿》版本在世间流播，它们之所以不同，是因为面对江湖诗案之后的政治压力而作了不同形式的抽换增删。"③ 程先生还发现各卷之中，往往是在卷首、卷末处出现问题，例如《南岳第一稿》中"总计 99 首，实为 96 首，因为其中《昔仕》、《蒜溪》和《黄檗道中崖居者》三首先见于本卷第17、18、19 首，又重出于第 97、98、99 首的位置"④。"《南岳第三稿》，录诗 96 首。而宋刻本《后村居士集》、《四部丛刊》本《后村先生大全集》以及《文渊阁四库全书》本《后村集》录诗皆为 100 首整，两者相同的只有 90 首。问题也集中在宋刻《南岳第三稿》的卷首和卷尾。"⑤ 对于这些问题，程先生认为《南岳第一稿》"明显经过抽换增删，以致篇目及其序次与其他

① 程章灿：《〈南岳稿〉考证》，《文献》2016 年第 1 期。
② 程章灿：《〈南岳稿〉考证》，《文献》2016 年第 1 期。
③ 程章灿：《〈南岳稿〉考证》，《文献》2016 年第 1 期。
④ 程章灿：《〈南岳稿〉考证》，《文献》2016 年第 1 期。
⑤ 程章灿：《〈南岳稿〉考证》，《文献》2016 年第 1 期。

版本有较大差别"①。

从拍卖书影来看，宋刻《南岳稿》的版式行款为半页十行，行十八字，正符合陈起刻书的习惯，字体也与陈起刊刻的其他诗集相同。并且版心有刻工"徐"、"马"、"吕信"等，吕信是南宋后期杭州地区著名刻工，参与过《资治通鉴纲目》、《晦庵先生文集》、《荀子》等书的刊刻，可见今存宋刻本《南岳稿》是杭州地区刻本，且为陈起所刻，这是没有疑问的。《南岳稿》与《江湖集》差不多同时进行，随后即发生江湖诗案，那么抽换重刻的时间应在诗禁放开之后。《南岳稿》虽然牵涉诗案，但书版仍得以保留，其中或许也有郑清之相助之力。

《南岳稿》书板的修改抽换主要见于各卷首末之处，抽换之后出现一些内容不全或重复的地方，说明其操作只是简单地抽掉版片或随意拼凑，并未严肃认真地重新处理。这也是书商刻书的不严谨之处。

六、余论

江湖诗案在南宋历史上只是一抹微澜，但对于诗坛而言却是一个重要的分水岭。不仅关涉诗案的人物命运因此而改变，而且由于判决从严从重，乃至"诏禁士大夫作诗"，包括孙惟信（花翁）在内的诗人不得不"改业长短句"，对于诗歌发展造成很大的阻滞。

---

① 程章灿：《〈南岳稿〉考证》，《文献》2016 年第 1 期。

在政治压迫之下，人间百态世情炎凉也纷纷呈现出来。有的诗人选择明哲保身、避谤持戒；有的诗人不避嫌疑，赠诗送给涉案诗人，如戴复古《曾景建得罪道州听读》、李自中《送曾景建道州听读》，这些诗歌给了患难朋友极大的心灵安慰。《江湖集》虽然给陈起招致了人生中最大的劫难，同时也引起士林的同情和关注，为他带来了巨大声誉。他后来编刊的《江湖前、后、续集》仍以"江湖"命名，或许是想延续和利用这种影响力，或许还带有对自己人生中一段艰难岁月的纪念。陈起去世之后，友人释斯植作《挽芸居秘校》云："世上名犹在，闲情岂足悲。自怜吟日少，谁恨识君迟。兰阁人亡后，寒林月上时。十年青史梦，唯有老夫知。"（《采芝集》）可见陈起一直都有通过刊书而留名青史的想法，这种隐秘的寄托也只有最好的朋友才能知道和理解了。

第二章

南宋后期江湖诗人的活动与创作

第一节 诗人漫游与江湖风味的形成

南宋中后期，冗官问题日益严重，朝廷为了缓解"员多阙少"的社会矛盾，不得不压缩科举取士的规模，导致科举仕途趋于艰难，有的士人"舍乡贡而图漕牒"，多方钻营其他入仕途径；有的屡试不第之后主动放弃科举，改业商贾或游谒权门以谋求生活之资。而那些几经努力侥幸高中者，在入仕之初也多被派发到偏远州县任职，或到沿边地区的将帅幕府担任僚佐①，各种原因造成了文士的社会流动性明显增多。发生在特定历史背景下的游幕和游谒经历，深刻地影响着中下层诗人的心理状态和诗歌风貌。

---

① 参见钱建状：《科举与江湖派诗人的漫游》，《科举学论丛》2007 年第 1 期。

一、江湖诗人的游幕生活

中下层文士流动是南宋中后期非常明显的现象，由于仕途晋升通道的阻滞，许多文士不得不以幕僚和谒客的身份，在各路、州府、县的官僚行馆和两淮、京湖、四川等沿边制置使、宣抚使幕府中往来活动，担任幕府机宜文字、干办公事、准备差遣之类的职务。

文士入幕必须具备一定的条件，除了朝廷规定的出身资格，还得符合地方官府和各地幕府的用人需求。不论幕主举荐还是朝廷辟用，实干能力和公文写作素养都是主要考虑的素质。而对于那些慕尚风雅的幕府帅臣，可能在四六文写作之外，也会看重僚属其他方面的文学创作能力。如开阃时间长且功绩显著的赵葵，幕府中笼络了大量人才，其中颇多才华洋溢的文人，林希逸《信庵赵少保挽诗》称其"握手最先门下士"，刘克庄称"公门下客如宋子京、欧阳永叔者比肩"。另一位南宋后期权臣贾似道，幕府中也聚集了众多文人，一时俊士尽入彀中。李恕斋《谢秋壑辟郓教启》云："窃以元帅府网罗众俊，虽专辟举之权；文学掾领袖诸生，当采清修之望。……谓武备必有文事，故僚属多用儒生。"① 在这样的背景下，许多江湖诗人都曾有游幕经历。

周文璞、赵师秀、张炜、胡仲弓、施枢等人都有描写游幕生

①《全宋文》第349册，第37页。

活的诗歌①。江湖诗人丘升（号退斋），"其未第也，已客于龙学、信庵二赵公之门。三京之役，传檄中原，帛书露布，皆其笔也。既而往来诸闽，应酬兵事，或言之诸使，或辨之中朝，辞气激昂，议论精到"（《跋丘抚干升遗稿》）②；刘子澄（字清叔，四库本《江湖后集》卷二辑录其诗多首）"以文墨事信庵赵丞相"；诗人张蕴（字仁溥）也曾游于赵氏幕府，《和信庵留题虎丘韵》云"暂携僚吏登临处，未把风流逊谢安"。邵武诗人严粲在嘉定十六年（1223）登进士第，历任饶州掾、清湘知县之后，被徽州知府袁甫辟为机宜文字③。另一位江湖诗人王同祖于嘉熙二年（1238）曾入金陵幕担任机宜文字④。有的江湖诗人甚至有多次入幕经历。如刘克庄，嘉定二年（1209）门荫补将仕郎，三年（1210），入江南西路隆兴府袁燮幕府；十年（1217），入江淮制置使李珏幕府为准遣；十五年（1222），入桂林胡槻幕府；端平元年（1234），被福建安抚使真德秀辟为机幕，除将作监主簿兼帅司参议官。前后四次、长达八年的幕府生活构成了刘克庄年轻时期的主要人生经历。

　　大多数情况下，幕府中宾主相得，同僚和睦，生活轻松愉快。桂林山水秀丽，刘克庄在胡槻幕府的时候常常与幕僚们结伴

---

① 王同祖《游蒋山》："家世帝王州，钟山耻未游。卷书趋幕府，散步入林丘。泉湃悬崖丑，云闲古树愁。草堂今在否，更欲展诗眸。"
②《刘克庄集笺校》，第 4631 页。
③ 严粲《任机宜新圃》："小斸烟苔地，春生一笑间。亭邀邻圃树，台把隔城山。幽梦壶天晓，清时幕府闲。旋移花尽活，容我醉来攀。"
④ 王同祖《学诗初稿自序》："自髫龀侍家君宦游，弱冠入金陵幕府。"

出游，互相唱和，《行状》云"八桂佳山水，胡与公倡酬几成集"①。另一位担任幕僚的叶潜仲是金华宰相叶衡之孙，与刘克庄关系尤为亲密，两人经常一起游山玩水，所到之处辄有题咏。刘克庄《送陈东》云：

> 后十年，予从事广西经略使府，潜仲适佐漕幕。岭外少公事，多暇日，予二人游钓吟奕必俱。神厓鬼洞，束缊盲进，唐镜宋刻，剡苔疾读，登巘放鹤，俯湫呼龙，平生乐事莫如桂州时也。②

嘉定十六年（1223）胡槻另有任命，刘克庄与叶潜仲也考举及格，一同离开桂幕。他后来在《挽叶潜仲诗》中回忆这段经历，写道："俱入平蛮幕，同登出岭舟。交情倾盖尽，世事阖棺休。客致生刍去，家惟断稿留。遥知风雨夜，愁绝老参谋。"③

　　郑清之幕府中也是一片主客相得的欢愉气象。《安晚堂诗集》中有许多赠与幕掾的诗歌，如《戏续前韵简幕掾林治中》、《煮白酒送林治中》、《和林治中雪诗五首》、《和德夫治中林宗谕雪诗简黄制卿》、《谢郑广文和韵》等，从这些诗歌可以看到，郑清之与幕府掾属酬答唱和，结下几乎不分主客的情谊。《偶成呈林郑二友两绝》云：

---

① 《刘克庄集笺校》，第 7549 页。
② 《刘克庄集笺校》，第 3968 页。
③ 《刘克庄集笺校》，第 471—472 页。

人才百年能几见，俗子一揖已累人。元温亦知有此客，
德操未省谁为宾。

声名谷口我宗秀，风调西湖我辈人。自是山岩着不得，
天教暂此伴闲身。

第一首诗中用了两个典故。"元温"当为"桓温"之误。《晋
书·谢安传》载桓温请谢安为司马，"既到，温甚喜，言平生，
欢笑竟日。既出，温问左右'颇尝见我有如此客不'"[①]。此用
典表现了自己对林、郑二位幕客的欣赏之情。德操是汉末名士司
马徽的字。《三国志·庞统传》裴松之注引《襄阳记》："德操尝
造庞德公，值其渡沔上祀先人墓，德操径入其室，呼德公妻子，
使速作黍，徐元直向云'有客当来就我与庞公谭'。其妻子皆罗
列拜于堂下，奔走供设。须臾，德公还，直入相就，不知何者是
客也。"[②] 此用典描写了与幕客之间不分彼此的亲厚关系。

承平时期的幕府生活有助诗人增广见识，增添诗料，正所谓
"幕府清闲无檄至，邮筒络绎有诗来"。但在沿边幕府中，战争
危机和备战压力却是时常存在的。王同祖在金陵幕府的时候，参
与了许多沿边备战的事务。《秋日金陵制幕书事》其一云："幕
府秋来事更多，夜深犹自拟诸寠。平安号火新来急，北骑连宵已
渡河。"其二云："点尽官军点到民，三千新遣殿司兵。流移更
讲关防策，预结强丁戍列营。"诗中描写敌兵压境的紧张气氛，

① 房玄龄等：《晋书》，中华书局 1974 年，第 2073 页。
② 陈寿撰，陈乃乾校点：《三国志》，中华书局 1982 年，第 954 页。

以及边境抽调壮丁备战的方策。

宋金对峙时期的幕府工作，不愉快的事件也时有发生。刘克庄在李珏金陵幕府的经历就是一个案例。嘉定十年（1217），刘克庄被江淮制置使李珏幕府辟为准遣，参谋军事，草书军檄。当时幕府中有毛易甫、薛子舒、王中甫、黄德常、黄榦、左次魏等文人，可谓济济多士。虽值与金国、蒙古关系错综复杂，矛盾冲突异常尖锐的时期，幕府中却是一片诗酒风流的太平气象。这种状况令有识之士深感忧患，《宋史·黄榦传》载：

> 其时幕府书馆皆轻儇浮靡之士，僚吏士民有献谋画，多为毁抹疏驳。将帅偏裨，人心不附，所向无功。流移满道，而诸司长吏张宴无虚日。榦知不足与共事，归自惟扬，再辞和州之命，仍乞祠，闭阁谢客，宴乐不与。①

幕主李珏的无所作为令黄榦深感失望，最后辞职而去。刘克庄则怀抱拳拳报国之心勤勉于公务。他在《丁丑上制帅书》中指出江淮边防管理存在严重疏失，建议抽调极边将士以屯次边，做好全面防范，然而并没有被李珏采纳。随后金兵包围滁州、扬州，引起朝野震动，刘克庄不得不承担谋划不力的过失，愤而辞职，奉祠南岳。后来刘克庄多次回顾这段经历并为自己辩白。《跋黄录参〈广西平蛮录〉》言："往年余从事江淮制置使府，实与虏

---

① 脱脱等：《宋史》，中华书局 1985 年，第 12780—12781 页。

对垒。同舍郎数年间贵显略尽，独余无尺寸功，请监南岳庙归。"①《改官谢丞相启》亦言："顷为阃属，偶在兵间，未尝有臧宫、马武之心，不过任陈琳、阮瑀之事。方边头之告警，草檄居多；及江上之解严，拂衣径去。力求南岳，归养北堂。每云臣罪之当诛，敢谖吉谋之不用？"② 这两段文字中透露出对金陵幕府生活的不平之气。

幕府生活缺乏集中性和稳定性，是游幕文人不得不面对的另一个问题。这主要由于幕府帅臣并不固定在某个地方任职，一旦离任，幕僚府客也随之解散，很少留任或继续共事者。以长期游幕的江湖诗人施枢（字知言，号芸隐）为例，他曾应绍定五年（1232）进士科落第，端平二年（1235），入曹豳苏州仓台幕③。施枢《芸隐倦游稿自序》云："及乙未秋入吴摄庚台幕。"④ 其集中有《中秋日虎丘呈庚使东畎先生》、《赓庚使和毛君玉送墨梅韵》，即作于苏州幕府。曹豳在苏州任职不久，即升为提举两浙西路常平司，施枢也只好离开吴幕。端平三年，施枢应曹豳之邀来到绍兴，《自序》云"丙申秋复过越访东畎先生"，又《绍兴城隍庙》题注云："芸隐以东畎先生命来游高会，时星夕后一

①《刘克庄集笺校》，第4145页。
②《刘克庄集笺校》，第4794页。
③ 曹豳字西士，号东畎。宁宗嘉泰二年（1202）进士。历任安吉州教授、重庆府司法参军、秘书丞，提举苏州仓司、两浙西路常平茶盐公事、两浙东路提点刑狱公事，除左司谏、福州知州等职，以宝谟阁待制致仕，卒于淳祐九年（1249）。详见《后村大全集》卷一四四有《曹豳神道碑》残篇，以及瑞安文管会藏曹怡老撰《曹豳墓志》。
④《汲古阁宋钞南宋群贤六十家小集》本卷首，第1A页。

日。……适谒东咞，令暂止于府贰之南厅。"① 但他似乎没有能够在绍兴谋得职位。所以这年冬天，他到浙东转运司担任幕僚。

施枢精通实务，所从事的都是一些比较辛苦的工作。《芸隐横舟稿自序》言：

> 枢丙申冬，趋浙漕舟官，戍小廨，泊崇新门外，傍河依柳，髣髴家居。刳剔之余，时作一二解，殊自适。丁酉，郁攸挺变，场地焦土，转徙不常，修缮御前诸营，投身竹木瓦砾中，奔走不暇。及涉笔冰幕，尘埃益甚。经年仅得十余篇，非日忘之，势也。戊戌秋，捧檄东越，凿石障江，因登蓬莱，把秦望，探禹穴，访兰亭，上会稽中峰，谒阳明洞天。山川之秀，陶熔胸次，间唫一联，自谓可意，故所得最多。亥春旋幕，董筑江堤，清事始尽废矣。尝观银涛万迭，瞬息去来，翠山数点，空远呈露，非不足以发雅思而动雄心，而无一语及之者，亦势也。岁晚坝岸成，枢秩适满，裒集旧作，共百二十题。②

序中提到自己负责临安御街灾后重建、修筑河流堤坝等繁重的工程事务，劳役辛苦，根本无暇吟诗。这与金陵幕、桂幕中"宴无虚日"、"岭外少公事"的生活有云泥之别。

---

① 施枢：《芸隐倦游稿》，《汲古阁宋钞南宋群贤六十家小集》本，第 19B 页。
② 施枢：《芸隐横舟稿》卷首，《汲古阁宋钞南宋群贤六十家小集》本，第 1 页。

二、江湖诗人的游谒权门

宋代对于士人入幕资格限制严格，不辟白衣之士和虽有出身而无历任者，因此一些江湖诗人并未获得朝廷任命，只是作为谒客身份游于各地幕府。与朝廷任命的僚属相比，这些偶游幕府的江湖文人，生存状态和前程具有更多的不确定性。

刘过、姜夔都属于此类江湖诗人。刘过字改之，庐陵人，曾四次应举不第，光宗年间伏阙上书陈述抗金之计，但未被采纳。岳珂《桯史》卷二"刘改之诗词"条载：

> 庐陵刘改之过以诗鸣江西，厄于韦布，放浪荆、楚，客食诸侯间。……又，嘉泰癸亥岁，改之在中都，时辛稼轩帅越，闻其名，遣介招之。适以事不及行，作书归辂者。因效辛体《沁园春》一词，并缄往，下笔便逼真。其词曰：……辛得之大喜，致馈数百千，竟邀之去。馆燕弥月，酬唱叠壹，皆似之，逾喜。垂别，赒之千缗，曰：以是为求田资。改之归，竟荡于酒，不问也。①

刘过曾游于绍兴知府兼浙东安抚使的辛弃疾幕府，但并非主动投谒，而是有感于辛弃疾诚心招纳才前往投靠。刘过才华横溢，尤其擅长效仿他人风格，所作效稼轩体词博得辛弃疾的欢心，获得

---

① 岳珂：《桯史》，中华书局1981年，第53页。

数百千的馈赠，离开幕府时又获赠千缗田资。张世南《游宦纪闻》记载了刘过另外两次获赠经历：

> 黄尚书由帅蜀，中合乃胡给事晋臣之女，过雪堂，行书《赤壁赋》于壁间。改之从后题一阕，其词云：……后黄知为刘所作，厚有馈贶。……郭杲为殿岩从驾还内，都人昉见，一时之盛，改之以词与郭云……郭馈刘亦逾数十万钱。①

但刘过并没有善于利用这些馈赠。吕大中《宋诗人刘君墓碑》载其“家徒壁立，无担石储，此所谓生而穷者”，又“冢芜岩隈，荒草延蔓，此所谓死而穷者”。其生前死后的穷困潦倒，跟放荡不羁的个性和行为不无关系。

辛弃疾为人慷慨豪迈，不止一人从他这里获得过资助。人称“金华五高”之一的杜旃也曾经接受辛弃疾的金钱馈赠，在清湖购置田地房产，过上了富足安稳的生活。高翥《喜杜仲高移居清湖》一诗原注云：“稼轩为仲高开山田，仲高有《辛田记》。”②像辛弃疾这样的贵室显宦并不罕见。不管出于对江湖文士的惺惺相惜，还是想通过接纳文士而博取名声，在能力允许的情况下，他们往往乐意招揽和容留文士，或对偶尔登门的文士予以资助。

南宋中期另一名著名诗人姜夔，曾四次参加科举而失败，遂

---

① 张世南：《游宦纪闻》，《丛书集成初编》本，商务印书馆 1936 年，第 3 页。
②《辛弃疾集编年笺注》，第 2115 页。

放弃仕途之路,四处漫游。后为萧德藻所赏识,在跟随萧德藻前往湖州的路上认识了杨万里。杨万里引荐他去拜谒巨卿范成大,得到范成大的礼遇。姜夔还受知于许多其他的达官贵人。庆元二年(1196)之后寓居杭州,出身名门望族的巨富张鉴对他资助尤为丰厚,甚至想为他捐资买官、割地养老,但被姜夔拒绝。姜夔凭借才华为公卿所知赏,好友陈造不无艳羡地在《次尧章钱南卿韵二首》中写道:"姜郎未仕不求田,倚赖生涯九万笺。稛载珠玑肯分我,北关当有合肥船。"又《次姜尧章赠诗卷中韵》云:"诗传侯王家,翰墨到省寺。姜郎灿然文,群飞见孔翠。论交辱见予,卢马果同异。念君聚百指,一饱仰台馈。我亦多病过,忍口严酒戒。终胜柳柳州,吐水赋《解祟》。"① 可见姜夔倚赖售卖"九万笺"诗词翰墨的收入,便足以赡养十口之家。

与姜夔同时于张鉴门下的,还有另一位诗人孙惟信(字季蕃,号花翁)。陈振孙《直斋书录解题》卷二十著录有《花翁集》一卷,云:"在江湖中颇有标致,多见前辈,多闻旧事,善雅谈,长短句尤工。尝有官,弃去不仕。"② 刘克庄撰《墓志》称:"自号花翁,名重江浙,公卿间闻孙花翁,至争倒屣。所谈非山水风月,一不挂口。长身缊袍,意度疏旷,见者疑为侠客异人。其倚声度曲,公瑾之妙;散发横笛,野王之逸;奋袖起舞,越石之壮也。"③ 孙惟信既弃官不仕,又常常流连于诗酒之中,自然需要一定的经济支持。和姜夔一样,孙惟信也是从张鉴那里

---

① 夏承焘:《姜白石词编年笺注》,上海古籍出版社1981年,第335—336页。
② 陈振孙撰:《直斋书录解题》,第610页。
③ 《刘克庄集笺校》,第5923页。

获得充足的生活之资。戴表元《剡源集》卷十三《送张叔夏西游序》："钱塘故多大人长者，叔夏之先世高曾祖父，皆钟鸣鼎食，江湖高才词客，姜夔尧章、孙季蕃花翁之徒，往往出入馆谷其门。千金之装、列驷之聘，谈笑得之，不以为异。"①

与刘过齐名并称"庐陵二布衣"的刘仙伦，则曾得到岳飞孙子岳甫的资助。岳珂《桯史》卷六："叔儗名儗，才豪甚，其诗往往不肯入格律。淳熙甲辰、乙巳间，余兄周伯持浙东庾节，待次，一日过仲隆，同登其家后圃快目楼。有诗楣间曰：……周伯读而壮之，问知其儗。居月余，儗来谒仲隆，仲隆留之，因置酒北湖，招周伯曰：'诗人在此，亟践胜约。'既至，一见如旧，交坐中，以二诗遗周伯。……诗成风檐，展读大喜，遂约之入浙。明年，叔儗过会稽，留连累月，饷之缗钱甚夥。叔儗又有《题岳阳楼》一篇，周伯喜诵之，余得其亲录本……余反复四诗，大概皆一轨辙，新警峭拔，足洗尘腐而空之矣。独以伤露筋骨，盖与改之为一流人物云。叔儗后亦终韦布，诗多散轶不传。"② 刘仙伦今存《招山小集》。

另一位得到岳氏家族资助的叶绍翁是宁宗、理宗时期著名江湖诗人。吴师道《吴礼部诗话》："叶靖逸《题岳王墓》诗云：'万古知心只老天，英雄堪恨复堪怜。如公少缓须臾死，此虏安能八十年。漠漠凝尘空偃月，堂堂遗像在凌烟。早知埋骨西湖

---

① 戴表元著，陆晓东、黄天美点校：《剡源集》，浙江古籍出版社 2014 年，第283 页。
②《桯史》，第 72 页。

路，学取鸥夷理钓船。'是诗流传，脍炙人口，其家月致馈于叶。"① 可见岳氏赠俸于叶绍翁，乃因其曾为岳飞墓题诗之故。许棐《赠叶靖逸》诗云："朝士时将余俸赠，铺家传得近诗刊。"前一句应即指此事。

到宋宁宗嘉定以后，江湖诗人作为权门谒客已成为一种明显的社会现象。方回《瀛奎律髓》卷二十《寄寻梅》评语载：

> 盖江湖游士，多以星命相卜，挟中朝尺书，奔走闽台郡县糊口耳。庆元、嘉定以来，乃有诗人为谒客者，龙洲刘过改之之徒不一人，石屏亦其一也。相率成风，至不务举子业，干求一二要路之书为介，谓之"阔匾"。副以诗篇，动获数千缗以至万缗。如壶山宋谦父自逊一谒贾似道，获楮币二十万缗，以造华居是也。钱塘湖山，此曹什佰为群。②

宋自逊祖籍浙江金华，其父宋牲曾从张栻、吕祖谦学，后侨居豫章。宋氏兄弟五人（自适、自道、自逢、自达、自逊）皆擅长写诗。刘克庄《后村集》卷九十九《宋自适诗》、卷一百一《宋氏绝句诗》、《宋自达梅谷序》、《宋自达诗》、《宋吉甫和陶诗》皆赠与宋氏兄弟之作。

宋自逊的华居在隆兴府（今南昌）西山。方回《瀛奎律髓》

① 吴师道：《吴礼部诗话》，丁福保《历代诗话续编》，中华书局2006年，第600页。
② 《瀛奎律髓汇评》，第840页。

卷十三"冬日类"《一室》诗评载:"壶山宋自逊,字谦父,本婺女人。父子兄弟皆能诗,而谦父名颇著。贾似道赂以二十万楮,结屋南昌。"① 刘克庄有诗文写到这处华居,《专壑堂记》云:"谦甫少所交皆海内长者,岁晚凋谢略尽,谦甫亦老。赖故人天台贾公力,买田筑室于西山之下,而请余记,其所谓专壑堂者。"② 又《题宋谦父四时佳致楼》二首之二云:"四序推移景迭新,二诗体认理尤亲。爱莲亦既见君子,看竹不须通主人。领略春风来广坐,分张月色过比邻。端能着我西家否,客户何妨赘一民。"③ 宋自逊自己对这所华居也很满意。《四时佳致》诗云:"面势东湖胜,悠然宅一区。静惟仁者乐,善乃舜之徒。秋劲删诗笔,春融点易朱。小窗梅竹瘦,不识世荣枯。"(《永乐大典》卷一三四九五) 宋自逊干谒贾似道而获得建造华居的资助,自然引起江湖文士的钦慕和仿效,莫不争先攀附贾氏门墙。

贾似道制阃维扬时,江湖诗人刘植(字成道,号荆山,刘安上曾孙)多次前去干谒,薛嵎《云泉集》中有几首诗记载此事:《刘荆山谒贾秋壑》言"归囊知有暮年欢",可知初次便获赠不菲之货;《刘荆山过维扬再谒贾秋壑》言"时事又艰难",则再谒的目的仍是希望得到经济资助;《刘荆山归自维扬新营渔屋退居》诗表明刘植的再次干谒又获成功,凭借贾似道的资助在会昌湖上建造了一处渔屋。江湖诗人翁孟寅也曾游于贾似道幕下。周密《浩然斋雅谈》卷下:"翁孟寅宾旸尝游维扬,时贾师

---

① 《瀛奎律髓汇评》,第 485 页。
② 《刘克庄集笺校》,第 3819 页。
③ 《刘克庄集笺校》,第 924 页。

宪开帷阃，甚前席之。其归，又置酒以饯，宾旸即席赋《摸鱼儿》。……师宪大喜，举席间饮器凡数十万，悉以赠之。"① 此外，还有很多江湖诗人曾扣访贾似道之门。胡仲弓《苇航漫游稿》中有《送处逊渡淮谒秋壑》，李龏有《送黄寿老谒淮南贾制帅》，释道璨有《送薛野鹤子侄过洛阳秋壑制使》，宋伯仁有《宋庐陵王月窗秀才之武昌谒秋壑贾侍郎》，刘子澄有《和贾秋壑南楼韵》……除了偶尔游谒的文士，还有不少人长期寄居贾氏门下。方回《跋阮梅峰诗》云："游贾似道之门最久……平生用似道钱无数，而诋似道不直一钱，得右选官，不肯为。"② 阮秀实得武官铨叙选授而不赴，宁可充当贾似道门客，可见依附贾似道可以获得更多的好处。

对于贫寒卑微的江湖诗人而言，干谒游食的道路是非常艰难的。江湖诗人巨擘戴复古年轻时曾经历过各种挫折。《都中书怀呈滕仁伯秘监》云："儒衣历多难，陋巷困箪瓢。无地可躬耕，无才仕王朝。"③《都中怀竹隐徐渊子直院》云："手携漫刺访朝官，争似沧洲把钓竿。"④《都下书怀》云："京华作梦十年余，不道南山有敝庐。白发生来美人笑，黄金散尽故交疏。"⑤ 这些诗中展现了他三十一岁离开家乡来到临安，以诗干谒当世名人未获成功的难堪。

---

① 周密著，杨瑞点校：《浩然斋雅谈》，浙江古籍出版社 2015 年，第 54 页。
② 李修生主编：《全元文》第 7 册，江苏古籍出版社 1998 年，第 195 页。
③ 戴复古著，金芝山点校：《戴复古诗集》，浙江古籍出版社 2012 年，第 3 页。
④《戴复古诗集》，第 179 页。
⑤《戴复古诗集》，第 171 页。

　　中年之后，戴复古开始漫游江湖。刘克庄《二戴诗卷》言："余为仪真掾，始识戴石屏式之。后佐金陵阃幕，再见之。及归田里，式之来入闽，又见之，皆辱赠诗。"① 刘克庄在仪真、金陵幕府中皆曾见到戴复古，但戴复古并没有被辟用的资格，应该是作为谒客游于幕府。戴复古一生"南游瓯闽，北窥吴越，逾梅岭，穷桂林，上会稽，绝重江，浮彭蠡，泛洞庭，望匡庐五老、九疑诸峰，然后放于淮泗，归老委羽之下"（清吴之振《石屏诗钞序》）②，在"流落江湖成白首"的几十年间，其经济来源主要依靠朋友资助以及官宦富室的馈赠。在泉州寓居五十天，本地人诸葛如晦招邀他住在自家园亭，从而省去客舍旅费的开销。《园亭安下即事凡有十首》中提到"东家送槟榔，西家送槟榔"（其一）、"县官送月粮，邻翁供菜把"（其三）。泉州知府也优待于他："谁为饶舌者，太守忽相请。开心论时务，细语及诗境。"（其八）又："寄迹小园中，忽有乌衣至。手中执圆封，州府特遣馈。罗列满吾前，礼数颇周致。四邻来聚观，若有流涎意。呼童急开樽，四邻同一醉。"（其九）③ 朋友的帮助和知府的丰厚馈赠，使诗人的泉州之旅变得轻松愉快。

　　游谒权门的江湖诗人需要通过某种方式体现自己的价值，或者代笔人际交往之函札，或者写作歌功颂德之文章，或者侍宴陪谈、吟诗伴游。戴复古《谢王使君送旅费》言："岁里无多日，

————————————

① 《刘克庄集笺校》，第 4525 页。
② 《戴复古诗集》附录二，第 335 页。
③ 《戴复古诗集》，第 6—8 页。

闽中过一年。黄堂解留客，时送卖诗钱。"① 诗中写到在邵武期间得到太守王子文的款待，经常与主人讨论诗艺，因而时时获得馈赠，回乡前还得到一笔旅费。

倚赖他人的赏识谋取生资有时让诗人感到有失尊严，产生"挟技从人类百工"的心态。更难堪的是，卖诗钱往往只能解决自己的温饱问题，若要养家糊口就难免捉襟见肘了。戴复古《市舶提举管仲登饮于万贡堂有诗》云：

> 七十老翁头雪白，落在江湖卖诗册。平生知己管夷吾，得为万贡堂前客。嘲吟有罪遭天厄，谋归未办资身策。鸡林莫有买诗人，明日烦公问番船。②

这是写给一位市舶提举官的诗，戴复古自叹七十多岁仍漂泊江湖，想回乡养老却缺乏资金，希望对方引荐有力者帮助自己。这次谒求并没有很好的效果。已过古稀之年的戴复古无法继续漂泊江湖，虽囊中羞涩也不得不踏上归家之路。

幸运的是，归家途中戴复古得到赵葵的资助，终于有能力回乡置办田产。赵葵在端平元年曾任京西、河北路制置使等职，北伐大败之后降授淮东制置使，端平三年兼知扬州。戴复古接受馈赠就在此时，其集中有《见淮东制帅赵南仲侍郎相待厚甚特送

① 《戴复古诗集》，第114页。
② 《戴复古诗集》，第17页。

买山钱》、《扬州端午呈赵帅》，表达自己的感激之情①。在另一
首《镇江别总领吴道夫侍郎时愚子琦来迎侍朝夕催归甚切》诗
中，他以"落魄江湖四十年，白头方办买山钱"二句概括了自
己艰难的一生②。

　　由此可见，有幸获得权贵青眼的人少之又少，"袖里百篇题
品尽，何曾识得一公卿"者大有人在。如费君清先生所言："对
一大批普通的江湖诗人而言，期待得到达官贵人的青睐与厚赏而
一朝致富，终生享用，无异是镜花水月和黄粱美梦。"③ 江湖诗
中呈现出阿谀权贵、攀附名流的低俗趣味，也蕴含着落魄文人的
辛酸和无奈，这是由他们的生存状态决定的。

三、江湖诗人的结社与投社

　　诗人在漫游江湖过程中，不断地寻求与诗友共同切磋，以提
升自己的诗艺。各地官员富绅的官衙府署、园林别业为江湖诗人
提供了暂时的安身之所，由地方诗人自发缔结的诗社则成为江湖
诗人结交朋友的平台。

　　欧阳光《宋元诗社研究丛稿》中介绍的晚宋诗社至少有二
十余处，吕肖奂这样描写各地里中诗社的活动："里中诗社一般
由某一地域即将参加科考的士子以及落第士子组成。未第士人或

---

① 一般认为戴复古在此前后去世，但其诗《寄上赵南仲枢密》，应作于淳祐九
年（1249）赵葵授光禄大夫、右相兼枢密使之后。
②《戴复古诗集》，第 163 页。
③ 费君清：《南宋江湖诗人的谋生方式》，《文学遗产》2005 年第 6 期。

处或游，其中久居不出的处士应该是诗社的常驻人员，而因不满里中生活现状而离开故乡的游士是出入自由的社员。本土生长的官员以及任职此地的官员可能也会参与其中，但偶或为之，不是主力。"① 江湖诗中有大量的社友唱和诗，如邓允端《题社友诗稿》，胡仲参《留别社友》，徐集孙《寄怀里中诸社友》、《寄里中社友》，林尚仁《雪中呈社友》，叶茵《寄社友》，李涛《诗社中有赴补者》，武衍《寄社友》……这些诗都是写给诗社友人，可以看出他们都曾以某种方式参加各地的诗社活动。

在江西地区，诗人结社风气尤为盛行。黄文雷、利登、赵崇嶓等人在抚州南城结诗社，刘埙《隐居通议》卷九"黄希声古体"条：

> 希声名文霭，自号看云，早以《春秋》学魁乡举，下第则游缙绅间，以笺启四六为吴运使子良、赵观文与蕙所知，当是时荆溪节斋之名满天下，希声藉以为重。淳祐庚戌，乃以诗经擢进士科。赵公知临安，辟以为酒官，既而舟归，次严陵滩，覆溺失尸，闻者悲之。有《看云集》数十卷。尤长于诗，诗尤妙于长歌行。同时乡里以诗名者，碧涧利履道登、白云赵汉宗崇嶓俱为社友，然品格俱不及公。赣之宁都有苍山曾子实原一，抚之临川有东林赵成叔崇崿，亦

---

① 吕肖奂、祝尚书：《宋代酬唱诗歌论稿》，复旦大学出版社 2021 年，第 107 页。

同时诗盟者也。①

黄文雷、利登、赵崇嶓都是著名的江湖诗人，分别有《看云小集》、《骸稿》、《白云小稿》入编于江湖诸集中。黄文雷等人组织的诗社影响颇大，吸引了附近地区的诗人参与其中。邵武籍诗人严粲长期寓居在江西南城，也是抚州诗社的资深诗人。戴复古《送吴伯成归建昌二首（自注：此是包宏斋倅台时作癸卯夏）》其二："吾友严华谷，实为君里人。多年入诗社，锦囊贮清新。昨者袁蒙斋，招为入幕宾。千里有遇合，隔墙不见亲。君归访其家，说我老病身。别有千万意，付之六六鳞。"②

　　湖南宁都人曾原一因躲避寇乱寓居于江西，与同样作为侨寓诗人的戴复古结社。《（嘉靖）赣州府志》卷十《贤达》："曾原一子实，兴宗孙。绍定四年领乡荐，尝与从弟东湖书院山长原郕师吉安庐陵杨伯子，俱博学工诗。绍定庚寅，避乱钟陵，从戴石屏诸贤结江湖吟社。"③此江湖吟社已不可考。吕肖奂根据利登《予与子实避盗，同走崆峒，予以其年十一月归侍金川，逾月，而子实走豫章，阅三载，子实携婉妹归梅川，道经盱，予自金川侍亲归，会之，酒酣，作是诗以钱别，壬辰（1232 绍定五年）十一月二十七日》诗，推得曾原一从宁都来避寇乱的时间在绍

---

① 转引自傅璇琮、程章灿主编：《宋才子传笺证·赵崇嶓传》（南宋后期卷），第 589 页。
② 《戴复古诗集》，第 9 页。
③ 《赣州府志》卷十，嘉靖十五年刻本，第 5B 页。

定二至五年①。因利登与曾原一有长期交往，并且在避乱前后有
过交集，令人怀疑"结江湖吟社"或即参与利登、黄文雷、赵
崇嶓等人所结的诗社。

　　曹邍也是豫章诗社的参与者之一。《宋诗纪事》卷七十五从
《词林万选》中辑录曹邍《寄豫章诗社诸君子》一诗，小传云：
"邍字择可，号松山。御前应制，又为贾师宪之客。"② 考《（咸
淳）临安志》卷七十九《寺观五》"治平寺"载："太傅平章贾
魏公旧游题名。"注云："天台贾似道、笠泽陆睿、新安汪仪凤、
永嘉沈厚、潘方、杨应华、周之德、曹元发、黄德方、陈淳祖，
以嘉熙戊戌元日登治平，序拜烟云阁上。期而不至者，郑泌安、
刘翁、孟寅、赵希彭、曹良朋、曹邍。"③ 曹邍在江西豫章诗社
的时间或在任御前应制之前。

　　江湖诗人通过各地的里中诗社结识本地诗友，从而形成广泛
的社会关系网络。戴复古几乎每至一地都会去拜谒当地名士并寻
访里中诗社。在抚州南城时，戴复古曾到诗社中访严粲。《访严
坦叔》云："麻姑山下泊，城郭带烟霞。携刺投诗社，移船傍酒
家。"④ 他与黄文雷也有交往，《石屏诗集》卷七中有《既别诸
故旧独黄希声往曲江禀议未回不及语》一诗。但交往最多的江

① 吕肖奂：《江湖吟社与南宋后期江西诗坛》，《江西社会科学》2018 年第
2 期。
② 厉鹗撰，陈昌强、顾圣琴点校：《宋诗纪事》，浙江古籍出版社 2019 年，第
2676 页。
③ 转引自厉鹗等编《南宋杂事诗》，浙江古籍出版社 2019 年，第 207 页。
④《戴复古诗集》，第 46 页。

西诗人应属宋氏、黄氏兄弟，赠答诗有《豫章东湖宋谦父黄存之酌别》、《东湖看花呈宋原父》、《鹊桥仙·周子俊过南昌问讯宋吉甫黄存之兄弟》、《到西昌呈宋愿父伯仲黄子鲁诸丈》等多首。甚至直至晚年，他跟宋自逊仍通过书信往来互相酬唱。《石屏诗集》卷八《望江南》序："壶山宋谦父寄新刊雅词，内有《壶山好》三十阕，自说平生。仆谓犹有说未尽处，为续四曲。"第四首末尾自注："壶山有《催归曲》赠仆，甚妙。"① 所谓"催归曲"即《沁园春·送戴石屏》，词云："归去来兮，田园将芜，云胡不归。既有诗千首，如斯者少，行年七十，从古来稀。地阙东南，天倾西北，人事何缘有足时。江湖上，转不如前日，步步危机。　　石屏自有柴扉。占海岸、潮头岸一矶。唤彩衣孙子，携壶挈榼，白头翁媪，举案齐眉。身外声名，世间梦幻，万事一醒无是非。书来往，都不须长语，直写心期。"② 此词编入在宋自逊新刊的词集《渔樵笛谱》中。

在福建昭武时，戴复古又投访当地诗社并认识了李贾、严羽、高与权等诗人。《过昭武访友山诗社诸人》："吟过长亭复短亭，喜于溪上访诗朋。"③ 在这里他住了相当长的时日，与诗友相处甚欢。《李友山诸丈甚喜得朋留连日久（自注：月洲乃友山道号）》诗云："途中有客居岩谷，天下何人似月洲？颇欲相从

---

① 吴熊和主编：《唐宋词汇评》（两宋卷）第4册，浙江教育出版社2004年，第2899页。
②《唐宋词汇评》（两宋卷）第4册，第3175页。
③《戴复古诗集》，第170页。

溪上住，诸君许我卜邻否？"① 临别他作了《严仪卿约李友山高
与权酌别》，别后又有《李友山索诗卷汀州急递到昭武》等诗。

年老归家之后，戴复古与家乡天台的诗人结交往来，成为当
地诗社中的成员之一。《次韵谷口郑东子见寄》其四："一生飘
泊客途中，挟技从人类百工。白首归来入诗社，犹思渭北与江
东。"其五："吾乡自昔诗人少，委羽先生后有翁。坐客无毡君
莫笑，《云台》有集继家风。"② 诗中感慨天台诗脉不振，唯左
纬与郑谷堪为担当，那么归来之后自然是要为家乡的诗歌发展尽
一份力量的。戴复古一生交游极为广泛，与其长期的诗社活动
有关。③

晚宋江湖诗人普遍入社的现象，促成了"江湖社"、"江湖
社友"名称的出现。最频繁使用"社友"一词的是刘克庄，《跋
二戴诗卷》言：

> 余为仪真郡掾，始识戴石屏式之。后佐金陵间幕，再见
> 之。及归田里，式之来入闽，又见之，皆辱赠诗。式之名为
> 大诗人，然平生不得一字力，皇皇然行路万里，悲欢感触一
> 发于诗。其侄孙颐，橐其遗稿示余。追念曩交式之，余年甫
> 三十一。同时社友如赵紫芝、仲白、翁灵舒、孙季蕃、高九

---

① 《戴复古诗集》，第 170 页。
② 《戴复古诗集》，第 220 页。
③ 吴子良《石屏诗后集序》云："所酬唱谂订，或道义之师，或文词之宗，
或勋庸之杰，或表著郡邑之英，或山林井巷之秀，或耕钓酒侠之遗，凡以诗为
师友者，何啻数十百人。"参见《戴复古诗集》，第 322 页。

万，皆与式之化为飞仙。余虽后死，然无与共谈旧事者矣。颐诗亦有石屏风骨，诸公多称之。昔礼乐有二戴，余谓诗亦有之，敬尊石屏曰大戴，颐曰小戴。①

刘克庄在嘉定九年（1216）三十岁时出任真州录事参军，次年入李珏江淮制置使幕府，与赵师秀、赵庚夫、翁卷、孙惟信、高翥、戴复古等人相识，彼此酬唱，故称此数人为"社友"。被刘克庄称为"社友"的还有许多诗人。如《酬净慈纲上人》其三："社友携诗访，怜予满面尘。么么今出局，不是社中人。"② 又《题水西何侯诗卷》："刘翰潘柽社友称，何侯直要续心灯。阴山有雪双雕下，碧落无云一鹤新。觜距专场渠克畏，鼓旗傍噪我安能。男儿何必毛锥子，麟阁云台有分登。"③ 这里称净慈寺纲上人、刘翰、潘柽等为社友。

刘克庄还习惯使用"江湖社友"一词。如《病起》其七："京洛饮徒烦借问，江湖社友谬推高。"④ 《答括士李同二首》："江湖社友应相问，为说萧萧雪鬓新。"⑤《送谢昉序》："余少嗜章句，格卑调下，故不能高。既老遂废而不为，然江湖社友，犹以畴昔虚名相推让，虽屏居田里，载贽而来者，常堆案盈几，不能遍阅。"⑥ 等等。综合来看，在刘克庄的语境里，"社友"只

①《刘克庄集笺校》，第 4525 页。
②《刘克庄集笺校》，第 1725 页。
③《刘克庄集笺校》，第 1196 页。
④《刘克庄集笺校》，第 1863 页。
⑤《刘克庄集笺校》，第 1419 页。
⑥《刘克庄集笺校》，第 4071 页。

是诗友的意思，与缔结诗社无关。"江湖社友"更泛指那些关系不甚密切的同道。

门人胡仲弓也沿用了刘克庄这一表述方式。《苇航漫游稿》中有许多赠与诗友的诗歌，如《与社友定花朝之约》："花朝曾有约，来此定诗盟。"（卷二）此社友是花朝日相约游玩赋诗的诗友，未必同属于某个诗社组织。其诗中也常用"江湖社"一词，如《和际书记见寄》："梦入江湖社，诗传河岳灵。"（同上卷二）又《和抱拙韵》："翰墨林中新体制，江湖社里旧宗盟。"（同上卷三）又《柬倪梅村》："半生风月樽中酒，十载江湖社里诗。"（四库本《江湖后集》卷十二）……这些所谓的"江湖社"，皆泛指自己或友人游历交往过的各地诗社组织。以"社友"指代诗友、吟友，恰好反映了南宋中后期各地诗社的盛况。

结社、投社并不能给江湖诗人带来多少利益。戴复古《诸葛仁叟县丞极贫能保风节有权贵招之不屑其行》诗云："时人谁识老聱丞，满口常谈杜少陵。俗辈众多吾辈少，素交零落利交兴。权门炙手炎如火，诗社投身冷似冰。堪笑皇天无老眼，相知赖有竹林僧。"[1] 他抱怨诗能穷人，与依附权门相比，投身诗社不能带来生活条件的改善。但借助里中诗社这样的平台，江湖诗人得以认识更多朋友，诗社成员志趣相投，或相聚一室吟诗论艺，或登山临水畅叙幽情，足以慰藉困顿偃蹇的平生，或许这就是他们热衷于结社、投社的原因吧。

---

[1]《戴复古诗集》，第 172 页。

四、上层士人对江湖游士的厌畏

　　大量游士的出现造成了一些社会问题。在京城临安，士人举子借游学之名聚集在湖山之间，"什佰为伍"，讥评时政，雌黄人物，制造舆论声势，这些不检点的行为引起上层士人的反感。

　　嘉定元年（1208），刘宰在《上钱丞相论罢漕试太学补试札子》中说："游士之聚于都城，散于四方，其初惟以乡举员窄，经营曹牒，夤缘京庠补试太学为名。积而久之，来者日众，其徒实繁，而又迫于饥寒，诱于声色，始有并缘亲故，以求狱讼之关节者，而狱讼始不得其平；有事缙绅之唇吻者，而毁誉始不得其真；有为场屋之道地者，而去取始不得其实。"① 他列举杭学游士聚集滋生的各种弊端，建议罢停太学生补试的入仕途径，但上奏并没有被采纳。宋理宗时期，京城游学的士人达到更加庞大的数量。周密《齐东野语》卷六"杭学游士聚散"载："杭学自昔多四方之人。淳祐辛亥，郑丞相清之当国。朝议以游士多无检束，群居率以私喜怒轩轾人，甚者，以植党挠官府之政，扣阍揽黜陟之权，或受赂丑诋朝绅，或设局骗胁民庶，风俗寝坏。"② 晚宋贾似道当政时期，对游士仍然是采取放纵的态度。

　　游士聚集在临安，除了补选、应试外，还有一些很现实的诉求。在南宋庞大的管理体系中，存在许多各地盐铁商税仓场库务

---

① 《全宋文》第 299 册，第 171 页。
② 周密撰，张茂鹏点校：《齐东野语》，中华书局 1983 年，第 110 页。

之类"编制外"基层吏职，可以通过朝士阔书（又称阔扁）而获得任职资格。华岳《翠微北征录》卷一《平戎十策》言："所谓稽察、所谓措置者，非监司之亲旧，即守倅之姨表也。""所谓提督、所谓监辖者，非朝士之阔圄，则当路之宠嬖也。"① 黄震《黄氏日钞·水心外集·后总》亦言："江湖乞丐之靡，必且干势要，挟阔书，求为司门，求为敖口，求为催租官。"② 由于基层吏职门槛较低，凭借朝廷官员推荐即可任职，遂成为江湖游士谋求的目标。

　　朝士阔书为江湖游士提供谋生门径，同时也引致了巨大的弊端。黄震《黄氏日钞》卷八十《约束瑞安倅厅差盐场机察》："访闻瑞安府管下五场因本司隔蓦，多有江湖乞匄之流媚取贵人书札，胁持主管官求为机察提督之类，场之官吏、亭户皆苦之。官吏为其分取及多取、盗卖以实归橐者多矣。"③ 又《禁约谒士干求》："旧来以盐场为非理取钱之地，所在江湖之人挟书干挠。今欲更弊一新，牒帖本司所属官，截自今不可为人发书，仍帖场有挟书到场者勿受，其无礼者解来。又闻省部人吏送游谒术人与本司人吏，本司人吏转而达之场者尤多于官员之书，访闻诸场公吏亭户艚舡之家皆用凑钱应副，仰本司人吏责状，自今不得发游谒书与诸场；若上司有送到者，但据实回答。今时艰如此，圣治

---

① 《全宋文》第 306 册，第 117—118 页。
② 黄震撰，王廷洽等整理：《黄氏日钞》，《全宋笔记》第 92 册，大象出版社 2019 年，第 389 页。
③ 《全宋文》第 348 册，第 100 页。

更新，不可再发书矣。"① 这里谈及南宋后期江湖游士造成盐场腐渎的弊病，强烈建议禁止游士参与盐场管理。赵汝腾《庸斋集》卷六《资政许枢密神道碑》亦载："时徐公侨为祭酒，议学校差职，欲先誉望。公曰：'誉望固可得人，然今之挟阔扁而求者，皆誉望也，不若差以资格。资格一定，则侥幸之门杜，而造请之风息。'"② 这里提到国子监讨论选拔差职人员的标准，许应龙反对以"誉望"作为选拔的条件，一定程度上反映了朝士对于游士的警惕态度。

在游士遍地的时代，江湖诗人所能凭借的只有诗名而已。而获取诗名的路径不外乎两种：一是刊刻诗集。这与陈起售卖诗集的需求一拍即合。在商业运作的推动下，江湖诗人每得诗数十首即可结集刊刻，人人有集，甚至不止一两种小集。二是名家题跋。江湖诗人武衍云"衍学诗三十年，投质于宗工名胜者甚多"（《适安藏拙余稿自序》）。曹豳即其投过行卷的"宗工"之一。《谢曹东畎跋吟卷》言："十年湖海仰师儒，八斗衣传子建余。袖里有诗须印证，句中无眼定趦趄。吹香玉唾清如许，刮膜金篦病已除。媪扇何曾求贵重，等闲中得会稽书。"（《适安藏拙余稿》）

寻求名家题跋的初衷是出于诚心求教，但随着游士风气的败坏，江湖诗人行卷带有很强的现实功利性，引起上层士人的厌恶。费衮《梁溪漫志》卷三"行卷"记载："近年以来，率俟相

---

① 《全宋文》第 348 册，第 106 页。
② 《全宋文》第 337 册，第 357 页。

见之时，以书启面投。大抵皆求差遣，丐私书，干请乞怜之言，主人例避谢而袖入，退阅一二，见其多此等语，往往不复终卷。彼方厌其干请，安得为之延誉？"① 这里写到南宋后期朝士对待江湖文人往往敬而远之。

　　刘克庄与叶适及永嘉四灵渊源颇深，因此江湖诗人向他投递行卷者非常多，《后村集》中保存了不少为时人撰的题跋诗和序跋②。对于稍有可观的行卷，刘克庄通常不吝给予赞扬。但江湖诗人的作品良莠不齐，扣访者又日益增多，很难及时、客气地一一回复。《跋蒋广诗卷》言：

　　　友人方善夫示余以宜兴蒋君子充诗卷，留之年余。余方待罪禁林，客屦满门，词头盈几，未暇读。及告老得归，出泊湖山，善夫来征所留卷，始拂尘开卷。不三数首而城中宾客相寻未已，终不得细续。③

蒋广通过方善夫向刘克庄行卷，刘克庄将其行卷积压逾年，直到对方前来索回才开卷阅读，但也仅粗略地读了数首，终未能全部读完。可以想见，"未暇读"只是刘克庄的借口，主要原因是诗卷水平低劣，所以只能被无限延期。又《跋李敏肤行卷》：

① 费衮：《梁谿漫志》，《全宋笔记》第 68 册，大象出版社 2019 年，第 34 页。
② 据侯体健统计："刘克庄作有书籍题跋诗共六十题七十三首，其中对象为时人诗集文稿的五十四题六十五首，占百分之九十。""刘克庄的序文共存七十五篇。"其中一部分是序今人诗集。参见氏著《刘克庄的文学世界》第 240、242 页。
③《刘克庄集笺校》，第 4538 页。

> 往年有求小篆于山北陈公者，公曰："吾老，盍脱籍
> 矣。有余伯岙，笔法极高，请纪充当行。"今李君敏肤求诗
> 于余，嗟夫，余之脱籍久矣。江湖间新诗人甚多，不止一余
> 伯岙，欲余纪，将不胜其纪也。姑书此以谢李君。①

刘克庄委婉地以脱籍作为借口，建议李敏肤去找其他名家题品，可见江湖诗人行卷的确给他造成很大的困扰。在《跋毛震龙诗稿》中，刘克庄对江湖诗人的功利心大加批评：

> 诗料满天地，诗人满江湖。人人为诗，人人有集。然惟
> 极天下之清，乃能极天下之工。放一生客投社，着一俗字入
> 卷，败人清思矣。生客不必贵要，但闻人皆是；俗字不必请
> 求，但浮誉皆是。林和靖在天圣、明道间，诗名独步，招聘
> 不至。一旦杭守至山间，置醴诘旦，以俪语叙不能出山谢地
> 主之意，大为物议所非。衢士毛君霆甫，示诗一帙，有事外
> 之志。但其间颇为闻人浮誉所累，余谓当尽拨弃之，乃极
> 清，极清则极工矣。余此语亦当拨弃。②

刘克庄痛斥江湖诗人追求浮誉，人人有集，江湖诗集虽多而俗，难得有清、工之作。他虽赞扬毛震龙诗稿中有事外之志，仍对其中攀附当世闻人以取重的部分诗文表达了不满，建议这部分应当

---

① 《刘克庄集笺校》，第 4234 页。
② 《刘克庄集笺校》，第 4539 页。

弃去，才能使诗集达到清、工的境界。

无论《跋毛震龙诗稿》中"诗料满天地，诗人满江湖"，或是《跋何谦诗》中"自四灵后，天下皆诗人"之语①，均可隐约体会到刘克庄对早年追随四灵、与江湖诗人同流的懊悔，以及对江湖诗派推高自己以自重的厌烦。

不仅刘克庄，其他人对江湖诗也有类似的看法。高吉《嬾真小集》卷首江万里序曰："诗本高人逸士为之，使王公大人见为屈膝者，而近所见类猥甚。不能于科举者必曰诗，往往持以走谒门户，是反屈膝于王公大人不暇，曾不若俛焉科举之文，犹是出其上远甚。"② 在江万里看来，江湖诗人以诗作谒还不如专门钻研科举时文呢。

五、江湖味与湖海气

江湖诗人中的大多数人"非隐士、布衣即不得志之末宦"，所到之处"以家国不宁，进退无据，乃结友招群，游谒江湖，推盟首，主宗主，唱和酬咏，消磨岁月，无形中成为一种风气"③，他们的诗歌中弥漫着浓厚的江湖风味。

眷恋故乡是人类共同的情感。江湖诗人四处漂泊，思念故乡便成为江湖诗中最常见的主题。姜夔《湖上寓居》其一："荷叶披披一浦凉，青芦奕奕夜吟商。平生最识江湖味，听得秋声忆故

---

① 《刘克庄集笺校》，第 4413 页。
② 《全宋文》第 341 册，第 187 页。
③ 梁昆：《宋诗派别论》，北京文化艺术出版社 2018 年，第 139 页。

乡。"（《白石道人诗集》）赵汝鐩《秋夜怀归》："乡里千山月，尘埃两鬓星。秋声虽是爽，客耳不堪听。多泪风前烛，孤明竹外萤。吟蛩更亡赖，终夜几曾停。"（四库本《江湖后集》卷四）叶绍翁《舟次崇德》："倦身只合卧家林，客里消磨感慨心。水国逢春梅未见，山城到午雾犹深。地名不记维舟问，酒味曾谙入巷寻。泛宅浮家何日了，庄头栽竹已成阴。"（《靖逸小集》）周弼《收家信》："渺渺秋风生白波，故乡归梦隔山河。可怜一纸平安信，不及衡阳雁字多。"（《端平诗隽》卷四）……这些思乡诗是江湖诗中最能感动人的部分。

在漂泊江湖的岁月里，诗人们认识了许多朋友，然而聚若浮萍散若云，大多来不及深交便擦肩而过，难以成为真正的知己。武衍《梦访刘漫塘曾雪巢二先生》："前辈风流歇，江湖欠赏音。向期行古道，谁解识余心。月浸金坛冷，云归玉笥深。潇湘风雨夜，客梦得相寻。"《宿吕城舟中》："古堞遗踪何处寻，断烟残日意沉沉。飞湍过闸风雷怒，峭岸如山草木深。灯火邻船喧客枕，江天漂梗碎乡心。明朝沽酒新丰市，惆怅无人伴苦吟。"（以上见《藏拙余稿》）乐雷发《抚州偶题》："金柅亭边柳拂城，春风系马酒家吟。尘埃满面无人识，却得黄鹂作赏音。"（《雪矶丛稿》）……江湖诗中常常出现这样的寂寞感。

江湖生活穷愁潦倒，这方面在诗人笔下也有丰富的呈现。黄敏求《书郑亦山冷澹生活》："九陌红尘不肯居，携家租屋住西湖。月香水影赓和靖，雨色晴光忆大苏。诗比晚唐成冷淡，人如东野更清癯。晴窗尽展芳编看，一片寒冰浸玉壶。"（四库本《江湖后集》卷十三）江湖诗人郑亦山举家租住在西湖边，清苦的生活与清苦的诗风融为一体。万俟绍之《旅中》："傲楼如斗大，不与懒相便。杯酒常妨饭，缾花亦费钱。狂踪依客燕，短梦怯啼鹃。欲去老丘壑，无谋可买田。"（四库本《江湖后集》卷十一）诗人赁屋而居，生活贫寒，甚至连饮酒和买花都成为额外的负担。正因居无定所行无定踪，万俟绍之非常向往有屋有田的安稳生活。戴复古《望江南》其四亦云："催归曲，一唱一愁予。有剑卖来沽酒吃，无钱归去买山居。安处即吾庐。"这首词题下自注："壶山宋谦父寄新刊雅词，内有《壶山好》三十阕，自说平生。仆谓犹有说未尽处，为续四曲。"① 大概宋自逊曾劝说他返回家乡，所以词中写到自己无钱买山只能漂泊的处境。

　　有意思的是，许多江湖诗人写过赠相士的诗，可能他们面对难以预测的前途时，也曾试图通过求签问卜获得答案。徐集孙《赠相士》："好爵縻人见不休，更饶君尽许封侯。山林朝市心殊相，莫误平人枉白头。"（《竹所吟稿》）诗人似乎得到一个很好的预言，然而并不因此而高兴，反而指责相士误人，说明他对自己前程黯淡有深刻的认知。又如许棐《赠钱相士》："我貌君容一种寒，鹭漂鸥泊廿来年。我诗吟就无人买，君相公卿煞得钱。"（《融春小缀》）同样挟技而游，诗人没有因为与相士沦为相同社会阶层而感到难堪，甚至还羡慕相士的收入，可见其生活境况确实窘迫。

　　但与贫困相比，江湖诗中更多的是无所成就的伤感。姜夔凭借出众才华而获得众多达官贵人的尊重，纷纷折节下交，然而仕

---

① 《戴复古诗集》，第234页。

途无成、无所作为之感时时困扰着他。周密《齐东野语》卷十二《姜尧章自叙》载："嗟乎！四海之内知己者不为少矣，而未有能振之于窭困无聊之地者。"① 被辛弃疾奉为座上宾的刘过，虽得到巨额馈赠，但似乎也不是心中真正所求。《呈辛稼轩》云："书生不愿黄金印，十万提兵去战场。只欲稼轩一题品，春风侠骨死犹香。"② 在周必大门下时，刘过甚至因对方消极抗金，与自己志愿相违，乃告辞而去。《辞周益公》云："紫塞将军秋佩印，玉堂学士夜鸣珂。太平宰相不收拾，老死山林无奈何。"（《龙洲集》卷四）③ 这种近乎豪侠的行为，可媲美于东汉名士陈登的湖海元龙气。

陈登才能超群而又具有家国情怀，是诗人胡仲弓仰慕的对象。《留别社友》云："漫浪归来六换秋，又携书剑入皇州。得些湖海元龙气，作个山川司马游。奔走客尘因念脚，勾牵时事上眉头。中朝满目皆知已，还有篇诗遣寄不。"（四库本《江湖后集》卷二十三）这是他第三次入京应试之前赠别诗友之作，诗中流露出对时政黯淡的关切。然而得知又一次落榜之后，心中的现实情怀便一下子消沉了。《试后书怀》写道："踏遍天涯路，春三秋又三。文章与时背，言语对人惭。湖海气何馁，山林分未甘。闲僧时过我，挥麈共玄谈。"（《竹庄小稿》）落榜带来的耻辱感使他心灰意冷，沦为山林闲僧般的人物。

不仅屡试不第的士子为蹉跎岁月而羞愧，沉沦下僚的末宦也

---

① 周密撰：《齐东野语》，中华书局 1983 年，第 211—212 页。

② 辛更儒：《辛弃疾资料汇编》，中华书局 2005 年，第 61 页。

③ 刘过撰：《龙洲集》，《丛书集成初编》，商务印书馆 1937 年，第 20 页。

为壮志难酬而无奈。严粲《客里》："客里还来此，寒灯耿独吟。一官江国梦，十载草堂心。木落秋声小，蛩孤夜思深。驱驰空自许，冉冉鬓霜侵。"（《中兴群公吟稿戊集》卷七）张蕴《碌碌》："碌碌竟何为，衣尘日以缁。故人闲入梦，久雨颇妨脾。燕履登巢息，蜂程载蜜亏。独斟莲子酒，愁绝杏花诗。"（《斗野稿支卷》）江湖诗中"尘埃"、"霜鬓"、"行役"之类的意象在在而有。

在长期漫游江湖的过程中，江湖诗人对于各地的物态风俗、风光名胜、民情政风皆耳闻目睹，形诸笔墨，也有非常出色的诗歌。

张蕴曾在杭州、苏州、上海、湖州、毗陵（今常州）、镇江、扬州等地任职，每到一地都有诗歌记述见闻。如《上海》："梦断三更鹤，芦边系短蓬。听潮看海月，坐石受天风。物至秋而化，年来我亦翁。长歌相劳事，犹喜此樽同。"（《斗野稿支卷》）朱瑞熙先生认为"这是中国历史上最早以'上海'为题的诗"①，诗中描写了上海浦的秋夜风光，以及诗人观潮赏月时孤独而忧伤的心境。另一首《云间》诗云："倦倚柁楼闻鹤唳，半生此地一经过。机云故月荒凉宅，湖海新秋浩荡波。晓艇红莲商客市，夜窗白苎女儿歌。吟边冷被沙鸥笑，衣化京尘鬓亦皤。"（《斗野稿支卷》）诗中描写了在上海浦船上的见闻和感触，松江望族陆氏的故居、海港商市和唱着《白苎歌》的歌女，历史与当下、虚幻与真实交织在一起，形成一种浮生若梦的意境。

---

① 朱瑞熙：《朱瑞熙文集》第 8 册，上海古籍出版社 2020 年，第 233 页。

有的江湖诗人亲身经历社会动荡和民生百态，诗中呈现出丰富的阅历和体验。开禧北伐之后，戴复古曾漫游淮甸，对淮河一带战后境况的惨淡萧条多有描写。《淮村兵后》："小桃无主自开花，烟草茫茫带晚鸦。几处败垣围故井，向来一一是人家。"①诗中写了村庄败落，荒无人烟的悲凉惨状，默默地控诉战争对百姓生活的严重破坏。又如游幕诗人张蕴《新晴》诗云："林影熹微晓乍晴，老于世故独关情。连烽未撤边头戍，积潦犹妨陇上耕。几为饲蚕忧湿叶，重因漂麦困饥氓。龙公多事多劳耳，万理由来要得平。"（《斗野稿支卷》）此诗当为边地督责农务时所作，颇有忧国忧民的意识。

毛珝诗歌仅存八十首，记载诗人在江苏、浙江、福建、湖南等多个省份亲身经历、亲眼目睹的时事，也写到史籍未能涉及的民生百态。如《甲午江行》：

> 百川无敌大江流，不与人间洗旧仇。两国久通三聘使，诸公忽负百年忧。边寒战马全装铁，波阔征船半起楼。一举尽收关洛旧，不知消得几分愁。

这首诗写于端平元年（1234），这年春天宋国联合蒙古兵一起攻入金国最后据点蔡州，金主完颜守绪自缢，金国灭亡。完成复仇的宋国朝野一片喜庆之气，蒙古退兵至黄河以北，刚刚亲政的宋理宗渴望趁机收复三京，一洗靖康以来的耻辱。诗人先颂扬宋国

---

① 《戴复古诗集》，第 210 页。

军队的威武无敌，接着描写自己在江上见到的波澜壮阔的备战场面，直抒了作为普通百姓欣欣鼓舞的心情。接下来的端平北伐由于没有充分准备而失败，并由此给了蒙古南侵的借口，开启了宋蒙两国的正面交锋。毛珝徒有一腔爱国热情而不具备政治家的战略眼光。然不能因此否定这首诗的价值，毕竟作者只是一介江湖诗人。又如《己酉客淮》：

> 烽燧春尤急，人才叹寂寥。恨无黄石略，难致碧幢招。
> 守堑宵仍甲，防城晓未桥。又传经一雪，残哨亦萧萧。

这首诗写于淳祐十一年（1251）春客居淮上的见闻，淮甸是宋蒙两国对峙时的前线，边境之地形势紧迫，诗中感慨国家人才凋零，描写了边城士兵严酷寒冬时仍在死守的艰难生活。又如《仪真》三首：

> 频年岁稔少干戈，到处人能贩五河。只道醝舟偏辐辏，
> 玉杯锦段近年多。
> 多旨楼边古柳斜，龙渊寺里隔荷花。清风尽日无人管，
> 半属僧家半妓家。
> 贩来此枣堪充膳，种得西瓜可析酲。总是中原旧风物，
> 不堪今日是边城。"

第一首诗中写到仪征多年未经战乱，民间的丝织品贸易逐渐发展起来，五河中到处都是商贩船只的盛况。第二首诗中特意写了仪

征城中规制宏丽的建筑多旨楼和龙渊寺，虽然诗人没有褒贬时政的语言，但联想寺庙和妓院居住的都是不事劳作的人，就不难体会到诗人的深意了。第三首从仪征城贩卖的西瓜和枣，感慨这些本是中原风物，如今却成为边城特色。

毛翔用写实的笔法记载了他经历的时代，在众多哀穷悼屈、叹老嗟悲、吟风弄月的江湖诗中，可谓独树一帜。李龏称其诗"深有沈千运独挺一世之作，奚衹嘲弄风月而已哉"（《吾竹小稿》卷首），并非虚誉。

第二节　从坊贾到"定南针"：
陈起与南宋后期诗坛

陈起在临安御街经营书肆超过半个世纪，一生中交游的诗人无数，与他有业务往来、诗文唱和的诗人就多达百位以上。张宏生、胡益民等学者对此已有比较充分的考证①，即有遗漏也是个别现象。陈起交游的朋友中，既有像郑清之、吴潜这样的朝廷高官，也有沉沦下僚的低级官吏，以及屡试不第、潦倒落魄的白衣之士，他们拥有一个共同的身份——诗人。毫不夸张地说，大半个晚宋诗坛的诗人或多或少都与陈起有过联系。

---

① 张宏生：《江湖集编者陈起交游考》，《文献》1989 年第 1 期。胡益民：《陈起交游续考》，《文献》1991 年第 2 期。

一、陈起的早期交游

早在开禧元年（1205）以前，著名诗人韩淲在任职京城时曾到陈宅书籍铺观书，时方二十岁出头的陈起得以结识这位名士。这是我们所能得知的陈起最初交游的诗人。

韩淲字仲止，号涧泉，著名词人韩元吉的儿子。韩淲科举不第，以父荫任平江府属官，后入为判院（辛弃疾有《贺新郎·韩仲止判院山中见访席上用前韵》①），不久即见斥罢官，从此不仕，卒于嘉定十七年（1224）。韩淲离开临安的原因，从刘克庄《寄韩仲止》诗可约略得知，诗云："昨仕京华豪未减，脱鞲不问贵游嗔。诗家争欲推盟主，丞相差教作散人。闭户自为千载计，入山又忍十年贫。几思投劾从公去，背笈肩琴涧水滨。"②从诗中可以看出，韩淲离开京城的原因是与丞相韩侂胄政治立场相左而遭排斥。韩侂胄上台后提出两项政治措施：一为设庆元党禁，二为出师北伐。庆元六年（1200）韩淲在药局任职，嘉泰元年（1201）曾入吴应试得官（《涧泉集》卷十五有《庆元庚申二月药局书满七月还涧上嘉泰元年秋入吴试罢冬暮得阙而归今五年矣》），应与党禁无涉。若以反对北伐之故，则其离开京城当在嘉泰四年（1204）到开禧元年（1205）之间。

《江湖集》刊刻完成之后，陈起曾将印本寄给韩淲。为此，

① 辛更儒笺注：《辛弃疾词编年笺注》，中华书局 2018 年，第 1021 页。
② 《刘克庄集笺校》，第 59 页。

韩淲写了两首答诗，其一为《谢陈秀才送诗》："偶因借得官书读，小札于君一向疏。忽寄江湖诗百纸，梅花担上雪晴初。"[1]诗中回忆自己在京城任职时曾到过陈宅书籍铺观书，因此与陈起结识，但二人并没有深入交往。如前揭所言，陈起出生于淳熙九年（1182）前后，与韩淲结识时才不过二十二岁左右，年龄、地位相差悬殊，这是他们没有深入交流的原因。

　　韩淲一生官位不高，但在文坛上拥有极高的声誉，与赵蕃（号章泉）并称二泉。陈起在编刊《江湖集》的时候，可能已经把售卖诗集当成书籍铺经营的主要方向，因此将此集寄给诗坛名家，以期引起关注。韩淲果然对此集赞赏有加。另一首赠诗《江湖集钱塘刊近人诗》云："才华未若一杯酒，行业尚贪千首诗。今贵几何名得志，古贫最底谓知时。雕残沈谢陶居首，披剥韦陈杜不卑。谁把中兴后收拾，自应江左久参差。"[2]诗中对陈起寄给他的多达"百纸"、收录有"千首"近人诗的《江湖集》，给予了"谁把中兴后收拾"的好评。

　　韩淲于嘉定十七年（1224）去世，可以肯定，《江湖集》的刊刻在此之前。韩淲死后，戴复古有《哭涧泉韩仲止》诗哀悼："雅志不同俗，休官二十年。隐居溪上宅，清酌涧中泉。慷慨伤

---

[1] 此诗见于韩元吉《南涧甲乙稿》卷六，清乾隆武英殿聚珍版丛书本，第27a页。韩元吉卒于淳熙十四年（1187），其时陈起才不过数岁，不可能与他有什么交往，疑此诗为韩元吉之子韩淲之诗，误辑入《南涧甲乙稿》。韩元吉《南涧甲乙稿》与韩淲《涧泉集》皆四库馆臣辑自《永乐大典》者，两人为父子，诗集名皆有涧字，故易致误。

[2] 韩淲：《涧泉集》，台湾商务印书馆影印文渊阁《四库全书》，第1180册，第777a页。

时事，凄凉绝笔篇。三篇遗稿在，当并史书传。"自注云："闻时事惊心，得疾而死，作《所以桃源人》、《所以商山人》、《所以鹿门人》三诗，此绝笔之诗也。"① 发生在嘉定十七年的"时事"，应当指宁宗死后，史弥远与杨皇后合谋矫旨废黜太子赵竑，拥立宗室子赵昀为皇帝。这件事物议沸腾，韩淲也因此惊心得疾。在韩淲死后不久，陈起出于"巧为射利"目的而编刊的《江湖集》，也被卷入历史车轮里去。

另一位陈起早期交往的诗人是危稹。《赠书肆陈解元》二首云：

> 巽斋幸自少人知，饭饱官闲睡转宜。刚被旁人去饶舌，刺桐花下客求诗。

> 兀坐书林自切磋，阅人应似阅书多。未知买得君书去，不负君书人几何。（《巽斋小集》）

危稹是淳熙十四年（1187）进士，曾在南康军、临安府任教授，丁母忧之后干办京西安抚司公事，后任武学博士，迁诸王宫教授。《宋史》本传记载："稹谓以教名官，而实未尝教，请改创宗子学，立课试法如两学，从之。嘉定九年新学成，改充博士，其教养之规，稹所论建。"② 据此可知，位于睦亲坊的宗学是因危稹的倡议而设置。危稹在宗学中担任博士，工作地点就在陈宅

---

① 《戴复古诗集》，第 106 页。
② 脱脱等：《宋史》卷四一五《危稹传》，中华书局 1985 年，第 12452 页。

书籍铺的附近，因此两人得以结识。根据危稹诗中所述，陈宅书籍铺经营状况良好，顾客甚多，主人乐意与客人交流切磋，遇到著名诗人来访便趁机索要题赠。

胡念贻先生曾对危稹《赠书肆陈解元》中的"陈解元"是否指陈起持有怀疑，他认为："危稹是宋孝宗淳熙十四年（1187）进士，比陈起至少早生二三十年。他曾两次到临安官，前一次任临安府学教授，大约在孝宗、光宗时。后一次做到秘书郎、著作郎等，在宁宗嘉定十一、二年（1218、1219）间。最后离开临安在嘉定十二年十一月。如果这两首诗作于前一次在临安时，则陈起还幼，恐怕不曾涉世；如果作于后一次在临安时，陈起虽然可能已涉世途，但阅历还不深，和'阅人应似阅书多'的诗句不合。此诗看来似是作于前一次在临安时，诗题所说的'陈解元'，恐怕是陈起的先世，'陈解元'书籍铺恐怕是袭了先世的铺号。"① "陈解元书籍铺"为陈起先人产业，这是很有可能的，古代书业中世代相传的样例非常多。不过，如前所言，陈起至少在开禧元年（1205）以前已主持陈宅书籍铺的经营。危稹第二次游于临安应在嘉定九年（1216）宗学设置之前，这时陈起至少有三十五岁，对于书业经营已经非常老练，所以"阅人应似阅书多"的陈解元当指陈起无疑。

另一位陈起早期交往的著名诗人是永嘉四灵之一的赵师秀。陈起诗歌中能考知时间的最早作品是一首赠答诗《赵紫芝运干》：

---

① 胡念贻：《南宋〈江湖前、后、续集〉的编纂和流传》，《文史》第十六辑。

陋室与高门，东西互接畛。相聚虽不稠，相别殊难忍。
风帆去程遥，到时秋未尽。少试神画材，计台作标准。恨无
双羽翔，泪泪成蠹隐。便结南浦梦，独立江风紧。（四库本
《江湖后集》卷二十四）

标题称赵师秀为运干，从内容看来是一首送别诗，应当写于嘉定
十年（1217）赵师秀卸任江南西路转运司干办公事，赴外地任
职之时①。赵师秀出生于乾道六年（1170），实际上只比陈起年
长十岁左右，但他曾受到大儒叶适的大力揄扬②，是诗坛上著名
的"永嘉四灵"之一，成名早而又有官职在身，与陈起存在年
龄和地位的差距。从诗中可以看出，二人日常往来并不密切，但
陈起对于这位前辈诗人充满仰慕之情。

　　晚年赵师秀寓居于临安，陈起与他的交往渐入佳境。赵师秀
《赠卖书陈秀才》云其"每留名士饮，屡索老夫吟。最感书烧
尽，时容借检寻"（《清苑斋集》），从"每"与"屡"二字可
以看出，因为陈起对前来阅书购书的赵师秀常有留饮、借书之
举，二人关系也逐渐熟悉，有了更多的交流。陈起《留题天乐
寓张氏湖亭》云：

① 卫泾：《后乐集》卷二三《奏举滕璘等七人状》："从事郎江南西路转运司
干办公事赵师秀，操尚清修，词章典丽，一第二十七年未脱选曹。"赵师秀举
进士第在绍熙元年（1190），则离开干办公事职位当在嘉定十年。
② 根据赵敏研究，四灵诗集中徐玑《上叶侍郎十二韵》、赵师秀《叶侍郎寄
芍药》诗当作于嘉泰三年（1203）叶适权兵部侍郎之时，因此他们的成名应
该也在此前后。参见氏著《宋代晚唐体诗歌研究》，巴蜀书社2008年，第
149页。

　　　沉水香销一局棋，客来浅酌旋分题。画栏占得春多少，
帘卷东风日未西。（四库本《江湖后集》卷二十四）

　　张氏湖亭是一处酒馆客栈，陈起前来拜会寓居于此的赵师秀，赵
师秀与客人下棋之后又一起宴饮，席上或许还有其他文士，边浅
酌边分题赋诗，极为风雅。

　　通过这样的雅集，陈起认识了许多赵师秀的朋友，赵师秀也
常常在诗友圈中为其扬誉。杜耒《赠陈起诗》："往岁曾见赵天
乐，数说君家书满床。成卷好诗人借看，盈壶名酒母先尝。对门
欲见桐阴合，隔壁应闻芸叶香。老不爱文空手出，从今烦为蓄仙
方。"（《前贤小集拾遗》卷三）可见杜耒与陈起的结识正是因为
赵师秀推荐之故。而赵师秀的另一位朋友张弌《夏日从陈宗之
借书偶成》中有"案上书堆满，多应借得归"之句（《秋江烟
草》），也是盛赞陈起慷慨借书之举。可以说，赵师秀是陈起走
入诗坛的重要引路人。

　　还有一些前辈诗人如周文璞、黄顺之、黄简皆与陈起有过赠
诗交往，他们的赠诗见于《群贤小集拾遗》之中。黄简（字元
易）《秋怀寄陈宗之》：

　　　秋声四壁动，寒事日骎骎。红剥林间子，青除架底阴。
积闲殊有味，安拙本无心。独愧陈征士，赊书不问金。
　　（《前贤小集拾遗》卷四）

又周文璞《赠陈宗之》：

　　　　伊吾声里过年年，收拾旁行亦可怜。频嗅芸香心欲醉，
　　为寻脉望眼应穿。哦诗苦似悲秋客，收价清于卖卜钱。吴下
　　异书浑未就，每逢佳处辄留连。（《前贤小集拾遗》卷四）

以诗歌为纽带，陈起认识了大量流落江湖的不得志文人。对于穷
愁潦倒的江湖诗人，他不仅同意他们借阅书籍，书籍售价非常低
廉，甚至允许客人赊欠书款，这种慷慨的品质使他赢得众人的
好感。

　　江湖诗人的赠诗中还提到陈起其他方面的品质。黄顺之
（休甫）《赠陈宗之》：

　　　　美君家阙下，不踏九衢尘。万卷书中坐，一生闲里身。
　　贪诗疑有债，阅世欲无人。昨日相思处，桐花烂熳春。
　　（《前贤小集拾遗》卷二）

诗中极称陈起飘然不俗，洞明世事，而又真挚地热爱诗歌。黄顺
之对陈起应有一定的了解，可惜他们的交往没有更多详情可考。
"阅世欲无人"，说明陈起非常擅长与人打交道。这并非虚誉。
刘克庄《赠陈起》写到自己在陈宅书籍铺中"两檐兀坐忘春去，
雪案清谈至夜分"，武衍《谢芸居惠歙石广香》亦云："邺侯架
中三万签，半是生平未曾见。一痴容借印疑似，留客谈玄坐忘
倦。"（四库本《江湖后集》卷二十二）可见陈起非常善于与人
交谈，具有独立的思想和审美趣味。

　　陈起雅好斯文，孝顺母亲，为人慷慨，豁达通透，这是很多

诗友对他的印象。因其对前辈诗人真诚敬慕，对同辈诗人慷慨友好，不管沉沦下僚的文人士子还是奔走谋生的江湖吟客，都乐意与陈起结识，他们之间也逐渐发展为超越单纯商业往来而具有共同爱好的知己朋友。

二、陈起身边的诗友圈

在江湖诗案前后，一些久已成名的诗人如姜夔、赵师秀、韩淲、周文璞、曾极、敖陶孙等先后去世，危稹、刘克庄也因为贬职或罢黜而离开京师。所幸都城临安从不缺乏知识精英，每年都有大量士子从各地来到这里游学、应试、仕宦，他们成为陈起的新朋友和生意伙伴。

从宋理宗嘉熙到淳祐年间，陈起凭借出版商兼诗人的独特优势，吸引了许多江湖诗人的趋附。周端臣、胡仲弓、胡仲参、武衍、朱继芳、释斯植等诗人长期寓居在临安及附近地区，彼此之间有频繁的日常来往和诗歌唱和，构成陈起身边比较稳定的诗友圈。

周端臣，字彦良，号葵窗，建业人。绍熙壬子（1192）周端臣游杭州，有诗纪其事（《仆以绍熙壬子中夏二十有五日始跻风篁探龙井……之一助》），时陈起年仅十岁出头；而其集中有《挽芸居》诗，则卒年尚在陈起之后。周端臣拥有出众的才华，但科举却屡屡落榜。周密《武林旧事》卷六"诸色伎艺人"之"御前应制"中有"周葵窗端臣"①，又释斯植《挽周彦良》"白

---

① 周密著，杨瑞点校：《武林旧事》，浙江古籍出版社 2015 年，第 146 页。

首功成未十年，寡妻相吊泣江干"（《采芝集》），可知其晚年曾担任官职，未及十年即已去世，任职时间应在理宗淳祐中期。

周端臣在杭期间曾多次来访陈宅书籍铺。《奉谢芸居清供之招》：

> 生平愧彼苍，得饱非耘种。自揆蒬寸长，居然叨薄俸。竭来桂玉地，幸了齑藿奉。日昨访芸居，见我如伯仲。剧谈辟幽荒，妙论洗沉痛。呼童张樽罍，芳醪启春瓮。乃约屏膻荤，初筵俱清供。珠樱映翠荚，光色交浮动。佳境喜渐入，恺之未痴惷。属厌荐春萌，隽永咀秋葑。黄独忽登俎，味借蜂蜜重。翻怜少陵翁，山雪入吟讽。早韭晚菘荤，吾家所售用。列品不自珍，而与朋友共。珊盘放手空，适口颇恣从。日暮雨催返，虚窗结清梦。寄语五侯鲭，从兹勿劳送。（四库本《江湖后集》卷三）

陈起待人热情，故有"见我如伯仲"之语。诗中自称"居然叨薄俸"，可见已有职务在身。陈起本就擅长言谈，与周端臣见面如故，更是谈兴大发，最后还热情地邀请周端臣在家饮宴，直到日暮将雨才不得不分别。又《葵窗送酒》云：

> 久藏斗酒谋诸妇，婢子仓皇错授醴。邂逅芸居初止酒，小厨海错旋开泥。（《芸居乙稿》）

首句出自苏轼《后赤壁赋》："归而谋诸妇。妇曰：'我有斗酒，藏之久矣，以待子不时之需。'"苏轼与朋友游赤壁，贤惠的妻子拿出珍藏已久的酒为他们助兴。这里借此典故赞美周端臣的妻子。接着笔锋一转，发生了婢子不慎错拿成醋的变故。女主人的美好心意没法传达，本是令人沮丧的事，然适逢陈起正在戒酒期间，而醋也正好搭配准备用来宴享宾客的海错。朋友的慷慨、朋友妻子的贤惠、婢子的粗心，以及歪打正着的妙趣在诗中活灵活现地呈现出来。

胡仲弓，字希圣，号苇航；胡仲参，字希道，号竹庄，清源人。胡氏兄弟长期寓居在杭州，至少在绍定四年（1231）已与陈起相识。直到陈起去世，他们交往的时间长达二十余年。

胡仲弓的科举仕宦经历，据张宏生考证："集中《一第》诗云：'六年收一第，不特为荣身。……衣冠新进士，湖海旧诗人。'知其二赴春闱，始中进士。《夜梦蒙仲书监……》诗云：'顾余初筮令，寒饿日驱迫。'知其尝为县令。《将之官越上留别诸友》云：'一官如许冷，况复是清贫。槐市风何古，兰亭本却真。'知其在会稽为官。《老母适至时已见黜》云：'千里迎阿婆，相见翻不乐。微禄期奉亲，亲至禄已夺。'知其不久罢归。"① 胡仲弓在绍定四年曾与陈起一起寄诗问候刘克庄，可知其时正在杭游学。假设绍定五年为首次参加应试，那么登第则应在端平二年乙未科。胡仲弓曾任会稽令，不久即被罢职。陈起罕见离开临安，《芸居稿》中有多首描写会稽风光的诗，或为胡仲弓在会稽任职期间探访友人所作。

---

① 张宏生：《〈江湖集〉编者陈起交游考》，《文献》1989年第4期。

胡仲弓有《苇航漫游稿》等小集，其诗集早已亡佚，但《永乐大典》中保存佚诗非常多。四库馆臣将其中没有标识"江湖某集"的诗辑录为《苇航漫游稿》四卷，明确题"江湖某集"的诗歌则辑入四库本《江湖后集》卷十二，小传载："按《江湖集》诸人唱和诗，苇航诗名颇著于仲参，而诸选家无一及者。《永乐大典》载其集甚夥，此乃陈起所选者也。"这是胡仲弓诗的流传情况。

《苇航漫游稿》中有《次韵送水纹簟与芸居》、《寄芸居》、《病后呈芸居》、《次芸居无题韵》等多首赠与陈起的诗。《寄芸居》："京尘方衮衮，君独此安居。竹简编科斗，芸香辟蠹鱼。眼空湖海士，儿读圣贤书。一样吟樽乐，公卿未必如。"（四库本《苇航漫游稿》卷二）对陈起的人格非常赞赏。陈起死后，胡仲弓还写了挽诗《哭芸居》，可以看出他们之间的亲密感情。结合胡氏兄弟与陈起的交往情况，可以肯定，《苇航漫游稿》等小集都是由陈起刊刻。胡仲弓佚诗中还有《为续芸赋》一首，说明在陈起去世之后，胡氏兄弟一如既往地支持陈宅书籍铺的经营。

与兄长相比，胡仲参在科举仕途上的遭遇更加不幸。《入京第一程》："六载馆杭州，重来访旧游。山中才过雨，客里又惊秋。岚气蒸衣湿，泉声激石流。功名苦行役，羞见渡头鸥。"（《竹庄小稿》）诗中自称曾在杭州寓居长达六年，可能绍定、端平年间曾与兄长同时入京应试，但他两次都以落第告终，最后只得返归故里。这首诗则是第三次入京参加科举考试所作。屡试不第对胡仲参的心理打击非常大，特别是在这次考试之后，他对自己多次失败感到羞愧和自卑，写了一首《试后书怀》诗："踏遍天涯路，春三又秋三。文章与时背，言语对人惭。"（同上）这种长期困踬场屋，不得不流落江湖、客居他乡的无奈和无聊，促使他产生了彻底放弃科举的想法。《山中口占》云："饭罢呼僮旋煮茶，棋枰诗卷小生涯。从今厌踏红尘路，多在山间少在家。"（同上）至于此后是否还继续参加科举考试，则不得而知了。

在胡仲参寓居杭州期间，同样流寓至此的诗人曾性之住在他的隔壁。胡仲参《夜来闻曾性之丘君就二友隔楼吟声不绝以诗柬之》云："月下归来深闭门，衾寒时倩博山温。隔楼忽听吟声苦，引得清愁入梦魂。"（同上）曾性之与友人在灯下苦吟，吵醒了隔壁即将入睡的胡仲参，于是有了这诗意的抱怨。另一首《夜坐与伯氏苇航对床阅江湖诗偶成一首》中写到兄弟俩夜晚叙话和推敲诗艺的情景："对床因话弟兄情，话到山林世念轻。几上江湖诗一卷，窗前灯火夜三更。茶经未展神先爽，香片才烧味较清。吟罢忽闻谯角动，石桥霜晓有行人。"（同上）浪迹江湖的生活简单清苦，诗歌是重要的精神寄托。

武衍字朝宗，号适安，汴梁人。其诗集有《藏拙余稿》、《藏拙余稿乙卷》、《藏拙余稿续卷》。前两种有宋刻本流传，《续卷》已佚，四库馆臣从《永乐大典》中辑出佚诗五十四首为一卷。《余稿》皆绝句，《乙卷》绝句律诗并录，《续卷》则为古今诗。在各体诗歌中，武衍最擅长的是绝句。胡仲弓《题武适安宁卷》评其诗云："学到唐人超绝处，前身便是武元衡。"（四库本《苇航漫游稿》卷四）张充圣《藏拙余稿序》云其"平生最爱读洪文敏所编唐绝句，手之辄不忍置"，可见其为诗以唐人

为宗。方万里《题武衍藏拙余稿》论其诗艺云："东坡见齐安朱
广文小诗云：'官闲厅事冷，蝴蝶上阶飞。'谓其可入图画。适
安此卷绝句，模写景物，吟咏情致，多有可笔于丹青者，惜不遇
坡之品题。"① 极称其诗中有画的境界。

　　武衍与陈起的来往最密切，陈起《芸居乙稿》中赠与武衍
的诗就有十一首之多：《贺友人丝桐复归》、《适安惠糟蟹新酒》、
《题适安清湖寓居》、《武兄惠药》、《适安有湖山之招病不果
赴》、《适安招游汤镇不果赴》、《适安夜访读静佳诗卷》、《朝宗
馈食且复招饮》、《杂言送歙砚广香与友人》、《真静续新茶……
兼呈真静适安》、《真静馈新茶菰干黄独奶酪约葵窗适安共享适
安不赴葵窗诗来道谢次韵答之兼呈真静适安》等，所写都是相
邀聚宴、赠送礼物之类的小事。

　　在陈起与武衍互相赠答的诗中，《武兄惠药》应是较早的
一首：

　　　　昔人馈药不敢尝，未达寒温良毒旨。朝来剥啄客问病，
　　宝剂盈奁意何侈。便当三咽答殷勤，儿欲先尝还且止。平
　　生结交结以心，岂有鸩人羊叔子。多君相济义薄云，友道
　　线绝今振起。绿阴庭院趁清和，抖擞精神迎药喜。(《芸居
　　乙稿》)

前面已经提到，陈起自淳祐甲辰（1244）开始得病，此后十余

---

① 《全宋文》第 341 册，第 298 页。

年皆在养病中。郑清之、吴潜、周端臣等朋友都曾赠药给他，武衍也有惠药之举。诗中写到儿子续芸出于对安全的担忧想先尝药，但陈起对朋友怀抱信任和感激，制止了儿子的尝试。观此诗意，武衍惠药应在两人交往的初期阶段，因此才会在安全问题上有所疑虑。

对于武衍的惠赠，陈起投桃报李赠送了一方歙砚给他。武衍《谢芸居惠歙石广香》云："家无长物祇书卷，又无良田惟破砚。寥廖此道人共嗤，君独相怜复相善。邺侯架中三万签，半是生平未曾见。一痴容借印疑似，留客谈玄坐忘倦。探怀忽出片石方，双池丝刷润且光。……心融终日游圣涯，恍若置身天禄阁。"（四库本《江湖后集》卷二十二）备述自己喜欢文房雅物，获陈起馈赠歙砚的经过。武衍还曾得到一张"玉壶冰"的琴，陈起得知之后写了一首诗歌表示庆贺，《藏拙余稿》中有《复归丝桐芸居以诗见贺纪述备尽报以长篇兼简葵窗》以纪其事。

二人基于礼尚往来而逐渐结成平等亲密的关系，陈起诗中称武衍为"相亲逾骨肉，何以结情深"的朋友，这份友情应是长期积累的结果。

另一位诗人朱继芳，字季实，号静佳，福建建瓯人。绍定五年（1232）年进士，曾任龙寻、桃源知县，著有诗稿《静佳龙寻稿》、《静佳乙稿》。陈起《适安夜访读静佳诗卷》云："情同义合亦前缘，得此兰交慰晚年。旋爇古香延夜月，试他新茗瀹秋泉。君停逸驾谈何爽，客寄吟编句极圆。可惜病翁初止酒，不能共醉桂花前。"（《芸居乙稿》）月夜和武衍一起焚香品茗，品读朱继芳的诗卷，何等休闲而惬意。

　　朱继芳诗卷的刊刻时间在桃源知县罢任前后，《桃源官罢芸居以唐诗拙作赠别》：

　　　　自作还相送，唐诗结伴来。归装携此重，笑口为君开。
　　莲上巢难稳，桃边艇却回。空余吟卷在，沙鸟莫惊猜。
　　（《静佳乙稿》）

陈起把刚刚刊刻完成的《静佳龙寻稿》和唐人诗集赠送给朱继芳，这份别出心裁的礼物比任何珍宝还要诚恳和贵重，令他从罢官的失落中摆脱出来，散去心头阴霾，重现笑意。

　　朱继芳另有《调宜州冷官不赴》一首，可知他后来被授予宜州官职，但没去赴任。此后似乎还曾出任其他地方官职。杭州僧人释斯植作于宝祐四、五年间的《采芝续集》中，有《寄静佳朱明府》云"声随淮水远，吟入楚天微"，赠诗时朱继芳应出任两湖某地的长官。

　　以上所举几位江湖诗人是陈起交往时间比较长的诗友。还有许多曾经到访书籍铺的诗人，由于在临安居住时间短，过着漂泊不定的生活，并没有与陈起形成长期稳定的来往。通过与江湖诗人的交往情形，可以看到，随着年龄和资历的增长，陈起在江湖诗人群体中的地位和声望也日益增长，陈宅书籍铺也成为江湖诗人活动的一个中心。

三、陈起的诗社活动

　　杭州自古就是钟灵毓秀之地，南宋建都之后更是繁华至极。灌园耐得翁《都城纪胜·序》："自高宗皇帝驻跸于杭，而杭山水明秀，民物康阜，视京师其过十倍矣。虽市肆与京师相侔，然中兴已百余年，列圣相承，太平日久，前后经营至矣，辐辏集矣，其与中兴时又过十数倍也。"① 在这个商贾辐辏、雅士云集的城市里，诸多社集的存在彰显了文化的高度繁荣。

　　最著名的社集应属西湖诗社。《都城纪胜·社会》载："文士，则有西湖诗社，此社非其他社集之比，乃行都士大夫及寓居诗人。旧多出名士。"② 吴自牧《梦粱录》卷十九"社会"亦云："文士有西湖诗社，此乃行都缙绅之士及四方流寓儒人寄兴适情赋咏，脍炙人口，流传四方，非其他社集之比。"③ 在宋人描写中，西湖诗社具有非其他社团所能比拟的影响力，但在流传下来的宋人唱和诗歌中却甚少看到所谓"西湖诗社"的活动。因此，欧阳光认为："《梦粱录》和《都城纪胜》中所提到的西湖诗社并非仅有一个，在南宋中后期的京城临安，或前后、或同时存在着若干个诗社，它们各自聚集了一批志趣相投的社友，频繁地举

---

① 耐得翁撰，汤勤福整理：《都城纪胜》，《全宋笔记》第88册，大象出版社2019年，第5页。
② 耐得翁撰，汤勤福整理：《都城纪胜》，《全宋笔记》第88册，大象出版社2019年，第15页。
③ 吴自牧撰，黄纯艳整理：《梦粱录》，《全宋笔记》第96册，大象出版社2019年，第407页。

行唱和活动。这些诗社并非有意冠名为西湖诗社，只不过因它们都以西湖作为诗社活动的主要活动场所，故习惯地以西湖诗社（西湖吟社）相称罢了。"① 此解释具有合理性，不过耐得翁"此社"的所指非常明确，似乎确实存在一个名为"西湖诗社"的组织。笔者颇疑西湖诗社具有一定的官方性质，所以地位高于地方诗社和私人诗社，但因对各地游客开放，并没有固定的组织者和参与者，其意义主要在于提供文人雅集的场所，而没有能够真正发挥诗社的功能。

西湖沿岸风景优美，湖光山色处处皆为诗料。江湖文人在西湖游玩、宴饮、酬唱的活动痕迹非常多，陈起也常参加这样的诗会。陈起《同毛谊夫喻可中夜泛西湖》云：

> 又复移舟践旧盟，喜随师友挹湖光。一番雨势生秋意，几处蝉声送夕阳。亭榭家家增藻饰，星河岁岁曜文章。断桥向午蟾方出，载月乘风更举觞。（《永乐大典》卷2264）

"又复"说明他不是第一次参加西湖诗会，"旧盟"说明是早已约定的集体活动，"师友"作为雅集的主导者，可视为诗会中比较稳定的成员。

诗会活动中自然不能没有诗。陈起《过西湖》："鹊巢犹挂三更月，渔板惊回一片鸥。吟得诗成无笔写，蘸他春水画船头。"（《永乐大典》卷2264）《湖上曲》："秋千索外阑干侧，一

---

① 欧阳光：《宋元诗社研究丛稿》，广东高等教育出版社1996年，第259页。

曲凝云花影直。玉瓶风暖醉忘归，春水不分杨柳色。"（同上）
应该是在这样的场合下创作的。又《泛湖纪所遇》云：

> 六桥莺花春色浓，十年情绪药裹中。笔床茶灶尘土积，
> 为君拂拭临东风。可笑衰翁不自忖，少年场中分险韵。画舸
> 轻移柳线迎，侈此清游逢道韫。铢衣飘飘凌绿波，翡翠压领
> 描新荷。雍容肯就文字饮，乌丝细染还轻哦。一杯绝类阳关
> 酒，流水高山意何厚。曲未终兮袂巳扬，一目归鸦噪栖柳。
> （《芸居乙稿》）

这首诗为晚年在西湖诗会上所作。久病未愈的陈起与年轻诗人一
起游湖并分韵赋诗，参加诗会的还有一位才华堪比谢道韫的女
子，非常欣赏陈起的诗歌，令他产生了知己之感。这是陈起诗中
唯一一次写到对异性的别样情怀。

　　陈起不止参加师友组织的诗会，自己也曾主导过诗会活动。
陈宅书籍铺能够作为江湖诗人之间声气联络的核心，其中一个重
要原因是这里具有临安城里中诗社的性质。

　　诗人许棐在寓居临安期间是芸居楼中的常客，曾与陈起等诗
友交游唱和。《宗之惠梅窠水玉牋》：

> 百幅吴冰千蕊雪，对吟终日不成诗。忆君同在孤山下，
> 商略春风弄笔时。（《融春小缀》）

这里忆及自己曾与陈起在风景优美的西湖孤山下吟弄风月的风雅

往事。

　　陈起为许棐刊行而流传至今的小集有五种：《梅屋诗稿》一卷、《融春小缀》一卷、《梅屋第三稿》一卷、《梅屋第四稿》一卷、《梅屋诗余》一卷，足见二人交谊之深。《梅屋》五稿中所作诗终于甲辰（1244）年，这应该是许棐临安生活时间的下限。晚年许棐在家乡秦溪购买了一间小屋作为养老居所①，回乡之后还有诗赠与陈起。《陈宗之迭寄书籍小诗为谢》："江海归来二十春，闭门为学转辛勤。自怜两鬓空成白，犹喜双眸未肯昏。君有新刊须寄我，我逢佳处必思君。城南昨夜闻秋雨，又拜新凉到骨恩。"（《梅屋第四稿》）这是答谢陈起寄赠新刊的诗。许棐直到淳熙八年左右才去世②，陈起《挽梅屋》云：

　　　　桐阴吟社忆当年，别后攀梅结数椽。湖海有声推逸韵，弓旌不至叹遗贤。儿收残稿能传业，自志平生不愧天。航便双鱼无复得，夹山西望泪潺湲。（《芸居乙稿》）

陈起在挽诗中深情回忆与许棐在"桐阴吟社"唱和的情景，"桐

①　许棐：《招高菊涧（时在县斋）》诗云："归买秦溪屋一间，才如都下僦楼宽。门前养草如花赏，壁上黏碑当画看。自改旧诗多未稳，独斟新酒不成欢。耳仙只在渊明宅，泥泞相邀寸步难。"
②　许棐生卒年不详，唐圭璋《唐宋词简编》许棐小传中载其"淳祐九年（1249）年卒"（上海古籍出版社1986年，第663页），吴熊和《唐宋词汇评》（两宋卷）同（浙江教育出版社2004年，第3296页）。他们所依据的，应该是《芸居乙稿》中《挽梅屋》在《寿大丞相安晚先生（己酉）》等数首之后，故有此推断。然《芸居乙稿》中此诗在《挽林夫人》（刘后村母卒于淳熙八年十月）之前，故笔者以为卒于淳熙八年的可能性较大。

阴"符合陈宅书籍铺的环境特征,"桐阴吟社"当为陈起与许棐等江湖诗友在芸居楼缔结的诗社。

许棐在临安活动的时间在宋理宗淳祐前期,陈起组织桐阴吟社应该也在这个时期。都城临安的人口流动非常频繁,各地的江湖诗人因种种机缘来到临安,却并不长久居住于此。桐阴吟社的社友唱和交游可能只是随意松散的形式。吕肖奂这样推测桐阴吟社的活动:"社员来去聚散十分自由,没有太多明文规定或限制,其交游唱和的方式也会多种多样,不只有单向度交流,而应该有不少群体多向度唱和活动。"① 陈起的诗友中久居临安的武衍、周端臣等人,或许也曾参与桐阴吟社的活动,但除了《挽梅屋》诗,并无其他诗人提到此诗社的活动,其具体活动时间和活动方式已经不可详悉。

借由桐阴吟社或类似的组织活动,陈起与江湖诗人的交往逐渐化被动为主动,在中下层文人中声望日隆。虽然他还有向文人索诗的行为,这多半出于对朋友或后辈的鼓励和爱护,更多的时候是江湖文人主动把诗集交托与他,请他印正,并请求刊刻。许棐《梅屋第三稿后记》云:"甲辰一春诗,诗共四五十篇,求芸居吟友印可。棐皇恐。"② 许棐以求教的态度将诗稿交给陈起"印可",隐含着请求刊刻的意愿。陈起为其刊刻了五部小集,《挽梅屋》诗中有"儿收残稿能传业"之句,可能许棐去世之后,其子还曾整理残稿交付陈起刊刻,但此稿并没有流传下来。

---

① 吕肖奂:《南宋中后期游士群体交游唱和的非虚拟空间》,《新宋学》第 7 辑,复旦大学出版社 2018 年 10 月。
②《全宋文》第 333 册,第 372 页。

四、陈起与外地文人的交往

江湖诗人的流动性很大，大多是为了谋生或任职而临时寓居在临安，不能形成长期稳定的交往。陈起的交游并不局限在临安地区，对于身在异地的诗人，他常常通过书信保持联络。许棐诗中有"君有新刊须寄我"，正可见陈起与远方诗人的交游方式。

晚年居住在上饶的韩淲，也曾收到陈起新刊的《江湖集》，写出"忽寄江湖诗百纸"之句。叶适门人赵希迈（字端行）是陈起早期交往的诗人之一，其《酬陈校书见寄》云："日长松院静，孤坐对残编。雨久波平岸，山高烧接天。春醒茶可解，诗病药难痊。独喜君清政，南中客共传。"（《前贤小集拾遗》卷三）从诗中看来，他正在偏远的南中为客，陈起寄赠的诗编正好帮他消遣客中的孤独和烦闷。

陈起寄赠诗集的目的，一是保持与诗人之间的联系，二是扩大书籍铺的影响力。赵希迈有两首诗和回复陈起的这首诗一起收入《前贤小集拾遗》卷三之中，可见一些远方诗人的诗稿是通过写信索取的。

同样是通过这种方式，陈起从赵蕃那里获得一些诗稿。赵蕃字昌父，号章泉，郑州管城人，寓居上饶，与韩淲（号涧泉）合称信上二泉。陆游《剑南诗稿》、辛弃疾《稼轩长短句》中有多首赠与赵蕃的诗词。朱熹对赵蕃赏识备至，意图援引其入道学，《答徐斯远书》曾谓："昌父志操文词，皆非流辈所及，……欲其刊落枝叶，就日用间深察义理之本然，庶几有所据依以造实

地，不但为骚人墨客而已。"① 然而赵蕃最终还是以诗名家。赵
蕃创作的诗歌数量在同时辈流中最为可观，水平也非常突出，刘
克庄《韩隐君诗》："坐客有曰：赵章泉诗逾万首，韩仲止、巩
仲至几半之。至少者亦千首。"② 又《辰圃集》云："近岁诗人，
惟赵章泉五言有陶阮意。"③ 赵蕃不仅长于写诗，还精于诗学，
《诗林广记》和《诗人玉屑》中多处引录其所撰《诗法》（已
佚）。赵蕃寿至九十余，于陈起为前辈诗人，不详二人是否曾经
谋面，可以肯定的是他们曾有书信往来。《答赵章泉》诗云：
"新诗将远意，千里附文鳞。"（四库本《江湖后集》卷二十四）
这是为酬答赵蕃寄来诗歌作品而作。

　　还有一些文人与陈起可能并未有实质性交往，而是通过诗友
介绍而间接为陈起所认识。例如万俟绍之，根据方洪《郢庄吟
稿序》："临革，以平生所为诗属其友顺适叶君，俾镂之梓。叶
君耽于诗，笃于谊，不负所托。一日携诗示洪曰：'子绍予友
也，亦君友也，其诗不可以不传。予既成其志，君盍序之？'呜
呼！一死一生，乃见交情。"④ 可知万俟绍之在去世之前，嘱咐
朋友叶茵为其刊刻诗集，叶茵不负所托，将其诗集交付陈起刊
刻，终使之得以流传。刊刻于宝祐六年的毛珝《吾竹小稿》，卷
首有李龏序云"惜其以文自晦，不求于时"，赞赏毛珝没有江湖

① 李绂著，段景莲点校：《朱子晚年全论》，中华书局 2015 年，第 196—
197 页。
②《刘克庄集笺校》，第 4045 页。
③《四库全书总目》，第 1375 页。
④《全宋文》第 354 册，第 457 页。

诗人追求浮誉躁进的恶习。是集刊入江湖诸集，应由友人李龏的牵线推动。又刘翼《心游摘稿》卷首林希逸《序》云："同门诸友，独蠡父入此三昧，心游之稿甚富，今乃摘取余所可知者十九首见寄。"① 刘翼并无与陈起父子交往痕迹，此集当由林希逸推荐给陈续芸刊刻。另外，侯体健也指出："林同《孝诗》得以刊行，应是由刘克庄推荐给陈起的。"② 这些间接交游不仅反映了陈起交游之广泛，也可以看到南宋后期江湖诗人之间存在自己的朋友圈。

小结

综上所言，陈起长期参与临安地区的诗社活动，并组织了里中诗社桐阴吟社，通过这样的活动广泛结交江湖诗友，从而获得大量第一手的稿源。陈宅书籍铺对这些一手诗稿随得随刊、陆续发行，其经营方式已经具备现代出版社的性质。陈起父子经营诗集刊刻长达六七十年，获得江湖诗友的认可和尊敬。没有一个时代能像南宋后期临安地区的江湖诗人那般活跃，不仅在当时形成声势，甚至在文学史上也能力争一席之地。此一盛况的出现，陈宅书籍铺起到非常关键的推助作用。叶茵《赠芸居》诗云："气貌老成闻见熟，江湖指作定南针。得书爱与世人读，选句长教野客吟。富贵天街纷耳目，清闲地位当山林。料君阅遍兴亡事，对

---

① 《全宋文》第335册，第344页。
② 《刘克庄的文学世界》，第244页。

坐萧然一片心。"（《顺适堂吟稿》丙集）诗中高度评价陈起在南宋后期诗坛上的地位。从这个角度来看，陈宅书籍铺已经不是一所普通的书坊，而是都城临安的一道亮丽风景，为南宋王朝最后的岁月增添了几分诗情画意。

第三节　江湖诗派及其诗学路径

活跃于宋末元初的江湖诗人群体，到元代中期以后已罕有人关注，直至清代才重新回到学者的视野。清代以来学者多将这个群体视为诗派，他们创作的诗歌被称为江湖诗。当代学界关于江湖诗人群体能否称为诗派产生了分歧，争议主要集中在两方面：其一，江湖诗派是否成立？[①] 其二，江湖诗派的名单包括哪些人，活动时间又是在什么时候？这两个问题中，第一个问题尤其

---

① 相对于江湖诗派这个存在争议的说法，钱锺书先生谨慎地采用"江湖体"的概念，将写作江湖诗歌的诗人称之为"江湖体诗人"。参见季品锋《江湖派、江湖体及其他》（《文学遗产》2006年第4期）。当代以来，对于江湖诗派成立与否的争议更为突出。刘毅强《南宋"江湖诗派"名辨——简论江湖诗派不足成派》（《华东师范大学学报》1993年第3期）认为："南宋江湖诗人缺乏一种比较集中和稳定的交往方式"、"整个群体并无统一或近似的诗学主张"，并且"作为整个群体，江湖诗人亦无统一或近似的诗歌风格"，"江湖诗人群体并未出现名副其实的领袖人物"，因此江湖诗派根本不足成派。赵仁珪、史伟、宋文涛、赵敏等学者均持相同看法，侯体健也倾向于质疑的态度。参见赵仁珪《宋诗纵横》"下卷"第十三节（中华书局1994年版），史伟、宋文涛《"江湖"非"诗派"考论》（《社会科学家》2008年第8期），赵敏《宋代晚唐体诗歌研究》第五章（巴蜀书社2008年版）。侯体健《刘克庄的乡绅身份与其文学总体风貌的形成——兼及"江湖诗派"的再认识》（《中山大学学报》2011年第3期）也对"江湖诗派"有所质疑。

重要，如果第一个问题不能成立，那么讨论第二个问题也就失去了意义。

一、"江湖诗派"的成立

"诗派"一词，首见于吕祖谦《宋文鉴》载狄遵度《杜甫赞》：

> 其祖审言，当景龙际，以诗自名，高视一世。逮子美生，其作愈伟。少而不羁，跌宕徙倚。大章短篇，纯乎首尾。诗派之别，源远乎哉！波流沄沄，乃自我回。①

这里"诗派"指源流之意。两宋之际，吕本中作《宗派图》并序，据胡仔《苕溪渔隐丛话》前集卷四十八载：

> 自豫章以降，列陈师道、潘大临、谢逸、洪刍、饶节、僧祖可、徐俯、洪朋、林敏修、洪炎、汪革、李錞、韩驹、李彭、晁冲之、江端本、杨符、谢薖、夏倪、林敏功、潘大观、何觊、王直方、僧善权、高荷，合二十五人，以为法嗣，谓其源流皆出豫章也。②

《宗派图》将具有共同艺术追求的江西诗人群体比拟于禅门宗

---

① 《全宋文》第76册，第128页。
② 傅璇琮编：《黄庭坚和江西诗派资料汇编》，中华书局1978年，第445页。

派，大作手诗人黄庭坚为倡导者，众多同时辈流或晚生后学为追随者，从而梳理出源流分明的脉络。

　　到南宋中后期，"江西诗派"一词已深入人心，以"派"、"派家"、"宗派"、"诗派"指代江西诗人群体者比比皆是。如岳珂《桯史》卷六《快目楼题诗》云：

　　　　江西诗派所在，士多渐其余波，然资豪健和易不常，诗亦随以异。①

郑天锡《江西宗派》云：

　　　　西江一水活春茶，寒谷青灯夜拨花。人比建安多作者，诗从元祐总名家。宫商迭奏弦边雁，鼓吹都惭井底蛙。身在天南心太史，几番搔首夕阳斜。②

刘克庄《茶山诚斋诗选》将江西诗派比拟于佛学宗派：

　　　　余既以吕紫薇附宗派之后，或曰："派诗止此乎？"余曰："非也。曾茶山赣人，杨诚斋吉人，皆中兴大家数。比之禅学，山谷初祖也，吕、曾南北二宗也，诚斋稍后出，临济德山也。初祖以下，止是言句。至棒喝出，尤捷径矣。故

----

① 《桯史》，中华书局1981年，第71页。
② 《黄庭坚和江西诗派资料汇编》，第452页。

又以二家续紫薇之后。"①

又《湖南江西道中》其九：

> 派里人人有集开，竞师山谷与诚斋。只饶白下骑驴叟，
> 不敢勾牵入社来。②

又《题诚斋像》其一：

> 欧阳公屋畔人，吕东莱派外诗。海外咸推独步，江西横
> 出一枝。③

又《刘圻父诗》：

> 余尝病世之为唐律者，胶挛浅易，偈局才思，千篇一
> 体。而为派家者，则又驰骛广远，荡弃幅尺，一嗅味尽。④

以上"派里"、"派外"、"派家"均指江西诗派。林希逸《鬳斋
诗集》、舒岳祥《阆风集》中也以"派家"指代江西诗派，此不
一一列举。

----

① 《刘克庄集笺校》卷九七，第 4103 页。
② 《刘克庄集笺校》卷六，第 386 页。
③ 《刘克庄集笺校》卷三六，第 1925 页。
④ 《刘克庄集笺校》卷九四，第 3970 页。

　　将江湖诗人群体称为"派"始见于宋元之际。何梦桂《徐冰壑诗序》①：

　　　　近诗派盛于武林，故士生武林，多攻诗。（《潜斋集》
　　卷六）

何梦桂（1228—1303）是咸淳元年进士，历任太学博士、监察御史、大理寺卿。南宋后期江西诗派式微，而江湖诗人在临安地区活动频繁，其所言活跃于武林的诗派当指江湖诗人群体无疑②。除何梦桂之外，著名诗人方回（1227—1307）也将江湖诗人群体称为"派"。《恢大山西山小稿序》：

　　　　宋苏、梅、欧、苏、王介甫、黄、陈、晁、张、僧道
　　潜、觉范，以至南渡吕居仁、陈去非，而乾、淳诸人，朱文
　　公诗第一，尤、萧、杨、范、陆，亦老杜之派也。是派至韩
　　南涧父子、赵章泉父子而止。别有一派曰"昆体"，始于李

---

① 张宏生《江湖诗派研究》中引此条，言："在中国文学史上，最早将江湖诗人目为诗派的，大概是释文珦。"此处有笔误，应作"何梦桂"。
② 史伟、宋文涛《"江湖"非"诗派"考论》（《社会科学家》2008 年第 8 期）认为："南宋以及元初，凡是独立出现而涉及'诗派'、'宗派'或'派家'、'派'的称谓，都是指江西诗派。……序中所称'诗派'是指江西诗派，而不是指'江湖诗派'。"但这并不符合事实，宋人所言"派"、"吟派"并不皆指江西诗派。如徐集孙《赵紫芝墓》云："晚唐吟派续于谁，一脉才昌复已而。对月难招青冢魄，见梅如挹紫芝眉。四灵人物嗟寥落，千古风骚意俊奇。公去遥遥谁可法，少陵终始是我师。"这里将赵师秀承续晚唐诗风称为"晚唐吟派"，即是反例。

义山，至杨、刘、陆佃绝矣。炎祚将讫，天丧斯文，嘉定中忽有祖许浑、姚合为派者，五七言古体并不能为，不读书亦作诗，曰学"四灵"，江湖晚生皆是也。①

这里所说的"祖许浑、姚合为派"，就是指以四灵为宗的江湖诗人。可见在当时人的观念中，临安及其附近地区的江湖诗人群体已经具有诗派的性质。

清代将江湖诗人群体称为"诗派"已成为普遍做法。清初诗人吴乔（1611—1695）《围炉诗话》云："宋时江西宗派专主山谷，江湖诗派专主曾茶山。"② 将江湖诗人群体与江西诗派相提并论。又如《诗家鼎脔》的"小序"言：

> 宋季江湖诗派，以尤杨范陆为大家，兹选均不及。稍推服紫芝、石屏、后村、仪卿，其余人各一二诗，止隘矣。疆事日蹙，如处漏舟，里巷之儒，犹刊诗卷相传诵。且诸人姓名有他书别无可考、独见之此编者，存以征晚宋故实也。倦叟。③

"倦叟"身份不十分明确，或疑为清初学者曹溶，但曹溶字倦圃，并未见自称"倦叟"。且此序表述多不通畅，首句即有歧

①《全元文》第 7 册，第 136 页。
② 吴乔：《围炉诗话》，郭绍虞编选、富寿苏校点《清诗话续编》，上海古籍出版社 2016 年，第 606 页。
③ 影印文渊阁四库全书本《诗家鼎脔》卷首。

义，初读似以尤杨范陆为江湖诗派之大家，如此则违反诗歌史的常识；疑其原意谓尤杨范陆为大家，故不入此江湖诗派诗集。曹溶为清初著名学者，不应作此文理不通之语。不管真实作者为何人，该序首见于清初应无疑问。

江湖诗派的称谓也多有变化，《四库全书总目》中时而称为江湖派，时而称为晚唐派①。清人又将江湖诗人群体称为"四灵派"或"永嘉派"，如杭世骏《沈沃田诗序》："江西之派盛于南渡，而宋弱。永嘉四灵之派行于宋末，而宋社遂屋。"② 又焦循《效四灵体》："诗派应教重永嘉，吟来春已到村家。"（《雕菰集》卷四）杭、焦二人所言四灵派、永嘉派都包含后起的江湖诗人，这些反映了清人对于江湖派的认知。

总之，江西诗人群体在南北宋之际开始被比拟于宗派，南宋中期以后广泛地作为流派、诗派来接受，而将江湖诗人群体视为"诗派"则在宋末元初。小说写作中有一种由后往前观照的方式，称为后视性叙事。"江西诗派"和"江湖诗派"都属于后视性概念。前者被普遍接受，而后者响应之声寥寥，主要还是因为二派诗歌成就不同之故。

二、"江湖诗派"的界定

基于《永乐大典》载录的诸多已佚江湖诗集名录，四库馆

---

① 参见侯体健：《江湖诗派概念的梳理与南宋中后期诗坛图景》，《文学遗产》2017 年第 3 期。
②《黄庭坚和江西诗派资料汇编》，第 465 页。

臣对江湖诗派进行系统描述。《四库全书总目》卷一六四《梅屋集提要》：

> 棐生当诗教极弊之时，沾染于江湖末派。大抵以赵紫芝等为矩矱，《杂著》中《跋四灵诗选》曰"斯五百篇，出于天成，归于神识，多而不滥，玉之纯，香之妙者欤！后世学者爱之重之"是也。以高翥等为羽翼，《招高菊磵》诗所谓"自改旧诗时未稳，独斟新酒不成欢"是也。以书贾陈起为声气之联络，《赠陈宗之》诗所谓"六月长安热似焚，廛中清趣总输君"是也。以刘克庄为领袖，《读〈南岳新稿〉》诗所谓"细把刘郎诗读后，莺花虽好不须看"是也。厥后以《江湖小集》中"秋雨"、"梧桐"一联，卒构诗祸，起坐黥配，克庄亦坐弹免官。而流波推荡，唱和相仍。终南宋之世，不出此派。然其咏歌闲适，模写山林，时亦有新语可观。①

提要中认为江湖诗派以赵紫芝等为矩矱，以高翥等为羽翼，以书贾陈起为声气之联络，以刘克庄为领袖，显然尚欠精确。又各举诗句以证明，所举诗句也不太具备典型性，显示了评价江湖诗派时的草率态度。

除此之外，在其他唐宋诗文集提要中对"江湖派"还有许多补充论述，尤其是对派中诗人进行了身份认定。其依据主要在

---

① 永瑢等编：《四库全书总目》，中华书局1965年，第1405—1406页。

几个方面：首先，是否有诗见《江湖小集》或库本《江湖后集》中。如《苇航漫游稿提要》："仲弓诗名不甚著，惟陈起《江湖后集》录所作颇夥。……南宋末年，诗格日下。四灵一派，撷晚唐清巧之思；江湖一派，多五季衰飒之气。故仲弓是编，及其兄仲参所作《竹庄小集》，均不出山林枯槁之调。"① 胡仲弓兄弟有诗辑录在《江湖后集》中，理所当然被当成江湖诗人论定。又《横舟稿倦游稿提要》："其他登临酬赠之作，虽乏气格，而神韵尚为清婉。在江湖诗派中，固犹为庸中佼佼矣。"②《雪矶丛稿提要》："其诗旧列《江湖集》中，而风骨颇遒，调亦浏亮。实无猥杂龌龊之弊，视江湖一派迥殊。"③ 施枢、乐雷发的诗风与一般江湖诗不同，但因集子都在《江湖集》中而被认定为江湖诗人。其次，根据交游情况来判断。如《西塍集提要》："（宋伯仁）多与高九万、孙季蕃唱和，亦江湖派中人也。"④ 宋伯仁《西塍集》见于《江湖小集》，所交游又皆江湖诗人，因此被认定为江湖派中人。又《泠然斋集提要》："故其（苏泂）所作皆能镂刻淬炼，自出清新，在江湖诗派之中可谓卓然特出。"⑤ 四库本《江湖小集》和《江湖后集》中并未收录苏泂诗集，可能只是因为与赵师秀等诗人的交往而被认为属于江湖诗派。再次，根据是否有科举功名进行判定。如《诗人玉屑提要》："是编前

---

① 《四库全书总目》，第 1410 页。
② 《四库全书总目》，第 1404 页。
③ 《四库全书总目》，第 1405 页。
④ 《四库全书总目》，第 1405 页。
⑤ 《四库全书总目》，第 1400 页。

有淳祐甲辰黄昇序，称其（魏庆之）有才而不屑科第，惟种菊千丛，日与骚人侠士觞咏于其间。盖亦宋末江湖一派也。"①

统观《总目》，被馆臣明确认定为江湖诗派的有施枢、许棐、宋伯仁、董嗣杲、周文璞、翁卷、苏泂、张端义、周弼、胡仲弓、胡仲参、刘克庄、魏庆之、赵师秀、高翥、陈起等人，这一名单里面，苏泂、魏庆之的诗歌并没有进入江湖诸集中。

民国文学史中对四灵和江湖派的论述比较简单，或者干脆没有涉及。胡云翼《宋诗研究》（1930）指出："江湖派的由来是这样的：最初宝庆初年，有钱塘书贾陈起者能诗，凡江湖诗人，俱与之善，因取江湖之士以诗著者，凡六十二家，刊为《江湖小集》，后来这些《江湖小集》里的作家，都被称为江湖派。（据方回《瀛奎律髓》）"② 这是民国时期较早关于江湖派的论述。梁昆《宋诗派别论》也认为："取在《江湖小集》中者，谓之江湖派。""后人以《江湖集》内诗气味皆相似，故称之曰江湖诗派。"但对于《江湖集》中的成员提出质疑："如洪迈、吴渊，爵位既皆通显，诗体又复不类……实不当列入江湖诗派。"③总体而言，民国学者主要根据四库本《江湖小集》入编诗人来确定江湖诗派名录，而对江湖派恶习的批评则大致沿袭自《四库总目》。

当代对江湖诗派的研究更加系统深入。张宏生注意到宋代诗话笔记、《永乐大典》残卷中载录江湖诸集的诗人名录或在《江

---

① 《四库全书总目》，第 1788 页。
② 胡云翼：《宋诗研究》，商务印书馆 1930 年，第 184—185 页。
③ 梁昆：《宋诗派别论》，北京文化艺术出版社 2018 年，第 139—149 页。

湖小集》、《江湖后集》之外，指出："据目前所知，残本《永乐大典》中保存着九种江湖诗集，明清人的影、抄、刊本江湖诗集，也有十一种以上……在没有其他材料的情况下，这些江湖诗集，连同当时一些笔记、诗话、书目中的记载，就成为我们确定江湖诗派成员的原始依据。"① 他提出几个方面的鉴定方法：1. 社会地位；2. 活动时间；3. 收录情况；4. 唱酬情况；5. 传统看法。并综合此五种方面，确立了一份138人的名单②。而对于江湖诗派的活动时间，张宏生认为："江湖诗派的主要活动时间应该是南宋中后期。上限定为嘉定二年（1209），是年陆游卒，至此，代表南宋诗歌创作成就的'南宋四大家'都已下世，江湖诗派开始正式登上诗坛。下限定为景炎元年（1276），是年南宋亡，诗风亦开始发生较大的变化。"③ 根据这个时间段，则刘过（1154—1206）、姜夔（约1155—1209）等早期江湖诗人就会被排除在外。

有的学者坚持以江湖诗集的收录为依据。如费君清认为："我们发现《永乐大典》中江湖集所著录的江湖诗人，既有一批像曾巩、郑侠、邵伯温、方惟深等基本上生活在北宋时代的诗人，也有一批横跨南北宋或南宋前期的诗人，如姚宽、曾几、李錞、冯时行、周孚、陈造、郑克己等，他们的生活时代相当早。……上举诸例可以表明，江湖诗集的作者中确有不少人是生活在北宋和南宋前期，主要创作活动都发生在南宋前期。他们的

---

① 张宏生：《江湖诗派研究》附录一《江湖诗派成员考》，第321—322页。
② 张宏生：《江湖诗派研究》，第346—348页。
③ 张宏生：《江湖诗派研究》，第347页。

存在使得整个诗人队伍在生活年代上前后距离拉大，差距明显。因此以往学术界一直认为江湖诗人主要活动在宋末诗坛的看法需要重新审视。"① 张瑞君也认为："江湖派是南宋一个重要的诗歌流派，它发轫于南宋前期，形成发展在南宋中后期，由陈起刊刻《江湖集》、《江湖前、后、续集》中的作家组成，因其有着某些共同的诗歌创作倾向，而被称之为江湖派。"② 胡益民讨论江湖总集中收录的小集名录，也有重新确定江湖诗人名录的意思。③

　　纵观当代对于江湖诗派的研究成果，较之清人已经前进了一大步，但似乎没有充分考虑江湖诗集的诗选性质，而过于执着是否编入《江湖集》这个因素。陈起编刊《中兴江湖集》时存在许多疏失，虽名为"中兴"而选录范围并不局限于南宋，虽名为"江湖"而没有仔细甄辨诗人身份，当时已颇受非议。此集的所有诗人都是出于陈起甄选，并非其时已经存在一个拥有稳定活动和成熟创作理念的江湖诗人群体。如果对《中兴江湖集》所载曾巩、方惟深、晁公武、巩丰等硬派上江湖诗人的名衔，恐怕既不符合他们的身份地位，也不符合他们的创作实际。另一部总集《前贤小集拾遗》编选宗旨、时间界限也很模糊，不能用来作为江湖诗派产生时间的依据。不仅《江湖集》、《群贤小集拾遗》如此，其他江湖诸集的文献来源也很复杂，并非所有入选诗人都是江湖诗人。

　　江湖诸集不是衡量是否为江湖诗人的标准，但大多数江湖诗人的作品被编入江湖诸集中却是事实。陈起父子经营诗集刊售业务六七十年，结识了大量江湖诗人。《江湖前后续集》中大量收录、选刊江湖诗人的作品，包括较早以漫游江湖、充当门客为主要谋生手段的诗人刘过、姜夔，以及嘉定之后渐成气候，淳祐、宝祐年间最为活跃的大量江湖诗人，从而造成"人人有集"的盛况。而挟诗集而游的江湖诗人具有清晰的身份意识，也以"江湖"自我标榜，有意于诗歌中流露出江湖味，自称他们的诗歌是"江湖诗"。至此，"江湖"二字开始变得名副其实，江湖诗人群体也才具备流派的性质。

三、取法晚唐的诗学路径

　　具有共同或相似诗学路径是"诗派"成立的必要条件之一，方回指出江湖诗人"祖许浑、姚合为派"，揭示了江湖诗派最核心的特质，即以晚唐体为主要师法对象。

　　南宋中后期对晚唐诗的推崇和效仿以永嘉四灵最为知名。四灵是指诗人徐照（字灵晖）、徐玑（号灵渊）、翁卷（字灵舒）、赵师秀（号灵秀），因四人字号中都有一"灵"字，故被称为四灵。四灵之中，徐照一生未仕，以布衣身份游于士大夫之间，卒于嘉定四年（1211）；徐玑担任过建安主簿、永州司理、龙溪县丞等职，卒于嘉定七年（1214）；赵师秀登绍熙第，曾任上元主簿、筠州推官，卒于嘉定十二年（1219）；翁卷白衣终身，生卒年不详。

　　当四灵崛起时，取法杜诗的江西诗派日渐式微，黄庭坚倡导的诗歌理论如夺胎换骨、点铁成金、无一字无来历等，到了后学末流那里变成拼凑典故、生硬拗捩、务求艰深，最终导致诗歌渐趋僵化没落。在这样的背景下，永嘉四灵转而师法晚唐体，以律绝为主攻体裁，注重诗歌抒写性情、娱耳悦目的功能，追求言语平易而具有意味深长的境界，令人耳目一新。

　　四灵诗歌受到大儒叶适的高度赞扬。赵希意《适安藏拙余稿跋》："四灵诗，江湖杰作也，水心先生尝印可之。"① 赵汝回《瓜庐集序》云："永嘉徐照、翁卷、徐玑、赵师秀，乃始以开元、元和作者自期，治择淬炼，字字玉响，杂之姚、贾中，人不能辨也。水心先生既啧啧叹赏之，于是'四灵'之名天下莫不闻。"② 方回《瀛奎律髓》卷二十《道上人房老梅》评注亦云："叶水心适以文为一时宗，自不工诗，而永嘉四灵从其说，改学晚唐诗，宗贾岛、姚合。"③

　　在叶适的鼓吹下，四灵诗迅速地风靡诗坛，吴子良《林下偶谈》卷四载："水心之门，赵师秀紫芝、徐照道晖、玑致中、翁卷灵舒工为唐律，专以贾岛、姚合、刘得仁为法。其徒尊为四灵，翕然效之。"④ 严羽《沧浪诗话·诗辨》："近世赵紫芝、翁灵舒辈，独喜贾岛、姚合之诗，稍稍复就清苦之风。江湖诗人多

---

① 《宋代序跋全编》，第 1656 页。
② 《全宋文》第 304 册，第 102 页。
③ 方回选评，李庆甲汇评：《瀛奎律髓汇评》卷二十，第 771 页。
④ 程毅中主编：《宋诗话外编·荆溪林下偶谈》，中华书局 2017 年，第 1517 页。

效其体，一时自谓之唐宗。"① 陈起将《四灵诗选》刊刻流传之后，进一步助长其影响力。许棐《跋四灵诗选》言："蓝田种种玉，蒨林片片香。然玉不择则不纯，香不简则不妙，水心所以选四灵诗也。选非不多，文伯犹以为略，复有加焉。呜呼！斯五百篇出自天成，归于神识，多而不滥，玉之纯、香之妙者欤？芸居不私宝，刊遗天下，后世学者爱之重之。"② 今存宋人小集中绝大多数都是律绝，其中还有专攻晚唐体的诗人，如张弋"专意于诗，每以贾岛、姚合为法"（丁焴《秋江烟草序》），林尚仁"其为诗专以姚合、贾岛为法"（陈必复《端隐吟稿序》）。

　　江湖诗人学习四灵、取法晚唐体，一则因为身份地位上比较贴近，四灵的成名途径具有可模仿性。二则出于现实的考虑，江湖诗人大多为科举不第的士子，他们四处奔波谋求果腹之资，往往没有时间博览群书和涵养诗艺。众多江湖诗人效仿晚唐体和永嘉体，逐渐形成与取法杜诗的江西诗派的分野。俞文豹《吹剑三录》云：

　　　　近世诗人，攻晚唐体，句语轻清，而意趣深远，则谓之作家诗。饾饤故事，语涩而旨近，则谓之秀才诗。③

---

① 严羽撰，郭绍虞校释：《沧浪诗话校释》，人民文学出版社 1983 年，第 26—27 页。
② 陈增杰点校：《永嘉四灵诗集》附录一，浙江古籍出版社 1985 年，第 279 页。
③ 俞文豹撰，许沛藻、刘宇整理：《吹剑三录》，《全宋笔记》第 74 册，第 149—150 页。

当时人将江湖诗派和江西诗派的诗歌分别称为"作家诗"与"秀才诗",明显推崇"作家诗"而贬低"秀才诗",可见江湖诗人"抬出晚唐诗人来对抗"江西诗派①,取得了一定的成功。

　　然而取法晚唐的短处也是非常明显的。方回对江湖诗风非常不满,不仅《瀛奎律髓》中有大量关于江湖诗的恶评,其他文章中涉及江湖诗之处,无不透露出强烈的厌恶。如《孙后近诗跋》言:

　　　　永嘉水心叶氏忽取四灵晚唐体,五言以姚合为宗,七言以许浑为宗,江湖间无人能为古选体,而盛唐之风遂衰,聚奎之迹亦晚矣。②

又《送罗寿可诗序》言:

　　　　又有一朱文公,嘉定而降,稍厌江西。永嘉四灵复为九僧旧,晚唐体非始于此四人也。后生晚近不知颠末,靡然宗之,涉其波而不究其源,日浅日下。③

又《跋胡直内诗》言:

　　　　今之褒博,不讲学,不论文,间一见为诗,曰我晚唐

---

① 钱锺书选注:《宋诗选注·徐玑小传》,人民文学出版社 1989 年,第 221 页。
②《全元文》第 7 册,第 208 页。
③《全元文》第 7 册,第 51—52 页。

也。问晚唐何自入，曰四灵也。然则非四灵也，乃近时书肆
所刊江湖诗也。①

又《送胡植芸北行序》言：

> 近世诗学许浑、姚合，虽不读书之人皆能为五七言，无
> 风云月露、冰雪烟霞、花柳松竹、莺燕鸥鹭、琴棋书画、鼓
> 笛舟车、酒徒剑客、渔翁樵叟、僧寺道观、歌楼舞榭，则不
> 能成诗。而务谀大官，互称道号，以诗为干谒乞觅之赀。败
> 军之将、亡国之相，尊美之如太公望、郭汾阳。刊梓流行，
> 丑状莫掩。呜呼！江湖之弊，一至于此。②

在方回看来，江湖诗人审美水平低劣，学养浅薄，江湖诗取法晚
唐，无论思想内容还是艺术上几乎一无可取，终于导致诗坛走向
衰落。

在江湖诗人中，戴复古少见地获得方回比较正面的评价。这
主要因为戴复古为人谨慎，没有其他江湖诗人言语轻浮的恶习。
《瀛奎律髓》卷二十《寄寻梅》评语："钱塘湖山，此曹什佰为
群，阮梅秀实、林可山洪、孙花翁季蕃、高菊涧九万，往往雌黄
士大夫，口吻可畏，至于望门倒屣。石屏为人则否，每于广座中
口不谈世事，缙绅多之。"③而且戴复古的诗歌水平在江湖诗人

---

① 《全元文》第 7 册，第 206—207 页。
② 《全元文》第 7 册，第 33 页。
③ 《瀛奎律髓汇评》，第 840 页。

中确属佼佼者。《跋戴石屏诗》:"戴复古字式之,台州人,号石屏,年四五十始以诗游江湖间,见知于真西山。然早年读书少,故诗无事料,清健轻快,自成一家,在晚唐间而无晚唐之纤陋。"① 不过,方回对戴复古的好评也仅此而止,其余更多的是贬抑和诟病。《瀛奎律髓》卷十三《岁暮呈真翰林》评语云:

> 石屏此诗,前六句尽佳,尾句不称,乃止于诉穷乞怜而已。求尺书,干钱物,谒客声气,江湖间人,皆学此等衰意思,所以令人生厌。②

又《瀛奎律髓》卷二十《梅》评语云:

> 皆前人已曾道之句,而律熟句轻,颇亦自然,亦不可弃也。……今《续集》有《咏梅投所知》,中四句云:"独开残腊与时背,奋胜众芳其格高。欲启月宫休种桂,如何仙苑只栽桃。"所谓"其格高"者,殊为衰飒。"欲启"、"如何"一联,尤觉俳陋,非深于诗者不能察也。③

他指摘戴复古诗中有诉穷乞怜之语,一定程度上丧失了人格尊严,因而其诗整体格调屡弱,不能给人带来高雅的艺术感受;即使是吟咏象征清高的梅花,也不免于"衰飒"、"俳陋",蔑视之

---

①《全元文》第7册,第195页。
②《瀛奎律髓汇评》,第486页。
③《瀛奎律髓汇评》,第841页。

意溢于言表。

四、江湖诗中的异调

宋元以来，因四灵取法晚唐体，一般理所当然地认为江湖诗派就是晚唐体的拥趸者，这是带有偏见的笼统而模糊的认识，事实上江湖诗派的诗学取径非常广泛。

以刘克庄为例，他年轻时曾遵循四灵的诗学路径，创作了大量律诗。陈衍《宋诗精华录》指出："后村诗名颇大，专攻近体，写景、言情、论事，绝无一习见语，绝句尤不落俗套。惟律句多太对，如'难'对'易'、'如'对'似'、'为'对'因'、'无'对'有'、'觉'对'知'、'疑'对'信'之类，在在而有。"① 这正是早年取法晚唐体而形成的特征。

刘克庄因为擅长律体而被叶适寄予厚望，许为四灵之后"建大旗鼓"的人。但随着学力的增长和眼界的提高，他开始认识到晚唐体和四灵体的缺陷。沿着当时人区分"秀才诗"和"作家诗"的思路，他对学问和诗歌的关系有过深入思考。《韩隐君诗序》云：

> 古人不及见后世书，偶然比兴风刺之作，至列于经。后人尽诵读古人书，而下语终不能髣髴风人之万一，余窃惑焉。或曰："古诗出于情性，发必善；今诗出于记问，博而

① 蔡义江等：《宋诗精华录译注》，上海古籍出版社1999年，第535—536页。

已。"自杜子美未免此病，于是张籍、王建辈稍束起书袋，
划去繁缛，趋于切近。世喜其简便，竞起效颦，遂为晚唐
体。益下去古益远，岂非资书以为诗，失之腐；捐书以为
诗，失之野欤?①

刘克庄认为晚唐时期的"捐书以为诗"是为了矫正"资书以为
诗"的过失，"资书以为诗"和"捐书以为诗"各有自己的缺
点。如此看来，似乎他对两种诗学路径并未有所偏向。但在其他
地方的论述中，刘克庄明显对"捐书以为诗"有着更深的否定。
如《野谷集序》言：

　　古人之诗，大篇短章皆工，后人不能皆工，始以一联一
句擅名。顷赵紫芝诸人尤尚五言律体。紫芝之言曰："一篇
幸止有四十字，更增一字，吾未如之何矣。"其言如此。以
余所见，诗当由丰而入约，先约则不能丰矣，自广而趋狭，
先狭则不能广矣。②

赵师秀作为倡导晚唐体最为得力的四灵之一，曾感慨自己没有驾
驭长篇诗歌的能力。刘克庄没有直接批评其律体创作，而是引用
赵师秀暴露自己不足的话语来阐明学力与诗艺的关系，最后提出
学诗当"由丰而入约"的观点。

---

① 《刘克庄集笺校》，第 4044 页。
② 《刘克庄集笺校》，第 3983 页。

　　刘克庄对前辈诗人赵师秀的评论还是很委婉的，相比之下，他对同辈和后学的批评就没有那么客气了。《晚觉闲稿序》言：

　　　　近时诗人，竭心思搜索，极笔力雕镂，不离唐律。少者二韵，或四十字，增至五十六字而止。前一辈以此擅名，后生歆慕，人人有集，皆轻清华艳，如露蝉之鸣木杪，翡翠之戏苕上，非不娱耳而悦目也。然视古诗，盖有等级，毋论《骚》、《选》，求一篇可以藉手见岑参、高适辈人，难矣。虽穷搜索之功，而不能掩其寒俭刻削之态。①

这里指出江湖诗人学识浅薄，才力有限，所作律诗不免"寒俭刻削之态"，根本无法达到唐代及以前古诗的水平。又《题永福黄生行卷》：

　　　　废诗二十余年矣，忽读来诗眼暂明。处士梅曾如许瘦，化人酒莫过于清。蛩鸣竞起为唐体，牛耳谁堪主夏盟？事阔语长殊未竟，蹇驴作么问归程。②

他把江湖间一众效仿晚唐体的诗歌称为"蛩鸣"，可见其内心对这种诗风的鄙夷。又《题蔡炷主薄诗卷》：

---

① 《刘克庄集笺校》，第4082页。
② 《刘克庄集笺校》，第651页。

旧止四人为律体，今通天下话头行。谁编《宗派》应添谱，要续《传灯》不记名。放子一头嗟我老，避君三舍与之平。由来作者皆攻苦，莫信人言七步成。①

《题赵西里诗卷二首》其一：

紫芝仲白飞仙去，常恐英才不复生。人叹斯文逢厄运，天留此老主齐盟。执鞭孰可为之御，序齿吾犹事以兄。未必时人能着价，后千百载话头行。②

以上题跋诗中对律体流行表达了强烈不满。律诗写作起句最为重要，严羽《沧浪诗话》言："对句好难得，结句好难得，发句好尤难得。"③ 江湖诗人大多专攻五七言律诗，罕有能兼备众体者，所以讨论诗艺自然也非常看重起句。对于通天下"话头行"的现象，刘克庄毫不客气地指出这只是一时风气，而非可以流传至后百千年的诗歌。

基于这样的认识，刘克庄放弃追随四灵而转攻陆游、杨万里诗。《瓜圃集序》言："如永嘉诗人，极力驰骤，才望见贾岛、姚合之藩而已。余诗亦然。十年前，始自厌之，欲息唐律，专造古体。"④ 在转益多师之后，他最终实现自我突破而成为晚宋诗

① 《刘克庄集笺校》，第 933 页。
② 《刘克庄集笺校》，第 1353 页。
③ 何文焕辑：《历代诗话·沧浪诗话》，中华书局 2004 年，第 694 页。
④ 《刘克庄集笺校》，第 3975 页。

坛的大家。

无独有偶，陈必复也是曾追随晚唐诗风而后改道易辙的江湖诗人。《山居存稿自序》："余爱晚唐诸子，其诗清深闲雅，如幽人野士，冲澹自赏，要皆自成一家。及读少陵先生集，然后知晚唐诸子之诗尽在是矣，所谓诗之集大成者也。不佞三熏三沐，敬以先生为法。虽夫子之道不可阶而升，然钻坚仰高，不敢不由是乎勉。"①根据这段自述，陈必复的学诗路径是由晚唐诸子而改从杜甫。

黄文雷最初也受四灵诗风陶染而作晚唐体，后来在赵汝谈（南塘）的指点下，意识到晚唐体的不足并加以改进。《看云小集》自序云：

> 诗以唐体为工，清丽婉约，自有佳处，或者乃病格力之浸卑。南塘先生以为宜稍抑所长而兼进其短，斯殆名言。若仆者江西人，才分既以褊迫，生世不谐，思致窘苦，虽知其然而未之能变也。芸居见索，倒箧出之，料简仅止此。自《昭君曲》而上，盖尝经先生印正云。②

赵汝谈、赵汝谠兄弟并称余杭二赵，是南宋中后期的重要诗人，虽然存诗不多，不甚为今人所知，但在当时具有广泛的影响力③。

---

① 《全宋文》第341册，第300页。
② 《全宋文》第306册，第128页。
③ 方回《晓山乌衣圻南集序》言："乾、淳以来，诚斋、放翁、遂初、石湖、千岩五君子，足以蹑江西，追盛唐，过是则永嘉四灵、上饶二泉、懒庵南塘二赵为有声，又过是则惟有一刘后村，亦号本色，而不及前数公。"

《看云小集》中的诗歌大多经过赵汝谈的印正，所选不限于晚唐体诗，钱锺书先生谓其"五七古颇动荡，非江湖体也"①。

戴复古的诗学路径也非常广泛，绝不限于晚唐或四灵。楼钥《跋戴式之诗卷》："雪巢林监庙景思、竹隐徐直院渊子，皆丹丘名士，俱从之游。又登三山陆放翁之门，而诗益进。"② 这里提到影响戴复古诗歌风格的师友有林景思、徐渊子、陆游等人。姚镛《题戴石屏诗卷后》亦云："诗盛于唐，极盛于开元、天宝间，昭、僖以后，则气索矣，世变使然，可与识者道也。式之诗天然不费斧凿处，大似高三十五辈。使生遇少陵，必将有'佳句法如何'之问。晚唐诸子当让一头。"③ 赞赏戴复古诗歌天然浑成，诗风接近高适，绝非晚唐诗可比。

有的江湖诗人虽自称是晚唐体的拥趸，但其实并不取径于晚唐体。如福建龙岩诗人程垓，据刘克庄《跋程垓诗卷》云："余得君诗七卷读之，窃知君喜姚合所编《极玄集》，而自方贾岛。余谓姚、贾缚律，俱窘边幅。君所作稍抑扬开阖，穷变态，现光怪，绝不似姚、贾，未知与任华、卢仝何如耳。华与李、杜游，仝客于昌黎文公之门，故有奇崛气骨。意君诗实本任、卢，而阳讳之。否则殆兵家所谓暗合孙吴者，异日见君，当请问之。"④ 刘克庄认为程垓诗歌的格局和气骨与晚唐姚、贾不合，更接近任

---

① 钱锺书：《钱锺书手稿集·容安馆札记》第2册，商务印书馆2003年，第1002页。
② 《戴复古诗集》，第322页。
③ 《戴复古诗集》，第327页。
④ 《刘克庄集笺校》，第4246页。

华、卢仝，对其自比于贾岛表示怀疑。程垣的七卷诗稿已经亡
佚，从四库本《江湖后集》卷十四所辑佚诗十二首来看，刘克
庄的评价是很中肯的，程垣声称自己是姚合、贾岛的追随者，或
许只是出于从众心理。

还有的江湖诗人坚持自己的艺术追求而不趋附时俗。例如与
四灵同时且有交往的江湖诗人薛师石，就未曾受到他们的影响。
赵汝回《瓜庐集序》：

> 瓜庐翁薛景石，每与（四灵）聚吟，独主古淡，融狭
> 为广，夷镂为素，神悟意到，自然清空。如秋天迥洁，风过
> 而成声，云出而成文。间谓："四灵君为姚贾，吾于陶谢韦
> 杜，何如也？"夫古诗三百，不过比兴，然上下数千年间，
> 骚人文士望而知其难，拟之而弗似矣。四灵陋晚唐不为，语
> 不惊人不止，而后生常则其步趋謦欬，扬扬以晚唐夸人，此
> 人所不悟也。然则景石脱颖而出，自成一家，真知几之
> 士哉。①

江湖诗人宋伯仁的诗歌理念也与四灵不同。《雪岩诗草序》：

> 诗如五味，所嗜不同。宗江西流派者则难听四灵之音
> 调，读"日高花影重"之句，其视"青青河畔草"即路傍
> 苦李，心使然也。古人以诗陶写性情，随其所长而已，安能

---

① 《全宋文》，第304册，第125页。

一天下之心如一人之心？吁，此诗门之多事也！甚至裂眦怒争，必欲字字浪仙、篇篇荀鹤，殊未思《骚》、《选》文章于世何用。伯仁学诗出于随口应声，高下精粗，狂无节制，有如败草翻风，枯荷闹雨，低昂疾徐，因势而出，虽欲强之而不可。①

他认为诗歌本质为陶写性灵，由于表现形式不同而引起许多无谓的纷争。时人过于强调师法贾岛、杜荀鹤这些晚唐苦吟诗人，而无视古诗的存在价值。因此，他自己作诗注重随口应声、因势而出，不追随晚唐体的诗学道路。另一位江湖诗人高吉也不取法晚唐体。《嬾真小集》自序：

> 农服先畴之田亩，工用高曾之规矩。思昔与李杜论交，气醉怀古，歌芒砀之白云，吊梁山之秋草者，非吾家达夫乎？受知黄太史，而"蜀天巴月"之句令人隽永者，非吾家子勉乎？二公，唐宋诗人冠冕。余不肖少鸷，努力窥远祖，不能见窗壁，歌呜呜，嗣遗响，固不敢不勉。今老矣，习懒成真，耽吟成癖，深灰拨火，心手相应，亦足以发。败囊欲瘿，虽多奚为？删其芜秽，姑以藉手，见古人于他日云。②

---

① 《全宋文》，第341册，第43页。
② 《全宋文》第341册，第296页。

序中自述学诗的师法对象是自家先贤高适（字达夫）、高荷（字子勉）。高适以边塞诗著称，诗风慷慨悲凉；高荷则是江西诗派中人，曾跟随黄庭坚学诗。

此外，还有许多诗人在江湖诗派中属于异调。如戴复古《读邹震父诗集梅屋吟》谓："邹郎雅意耽诗句，多似参禅有悟无。吟到草堂师杜甫，号为梅屋学林逋。"① 认为邹登龙取法于杜甫、林逋。刘克庄《野谷集》谓："明翁诗兼众体，而又遍行吴楚百粤之地。眼力既高，笔力益放。卷中歌行，跌宕顿挫，刺蛟缚虎手也。及敛为五七言，则又妥帖丽密，若唐人锻炼之作。订其品，自元和大历溯于建安黄初者也。"② 称赞赵汝鐩诗兼众体，具备中唐以前风力。又四库本《江湖后集》卷九戴埴小传："埴里居未详，诗多仿《月蚀》、《雪车》之作，非拘拘四灵者也。"卷十三黄敏求小传："或题诗其后云：'涪翁之音调朱弦，至今草木犹芳妍。后来清气有所属，铿轰句法非雕镌。'萧崱序以为其各体诗时出入于晚唐，亦间似杨诚斋，不专主山谷云。"钱锺书评吴汝弌《云卧诗集》"寥寥数章，皆古体，颇雅炼，无警语"③ ……以上诗人的创作都有明显不合时流之处。

由此可见，活跃在南宋中后期的江湖诗人群体并没有一致的诗学取向，他们作诗取径非常宽泛，艺术追求不拘一格，因气质

---

① 此为集外诗，据王岚《对江湖派诗人小集编刊的初步考察》，出自《南宋群贤小集·梅屋吟》卷首（《望江集》，北京联合出版公司2020年，第163页），宋刻本《梅屋吟》卷首、卷末并无此章。
②《刘克庄集笺校》，第3983页。
③ 钱锺书：《钱锺书手稿集·容安馆札记》第2册，第1000页。

习性、文化差异而千差万别。如果因为江湖诗人群体中的一些主流诗人与四灵有密切的关系，受四灵诗风影响而宗法晚唐，便将江湖诗派的创作全部视为"晚唐体"、"四灵体"的延续，那就会遮蔽江湖诗的丰富性和复杂性。

第三章

陈起编刊宋人诗集考论

第一节　陈起编刊的宋诗总集

陈起刊刻了许多唐人诗集，有"诗刊欲遍唐"之誉，但主要成就仍应归于编刊同时代的诗集。大多数江湖诗人的诗集并无单刻本流传，陈起刊刻的一系列诗集成为研究江湖派的基础文献。但这些诗集既有很高的文献价值，又存在不少问题，需要进一步研究。

一、《中兴江湖集》

《中兴江湖集》亡佚于明代中后期，曾引录这部诗集的《永乐大典》也在清代大量亡佚，因此其完整面貌已无法得知。清代藏书家将一批内容相似的宋人小集视同江湖诗集，进一步混淆了对《江湖集》的认识。下面试对此书的内容、编集形式和体例进行讨论。

卒于江湖诗案之前的南宋诗人韩淲有《江湖集》诗云：

> 才华未若一杯酒，行业尚贪千首诗。今贵几何名得志，古贫最底谓知时。雕残沈谢陶居首，披剥韦陈杜不卑。谁把中兴后收拾，自应江左久参差。

诗题下自注"钱塘刊近人诗"，当即陈起所刊的诗集。诗中"谁把中兴后收拾"句，表明他所见《江湖集》是以中兴以后为收录范围。这与陈振孙《直斋书录解题》卷一五所载相同：

> 《江湖集》九卷，临安书坊所刻本。取中兴以来江湖之士以诗驰誉者，而方惟深子通承平人物，晁公武子止尝为从官，乃亦在其中；其余亦未免玉石兰艾混淆杂沓。然而士之不能自暴白于世者，或赖此以有传。书坊巧为射利，可未以责备也。①

陈振孙对此书的批评主要在两个地方：一是《江湖集》包含了方惟深、晁公武等北宋至南宋初期诗人，与其声称的收录范围"取中兴以来江湖之士以诗驰誉者"不符合；二是个别地方选录不精或存在讹误。

韩淲、陈振孙关于《江湖集》选录范围的说法应有所据，

---

① 陈振孙著：《直斋书录解题》，第452页。

若非书中有序文说明，则书名应该是《中兴江湖集》，才可能产生这样的论断。检罗大经《鹤林玉露》乙编《诗祸》载：

> 宝、绍间，《中兴江湖集》出。刘潜夫诗云："不是朱三能跋扈，只缘郑五欠经纶。"又云："东风谬掌花权柄，却忌孤高不主张。"敖器之云："梧桐秋雨何王府，杨柳春风彼相桥。"曾景建诗云："九十日春晴景少，一千年事乱时多。"当国者见而恶之，并行贬斥。①

《鹤林玉露》乙编自序作于淳祐辛亥（1251）四月，据这则现存最早记载江湖诗案的笔记，可知引发诗案的集子是《中兴江湖集》。江湖诗案发生于罗大经的生活年代，他的记载是可信的。周密《齐东野语》卷一六《诗道否泰》条也记载了江湖诗案，云：

> 宝庆间，李知孝为言官，与曾极景建有隙，每欲寻衅以报之。适极有春诗云："九十日春晴景少，百千年事乱时多。"刊之《江湖集》中。……及刘潜夫《黄巢战场》诗云："未必朱三能跋扈，都缘郑五欠经纶。"遂皆指为谤讪，押归听读。同时被累者，如敖陶孙、周文璞、赵师秀及刊诗陈起，皆不能免焉。于是江湖以诗为讳者两年。②

---

① 罗大经著：《鹤林玉露》，第187页。
② 周密：《齐东野语》，第276页。

周密将引发诗案的诗集称为《江湖集》，应是属于省称。方回引
用此书亦径称为"《江湖集》"。《瀛奎律髓》卷二十刘克庄
《落梅》诗评载：

> 当宝庆初，史弥远废立之际，钱唐书肆陈起宗之能诗，
> 凡江湖诗人皆与之善。宗之刊《江湖集》以售，《南岳稿》
> 与焉。①

由此可见，宋元人行文时习惯性地将《中兴江湖集》省称为
"《江湖集》"。

那么，韩淲《江湖集》诗有"谁把中兴后收拾"之句、陈
振孙云《江湖集》"取中兴以来江湖之士"的缘由就非常明白
了：该集原名《中兴江湖集》。既然题作《中兴江湖集》，就当
以南宋江湖诗人为选录范围，但集中竟然选录了北宋承平人物和
南宋官宦人物的作品，因此受到陈振孙的非议。

将宋代文献中提到的《江湖集》中所载作者与《永乐大典》
残卷所引《中兴江湖集》进行对比，也可以得到印证。《永乐大
典》卷1056、2809所引《中兴江湖集》中载有方惟深诗二首、
卷13075、14576所引《中兴江湖集》有刘克庄（作"莆阳刘
氏"）诗三首，卷3005、15139所引《中兴江湖集》有敖陶孙
诗三首，卷3005所引《中兴江湖集》中有赵师秀（作"清苑赵
氏"）诗一首，卷2264所引《中兴江湖集》中有刘过（作"庐

---

① 《瀛奎律髓汇评》，第843—844页。

陵刘氏")诗一首①,他们正是宋代文献记载中"《江湖集》"收录的诗人。

如果我们认同《江湖集》即《中兴江湖集》,这部书的流传就不是毫无踪迹可寻。除了《永乐大典》所引之外,杨士奇《文渊阁书目》中记载了"宋中兴江湖集一部十五册"、"宋中兴江湖集一部十册"、"宋中兴江湖集一部五十二册",可见到明代前中期内府藏书中应有《中兴江湖集》。晁瑮《宝文堂书目》中亦载录有"中兴江湖集",或即从内府流出的秘笈,遗憾的是此目极为简略,不仅没有编刊者名氏,连卷数、册数也全都不载。

《中兴江湖集》的编集形式也需要进一步讨论。方回《瀛奎律髓》关于"宗之刊《江湖集》以售,《南岳稿》与焉"的记载,很容易理解成《江湖集》中包含了刘克庄《南岳稿》,进而判断此书乃以小集汇编的形式编成。但《瀛奎律髓》成书于至元二十年(1283),距离江湖诗案已有六十多年,所载细节还需仔细辨证。据《直斋书录解题》卷十五载:"《萧秋诗集》一卷。玉山徐文卿斯远作《萧秋诗》,……文卿晚第进士,未授官而死,有诗见《江湖集》。"② 这里说"徐文卿有诗见《江湖集》",而非有某集某稿见《江湖集》。又张端义《贵耳集》卷上载:"余有《挽晋仙诗》载《江湖集》中。"③ 如果张端义有小集编入《江湖集》,不称《挽晋仙诗》载于某集某稿而直接称

---

① 刘过诗编入《江湖集》,见张世南《游宦纪闻》卷一载。
② 陈振孙著:《直斋书录解题》,第457页。
③ 张端义著:《贵耳集》,《全宋笔记》第81册,第155页。

丛刊之名，似亦不合情理。因此，《中兴江湖集》是一部普通形式的总集，编纂体例应为以人系诗，而非由众多小集汇编而成。

《永乐大典》残卷中有许多引自《江湖集》的诗，这些诗歌作者生活时间跨度很大，有的甚至在陈起死后仍在世，这很容易引起误解。事实上，《永乐大典》残卷所引《江湖集》的诗歌中，徐文卿、曾景建、钱塘徐氏、莆阳刘氏、天台徐氏、大梁李氏等诗人属于《中兴江湖集》，应无疑问，但有不少诗歌明显是属于其他江湖诗集，而被误抄为《江湖集》。例如，《永乐大典》卷7962引"《江湖集》《玉渊吟稿》……"，这里直接引用小集名称，很明显《永乐大典》纂修时所据底本是收编了《玉渊吟稿》这部小集的。四库本《江湖后集》卷二辑录刘子澄佚诗若干，并小传载："刘子澄字清叔，……集名《玉渊吟稿》。"可见《玉渊吟稿》的确属于江湖诗集入编小集。但如前所论，《中兴江湖集》并非由诸多小集汇编而成，不可能入编《玉渊吟稿》，所以应该是《永乐大典》纂修者将其他江湖诗集直接抄成了"《江湖集》"。又如，《永乐大典》卷7962载"《江湖集》毛珝《吾竹小稿》蚤暮船争渡……"及"《江湖集》毛珝《西兴寄王（笔者按：当作"呈"）》"，前者引录时径题集名"《吾竹小稿》"，以《吾竹小稿》属之于《江湖集》。但《永乐大典》卷3525亦载"《江湖续集》毛珝《吾竹小稿·登黄岗清怀门诗》……"，然则《吾竹小稿》当属于《江湖续集》。同一《吾竹小稿》显然不可能同时编入《江湖集》和《江湖续集》。检卷2266所引毛珝《石湖（当作"渊"）》和卷11313所引毛珝《题丹阳馆》两首皆出于《江湖续集》，又毛珝《吾竹诗自序》

的落款时间署为"宝祐六年"（1258），其时陈起已经去世①，故此集应入编于刊刻时间明显靠后的《江湖续集》。

不仅《永乐大典》卷 7962 存在误抄情况，卷 903 "诗"字韵所引江湖诗最多，均题"《江湖集》"而未及其他江湖诸集，其所载诗作当有不少属于《中兴江湖集》之外的其他江湖诗集。以胡仲弓诗为例，《永乐大典》卷 2264 引其《西湖会上和赵靖轩韵》一首，卷 11000 引其《寄朱静佳明府》、《送傅明府》二首，卷 13075 引其《题金粟洞二首》、《和瞻甫韵》、《和壁间韵》、《西来洞天》等四题五首，卷 14608 引其《寄赵春谷监簿诗》一首，九首皆见于《江湖续集》之中。其中卷 13075 引作"《江湖续集》清源胡仲弓《苇航漫游稿·西来洞天》……"，这里径题胡仲弓小集的集名，可见《苇航漫游稿》应属《江湖续集》之一种。而《永乐大典》卷 903 引作"《江湖集》胡仲弓《读杜牧之诗》……"，应该是将《江湖续集》抄成了《江湖集》。再以释绍嵩诗为例，《永乐大典》卷 2264 引其《雪后复雨过西湖》一首，卷 7962 引《西兴遣闷》一首，卷 11000 引《途次……之都城》、《见张明府》二首，卷 13344 引《示德图》一首，五首皆出于《江湖续集》。并且卷 7962 所引一首径题"《江湖续集》沙门绍嵩亚愚《江浙纪行集句诗》"，可见《江浙纪行集句诗》乃属《江湖续集》之一种。而《永乐大典》卷 903 中载录的"《江湖集》沙门绍嵩亚愚《口占二首》"、"《偶成》"、

① 陈起卒于宋理宗宝祐三年（1255）至四年（1256）十月之间，参见张瑞君《〈江湖集〉〈江湖前后续集〉的刊行及江湖派的鉴定》。

"《偶作》"、"《戏题》"等四题五首均出自《江浙纪行集句诗》，可以推断也是将"《江湖续集》"抄成了"《江湖集》"。同时见于《江湖集》和其他江湖诗集的诗人并不仅释绍嵩、胡仲弓两人。或许有人认为可能存在一部包含众多江湖诗集的《江湖集》，但众多江湖诗集体例不一而内容存在重合，怎么可能统归于《江湖集》名下？

因此，《永乐大典》引作"《中兴江湖集》"的诗歌确乎出自《中兴江湖集》，但引作《江湖集》的诗歌，其来源是多方面的，既有可能是《中兴江湖集》，也有可能是《江湖续集》，不能据此来考察《中兴江湖集》的面貌。

另一个值得注意的问题是《中兴江湖集》的体例。《永乐大典》所载《中兴江湖集》诗人题名方式有两种：一是在书名"《中兴江湖集》"之下直接题诗人姓名，如卷 1056 引"《中兴江湖集》姜夔《题华亭钱参园池诗》……方惟深《过无为吴氏园池诗》"、卷 2809 引"《中兴江湖集》方惟深《和周楚望红梅用韵》……牛士良《红梅诗》"、卷 2952 引"《中兴江湖集》曾巩诗《钱神》"、卷 3004 引"《中兴江湖集》敖陶孙《思古人》"、卷 3005 引"《中兴江湖集》赵文鼎《丽人行》"；二是书名之下题"籍贯+某氏"，如卷 2264 引"《中兴江湖集》大梁李氏：舞凤翔龙拱帝城……蒲阳柯氏《西湖乐》……庐陵刘氏：西湖湖上山如画……"、卷 3004 引"《中兴江湖集》永嘉翁氏《寄远人诗》"、卷 3005 引"《中兴江湖集》清苑赵氏《送古壶与友人》"、卷 13075 引"《中兴江湖集》莆阳刘氏《五月十七日游诸洞》"、卷 14576 引"《中兴江湖集》蒲阳刘氏《题莒口铺诗》"。如果《中兴江湖集》对所录诗人全部标明姓名，《永乐大典》抄写者不可能私自改为"籍贯+某氏"；同样如果《中兴江湖集》所载诗文作者全部题"籍贯+某氏"，《永乐大典》抄写者也不可能私自改为诗人姓名，毕竟有些"某氏"的具体姓名需要详加考证才能知道。

《中兴江湖集》存在两种不同体例的题名方式，笔者曾据此推测此集在诗禁解放之后可能有过重刻①，出于规避再次发生文字狱案件的考虑，故意隐去诗人姓名，改成"籍贯+某氏"的题名方式。不过，《中兴群公吟稿》的版式提示了另一种可能。此书每叶的左上角书耳处有"姜白石"、"戴石屏"、"高菊涧"、"严华谷"之类的标识，便于读者翻阅。可能《中兴江湖集》版心或书耳也有"籍贯+某氏"的标识，《永乐大典》编纂者怠于翻检，据此抄录，导致出现两种不同的题名方式。

二、《中兴群公吟稿》

宋元文献记载中还有"江湖吟稿"、"中兴群公吟稿"诸名。"江湖吟稿"见韦居安《梅磵诗话》卷下（《历代诗话续编》本）载：

> 乡人周师成，字宗圣，号雄山，妙年擢第，博学工诗文，一时名胜如卢申之、赵紫芝、刘潜夫诸公，皆与之游。

---

① 参见拙作《江湖诗集考》，《文史》2016年第3辑。

有《家藏集》,《江湖吟稿》中仅刊十数首。①

今检《永乐大典》卷903所引《江湖集》中载有周成师（应为周师成）《古诗三首》,此三首应属于"仅刊十数首"的内容。但《永乐大典》卷903所引"《江湖集》"存在将其他江湖诸集抄成"江湖集"的情况（详见上述）,所以未可遽以为《江湖吟稿》即《江湖集》。

《江湖吟稿》之名更接近于另一种江湖诗集《中兴群公吟稿》。南宋赵希弁《读书附志》中载:

> 《中兴群公吟稿》四十八卷,右中兴以来一百五十三人之诗也。②

可见这是一部规模相当大的诗歌总集。宋椠本《中兴群公吟稿》戊集至今仍有流传,此集经清代法式善、顾广圻、黄丕烈、鲍廷博、陆心源递藏,嘉庆中石门顾氏汇刻《南宋群贤小集》时曾见鲍廷博藏本,谓其版式与群贤小集无异,因此定为陈起所刊,陆心源也以为可信。其卷一至三为戴复古诗,卷四至五为高翥诗,卷六为姜夔诗,卷七为严粲诗。以戊集观之,所录作者人各一至三卷,而四十八卷中著录百五十三家,必然有诸家合成一卷

---

① 《历代诗话续编》,第577页。
② 晁公武撰,孙猛校证:《郡斋读书志校证》附录《读书附志校证》,上海古籍出版社1990年,第1219页。

的情况存在。

　　宋刊本《群公吟稿》上并没有任何牌记和序跋可以直接证明为陈起刊刻，但行款为"半页十行十八字"，与陈起刻书习惯采用的行款相同，所载四人又都是江湖诗人，因此清代以来学者都认为是陈起刊刻，甚至有的直接称之为"江湖集"（详见下）。以《群公吟稿》与陈起刻书进行对比，二者还是存在差别的。《群公吟稿》版心为双鱼尾，与陈起刻书单鱼尾不同。虽然《群公吟稿》不等同于江湖集，但通过下面两页书影足以说明其与江湖小集的关系。

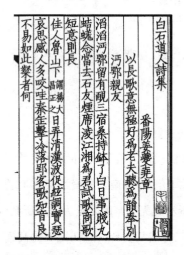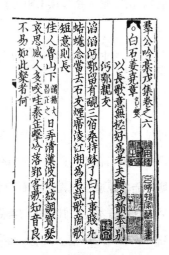

　　以上左图为汲古阁影钞宋本《白石道人诗集》首页，右图为《中兴群公吟稿戊集》卷六首页。除了卷端一、二两行文字不同，其余部分文字排版、字形字体皆有相似性，可见这两个本子如果不是出自同一书坊刊刻，也应有沿用的关系，甚至可能是以陈起刊刻的小集割裂重编之后上版覆刻。

《群公吟稿》残卷戊集中有的诗人选诗多至三卷，完全可以视同小集，但各卷卷端并未题小集名称，仅题"石屏戴式之名复古"、"菊磵高九万名九万（当作"名翥"，未详何以致误）"、"白石姜尧章名夔"等诗人字号，可见《群公吟稿》并不是由小集汇编而成，而是一部以人系诗，体例统一的总集。

戴复古《石屏续集》、姜夔《白石道人诗集》、高翥《菊磵小集》等三种小集至今尚有陈起刊本（见宋刊本《南宋群贤小集》①），严粲《华谷集》也有清钞本流传。顾修曾以这几种诗集收录的诗歌与《群公吟稿》所收诗作进行比较，《读画斋重刊南宋群贤小集跋》云："《中兴群公吟稿》凡四十八卷百五十家，今仅存戊集七卷，其中《华谷诗》已残缺，目录并为书贾剪去，疑戊集亦非全卷矣，惜哉！戴、高、姜三家小集所与此互有异同，《华谷集》惟见乎此。"这里提到《华谷集》目录为书贾剪去②，并怀疑《戊集》并非全卷。今《戊集》严粲诗的最后一首是《参蒙谷先生》，正文卷七严粲诗最后一首《参蒙斋先生》为七言诗，但仅有两句半的残篇（存十八字），卷首目录有割裂的话，说明后面尚有不少残缺内容，书商为了造成其为完整书籍的假象而割弃目录的一部分。以此看来，《戊集》是否仅有七卷

---

① 宋刊本《南宋群贤小集》现藏台北"国立中央图书馆"。这部宋刊本宋人小集原没有题书名，顾廷龙《南宋书棚本江湖小集经眼记》（《顾廷龙文集》，上海科学文献出版社 2002 年，第 487 页）、吴庠《南宋书棚本江湖群贤小集记略》（《国立中央图书馆馆刊》，1947 年第 2 期复刊，第 9—11 页）称之为"江湖小集"或"江湖群贤小集"，台北艺文印书馆于民国六十一年（1972）影印出版，题为"南宋群贤小集"，姑仍之。

② 笔者未见到宋刊本《中兴群公吟稿戊集》，从影印本已看不出卷前目录被割裂的痕迹。

之数，也是无法确定的。

　　清钞本《华谷集》内容与《中兴群公吟稿》全同，是因为《华谷集》乃清人从《吟稿》中抄录而来。此清钞本的研究价值不大，倒是其他几种宋刊小集与《中兴群公吟稿戊集》内容互有异同，颇能看出此书的一些问题。

　　以《群公吟稿戊集》卷一至三戴复古诗为例，戴复古生前编刊有《石屏诗集》、《续集》、《三集》、《四集》、《五集》等诸多小集，现存仅《石屏续集》，其他小集已不传，亦不详是否为陈起所刻。《群公吟稿》中所收的戴复古诗有四十二首见于《石屏续集》之中，其余诗歌应该是来自其他小集。但《群公吟稿》选录诗歌并无明确的标准，既不按体例，亦非按写作时间编排，选录的也并非诗人最为优秀的作品，其编纂体现出随意性。

　　再以卷六姜夔诗为例，此卷共载诗七十六首，全部见于《白石道人诗集》（此集共收诗百六十七首）中，严格地说是见于《白石道人诗集》的前九十七首之中，只是少了《寄上张参政》等二十一首。《群公吟稿》中第一首为《以长歌意无极好为老夫听为韵奉别沔鄂亲友》，《白石道人诗集》也以此首起始，但此后诗歌的排序并不相同。《白石道人诗集》卷首有姜夔自序，卷末附以《诗说》，是一部首尾完整的小集，其编定当在姜夔生前。《群公吟稿》的大致编成时间也能推定，《群公吟稿》所载高翥诗中有《挽陈复斋》、《山中哭复斋》，两诗为吊陈宓之作。史传没有详细记载陈宓去世时间，考《龙图陈公文集》卷二十一《吴氏夫人墓志铭》，墓主葬于绍定三年（1230）九月，可知陈宓之死更在其后，收录高翥挽诗的《吟稿》编刊时间亦当在此年之后。既然《白石道人诗集》编定在前，《群公吟稿》编刊在后，很明显应该是《群公吟稿》沿用了《白石道人诗集》。但《群公吟稿》并没有整体沿用《白石道人诗集》，而仅仅从中选录部分诗篇，且有意打乱原来的排序，此做法无非是为了造成集中所收姜夔诗不同于《白石道人诗集》的假象，这是书商出于营销而惯用的伎俩。

尽管如此，《群公吟稿》仍有其文献价值。以戴复古诗为例，明代戴复古十世孙戴镛根据家藏多种小集整理为《石屏诗集》十卷，其中卷一至七为石屏诗（第八卷为诗余，第九、十卷为戴氏族人之诗）。《群公吟稿》所载石屏诗大多见于明本《石屏诗集》之中，但仍有《溪上》、《豫章东湖》、《立春后呈赵懒庵》、《山村》（野水开冰出）、《岳市胜业寺禹柏》、《南剑溪上》、《别严沧浪》、《闻机上妇说蚕事之辛勤织未成缣往往取偿债家》等八首未见载录，说明戴镛并未搜集到这些诗歌，但《群公吟稿》搜集到了。其中《山村》诗，在《诗渊》（第三册2051页）中题为"江村"，归到了苏轼名下，今人整理《苏轼集》亦将其辑入其中①。《诗渊》所引《江村》有二首，其二"野老幽居处"已见《石屏续集》，明白无误是戴复古之作品；其一"野水开冰出"，根据《群公吟稿》也可知作者应为戴复古，而不是苏轼。

再看高翥的诗，《菊磵小集》与《群公吟稿》所收内容互有

---

① 见启功等主编：《唐宋八大家全集·苏轼集》，国际文化出版社1997年，第2194页。毛德富主编：《苏轼全集》，北京燕山出版社1998年，第1408—1409页。又见《全宋诗》第十四册第832卷，第9634页。

出入。《群公吟稿》中有五十八首诗是《菊磵小集》中没有的，清人整理高翥诗集时曾从中辑录佚诗。而严粲的诗更是全赖《群公吟稿》得以流传。

三、《前贤小集拾遗》

顾名思义，《前贤小集拾遗》旨在对《前贤小集》（未必即是这个题名）进行拾遗补缺，是在《前贤小集》编刊完成之后，将搜集的一些不能成集的零篇散作汇为此集。

《前贤小集拾遗》的宋刊本至今仍有流传（藏于台北"国家图书馆"，台湾新文丰出版公司《丛书集成三编》据以影印），分别为卷一至卷五。卷一卷端题"前贤小集拾遗卷第一，钱塘陈起宗之编"。考《永乐大典》卷 2346 载："《前贤小集拾遗》许洞诗：金钲焰短风幕斜，栖乌啼月声鸦鸦。玉人宝瑟掩不弄，背窗红泪飘兰花。锦机挑字相思意，欲托南风到辽水。黄龙梦断春意劳，渺邈音容隔千里。"卷 11313 载："《江湖前贤小集拾遗》宋邵子文《过渭城馆》：又将鞍马送残春，吹尽征衣染尽尘。还是前年旧时候，渭城花柳一番新。"这两首诗都是来自《前贤小集拾遗》，但在现存的五卷中并无此二诗，可见现存《前贤小集拾遗》并非足本。

"前贤"指前代的贤人，一般指已经去世的人。这有助于对本集编纂时间的考定。《前贤小集拾遗》所收诗人主要生活在北宋和南北宋之际，陈起同时代人仅占少数，且大都难以考知生卒年，所能考知卒年最迟者为黄居简。文肇祉《虎丘志》载："黄居简，字元易，建安人。工诗。嘉熙中卒，通判翁逢龙为葬虎丘。"① 那么，陈起编纂此集应该是在嘉熙以后了。

《前贤小集拾遗》旨在对前贤小集进行拾遗补缺，但就仅存的五卷而言，有些地方可以看出编纂上比较粗疏。如吴可（字思道）分别出现在卷一和卷五之中，杜耒（字子野）分别出现在卷二和卷三之中，这也是书商编刻书籍不够严谨的表现。但此集保存了许多南宋小诗人的作品，未可以个别问题而否定其价值。

四、《增广圣宋高僧诗选》前、后、续集

此书分前、后、续集，后集又分上中下。前集卷端题"增广圣宋高僧诗选前集　钱唐陈起编"，版心题"宋僧甲"，共三十一页。收录希昼十八首、保暹廿五首、文兆十三首，卷中收录行肇十六首、简长十七首，卷下收录惟凤十三首、惠崇十一首、宇昭十二首、怀古九首，凡九僧一百三十四首。所录诗虽不多，然每人自为起迄，虽末简空余半页以上，也另起一页刊刻下一位僧人的诗。后集共十一页，版心题"宋僧后上、中、下"。卷上收录赞宁等十一位诗僧作品，卷中收录延寿等十三位诗僧作品，卷下收录善卷等九位诗僧作品。续集共十二页，版心题"宋僧续"，著录秘演等十九位诗僧。

---

① 转引自周密编，厉鹗笺，曹明升、刘深点校：《绝妙好词笺》卷三"黄简"，浙江古籍出版社 2019 年，第 107 页。

从版式来看，前集与后、续二集应非同时刊刻，而是随得随刊、陆续刊行。后、续二集是普通形式的总集，而前集各人具有独立性，完全可以散而为小集，合而为总集。

《增广圣宋高僧诗选》有宋刻本藏于台北"国家图书馆"，以及汲古阁影宋钞本藏于上海图书馆。明代赵氏亦有生斋钞本虽然不是影钞本①，但行款格式与宋本相同。另有一清钞本藏于南京图书馆，题为《圣宋高僧诗选》，前、后集均分为上、中、下三卷，并续集一卷，合为七卷。其后又有题为"元钱塘陈世隆彦高编"的《宋僧诗选补》，此当为清人伪编，详见本书附录《旧题"陈世隆编/著"诸书辨伪》。

另汲古阁影钞本《九僧诗》一帙，版式行款与《增广圣宋高僧诗选前集》全同，唯首页首行题"九僧诗"，无编纂者姓名。又"宇昭十二首"后，从《瀛奎律髓》卷十四中辑录《晓发山居》一首，共十三首。卷末有毛扆跋文云："欧公当日以九僧诗不传为叹。扆后公六百余年，得宋本弄而读之，一幸也；较之晁、陈二氏，皆多诗二十余首，二幸也。（原注：晁公武《郡斋读书志》九僧诗一卷，一百十篇，陈直斋《书录解题》一百七首。今扆所得一百三十四首，比晁多二十四首，比陈多二十七首。）"②《增广圣宋高僧诗选前集》较之当时传本多出二十余首，当由陈起辑录而得。

---

① 国家图书馆藏，索书号 A00753。
② 转引自祝尚书：《宋人总集叙录》，中华书局 2004 年，第 12 页。

第二节　《永乐大典》所载《江湖前、
后、续集》探原

宋人文献记载中提到的"江湖诗集"，能够确考者只有《中兴江湖集》和《中兴群公吟稿》两种。在明成祖时编纂的大型类书《永乐大典》中，引用了所谓《江湖集》、《江湖诗集》、《江湖前诗》、《江湖前集》、《江湖续集》、《江湖后集》、《中兴江湖集》、《江湖前贤小集》、《江湖前贤小集拾遗》等九种江湖诗集。这些文献引起了宋诗研究者的重视，不过，鉴于《永乐大典》引用江湖诗集时存在阙抄、误抄等问题①，对其所引江湖诗集是否可靠，尚需仔细推敲。

一、《永乐大典》残卷所引《江湖前集》

上述论及《永乐大典》残卷中所引"《江湖集》"实则包含了多种江湖诗集，反映了《永乐大典》编纂者（或抄写者）

----

① 《永乐大典》原则上是据原书抄录，但由于成书仓促，成于众手，书中存在各种抄写方面的问题。费君清先生指出其中误抄作者姓名的问题，李龏分别写成李龚、李龚父、李功父；陈起写成陈起宗；张良臣写成张良；徐集孙（字义夫）写成孙义夫；朱静佳写成朱静修；萧立之写成萧立；王琮中玉写成王琮中；翁灵舒写成蒋灵舒；周密公瑾写成周密公（参见费君清：《〈永乐大典〉中南宋诗人姓名考异九则》，《文献》1988年第143期）。本书第五章中也有详细论述。

不够严谨的态度。这在其他地方也有所体现。例如《永乐大典》残卷中引录有《江湖诗集》、《江湖前诗》、《江湖前集》、《江湖前贤小集》等几种集名，就很值得怀疑。

尽管《永乐大典》散佚严重，其他江湖诸集仍有不少佚诗存留，但"《江湖诗集》"之名仅见于《永乐大典》卷899所载，故笔者颇疑并无其书，而是江湖某集被随意抄成了"江湖诗集"。同样，"《江湖前诗》"仅见于《永乐大典》卷2346所载"《江湖前诗》郭从范诗：碧烟障楼天欲暮"，应该也是江湖某集被误抄为"江湖前诗"。栾贵明编《永乐大典索引》时直接将此诗归入《江湖前集》①，检《前贤小集拾遗》卷一所载郭从范《乌夜啼》正是此诗，故此处"《江湖前诗》"更有可能是"《前贤小集拾遗》"。

"《江湖前集》"的情况也非常隐晦。《永乐大典》残卷所载出自"《江湖前集》"的诗仅六首，其中卷540引陈君正《和元耘轩……来字韵》、卷3005引郑仁叔《旅中遇故人》、卷8024引郑介夫《漫成》等三首皆出于《前贤小集拾遗》。这三位诗人的作品在四库本《江湖后集》中皆无收，不仅说明四库馆臣辑佚态度不认真，同时可以看出他们入编江湖诗集的诗歌数量非常少，应该没有独立小集，而是《永乐大典》抄写者将"《前贤小集拾遗》"抄成了"《江湖前集》"。

"江湖前贤小集"的名称看起来可信度较高，因为今传《前贤小集拾遗》的集名恰好能印证"《江湖前贤小集》"的存在。

---

① 栾贵明：《永乐大典索引》，作家出版社1997年，第1030页。

现存《永乐大典》残卷所引出自《江湖前贤小集》的诗只有八首：卷540陈君正《和元耘轩……来字韵》、卷2346郭从范诗"碧烟障楼天欲暮"、卷3005郑仁叔《旅中遇故人》、卷3005周端臣《二月芳草碧寄吴中故人》（见四库本《江湖后集》，小传称其有《葵窗稿》）、同卷李泳《新昌逢故人》、同卷张至龙《寄苕川故人》、卷8024引郑介夫《漫成》、卷13450李工侍《赠周衡处士》①。

这八首诗中，陈君正、郭从范、郑仁叔、郑介夫四首见于今传《前贤小集拾遗》五卷中，从理论上说只要把这四首诗剔除，余下的诗歌就是出自《江湖前贤小集》。

剔除以上诗作之后，余下的几首诗分别为张至龙《寄苕川故人》、李工侍《赠周衡处士》、周端臣《二月芳草碧寄吴中故人》、李泳《新昌逢故人》。李泳、李工侍则未见四库馆臣辑录，笔者怀疑应为《群贤小集拾遗》佚卷中的诗人，因为若有小集入编于江湖诸集中，则馆臣辑录时多少都会辑出一些来，而《拾遗》所载诗人的作品数量或少至二三首，故漏辑的可能性较大。张至龙《寄苕川故人》诗出自其集《雪林删余》，《雪林删余》自序于"宝祐第三春（1255）"，时间已到陈起将卒，可见决不会是《江湖前贤小集》的内容。张端臣

---

① 卷13450李工侍《赠周衡处士》诗之后是"《赠张处士》：闻尔闲于琴，寝处未尝辍。抱之京师来，岂与工师列。一奏流水声，落指鸣决决。既曰林壑人，安事尘土辙"，此诗实出自梅尧臣《宛陵集》卷二十五，因《永乐大典》未抄写作者姓名，故被栾贵明误认为与上一首诗《赠周衡处士》同为李工侍作（参见栾贵明：《永乐大典索引》，第1030页），现将其排除在外。

《二月芳草碧寄吴中故人》应是其集《葵窗稿》中的诗,《葵窗稿》已不传,四库馆臣从《永乐大典》中辑录其作甚多。《永乐大典》卷2266、卷3004引有周端臣诗二首,都是出自《江湖后集》。可以肯定,《葵窗稿》不会既入选于《江湖前贤小集》,又入选于《江湖后集》,可见这里"江湖前贤小集"应为《永乐大典》误抄。

综上所述,目前流传的《永乐大典》残卷中,引自《江湖前诗》、《江湖前集》、《江湖前贤小集》的诗都不是出自"《江湖前贤小集》"。但《江湖前贤小集》的存在应无疑问,此书是陈起编纂《前贤小集拾遗》时的参照物。今传小集中有不少作者是陈起的前辈诗人,如《小山集》作者刘翰是高宗时人,《雪窗小集》作者张良臣是孝宗时人,《招山小集》作者刘仙伦是孝宗、光宗时人,《龙洲道人集》作者刘过、《巽斋小集》作者危稹、《秋江烟草》作者张弋、《山中小集》作者赵庚夫是孝宗、光宗、宁宗时人。他们的小集可能就是收入《江湖前贤小集》中。

二、《永乐大典》残卷所引《江湖后集》

《江湖后集》虽然失传,但从《永乐大典》残卷所引佚诗可以略窥其面貌。

《永乐大典》卷2264录"《江湖后集》安晚堂"二首、卷2266录"《江湖后集》安晚堂"一首、卷8628录"《江湖后集》安晚堂诗"一首、卷9763录"《江湖后集》安晚堂诗"
一首、卷9765录"《江湖后集》安晚堂"一首、卷13450录
"《江湖后集》安晚堂"一首。"安晚堂"即郑清之集名，四库
本《江湖后集》卷五郑清之小传载："按《安晚堂集》六十
卷，起所刻者十二卷，末有'临安府棚北大街睦亲坊南陈解元
宅书籍铺刊'字一行。今世所传者缺五卷，惟第六卷至十二卷
存。今茸自《永乐大典》者分为二卷，共诗一百七十九首，乃
起所选入《江湖集》者也。"清代流传的宋刻本《安晚堂集》
及其衍生钞本都仅存六至十二卷，四库馆臣辑录的郑清之佚诗
除少数见于《安晚堂集》六至十二卷中，属疏于检核而重辑，
其大部未见于《安晚堂集》著录者应属前五卷的诗歌。

　　《永乐大典》残卷所引七首安晚堂诗均出自《江湖后
集》①，至少说明两个问题：一，郑清之《安晚堂诗》为《江
湖后集》中的一种。二，既然《江湖后集》编入郑清之《安
晚堂诗》，其编集形式应该是由多种小集汇编而成。

　　除了《安晚堂诗》，《永乐大典》残卷所引出自《江湖后
集》的诗有：

　　（1）李龏《剪绡集》。《永乐大典》卷2346"《江湖后集》
李龏诗：众鸟各归枝……"、卷5838"李龏诗：十里宜春下苑
花……"，这两首诗皆出自《剪绡集》。

　　（2）李龏某集。《永乐大典》卷2808"《江湖后集》李龏

---

① 《永乐大典》卷903中亦载"《江湖集》安晚堂"诗四首，完全可能是抄写
者将《江湖后集》抄成了《江湖集》。

父诗：草木尽凋残……"，这首诗不见于现传的李龏《梅花衲》、《剪绡集》中，应该属于另外一种小集。

（3）敖陶孙《臞翁诗集》。《永乐大典》卷2537"《江湖后集》宋敖器之《礼斋诗为梁溪冯季求作》"，此诗见于《臞翁诗集》中，可见《臞翁诗集》当为《江湖后集》入编小集。

（4）邓允端某集。《永乐大典》卷2539"《江湖后集》邓允端《过处士山斋诗》"。

（5）周端臣某集（当为《葵窗稿》）。《永乐大典》卷2266"《江湖后集》周端臣《送翁宾旸之荆湖》"、卷3004"《江湖后集》周端臣《寄唐异山人》"。

（6）薛嵎《云泉集》。《永乐大典》卷3005"《江湖后集》薛嵎《入京逢故人》"，此诗见于薛嵎《云泉集》，可见《云泉集》当为《江湖后集》入编小集。

（7）李时某集。《永乐大典》卷11313"《江湖后集》李时《黄冈寓馆作》"。

（8）万俟子绍某集（当为《郢庄吟稿》）。《永乐大典》卷13075"《江湖后集》万俟子绍《游建康碧瑶洞》"。

（9）宋自逊某集。《永乐大典》卷13495"《江湖后集》宋谦父《四时佳致》"。

（10）史卫卿某集。《永乐大典》卷20850"《江湖后集》史卫卿《捧檄家山》"。

（11）王志道某集。《永乐大典》卷8023"《江湖后集》王志道《和半庵庆成诗韵》"。

可见至少应有郑清之、周端臣、李龏、敖陶孙、邓允端、薛嵎、李时、万俟子绍、宋自逊、史卫卿、王志道等十一部小集编入《江湖后集》中。

三、《永乐大典》残卷所引《江湖续集》

《江湖续集》由小集汇编而成的证据更加明显。《永乐大典》卷3525引"《江湖续集》毛珝《吾竹小稿·登黄岗清怀门诗》"，卷7962引"《江湖续集》沙门绍嵩亚愚《江浙纪行集句诗·西兴遣闷》"，卷10286引"《江湖续集》《竹溪十一稿》林希逸《列子口义成》"及"《江湖续集》《竹溪十一稿》林希逸《读关尹子》"，卷13075引"《江湖续集》清源胡仲弓《苇航漫游稿·西来洞天》"，卷19866引"《江湖续集》《适安藏拙余稿续卷·折竹有感》"……这些条目引用的《江湖续集》之下都明确标示了小集名称。

除了《吾竹小稿》、《江浙纪行集句诗》、《竹溪十一稿》、《适安藏拙余稿续卷》之外，据《永乐大典》残卷所引《江湖续集》，其中包含的小集还有：

（1）李龏某集。《永乐大典》卷540载"《江湖续集》李龏诗：懊恼春红不受赊"。《永乐大典》卷2256载"《江湖续集》李和父《冰壶饮歌》"。《永乐大典》卷2951"《江湖续集》李和父《祠神词》"。卷9765"《江湖续集》李功（按，当为和）父赋《江西立上人中岩》"。卷11313"《江湖续集》

李和父《夜发昆山问潮馆》"。以上诸诗皆不见于《梅花衲》、《剪绡集》中，当出自李龏其他小集。

（2）邓允端某集。《永乐大典》卷540："《江湖续集》邓允端诗：涉江采芙蓉……"

（3）萧澥某集。《永乐大典》卷2256："《江湖续集》萧澥：望断碧云无白衣……"

（4）周弼《端平诗隽》。《永乐大典》卷2260载"《江湖续集》周弼《鄱阳湖四十韵》……又鄱阳湖侵东南境……"，按："鄱阳湖侵东南境"一首为周弼《鄱阳湖》诗，收在《端平诗隽》中。《永乐大典》卷13824引录"《江湖续集》周弼《题西湖竹阁寺诗》"，此诗也在《端平诗隽》中。可见《端平诗隽》应为《江湖续集》之一种。

（5）董国材某集。《永乐大典》卷2260"《江湖续集》董国材《过彭蠡湖》"。

（6）赵汝鐩《野谷诗集》。《永乐大典》卷2262"《江湖续集》《东湖歌》：湖光荡绿春拍塞……"，此诗见于《野谷诗稿》卷二。又卷11313引"《江湖续集》赵汝鐩《午炊洌阳一馆甚雅》"一首，此诗见于《野谷诗稿》卷五，可知《野谷诗稿》应入编于《江湖续集》之中。

（7）胡仲参《竹庄小稿》。《永乐大典》卷2264"《江湖续集》《雪后复雨过西湖》……《秋日泛西湖》……《西湖会上和赵靖轩韵》"，《雪后复雨过西湖》一首出自释绍嵩《江浙纪行集句诗》，《西湖会上和赵靖轩韵》一首见于胡仲参

《竹庄小稿》中，可见《竹庄小稿》与《江浙纪行集句诗》一样，都是《江湖续集》中的一种。

（8）释永颐《云泉诗》。《永乐大典》卷2264引"《江湖续集》《秋日泛西湖》"一首阙题作者，此诗正出于释永颐《云泉集》；卷11313引"《江湖续集》释永颐《题秋馆》"一首，此诗亦出于《云泉集》，然则《云泉集》应该入编于《江湖续集》之中。

（9）武衍《适安藏拙余稿》。《永乐大典》卷8844载"《江湖续集》武朝宗《贵游》"，此诗出自《适安藏拙余稿》。

（10）武衍《适安藏拙余稿乙稿》。《永乐大典》卷2337载"古汴武衍《霜梧》"，此诗出自《适安藏拙余稿乙稿》。

（11）武衍《适安藏拙余稿续卷》。《永乐大典》卷19866载"《适安藏拙余稿续卷》……"，可见武衍的三种小集皆收入在《江湖续集》中。

（12）姜夔《白石道人诗集》。《永乐大典》卷2256载："《江湖续集》姜夔诗：老乌楼楼飞且号……"

（13）高吉某集。《永乐大典》卷2346载"《江湖续集》高吉诗：茕茕荡子妻……高吉诗：塞南月冷乌飞飞……钱塘江边乌欲飞……"，卷3005载"《江湖续集》高吉《忆潇湘故人》"，卷8845载"《江湖续集》高吉《倦游诗》"，可见高吉有小集编入《江湖续集》之中。

（14）张蕴《斗野稿支卷》。《永乐大典》卷2405载"《江湖续集》邛州张蕴仁溥：兼味醍醐外……"（按，此诗题为

《酥》），卷 3005 载"《江湖续集》张蕴《丹阳道中流寓人》"，两诗皆见于《斗野稿支卷》，可见《斗野稿支卷》乃属《江湖续集》之一种。

（15）章粲某集。《永乐大典》卷 2408 载"《江湖续集》章粲《咏二疏》"。

（16）林逢吉某集。《永乐大典》卷 2539 载"《江湖续集》林逢吉《山斋书事》"，卷 11000"《江湖续集》林表民《送天台李明府贯一归越》……《次韵酬陈之道明府见赠》……《送薛子范明府归永嘉》"，"《江湖续集》东鲁林逢吉《饯台倅王……天府》"。

（17）徐集孙《竹所吟稿》。《永乐大典》卷 2808 载"《江湖续集》徐义夫诗《官舍庭前……不容自默》"，卷 3005 载"《江湖续集》孙义夫（按，应作徐集孙义夫）《访诗人》"，两诗皆见《竹所吟稿》，可见《竹所吟稿》乃属《江湖续集》之一种。

（18）程炎子某集。《永乐大典》卷 2808 载"《江湖续集》程清臣《古梅诗》"。

（19）张炜某集。《永乐大典》卷 3004 载"《江湖续集》张炜《怀玉山人过越江》"。

（20）赵崇嶓某集。《永乐大典》卷 3005 载"《江湖续集》赵崇嶓：故人西南风……"，卷 3006 载"《江湖续集》赵崇嶓《清平乐·怀人》……《拟人生不满百》"，卷 10310 载"《江湖续集》赵汉宗《反送死诗》"，卷 12403 载"《江湖续集》

赵崇嶓《进酒行》",可见赵崇嶓有小集见于《江湖续集》中,而且今存佚作中有诗有词,除了诗集之外,可能尚有词集收入江湖续集中。

(21)释斯植《采芝集》、《采芝续集》。《永乐大典》卷3005引"芳庭《访故人》:石榻相期久,闲寻到野房……",此首在"《江湖续集》赵崇嶓《故人西南风》"之下,应该也是见于《江湖续集》之中。又卷11000引"《江湖续集》芳庭斯植《寄静佳朱明府》",卷13450引"《江湖续集》斯植《怀芳林处士》",二诗皆见释斯植《采芝集》。可见《采芝集》乃属《江湖续集》之一种。

(22)曾由基某集。《永乐大典》卷3005载"《江湖续集》曾由基《与中朝故人》"。

(23)薛嵎《云泉诗集》。《永乐大典》卷3527载"《江湖续集》廉村薛嵎《柴门诗》",《柴门诗》在《云泉诗集》中,可见《云泉诗集》是《江湖续集》入编小集之一。

(24)邓林《皇芩曲》。《永乐大典》卷3580载"《江湖续集》临江邓林性之《桂村》",《桂村》一首在《皇芩曲》中,可见《皇芩曲》是《江湖续集》入编诗集之一。

(25)陈起《芸居乙稿》。《永乐大典》卷5838引"《江湖续集》宋陈起诗:今早神清觉步轻……",正是《买花》诗。因此《芸居乙稿》应属《江湖续集》之一种。

(26)萧立某集。《永乐大典》卷6523载:"《江湖续集》萧立诗:腻粉匀成玉箸垂……"

（27）盛世忠某集。《永乐大典》卷6523载"《江湖续集》盛世忠《倦妆图》"。

（28）陈必复《山居吟稿》。《永乐大典》卷8845引"《江湖续集》陈必复诗《远游》"，卷11000引"《江湖续集》陈必复《寄石泉云间明府叔》……《奉酬陈介庵明府桐江见寄》"，这些诗皆见于《山居吟稿》，可见《山居吟稿》乃属《江湖续集》之一种。

（29）陈必复某集。《永乐大典》卷11000引"《江湖续集》陈必复《寄石泉云间明府叔》"，其下接"《奉酬陈介庵明府桐江见寄》"，此诗不见于《山居吟稿》，当出于陈必复另一不知名的集子。

（30）罗椅某集。《永乐大典》卷8845载"《江湖续集》罗椅诗《远游》"。

（31）冯时行某集。《永乐大典》卷9765载："《江湖续集》冯时行诗：旷绝无人境……"

（32）王琮某集。《永乐大典》卷9765载："《江湖续集》王琮中诗：闲携一壶酒……"，王琮中，当是"王琮中玉"之误。

（33）王子信某集。《永乐大典》卷9766载："《江湖续集》阳羡王子信诗：特地扪萝入……"

（34）胡仲弓某集。《永乐大典》卷11000载"《江湖续集》胡希圣《寄朱静佳明府》……《送傅明府》"，卷13075载"《江湖续集》胡仲弓《题金粟洞》……又《题金粟洞》……《和瞻甫韵》……《又和壁间韵》"，卷 14608 载"《江湖续集》胡仲弓《寄赵春谷监簿诗》"。

（35）张榘某集。《永乐大典》卷 11001 载"《江湖续集》张方叔《有怀尤赞府季崶》"。

（36）周密某集。《永乐大典》卷 13075 引"《江湖续集》周密公《游玉华西洞并灵龟石燕狮子三岩》"，周密公，当是"周密公瑾"之误。

（37）叶茵《顺适堂甲乙丙丁戊稿》。《永乐大典》卷 13340 引"《江湖续集》叶景文《饯友归侍》"，正是《顺适堂吟稿》中的一首。则《顺适堂吟稿》应为《江湖续集》之一种。

（38）陈允平《西麓诗稿》。《永乐大典》卷 13495 引"《江湖续集》陈允平《贺伯父大资休致》"一首，此诗见于《西麓诗稿》，则《西麓诗稿》应属于《江湖续集》之一种。

（39）朱继芳《静佳乙稿》。《永乐大典》卷 13993 引"《江湖续集》建安朱继芳季实《次韵桥亭禊饮是处》"，此诗出自《静佳乙稿》，则《静佳乙稿》当为《江湖续集》之一种。

综上，《永乐大典》残卷所引《江湖续集》诗人数量多达三十八人（据《永乐大典索引》统计）：李龏、邓允端、萧澥、董国材、曾由基、毛珝、武衍、姜夔、高吉、张蕴、章粲、林逢吉、徐集孙、程清臣、张炜、赵崇嶓、释斯植、薛嵋、邓林、陈起、萧立、盛世忠、释绍嵩、陈必复、罗椅、冯

时行、王琼、王子信、林希逸、胡仲弓、张榘（方叔）、赵汝
鐩、释永颐、周密、陈允平、周弼、朱继芳、叶茵。对比《江
湖后集》和《江湖续集》所收诗人的名单，只有邓允端、薛
嵎、李龏三人重合。邓允端、薛嵎存诗不多，不大可能有两种
以上集子编入，其诗的重出，可能是《永乐大典》编纂时有误
抄。而李龏有多种集子入编于江湖诸集中，其诗在《江湖后
集》和《江湖续集》中皆有载，可见是有的小集入编于《江
湖后集》，有的小集入编于《江湖续集》。

四、江湖小集编定时间与《江湖前后续集》的性质

　　陈起刊刻大量江湖诗人小集，仅个别是在江湖诗案之前，
大部分都是诗案之后二三十年间刊刻的。《江湖后集提要》载：
"惟是当时所分诸集，大抵皆同时之人。随得随刊，稍成卷帙，
即别立一名以售，其分隶本无义例，故往往一人之诗，而散见
于数集之内。"① 基于《永乐大典》中江湖诸集命名不同的记
载，四库馆臣形成了"随得随刊"的认识，这也成为后来学界
的共识。实际上，由于陈起刻书时尚未有意识地标识刻书时
间，从现存小集或四库本《江湖后集》辑录佚诗中很难看出这
些小集前后刊刻的痕迹，惟有根据诗集序跋和作者生活年代，
略可考得部分江湖小集的编定时间。

---

① 《四库全书总目》，第 1701 页。

（一）江湖诗案之前编定的小集

姜夔《白石道人诗集》。其中有《张平甫哀挽》一篇，是为张鉴而作。张鉴死于嘉泰二年（1202），这是其成编的时间上限。又卷首有姜夔自序二则，卷末附录《诗说》，首尾完整，当为姜夔生前自编。姜夔卒年史载不详，研究者提出多种说法。陈思《白石年谱》据吴潜《暗香疏影词序》：“犹记己卯庚辰之间，初识尧章于维扬。己丑嘉兴再会，自此契阔。闻尧章死西湖，尝助诸丈为殡之。”定为绍定四年（1229）①。夏承焘先生经过精密考证，指出“己丑”为误载，并据韩淲诗《盖稀之作乌程县》：“十年重入长安市，常把西林倒载人。少为弦歌看抚字，莫须杯酒话酸辛。三贤久觉两无有，千首何如一已真。秃发顾予皆老矣，朝家更化孰知津。”诗歌末尾自注：“己未秋，潘德久、盖希之、姜尧章同往西林看木犀。潘、姜已下世三年矣。”认为“朝家更化”指宋理宗即位改元，时在嘉定十七年。以此往前推，潘柽、姜夔之死即在嘉定十四年（1221）②。陈尚君先生指出徐照、徐玑皆有哭挽潘柽的诗，徐照去世于嘉定四年三月，徐玑去世于嘉定七年十月，从而推定潘、姜二人应卒于嘉定二年（1209）至三年（1210）之间③。则《白石道人诗集》应该编成于此前。

---

① 贾文昭编：《姜夔资料汇编》，中华书局 2011 年，第 573 页。
② 《姜夔资料汇编》，第 595—596 页。
③ 陈尚君：《姜夔卒年考》，《复旦学报》1983 年第 2 期。

　　张弋《秋江烟草》。卷首丁晦夫序作于理宗嘉定戊寅（1218），云"所著仅成帙"，可见作序时小集已编定。

　　赵庚夫《山中小集》。嘉定十二年（1219），刘克庄应赵庚夫之子赵时愿所请为其父撰写墓志并精选小集，刊刻时间当在此后不久。陈振孙《直斋书录解题》卷二十载："《山中集》一卷，莆田赵庚夫仲白撰。两上春官不第，以取应得右选，不得志而没。刘潜夫志其墓，择其诗百篇，属赵南塘序而传之。"①

　　宋自逊《壶山诗集》。此集编定时间也较早。赵蕃《跋壶山诗集》："宋谦甫讲书生远业，发诗人巧思，放达于古体，而韫藉于唐律，是区区词章者，岂将以取重于世哉？……嘉定壬午冬十月癸未，东汇泽曹某书于湖庄所性堂。"② 可知其集编定于嘉定十五年（1222）。刘克庄《题宋谦父四时佳致楼》："端平初同召审，张辞不至，余所愧也。故拙诗本张遗意。"③其后一首《题宋谦父诗卷》当为同时所作，此距诗集编定已有十余年，或已刊刻流传。

　　此外，江湖诗人刘过卒于开禧二年（1206），陈起为其刊刻《龙洲道人诗集》；杜旟与陆游为同时辈流，陈起为其刊刻《癖斋小集》。他们的生活时代较早，小集编定也当不至于到江湖诗案发生之后。

---

① 陈振孙著：《直斋书录解题》，第610页。
②《全宋文》第293册，第46页。
③《刘克庄集笺校》，第924页。

（二）江湖诗案以后编定的小集

现存江湖诗人小集多有序跋，可资考知编定时间。

姚镛《雪蓬稿》。卷首自序作于端平二年（1235）岁乙未。四库本《江湖后集》中还载录姚镛六首佚诗（其中一首为徐集孙诗误辑），这说明姚镛应该还有一部小集入编于江湖诗集之中。其他宋人文献中也引有姚镛佚诗，如韦居安《石碉诗话》卷下引载《题衡岳》、《离衡》、《法华寺》三诗，《千家诗选》卷十二载其《秋风》，卷十六载其《古寺》二首（七律五律各一首），《诗家鼎脔》卷下《别毛沧州》、《放船》二首，皆未见今《雪蓬稿》，当出于此佚集中。

施枢《芸隐倦游稿》。卷首有自序："余下壬辰第，始学诗，闲吟殊未与意合。甲午，往来锦溪，或自家山趋京城。萍泛不羁，每多感赋，至'市桥见月'之句，若有悟解。及乙未秋，入吴摄庾台幕，丙申秋，复过越，访东皋先生，吟又少。暇日，搜故箧，得五言七言绝句，可意者仅百篇，题曰《倦游稿》。嗟夫！自三百篇以后无诗，骚乃诗之变，五言又骚之变。余何者，辄敢言诗？然性嗜诗，时发于机动籁鸣，亦不自知其僭，姑以识后日所学之进否云。浮玉施枢书。"[1] 丙申为宁宗端平三年（1236），即此集编定之时。

宋伯仁《雪岩吟草》。自序于理宗嘉熙戊戌（1238），包含《嘉熙戊戌家西塍稿》、《嘉熙戊戌夏复游海陵稿》、《嘉熙

①《全宋文》第341册，第294页。

戊戌己亥马塍稿》三部分。可见此集当编定于嘉熙己亥（1239）。

王同祖《学诗初稿》。卷末有跋文作于嘉熙庚子（1240）月正元日，而据集中诗歌题下注文，有丙申（1236）、丁酉（1237）以及戊戌（1238）以后所作者，可见其集当为作跋时编定刊刻。"少作"一般是中晚年时期指称早年的作品，这里所言"少作"更是名副其实，据张宏生考证，王同祖出生于嘉定十二年（1219），编定小集时仅二十二岁①。

施枢《芸隐横舟稿》。卷首自序作于嘉熙庚子（1240）元日。

李龏《梅花衲》。卷首刘宰序作于理宗宝庆丁亥（1227）。李龏自序于理宗淳祐壬寅（1242），云："宝庆丁亥，余留句曲，尝录寄漫塘刘平国。今十五年矣，喜事人屡嘱板出，或者欲易为《天机云锦》，余曰：'此集实如野僧败襥，将新捺旧，拆东补西，元无一片完物，非衲而何？是名岂可易也？'客曰：'唯。'传而见者，岂不直一笑。淳祐二年壬寅二月八日，李龏书。"② 可见此集虽然早已编定，但直至淳祐二年才刊刻，促成其事的"喜事人"即指陈起。

许棐《梅屋稿》。梅屋五稿收录诗歌是按照时间顺序，第一稿《梅屋诗稿》中无序跋，据第二稿《融春小编》跋云："开炉十日，并当融春小室，为六藏计。乱书中得旧稿数纸。

---

① 张宏生：《江湖诗派研究》附录一《江湖诗派成员考》，第348页。
②《全宋文》第343册，第260页。

稿自甲午至已亥，诗不满三十，更散失不得传，则与日月俱弃矣。并缀数文，为《融春小编》。非千金弊帚，誓尺璧余阴也。梅屋许棐题。"① 可知第一稿为甲午（1234）以前所作，第二稿为甲午至已亥所作。《梅屋第三稿》跋云："已亥至癸卯诗不满二十首，甲辰一春却得四十余篇。疑诗之多寡迟速似有数也。天或寿予，予诗之数固不止此，然当以贪多务速为戒。梅屋许棐题。"②《梅屋第四稿》跋云："右甲辰（1244）一春诗，诗共四十余篇，录求芸居吟友印可。棐皇恐。"③ 第五稿《梅屋诗余》编定时间不明确。

　　武衍《藏拙余稿》。卷首方万里序作于端平丙申（1236）夏。武衍自序作于淳祐元年（1241）立冬，应该是此卷付梓的时间。此卷之后又有《藏拙余稿乙卷》。《乙卷》刊刻时间不详，考所载《哀魏方泉》其一："每见中吴士，多称太守贤。一毫无暴政，千里乐丰年。心醉西楼月，身飞北阙天。那知人事异，梦绝柳桥边。"其二："诏下催归觐，人传便尹京。班才联从橐，庭忽舞铭旌。玉树悲中折，金丹圣莫生。泽多唯乳子，天道若无情。"魏方泉即魏峻，娶宋理宗亲姊。《吴郡志》卷十一《本朝牧守题名》："魏峻，朝散大夫集英殿修撰，知平江府兼两淮浙西发运副使，节制许浦都统司水军，淳祐四年四月二十六日到任。八月，以经筵彻章转朝请大夫。五年四

① 《汲古阁影宋钞南宋六十家小集·融春小缀》卷首。
② 《汲古阁影宋钞南宋六十家小集·梅屋第三稿》卷末。
③ 《汲古阁影宋钞南宋六十家小集·梅屋第四稿》卷末。

月，御笔除宝章阁待制，赐带。八月，招籴及数，转朝议大夫。十二月，磨勘转中奉大夫。六年，又以招籴转中大夫。三月十三日，御笔除刑部侍郎。"① 魏峻于淳祐六年三月调离平江府，入京任刑部侍郎。武衍诗中"诏下催归觐，人传便尹京"即指此事。而"泽多唯乳子"则关涉一件重大时事。宋理宗九子皆早夭，欲立其弟荣王赵与芮之子赵禥为太子，遭到左丞相吴潜的反对。适逢魏峻之子魏关孙入宫求官，深得太后喜爱，遂有立为后嗣的传言。《癸辛杂识》卷六《魏子之谤》载："魏峻字叔高，号方泉，娶赵氏，乃穆陵亲姊四郡主也。庚午岁得男，小字关孙，自幼育于绍兴之甥馆，实慈宪全夫人之爱甥也。慈宪每于禁中言其可喜，且为求官。穆陵以慈宪之故，欲一见而官之，遂俾召至皇城。法凡异姓入宫门，必县牌于腰乃可，惟宗子则免，此一时权宜，遂令假名孟关以入见焉。时度宗亦与之同入宫，欲（知）其故，遂倡为魏太子之说。既而外庭传闻浸广，于是王伯大、吴毅夫得其事，遂形奏疏，而四方遂有魏紫姚黄之传。其实则不然也。关孙后溺死于荣邸瑶圃池中……"② 魏关孙溺死荣邸事在淳祐中。武衍诗中已言魏峻调离，又哀其子殁于水泽之中，则作于淳祐六年（1246）之后无疑。《藏拙余稿续卷》已佚，四库馆臣从《永乐大典》中辑出佚诗五十四首为一卷。

① 范成大纂、汪泰亨续纂：《吴郡志》卷十一，清《守山阁丛书》本，第16B 页。
② 周密著，杨瑞点校：《癸辛杂识》，浙江古籍出版社 2015 年，第 53 页。

薛嵎《云泉诗》。卷末赵汝回跋于淳祐己酉（1249）五月，但集中有的诗似作于此后。如《刘荆山过维扬再谒贾秋壑》有"屝履践淮雪，故人师帅欢"句，当作于淳祐十年（1250）贾似道担任两淮制置使之后。又《赵东阁奏院去国》诗云："帆近浙江风，莼鲈趣一同；无人持国是，举世咎诗穷。身退山林重，心怡学问充；冥鸿离矰缴，瞬息九霄空。"诗中用莼鲈典故，应作于宝祐二年（1254）前后赵汝回从奏院主管任上罢职归永嘉之时①。

朱南杰《学吟》。序于理宗淳祐戊申（1248）。

林同《孝诗》。刘克庄为作序于淳祐庚戌（1250）。

邓林《皇荂曲》。萧崱序于淳祐十一年（1251）至朔，萧泰来跋于同一年。

林尚仁《端隐吟稿》。陈必复序于淳祐岁辛亥小至日（1251）。

还有的小集虽然没有序跋，但从内容能大略知道编刊年代。

叶绍翁《靖逸小集》。许棐《赠叶靖逸》："借得城居一丈宽，五车书向腹中安。声华馥似当风桂，气味清于著露兰。朝士时将余俸赠，铺家传得近诗刊。回看旧隐西湖上，谁伴沙鸥度岁寒。"此诗见许棐《梅屋诗稿》，为梅屋五稿中的第一稿，

---

① 赵汝回仕宦经历，参见陈丽华《南宋江湖诗人赵汝回宦游考》（《台州学院学报》2017年第2期）。陈丽华认为此诗作于赵汝回出任南外知宗之前，但从诗意看来，系于罢官回乡之时更为合理。

所收诗作在甲午（1234）之前。"铺家"当指陈宅书籍铺，叶绍翁《靖逸小集》则当刊刻于此前。

胡仲弓《苇航漫游集》。刘克庄《后村集》中有《余辛卯岁卧病郡城陈宗之胡希圣有诗问讯后五岁希圣寄新刊漫游集前诗已载集中次韵二首》，辛卯为南宋绍定四年（1231），后五岁为端平三年（1236），即《漫游稿》刊刻时间。宋刊已不存，现传《苇航漫游稿》是四库馆臣从《永乐大典》中辑录出来，其中有《哭芸居》一首，则是作于陈起去世之后。由此看来，陈起先后为胡仲弓刊刻多种小集，而四库馆臣辑录时不加区分，将其诗同辑于一集之中。

邹登龙《梅屋吟》。集中有《寄呈刘后村编修》，刘克庄于端平二年（1235）担任枢密院编修官，可知此集为端平以后编刊。

陈起《芸居稿》。原集已佚，但编定刊刻时间在《芸居乙稿》之前，可以从《乙稿》所录诗歌作年倒推。《乙稿》中时间较早的诗当为《以仁者寿为韵寿侍读节使郑少师》，根据作者自注，此诗作于淳祐丙午（1246）。可见《芸居稿》应当在此之前已经刊刻。《芸居乙稿》编定时间则当在淳祐后期。《同友人泛舟……兼呈真静先生》有"辛亥仲春将徂兮有客踵门"，为可考的最迟作年。集中有多首挽诗，然并无挽郑清之的诗，可见编刊时间应在郑清之去世即淳祐十一年（1252）十一月之前。

朱继芳《静佳龙寻稿》。朱继芳绍定五年（1232）中进士之后历任龙寻、桃源知县，此卷为知龙寻时所作。陈起《芸居乙稿》中有《桃源官罢芸居以唐诗拙作赠别》，"拙作"应即《龙寻稿》。可知其集刊刻时间在罢任桃源之前。

罗与之《雪坡小稿》。集有《己亥中秋》一首，己亥为宋理宗嘉熙三年（1239），则其集之编刊当在此后。芸隐二稿中和吴惟信韵五首，和罗与之韵三首，可见施枢与这两位江湖诗人唱和最多。吴惟信字仲孚，号菊潭。罗与之字与甫，号雪坡，庐陵人，端平间累举不第，以布衣终。二人皆有小集编入江湖诗集之中。陈起赠答诗中有一首《还刘雪坡词稿》，云："谁与分天巧，裁成云锦裳。春花笼淡月，秋水照斜阳。得句皆奇伟，知音尽老苍。尚期京国路，相与较宫商。"（四库本《江湖后集》卷二十四）极意称赏其诗稿巧于雕琢。此诗辑自《永乐大典》，笔者怀疑"刘雪坡"应即"罗雪坡"之误（《永乐大典》抄写时多有笔误，详见下述所论），刘克庄《题庐陵罗生诗卷》云："织千机锦非常巧，熏一铢香已觉多。"与陈起赠诗前两句的语意类似。

陈允平《西麓诗稿》。集中有《己酉秋留鹤江有感》，作于淳祐九年（1249），可知其集当刻于此后。

赵汝绩《山台吟稿》。编定时间不详，许棐《梅屋第三稿》（录己亥至癸卯诗）中有《赵山台寄诗集》诗："海雁叫将秋色去，山台抄寄好诗来。菊花过了梅花未，自有花从笔底开。"可知此时《山台吟稿》尚未刊刻。

（三）陈起去世之后编定的小集

有序跋明确显示刊刻于陈起去世之后的小集，包括以下多种：

毛翊《吾竹小稿》。李龏序于宝祐六年戊午（1258）四月八日。

刘翼《心游摘稿》。林希逸序于理宗景定辛酉（1261）。

周弼《端平诗隽》。李龏序："汶阳周伯弜，与予同庚生，同寓里，相与往来论诗三十余年。尝手刊《端平集》十二卷行于世。……予恐有不行之弊，兹于古体歌诗、五言律、七言律并五、七言绝句，摘其坦然者，兼集外所得者近二百首，目为《端平诗隽》，俾万人海中续芸陈君书塾入梓流行，……宝祐丁巳冬至日，菏泽李龏和父述。"① 可知此集为宝祐五年（1257）陈续芸所刻。

虽没有序跋，但可通过内容或其他记载考得刊刻于陈起去世之后的小集如下：

朱继芳《静佳乙稿》。本卷诗歌有《挽芸居》、《赠陈续芸》等诗。

释斯植《采芝集》。有《挽芸居秘校》、《挽周彦良》、《柬陈续芸》等诗，可知其集编定于陈起死后，为陈续芸所刻。

释斯植《采芝续集》。此卷末有跋文云："诗，志也，乐于情性而已，非所以有关于风教者。近于览卷之暇，心忘他

---

① 《全宋文》第 343 册，第 260 页。

用，得之数篇，目之曰《续稿》，然不可谓之无为也。宝祐丙辰良月望日，芳庭斯植书。"① 据跋文，《续集》似编定于宝祐四年，然集中有《丁巳灯夕前六日观抱拙寄敏斋韵因事有感走笔以赋》，则宝祐五年（1257）年元宵前尚未刊刻。其二集编刊时间比较紧凑。

周端臣《葵窗稿》。集中有《挽芸居二首》，可知刻于陈起死后。

林希逸《竹溪十一稿诗选》。集中有《戊午与诸友同谒犀斜南谷二师坟作》，《臂痛六言》谓"六十六翁衰久"，皆作于南宋理宗宝祐六年（1158），其时陈起已去世两年左右。

林同《孝诗》。刘克庄《与洪帅侍郎书》："某屡尝为子真谢知己，兹辱尊谕，令录《孝诗》，精加点对，径发至帅阃，不必郑重往建上之意，可谓曲尽荐扬之义。即遣一介报子真，渠必遵承严戒。"② 子真即林同，刘克庄内兄林公遇之子。从书信语气可以看出，洪天锡对林同颇有提携之力。此文作于咸淳四年（1268）③，此时《孝诗》当尚未刊刻，否则不必靠抄写寄送洪天锡。

以上是略可考知编定时间的部分江湖小集。

（四）《江湖前、后、续集》的接次编刊之迹

梳理江湖小集编定时间的次序，是为了对《江湖前、后、

---

① 《全宋文》第 341 册，第 296 页。
② 《刘克庄集笺校》，第 5337 页。
③ 参见侯体健：《刘克庄的文学世界》，第 244 页。

续集》有更加清晰的认识。关于《江湖前、后、续集》，学界在两个方面存在争论：一，此书是否为陈起编刊；二，此书与《中兴江湖集》的关系如何。基于以上分析，下面对这两个问题进行讨论。

　　宋代文献中从未见关于《江湖前、后、续集》的任何记载①，研究者曾据此而怀疑其真实性。费君清先生认为："虽然明代《永乐大典》中载录了一批江湖诗集，由于《永乐大典》编纂于明初永乐年间，即此可以推得被《永乐大典》所著录的江湖诸集的成书年代必定在此之前。换句话说，这批书籍应当是在南宋宝庆以后至永乐初年这一百几十年间形成的。……而所谓的《江湖前、后、续集》，既无历史根源可寻，又无实物可据，扑朔迷离，真假难辨，更是应该谨慎对待。"②黄韵静亦认同费君清先生的说法："明《永乐大典》另有载陈起名下之《江湖集》丛刊，然陈起是否编辑过《江湖前、后、续集》，则无直接之证据。疑《永乐大典》只是将当时民间为《江湖集》辑佚且以编者为陈起之书收入，并非陈起即曾辑编

---

① 胡益民先生曾引卫宗武《秋声集》卷五《柳月涧吟秋后稿序》："老友《月涧吟集》行于《江湖前编》，固已隽永人口，所刊后稿视昔愈胜，虽不无时花美女之艳，而自有高山流水之雅，约而五六言一二韵，亦造精深。吾乡之士能以声韵之文鸣于时者也。"由此认为柳月涧（名桂孙）也是江湖诗人之一。参见《〈江湖〉诸总集"名录"新考》，《复旦学刊》2000年第2期。如果宋人所见有《江湖前编》，那么就应该有相应的后编、续编，《江湖前、后、续集》的名称也可以得到落实。但这则引文显然存在误读，当断为"老友《月涧吟集》行于江湖，前编固已隽永人口"，因此柳月涧不可谓之为江湖诗人。
② 费君清：《论江湖集的历史真相》，《中国人文社会科学博士硕士文库续编·文学卷上》，第460—462页。

过《江湖续集》、《江湖后集》。"① 以上认为《江湖前、后、续集》是宋末至明初时人利用陈起编刊的小集编纂而成。然而除了《永乐大典》引用之外，杨士奇《文渊阁书目》中也载录了"江湖前、后、续集，宋刻"，可见明代前中期确有题为《江湖前、后、续集》的宋板书籍流传。如果没有强有力的证据，决不能以今天所见到的有限文献而怀疑明代前期所能见到的文献。

《江湖前、后、续集》书名上已经体现了陆续刊行的特点。从上节考知的《后集》、《续集》编录作者来看，陈起后期交往的诗人几乎都在《续集》中，去世之后才刊刻的释斯植、朱继芳、毛翔、胡仲弓等小集也都入编于《续集》，可见的确存在前后接次的痕迹。李龏、武衍及陈起本人的诗集已见《续集》，说明陈起生前编刊了《前集》、《后集》和《续集》的一部分。《续集》的作者和小集数量大大超过《后集》，应是陈续芸承接《续集》编刊工作之后努力的结果。

行文至此，有两个问题需引起注意：一，周端臣有吊挽陈起之作，其诗集却入编于《江湖后集》，似不合情理。实际上，《江湖前、后、续集》中的小集多为几十首一集，馆臣辑录周端臣佚作则多达 114 首，说明周端臣应有不止一种小集编入江湖诸集中，可能有的入编于《江湖后集》，有的入编于《江湖续集》。二，入编于《江湖续集》的《皇荂曲》作者邓林是孝

① 黄韵静：《南宋出版家陈起研究》，59 页。

宗时人，《白石道人诗集》也在宁宗时已编定。这说明有的小集编定之后并未立即刊刻，后来才由他人交给陈起刊刻。

《江湖前、后、续集》与《中兴江湖集》的关系，也曾经在学界引起过讨论。胡念贻先生认为《江湖前、后、续集》是陈起刊刻江湖诗集的汇总，而《中兴江湖集》是从《江湖前、后、续集》中抽选出来。[①] 这一点遭到费君清先生的反驳："《中兴江湖集》的编刻时间应当是比较早的，决不至于落在《江湖后集》和《江湖续集》之后才成书。今日在《永乐大典》残卷中找到的一些《中兴江湖集》材料，从中可看出该集所收录诗人的生活年代一般都比较早。"[②] 确如费先生所言，《中兴江湖集》收录的方惟深、晁公武、徐文卿、敖陶孙、曾极、林洪、赵师秀、刘过等诗人主要生活时代是在江湖诗案以前，有的甚至是北宋人，而《江湖后集》、《续集》收录的诗人基本都与陈起同时代，与《中兴江湖集》相比，年代明显靠后，可见《中兴江湖集》决非从《江湖前、后、续集》中抽选而来。

综上，《江湖前、后、续集》是陈起刊刻的系列诗集，体例应该接近于《增广圣宋高僧诗选前集》，各人具有相对独立性，自为起讫，可散之而为小集，也可合之而为总集，性质上介于总集与丛书之间。《江湖前、后、续集》持续编刊时间长达数十年，作者以南宋尤其是当代诗人为主，流传至今者仍有

---

① 胡念贻：《南宋〈江湖前、后、续集〉的编纂和流传》，《文史》第十六辑。
② 费君清：《论江湖集的历史真相》，第464页。

五十余种小集，存有佚诗且可略考小集名录者数量相侔，不可考知者又不知凡几。

第三节　江湖诗选汰与多向度的审美追求

陈起刊刻的江湖诗人小集大多只有一二卷，且多以"小集"、"摘稿"命名，具有明显的精选性质。诗人选汰自己的作品，通常是在诗艺提高之后"悔其少作"，从而对早期作品进行删汰，以提高诗文集质量。在南宋江湖诗人漫游风气和诗歌商品化的背景下，江湖小集除了作者自选，还出现由当世名家、亲友至交代为选汰的现象。代人选诗或将自己的诗集交予他人选汰，成为江湖诗人之间一种特殊的诗学交流。考察江湖小集的选录情况，或有助于认识南宋中后期江湖诗人的交游活动和审美趣味。

一、江湖诗人小集的诗选性质

陈起刊刻的大多数江湖诗人小集都是选集，这些小集从编选者的角度，可以分为以下两种情况：

一是自选集。

最有代表性的诗集是《南岳稿》。这是刘克庄第一次付诸刊刻的诗稿。《南岳旧稿》卷首标注"诗一百首"，卷末有两

行跋语："余少作几千首，嘉定己卯，自江上奉祠南归，发故
箧尽焚之，仅存百篇，是为《南岳旧稿》。"① 刘克庄少作多达
几千首，而《南岳旧稿》仅录百首，十不一选，可见其去取之
精严。

　　姚镛《雪蓬稿》也是一部诗选，端平二年（1235）自序
云："予自壮喜学文，……既谪衡，杜门省咎之外，稍尽力于
圣经言传，若有所觉。取旧稿读之，大有愧焉。将畀烈炬，有
类鸡肋者，因为一编，以识予愧。"② 此集有诗三十五首、杂
文十四篇，为姚镛贬谪衡阳时，整理旧稿，剔除不满意之作而
成。戴复古曾专门从福建前去探访，今集中有《题戴石屏诗卷
后》，则编成时间当在戴复古过访之后，交予陈起刊刻出版也
可能是由戴复古促成。

　　刘翼《心游摘稿》，从集名已经可以看出其诗选性质。林
希逸《序》云："躔父与余同事乐轩先生（陈藻），躔父鄙夷
场屋之技，独力于诗。自晋唐而下至我朝诸公遗集，掇撷数百
家。所作不主一体，大抵学乐轩为之。……同门诸友，独躔父
入此三昧。心游之稿甚富，今乃摘取余所可知者十九首见
寄。"③ 刘翼和林希逸为同门友，录十九首寄予对方的目的应
在于谋求刊行。

　　武衍《藏拙余稿》和王同祖《学诗初稿》也是如此。一

---

① 程章灿：《宋刻〈南岳稿〉考证》，《文献》2016 年第 1 期。
② 《全宋文》第 334 册，第 62 页。
③ 《全宋文》第 335 册，第 344 页。

般理解中"余稿"为正集之续，但这里"余稿"是删存的意思。其自序言："衍学诗三十年，投质于宗工名胜者甚多。藏拙之余，仅存此稿。"① 今《余稿》中仅存诗四十八首，可见在付梓之前曾有过严格的去取。王同祖自跋其集言："右七言绝句百首，同祖少作也。少作不止是，杂体凡数百，未敢录，姑录此百篇为《初稿》。非录诗也，录其事也。"② 可知其诗作数量多达数百首，但只选取绝句百首刊刻，杂体诗一首未选。

　　二是由他人编选而成的小集。

　　张良臣《雪窗小稿》即一例。张良臣为隆兴元年（1163）进士，仕宦二十五年皆充任卑职末宦。嘉泰元年（1201），张尧臣为其哀集《雪窗集》。据周必大《雪窗集序》："（去世）后十五年，君之弟尧臣哀古赋四篇，古律诗数百首，号《雪窗集》，介友人曾三异属予以序。"③ 《（延祐）四明志》卷五《人物考》亦载："官止监左藏库，诗集十卷，至咸淳间弥甥徐直谅始哀刻于广信郡。"④ 以上两则材料中明确提到《雪窗集》有十卷之多，包含古赋四篇、古律诗数百首，但现在所见《雪窗小稿》仅存诗三十二首，与原集数量相差甚大，应该是从原集中选录出来的。全集在宋末曾刊刻，今已不传，《全宋诗》中收录了张良臣诗歌与残句五十一首，其现存诗大部分出

① 《全宋文》第 343 册，第 356 页。
② 《全宋文》第 343 册，第 343 页。
③ 《全宋文》第 230 册，第 168—169 页。
④ 浙江省地方志编纂委员会：《宋元浙江方志集成》第 9 册，杭州出版社 2009年，第 4061 页。

自《雪窗小稿》。张良臣的生活时代明显在陈起之前,不可能与陈起有所交往,陈起刊本不知出自何人所选。

另一位诗人赵庚夫《山中小集》由刘克庄选录。刘克庄《山中别集序》中讲述此次请托的详情:"始余请南塘选仲白诗,南塘更以属余,苦辞不获。南塘诗评素严,而余尤缚律。每去取一篇,常三往返然后定,有全篇皆善而为一字半句所累者皆不录,故集止百篇。"① 据刘克庄文末所言,其选此集时年三十三,则在嘉定十二年(1219)。选此集乃源于赵庚夫儿子赵时愿所请,刘克庄原本想邀请另一位名家赵汝谈选诗,但未得允许,只好自己从赵庚夫诗中选录了律体百篇而为《山中集》。陈振孙《直斋书录解题》卷二十载:"《山中集》一卷,莆田赵庚夫仲白撰。两上春官不第,以取应得右选,不得志而没,刘潜夫志其墓,择其诗百篇,属赵南塘序而传之。"② 四库本《江湖后集》卷八载录了四库馆臣从《永乐大典》辑佚的赵庚夫诗十二首,皆为律体,应即《山中集》的部分诗作。

周弼《端平诗隽》也是一部由他人编选而成的小集。周弼为周文璞之子,周文璞生前与陈起有过交往,因父亲和师友的渊源,周弼与陈起也有交往。但《端平诗隽》是周弼去世之后才由陈续芸刊刻,李龏序云:"汝阳周伯弜,与予同庚生,同寓里,相与往来论诗三十余年。尝手刊《端平集》十二卷行于世。……兹于古体歌诗、五言律、七言律并五、七言绝句,摘

---

① 《全宋文》第 329 册,第 127—128 页。
② 陈振孙著:《直斋书录解题》,第 609—610 页。

其坦然者，兼集外所得者近二百首，目为《端平诗隽》，俾万人海中续芸陈君书塾入梓流行，庶使同好者便于看诵。吾伯弜平生心不下人，今隔九原，闻予此选，必不以予为谬。"① 由此可知，此集乃李龏精选出来交予陈续芸刊刻的诗稿。

另一位江湖诗人张至龙有《雪林删余》刊入江湖诗集中。《雪林删余》自序言："予自髫龀癖吟，所积稿四十年，凡删改者数四。比承芸居先生又为摘为小编，特不过十中之一耳。……予遂再浼芸居先生就摘稿中拈出律绝各数首，名曰《删余》。"② 张至龙将四十年积累的诗稿交给陈起，陈起先从中"摘为小编"，继而又从摘稿中"拈出律绝各数首"，今《雪林删余》仅存诗歌六十八首，可以看出这六十八首诗当为张至龙诗歌中最优秀的部分，对此他很自负地说："其间一联之雕，一句之琢，一字之炼，一意之镕，政犹强弓牵满，度不中不发，发必中的。"③

此外还有很多小集从书名可以看出其精选性质，如盛世忠《松坡摘稿》、徐从善《月窗摘稿》等，但具体如何成编则已不得其详。陈起刊刻小集中规模最大的应属《安晚堂诗集》十二卷，作者郑清之《安晚堂集》多达六十卷，但陈起刊刻的仅为其中一部分。林希逸《竹溪十一稿诗选》也是如此，其诗文集为《竹溪十一稿》三十卷（一说六十卷）、《续集》三十卷，

①《全宋文》第 343 册，第 260—261 页。
②《全宋文》第 345 册，第 440 页。
③《全宋文》第 345 册，第 440 页。

现仅《续集》流传。《竹溪十一稿诗选》的诗不见于《续稿》中，应是从正集中选出。

二、书业经营造成诗歌选集的涌现

江湖小集以诗选而非全集的形式呈现，不仅是诗人对诗集精益求精的结果，更重要的原因是为了适应书业经营的现实需求。

古代书坊雇人写样和雕版工价均以字计，加上木板、纸墨的费用，一部书稿的刊刻发行需要投入许多成本。由于所费不赀，书坊经营者更愿意选择字书、类书、尺牍、医药、童蒙读物、儒学典籍之类需求量大的书籍作为刊刻对象。卷帙巨大而需求量小的著作进入市场流通领域是比较艰难的。同时代的另一著名书商陈思曾编纂《宝刻丛编》二十卷，佚名《宝刻丛编序》言："余嘉其志而从臾之，又授之《秦氏碑目》俾得参讨，且助其锓梓之费。"① 《宝刻丛编》虽然具有专业学术含量，但内容属于非常小众的读物，很难从中营利，幸而得到捐助才能够顺利刊行。

诗歌作为一种高雅的文学艺术，虽然在任何时候都拥有许多爱好者，但对宋代科举考试并没有实际助益。楼钥《石屏诗集序》中颇有感慨地说："唐人以诗名家者众，近时文士多而诗人少。文犹可以发身，诗虽甚工，反成屠龙之技，苟非深得

---

① 陈思：《宝刻丛编·序》，浙江古籍出版社 2012 年，第 10 页。

其趣，谁能好之?"① 可以想象得到，除非如李杜韩柳元白欧苏之流在文学史上地位崇高的大家，或者在当世文坛具有巨大影响力的名家，普通文人的集子只能在很小范围内流传，利润菲薄甚至无法营利。叶适《徐师垕广行家集定价三百》："徐照名齐贾浪仙，未多诗卷少人看。惜钱嫌贵不催买，忽到鸡林要倍难。"② 徐师垕将先人徐照的诗集刊刻并定价三百售卖，虽挟四灵之名，也被认为定价太高而罕有购买者。这个案例反映了诗集难以营利的尴尬现实。因此，陈起的书籍铺以身份地位并不显赫的当代诗人集子作为主要经营方向，是一种带有风险的做法。

陈宅书籍铺刊刻的书籍纸墨精良，追求外观形式上的美感，字体采用爽朗挺秀的柳体书法，排版采用半页十行行十八字的行款，文字疏密适中，令人赏心悦目。追求审美艺术必然增加刻书的成本，要维持书坊经营又必须追求盈利。为了解决这一矛盾，不得不在图书内容上有所限制。这就造成了其刻书的另一个特点，即图书的规模都比较小巧。刘克庄《南岳五稿》是江湖诗案之前即已刊刻的小集，每稿只有一百首。赵庚夫《山中小集》、戴复古《石屏续集》也是各百首。由此可以推测，一百首左右应该是陈起刊刻大多数小集的规模。百首左右的诗歌占用版面不多，以《石屏续集》为例，卷一有十个版

---

① 戴复古撰，金芝山点校：《戴复古诗集》，浙江古籍出版社1992年，第323页。
②《叶适集》，第135页。

页，卷二、四都是五个版页，卷三有六个版页，总共二十六版页。江湖诗以五七言律为主，每部小集只需十几到二三十版页，如此并不需要投入太多的成本，且能够缩短刊刻时间，形成较高的时效性，有助于加速诗集流通速度，售价也较为低廉①，对囊中羞涩的穷困文人不会造成购买负担。

精选的小集整体质量比全集更高，更能形成良好的影响力。《南岳稿》甫一出版便取得成功。叶绍翁《四朝闻见录》卷三《悼赵忠定诗》条载："（敖陶孙）初识南岳刘克庄，得其诗卷，曰：'所欠典实尔。'《南岳集》中诗率用事，盖取其说。后得南岳刻诗于士人陈宗之，喜而语宗之曰：'且喜潜夫已成正觉。'"② 这部诗集给刘克庄带来巨大的声誉，人们争先购买。洪天锡《后村先生墓志铭》言："时《南岳稿》、《游幕笺奏》初出，家有其书。"③ 邹登龙《寄呈后村刘编修》誉道："人竞宝藏《南岳稿》，商留金易后村编。"（《梅屋吟》）洛阳纸贵之下，作为刊刻者的陈起也从中得到不少经济收益。

刊刻当代人的诗集多少也会涉及版权问题，虽然这个时期可能还没有什么版权意识，但双方达成某种共识则是必须的。陈起如何与作者磋商刊刻事宜已不得而知，可以肯定的是，刊刻之后版片应归属于陈宅书籍铺所有，由陈起自由印卖。大多

---

① 周晋仙文璞《赠陈宗之》云："伊吾声里过年年，收拾旁行亦可怜。频嗅芸香心欲醉，为寻脉望眼应穿。哦诗苦似悲秋客，收价清于卖卜钱。吴下异书浑未就，每逢佳处辄流连。"
② 叶绍翁：《四朝闻见录》，中华书局1989年，第96页。
③《刘克庄集笺校》，第7567—7568页。

数江湖诗人为了谋生四处奔走，有时尚且难免陷入经济窘迫之境，自费出资刊刻诗集更是非常艰难，将诗集交由陈宅书籍铺刊印无疑是经济便捷的方式，即使为了符合陈宅书籍铺的刻书要求，必须将自己的作品汰去多数。

　　当诗歌商业化之后，陈宅书籍铺中的售卖情况便成为衡量诗人名声的一个重要方面。许棐《赠叶靖逸》诗云："朝士时将余俸赠，铺家传得近诗刊。"（《梅屋诗稿》）"铺家"即指陈宅书籍铺，许棐称赞叶绍翁因诗集刊刻售卖而名声更上层楼。李龏《汶阳端平诗隽序》亦言："（周弼）声腾名振，江湖人皆争先求市。"① 这里以诗集销售盛况来形容周弼声名之高。以诗歌售价作为评价诗人声名的方面，唐人已有先例。元稹《白氏长庆集序》："又鸡林贾人求市颇切，自云：'本国宰相每以百金换一篇。'"② "鸡林求市"反映了白居易诗传播之广、价格之高，后来遂将诗名称为"诗价"。张籍《送从弟彤东归》"诗价已高犹失意"，释齐己《吊杜工部坟》"域中诗价大，荒外土坟卑"，都暗用了"鸡林求市"的典故。宋人以"诗价"指诗名的情况更普遍。但在江湖诗人这里，"诗价"二字并非全是虚指，因为他们的的确确是凭借诗名谋求生活之资，名气越大，诗价越高。从这个角度便能理解他们为何接受陈氏书籍铺选汰作品的要求，精选的诗集虽不能反映诗人创作的全部面貌，却代表了他们诗歌中最优秀也最得到认可的那部

---

① 《全宋文》第 343 册，第 260 页。
② 元稹著，冀勤点校：《元稹集》，中华书局 2010 年，第 642 页。

分，对于提高诗名是很有益处的。

　　通过这些精选小集，陈宅书籍铺与江湖诗人形成商业和创作的双赢。当然，出于商业经营目的而编刊的诗集也存在比较明显的缺点。比如在校勘方面不是很仔细，有些地方存在文字讹误，并且为了追求快捷，编纂体例和选录内容方面也不十分严谨。四库馆臣在《江湖后集提要》言："惟是当时所分诸集，大抵皆同时之人。随得随刊，稍成卷帙，即别立一名以售。其分隶本无义例，故往往一人之诗而散见于数集之内。"①指出陈起编刊了许多书名不同，而内容存在明显重复的书籍。今天流传下来的江湖诗集数量不多，但仍能看出确实存在这种情况。例如《中兴群公吟稿戊集》中收录了戴复古、高翥、姜夔、严粲四人的诗歌，而陈宅书籍铺所刻戴复古《石屏续稿》、姜夔《白石道人诗集》、高翥《菊磵小集》仍然流传，内容与《群公吟稿戊集》所收互有出入。不仅如此，同集之中也有重复收录的。如《前贤小集拾遗》仅五卷，杜耒就同时出现在卷二和卷三之中。《永乐大典》保存的陈起编纂诗集更多，可能这个现象更为明显，因此四库馆臣才有这样的感慨。

三、作为特殊交流方式的诗歌汰择

　　选汰诗作的过程也是深层次的诗学交流。选家富有启发性的意见，对于诗人的自我提升能起到重要作用。方回《送俞唯

————————
① 《四库全书总目》，第 1701 页。

道序》言："有阮梅峰者，年八十余，在芜湖，索予诗稿往观，批抹圈点，有去有取，'饮若山颓无旧侣，坐如泥塑有新功'，梅峰所选。予乃大悟大进，阮、陈之力居多。"① 可惜阮秀实如何为方回去取诗作，已不得而知。

另一位江湖诗人戴复古的诸多小集均由前辈和友人襄助完成编定，堪称以诗集作为交流媒介的典型。其生前编刊的诗集有《石屏小集》、《续稿》、《三稿》、《四稿》、《五稿》等，这些陆续编刊的小集见证了他从默默无闻到名满江湖的经历。

戴复古早年离开家乡游历京城，结果一无所获。嘉定三年，他将自己创作的诗歌作品汇为一编，再次到临安拜谒新任参知政事的楼钥。楼钥为其集题辞并向都中士人推介其诗，戴复古因此得到一些声誉。巩丰《石屏诗跋》云："余顷于都中，尝见江西胡都司、杨监丞皆称其诗，盖二公导诚斋宗派，不轻许与。别去逾三年矣……嘉定七年正月甲戌栗斋巩丰。"② 从作跋时间往前推，戴复古诗在京城流传的时间正在楼钥题跋之后。因名流"印可"而获得成功的喜悦，在戴复古的诗中也有体现。《春日二首呈黄子迈大卿》云："野人何得以诗鸣，落魄骑驴走帝京。白发半头惊岁月，虚名一日动公卿。"③ 为了进一步提升诗集的质量，戴复古请巩丰为其摘句，巩丰跋云："一日，忽见过于武川村舍。袖出近作一编，款论终日。

① 《全元文》第 7 册，第 28 页。
② 《戴复古诗集》，第 328 页。
③ 《戴复古诗集》，第 149 页。

余为之废睡，挑灯熟读，仍为摘句，犹未能尽。"① 但巩丰的摘句并没有产生什么影响。

大约在嘉定十四年（1221）前后，戴复古漫游来到湖南，与提举湖南常平的赵汝说相识。赵汝说为戴复古选诗百三十首，形成《石屏小集》一编。这部小集使戴复古获得巨大声名。邹登龙《戴式之来访惠石屏小集》一诗云："诗翁香价满江湖，肯访西郊隐者居。瘦似杜陵常戴笠，狂如贾岛少骑驴。但存一路征行稿，安用诸公介绍书。篇易百金宁不售，全编遗我定交初。"（见《梅屋吟》）《石屏小集》成为戴复古四处投谒的名刺。嘉定十七年（1224）夏行至江西，他拜访了在任江西常平的赵汝谈，请他为这部小集题跋。行至上饶，戴复古又拜访了"上饶二泉"中的章泉赵蕃，请他题跋。宝庆三年（1227），戴复古拜访赵希迈，赵希迈有诗纪其事②。

绍定二年（1229），戴复古在临安拜访赵汝腾，将新作的四百篇诗稿交付于他，请他删选为另一小集。金华王元敬对赵汝腾所选诗歌存在去取上的意见，重新选录了一编。绍定四年（1231）戴复古见江东绣衣袁甫于鄱阳，袁甫综合赵、王二稿，从中摘录了百首，作为《石屏续稿》。绍定壬辰（1232）仲夏戴复古自序云："复古以朋友纵臾，收拾散稿得四百余篇，三

---

① 《戴复古诗集》，第 328 页。
② 赵希迈有诗《曩从懒庵游，辄道手择戴式之诗百篇。懒庵仙去今四年，式之忽持所译诗来过。时余卧病，辗转甦醒，果知懒庵笔削不轻，而式之负名不虚也，因赋鄙语一章以赠》。

山赵茂实、金华王元敬为删去其半，各以入其意者分为两帙，江东绣衣袁蒙斋又就其中摘取百首，俾附于《石屏小集》之后。"①　又卷一《渔父词四首》下有注："袁蒙斋元取前二首，黄鲁庵俾并录之，以见其全。"②　今存陈起刊刻的《石屏续稿》中有百首，所选《渔父词》正录前二首，可见即经赵、王、袁三人所选而成的小集，但戴复古的自序则未收入其中。

续稿之后，还有三稿、四稿，仍为友人选编而成。马金汝砺父《书石屏诗集后》（明弘治刊本《石屏诗集》卷末）称："天台布衣戴屏翁以诗鸣宋季，类多闵时忧国之作。同时赵蹈中选为《石屏小集》，袁广微选为《续集》，萧学易选为第三稿，李友山、姚希声选为第四稿上下卷，巩仲至仍为摘句云。"③　萧泰来选第三稿、李贾选第四稿上卷的具体情况不得而知，但马金汝言之凿凿，当有所据。戴复古与萧泰来相识于抚州，《石屏诗集》中与萧泰来唱和的诗歌多首。李友山即李贾，号月洲，福建光泽人，曾任渝江县尉，为著名评论家严羽的好友。戴复古与李贾相识于镇江，在昭武时又曾与李贾、严羽诗社诸人相互唱和，第四稿上卷可能就是在昭武的时候选编的。李贾长期主持地方诗社，可以想见他的诗歌鉴赏水平应该不低，因此第四稿上卷的拣选任务交与李贾乃在情理之中。

①《戴复古诗集》，第329页。
②《戴复古诗集》，第32页。
③《戴复古诗集》，第331页。

　　第四稿下卷的选录者为姚镛。姚镛为嘉定十年（1217）进士，任吉州判官，以平寇功擢守赣州，戴复古曾作《赣州上清道院呈姚雪蓬》诗。端平初，姚镛被贬衡州①，戴复古专门从闽度岭到衡阳探访姚镛。姚镛深为感动，赠诗云"万里寻迁客，三年独此人"。戴复古请姚镛为其选诗，姚镛选录了六十篇诗并作序言："式之以诗鸣江湖间垂五十年，多识前辈，晚乃与余为忘年友。余既流放，式之由闽峤度梅岭，涉西江，吊余于衡岳之阳，此意古矣。观近作一编，其于朋友故旧之情，每惓惓不能忘，至于伤时忧国，耿耿寸心，甚矣其似少陵也。忠义根于天资，学问培于诸老，故其发见非为言句而已。式之复俾铨次，不敢辞，得六十篇，为第四稿下。且效李友山摘奇左方。"② 这就是《石屏第四稿》的下卷。同年九月，戴复古将姚镛选录诗卷交与李贾，与第四稿上卷汇合刊刻。李贾题曰："石屏南归，过仆于渝江尉舍，出示雪蓬姚公所选四稿下

---

① 罗大经《鹤林玉露》卷六"骑牛诗"载："姚镛为吉州判官，以平寇论功，不数年擢守章贡。为人豪隽，喜作诗，自号雪蓬。尝令画工肖其像：骑牛于涧谷之间。索郡人赵东野题诗，东野题云：'骑牛无笠又无蓑，断陇横冈到处过。暖日暄风不常有，前村雨暗却如何。'盖规切之也。居无何，忤帅臣，以贪劾之。时端平更化之初，施行特重，贬衡阳，人皆服东野之先见。"韦居安《梅磵诗话》卷下："雪蓬姚镛希声，越上人。嘉定丁丑登进士第。余绍定己丑侍亲司警吉之太和，时雪蓬为元幕，尝识之。端平初守章贡，因风闻得罪，谪衡山。有吟稿行于世，集中警句颇多。"其实具体时间和事件缘由在刘克庄《忠肃陈观文神道碑》中有详载："（绍定六年）九月抵豫章，以盗贼起于贪吏，奏赣守姚镛兴国守王相，御笔各降五官安置。"又据周密《浩然斋雅谈》卷中所载，这次谪居安置直到端平丁酉（1237）才得自便。
② 《戴复古诗集》，第328页。

卷，仆永歌不足，并入梓以全其璧。"①

明正德年间，十世孙戴镛编刊《石屏诗集》，据他所称家中还有刻本第五稿上下卷②。《中兴群公吟稿戊集》中存戴复古诗三卷一百三十首，数量虽同《石屏小集》，但其中有些诗歌乃是后来所作，而且多有与《石屏续稿》相同之作，可以断定并非赵汝说所选的《小集》。戴复古还曾经刊刻过一部《石屏后集》。侄孙戴昺有《石屏后集锓梓敬呈屏翁》言："新刊后稿又千首，近日江湖谁有之？妙似豫章前集语，老于夔府后来诗。梅深岁月枝逾古，菊饱风霜色转奇。要洗晚唐还大雅，愿扬宗旨破群痴。"③ 此数种集子的成书时间无迹可考，亦未详为何人选编。

戴复古生前刊刻的诗稿几乎都是选集。在漫游江湖的过程中，戴复古总是随身携带诗集，每到一地即请求当地名人题跋作序，此举并不只是普通意义上的行卷，而更接近于主动寻求交流。戴复古自书其集云："明珠纯玉，万口称好，无可拣择，是为至宝。凡物之可上可下，随人好恶而为之去取者，断非奇货。"④ 这反映了他不断提升诗艺的愿望。通过请求前辈和友人代为选诗，戴复古与其他诗人形成更为密切的关联。在广泛

---

① 《戴复古诗集》，第 327 页。

② 戴镛跋云："天顺初，家君恬隐先生重录小集并续集为一帙，家兄安州守潜勉先生捡故箧，复得刻本后集第四稿下卷，并第五稿上下二卷，镛亦于藏书家得律诗数十篇。"这是明刊本《石屏诗集》的内容。由于汇聚众稿重新编次，原来各稿面貌已难详悉。第三稿、第四稿上卷至此亦已亡佚。

③ 《戴复古诗集》附录一《戴东野诗》，第 271 页。

④ 《戴复古诗集》附录二《传记、书考、序跋、题咏、诗评》，第 329 页。

游历和深入交流的过程中，戴复古的诗歌水平得到明显提高，从而成为成就卓著的江湖诗人。方岳《书戴式之诗卷》序中不无羡慕地说："石屏游诸老间早，得诗名又早，诸老凋谢，独石屏岿然鲁灵光耳。"①　戴复古成名的途径对于其他江湖诗人具有借鉴意义。

四、江湖诗人选诗的旨趣与影响

请求名家代选诗文更能显出诚恳讨教的态度，但同时也对选家提出更高的要求，因为需要比较全部诗歌之后才能从中精选部分诗作，不像一般的品题那样可以敷衍了事。从另一角度来看，一部经过名流印正的诗集，有了名家声望和审美力的加持，其艺术水平无疑更值得信赖。

名家选诗时更偏向于择取那些契合自己审美理念的作品。叶适倡导诗学，主要出于对二程、朱熹为代表的理学家"作文害道"说的不满。周密《浩然斋雅谈》卷上："宋之文治虽盛，然诸老率崇性理、卑艺文。朱氏主程而抑苏，吕氏《文鉴》去取多朱意，故文字多遗落者，极可惜。水心叶氏云：'洛学兴而文字坏。'至哉言乎！"②　四灵生活在尤杨范陆诸名家相继离世，诗坛渐入寂寥的南宋中叶，他们"厌傍江西篱落"，摒弃江西诗人"以文字为诗，以才学为诗，以议论为

---

① 方岳著：《秋崖诗词校注》，黄山书社1998年，第232页。
② 周密著：《浩然斋雅谈》，第20页。

诗"的做法，转而效仿中晚唐诗歌，以律绝为主，专从生活情境入手，灵动鲜活，清新自然。四灵论诗谓："昔人以浮声切响单字只句计巧拙，盖风骚之至精也。近世乃连篇累牍，汗漫而无禁，岂能名家哉！"①（叶适《徐文渊墓志铭》）此论正与叶适的诗歌理念深相契合，因此叶适大力鼓吹四灵的诗歌，奉为诗坛发展的方向。《题刘潜夫南岳诗稿》云："往岁徐道晖诸人，摆落近世诗律，敛情约性，因狭出奇，合于唐人，夸所未有，皆自号四灵云。"② 开禧三年（1207）叶适奉祠回永嘉之后，编录《四灵诗选》共五百篇，有效地扩大了四灵的影响力。

刘克庄以其卓越的才力和审美眼光岿然独立于晚宋诗坛。他编选了至少八部影响很大的诗选③，其中之一为《江西诗派选》。南宋初期吕本中《江西诗社宗派图》模拟佛教宗派建立江西诗派的谱系，后江西巡抚程叔达汇聚文献，编纂《江西诗派》一百三十七卷、《续派》十三卷（《宋史艺文志》作"吕本中《江西宗派诗集》一百十五卷，曾纮《江西续宗派诗集》二卷），辑录黄庭坚以下二十五家④。刘克庄编《江西诗派选》

① 叶适著，刘公纯等点校：《叶适集》，中华书局2010年，第410页。
②《叶适集》，第611页。
③ 侯体健：《刘克庄的文学世界》，第243页。
④《书录解题》载为"三十五家"，《象山集》有《答江西程帅叔达惠新刊江西诗派札子》，程帅所刻，凡二十家。杨万里《序》称"于是以谢幼槃之孙源所刻石本自山谷外凡二十有五家汇而刻之于学宫"，可见此集与《宗派图》人数相侔，当是据《宗派图》所揭名录汇编。

"以便观览"，纠正了过去吕本中《宗派图》中的人物排序。①
并选《茶山诚斋诗选》以续《江西诗派选》，增入曾几、杨万
里的诗②，完善了江西诗派的人物谱系。从这两部选集可以看
出，他对于诗选的价值有透彻的认识。

在晚唐体、四灵体盛行之时，刘克庄也浸染风习，对律诗
和绝句表现出很高的兴趣。他曾选录唐、宋诗绝句各百首刊行
于世。《唐人绝句选》在福建泉州、建阳和浙江杭州等地都有
刊刻，可见其受欢迎的程度。在这部唐人绝句诗选中，他有意
关注流传数量少、艺术水平高的作者，而忽视了一些大家。
《跋宋氏绝句诗》言："元、白绝句最多，白止取三二首，元
止取五言一首。惟窦氏兄弟曰群，曰牟，曰巩，所作极少，然
皆可存。"③ 因为这样，后来出于弥补偏失，他又选了续集。
《唐绝句续选序》言："余尝选唐绝句诗，既板行于莆、于建、

---

① 此选已佚，《江西诗派序·总序》载："吕紫微作《江西宗派》，自山谷而
下凡二十六人，内何人表颙、潘仲达大观有姓名而无诗，诗存者凡二十四家。
王直方诗绝少，无可采，余二十三家部帙稍多。今取其全篇佳者，或一联一句
可讽咏者，或对偶工者，各著于编，以便观览。派中如陈后山彭城人，韩子苍
陵阳人，潘邠老黄州人，夏均父、二林蕲人，晁叔用、江子之开封人，李商老
南康人，祖可京口人，高子勉京西人，非皆江西人也。同时如曾文靖乃赣人，
又与紫微公以诗往还而不入派，不知紫微去取之意云何，惜当日无人以此叩
之。后来诚斋出，真得所谓活法，所谓流转圆美如弹丸者，恨紫微公不及见
耳。派诗旧本以东莱居后山上，非也。今以继宗派，庶几不失紫微公初意。"
② 刘克庄《茶山诚斋诗选》："余既以吕紫微附宗派之后，或曰：派诗止此
乎？余曰：非也。曾茶山赣人，杨诚斋吉人，皆中兴大家数。比之禅学，山谷
初祖也，吕曾南北二宗也，诚斋稍后出，临济德山也。初祖而下，止是言句，
至棒喝出，尤径捷矣。故又以二家续紫微之后。"参见《刘克庄集笺校》，第
4103 页。
③《刘克庄集笺校》，第4221 页。

于杭，后十余年，觉前选太严而名作多所遗落。……乃汇诸家五七言，各再取百首，名《续选》。"① 但这部续选的内容已不得而知。

刘克庄为赵庚夫选录《山中集》和《别集》也明显地体现了不同阶段的审美趣味。嘉定十二年（1219）他应赵时愿所请从赵庚夫诗中选录《山中集》，其时正值四灵及晚唐诗风盛行，故所选《山中集》百首纯为律体。宝祐二年（1254），刘克庄再次为赵庚夫选诗。《山名（中）别集序》言："余益衰老，从时愿求仲白遗稿，熟复喟然而叹曰：'天乎！余之有罪也。盖《国风》、《骚》、《选》，不主一体，至沈、谢始拘平仄，诗之变，诗之衰也。仲白之志，常欲归齐梁，而返建安黄初，蜕晚唐而追开元、大历，于古体寓其高远，于大篇发其精博，于短韦穷其要眇。《雪夜感兴》等作，咄咄逼子昂、太白，顾专取律体，而使仲白之高远者、精博者皆不行于世，所谓要眇者，又多以小疵遗落。天乎！余之有罪也。'乃杂取百篇为别集，以志余过。凡仲白集外之弃余，皆它人卷中之警策也。初选余年三十三，再选六十八矣。"② 这段话中不仅包含对赵庚夫诗歌认识的变化，更是对自己早期选诗只重律体的反省和懊悔。遗憾的是，刘克庄汰选的各集都已亡佚，无从进行更深入的研究。

在四灵诗风流行的晚宋时期，还有许多诗人不满足于追随

---

① 《全宋文》第 329 册，第 142 页。
② 《刘克庄集笺校》，第 4044—4045 页。

晚唐诗人。为戴复古选录《石屏诗集》的赵汝谠即其中之一。
戴复古对赵汝谠的诗学修养极为推崇，曾谓"懒庵古诗得曹谢
韦陶之体，律则步骤杜工部，其议论高绝一世，极靳于许
可"①。赵汝谠果然不负所望，所选录的《石屏小集》兼备众
体而不局限于律诗，获得诗坛的一致好评。赵汝谈序云："式
之与蹈中弟齐年，而又俱喜为诗。式之谓蹈中有高鉴，尽出其
平生所作使之择焉。得百余首，此编是也。余读之竟，见式之
才果清放，弟识亦甚精到，皆非朽拙所能逮者。"② 倪祖义序
云："作诗难，选诗尤难，多爱则泛，过遴则遗逸。懒庵为石
屏戴式之摘取百余篇，兼备众体，精矣。章泉所拈出，则其尤
精而汰者也。"③ 赵汝腾序曰："戴石屏之诗有楼攻媿先生之序
文、诸名公巨贤之品题，不患不传远也。赵懒庵为选其尤者别
为小集，乃命仆为此序，无乃以非人为赘耶！懒庵于诗少许
可，韦、陶之外，虽辋川、柳州集，犹有所择，今于石屏诗取
至百三十首，非其机有契合者乎？……石屏之诗，平而尚理，
工不求异，雕镂而气全，英拔而味远，玩之流丽而情不肆，即
之冲淡而语多警。懒庵之选，其旨深矣。"④ 以上序文无不在
称扬作者的同时，对选家的眼光也大加赞美。

　　对江湖诗极为不满的方回，也不得不承认这部小集选录得
很成功。《瀛奎律髓》卷二十《梅》评语云：

---

① 《戴复古诗集》，第 329 页。
② 《戴复古诗集》，第 325 页。
③ 《戴复古诗集》，第 326 页。
④ 《戴复古诗集》，第 321 页。

> 《石屏小集》诗百余首，赵懒庵汝谠字蹈中所选也。蹈中诗至中年不为律体，独喜为选体，有三谢、韦、柳之风。其所取石屏诗，殆亦庶矣。蹈中兄曰南塘汝谈，字履常，诗文俱高，尤精四六跋语，颇亦不满于石屏之诗，一言以蔽之，曰轻俗而已，盖根本浅也。①

这里批评戴复古诗歌流于轻俗，至谓《石屏小集》之所以能够成功，乃仰仗赵汝谠高超的审美眼光，并借用赵汝谈评语贬低戴复古诗歌的整体艺术水平。方回似乎没有意识到一个问题：诚然因为赵汝谠眼光独到，才能够不拘晚唐律体之限，从石屏诗中选出水平较高的部分，但若非戴复古诗作达到一定水准，赵汝谠又如何能为无米之炊，选出《石屏小集》呢？因为根深蒂固的偏见而过分强调赵汝谠的作用，未免就倒果为因了。

不过，方回有一点理解是对的，一部用心良苦的诗选不仅反映所选诗人的创作水平，而且体现选家的审美眼光；汰选诗歌是选家对诗人的重塑，隐含了选家对诗风的某种态度，这种过滤完全可以视为诗集的"再创作"。从大多数江湖小集的选汰结果，可以看出晚宋诗人具有多向度的诗学追求，并不完全是晚唐诗风的追随者。

---

① 《瀛奎律髓汇评》，第841页。

第四章

《南宋群贤小集》的汇聚与流传

第一节　宋刊本《南宋群贤小集》的文献性质①

现藏于台北"国家图书馆"的宋刊本《南宋群贤小集》，凡九十五卷六十册五十八家②，所收诗人除了戴复古、刘过、高翥之外，几乎都没有全集或其他集子流传。这宗南宋诗人小集在宋元明时期并未见诸著录和引用，从明末清初开始出现以后，迅速引起学者的重视，在学者和藏书家中广泛传抄，从而产生了多达

① 清代以来流传的各种以"南宋群贤小集"、"群贤小集"、"宋人小集"、"江湖小集"命名的宋人小集辑本，因为这些钞本宋人小集皆源出于宋刊本宋人小集，而这宗宋刊本宋人小集原本没有总题书名，台北艺文印书馆于民国六十一年（1972）影印出版，题为"南宋群贤小集"，为了方便称呼，仍用其名。又各种宋人小集辑本所收家数多寡不一，因此以下用"数十家"的模糊之数。

② 诸家统计方式不同，所得数目亦不一致。顾廷龙先生《南宋书棚本〈江湖小集〉经眼记》（《顾廷龙文集》，上海科技文献出版社2002年，第487—492页）中计为五十六家，未将陈起《增广圣宋高僧诗选》、《前贤小集拾遗》计入，今从吴焯汇编本，将此二种均各计为一家。

数十种的名为"南宋群贤小集"、"群贤小集"、"宋人小集"、"江湖小集"的钞本形式宋人小集辑本。这些宋人小集辑本所收小集主体内容大致相近，但数量略有变化。过去由于对《南宋群贤小集》的来源和性质认识不清，产生了许多误解，有的误解经过几代学者的考辨已经得以纠正，有的误解仍在以讹传讹，混淆对宋诗文献和宋代诗史的认识。有鉴于此，本文拟对宋刊本《南宋群贤小集》的产生、流传和运用进行系统考证，希望从根源上揭示一些长期存在的问题。

一、宋刊本《南宋群贤小集》的版本构成

流传下来的数十种以"南宋群贤小集"、"群贤小集"、"宋人小集"、"江湖小集"等为名的钞本形式的宋人小集辑本，都是直接或间接地源自一宗宋刊本宋人小集。这宗宋刊本宋人小集的名录如下：

邓林《皇荂曲》一卷、胡仲参《竹庄小稿》一卷、高翥《菊磵小集》一卷、高似孙《疏寮小集》一卷、刘翰《小山集》一卷、林尚仁《端隐吟稿》一卷、张良臣《雪窗小集》一卷、俞桂《渔溪诗稿》二卷《渔溪乙稿》一卷、张弋《秋江烟草》一卷、叶绍翁《靖逸小集》一卷、陈必复《山居存稿》一卷、危稹《巽斋小集》一卷、葛起耕《桧庭吟稿》一卷、李涛《蒙泉诗稿》一卷、余观复《北窗诗稿》一卷、释斯植《采芝集》一卷《采芝续集》一卷、

沈说《庸斋小集》一卷、陈鉴之《东斋小集》一卷、刘仙伦《招山小集》一卷、杜旃《癖斋小集》一卷、施枢《芸隐横舟稿》一卷《芸隐倦游稿》一卷、吴汝弋《云卧诗集》一卷、毛珝《吾竹小稿》一卷、许棐《梅屋诗稿》一卷《融春小缀》一卷《梅屋三稿》一卷《梅屋四稿》一卷《梅屋诗余》一卷、王同祖《学诗初稿》一卷、姜夔《白石道人诗》一卷《诗说》一卷、葛天民《无怀小集》一卷、张蕴《斗野支稿》一卷、吴仲孚《菊潭诗集》一卷、戴复古《石屏续集》四卷《长短句》一卷、林希逸《竹溪十一稿诗选》一卷、敖陶孙《臞翁诗集》二卷、邹登龙《梅屋吟》一卷、赵希榕《抱拙小稿》一卷、朱继芳《静佳乙稿》一卷《静佳龙寻稿》一卷、薛嵎《云泉诗》一卷、刘过《龙洲集》一卷、刘翼《心游摘稿》一卷、黄文雷《看云小集》一卷、叶茵《顺适堂吟稿》五卷、徐集孙《竹所吟稿》一卷、赵崇鉘《鸥渚微吟》一卷、黄大受《露香拾稿》一卷、武衍《适安藏拙余稿》一卷《适安藏拙乙稿》一卷、陈允平《西麓诗稿》一卷、王琮《雅林小稿》一卷、朱南杰《学吟》一卷、利登《骸稿》一卷、姚镛《雪蓬稿》一卷、何应龙《橘潭诗稿》一卷、周文璞《方泉先生诗集》三卷、陈起《芸居乙稿》一卷、释永颐《云泉诗集》一卷、李龏《剪绡集》二卷《梅花衲》一卷、林同《孝诗》一卷、释绍嵩《亚愚江浙纪行集句诗》七卷、陈起《前贤小集拾遗》五卷。

这宗宋刊本宋人小集的版本构成非常混乱，民国时期吴庠先生已经指出："棚本皆每半页十行，每行十八字。楝亭藏本中有四家，版刻不同。"① 罗鹭先生对这宗宋刊本宋人小集的版本构成进行系统调查，指出其中包含"有陈宅（解元）书籍铺牌记，且行款为十行十八字者十三种"，"无陈宅（解元）书籍铺牌记，但行款为十行十八字者三十八种"，"无陈宅（解元）书籍铺牌记，且行款不是十行十八字者七种"。这七种版式行款不同的小集中，《学诗初稿》、《亚愚江浙纪行集句诗》、《学吟》和《方泉先生诗集》等四种有充分的证据可以证明不是陈宅书籍铺刊本②。换言之，这宗宋刊本宋人小集的版本来源不一，混杂着陈宅书籍铺刊本宋人小集和非陈宅书籍铺刊本宋人小集。

为什么会造成这种情况，应该如何认识这宗宋人小集的文献性质和文献价值呢？胡念贻先生认为这是因为陈起编书时收入了同时代其他人刊刻的集子③。费君清先生则认为江湖诗集是宋元时期藏书家摭拾旧本，将不同时期、地点刊刻的江湖诗人小集汇聚成编④；罗鹭先生提出两种可能性：一是明末清初藏书家汇编

---

① 吴庠：《南宋书棚本江湖群贤小集记略》，《国立中央图书馆馆刊》，1947年第2期，第9—12页。
② 罗鹭：《宋刻〈南宋群贤小集〉版本发微》，《古典文献研究》第十七辑下卷，凤凰出版社2015年6月。
③ 胡念贻：《南宋〈江湖前、后、续集〉的编纂和流传》，《文史》第十六辑。
④ 费君清先生认为《江湖小集》并非陈起编刻《江湖集》，言："在南宋乃至元明时期都从未见到过《江湖小集》的原本和关于它的任何记载，《江湖小集》的真正出现是在清朝乾隆年间，四库馆臣未加详察，张冠李戴地把后来才出现的《江湖小集》与南宋陈起《江湖集》混淆起来了。"《论江湖集的历史真相》，第460—462页。案：胡、费二人皆未见过宋刊本《南宋群贤小集》，据以分析的是间接源自宋刊本《南宋群贤小集》的四库本《江湖小集》，观点同样适用于宋刊本《南宋群贤小集》。

《南宋群贤小集》时，混入了嘉熙元年僧奉直刊本《江浙纪行集句诗》等少数其他地区刊刻的诗集；二是《江浙纪行集句诗》等行款不同的其他地区刻本，没有在临安府翻刻，宋元时期的藏书家将不同时期和地点的宋刻江湖小集汇聚一起，编成《江湖前、后、续集》①。罗先生所言第二种可能性比较接近费先生的看法。

以上推论都能够解释宋刊本《南宋群贤小集》版本来源混乱的原因，但哪种解释更接近历史真相，则仍需进一步探讨。陈起编书的目的在于刊售，其稿源中也有采用前人集子的情况，通常并非照旧本翻刻，而是从中精选部分作品形成新的小集，并且按照"十行十八字"的行款重刻，不可能照着原本的排版风格。因此，认为陈起直接将他人刊刻的小集编入这一说法是不能成立的。

江湖诸集早已亡佚，引录江湖诗集最夥的《永乐大典》也仅存不到百分之五，要完全得悉江湖诗集的原貌已不可能。但是，《永乐大典》残卷中引用有《中兴江湖集》、《江湖前集》、《江湖后集》、《江湖续集》、《江湖前贤小集》、《前贤小集拾遗》等多种江湖诗集，杨士奇《文渊阁书目》著录有"《中兴江湖集》"三部，晁瑮《晁氏宝文堂书目》著录有"《江湖前、后、续集》宋刻"和"《中兴江湖集》"，从明代的文献记载和引用情况来看，陈起曾经编刊一系列系统、完足的江湖诗集，这是不容否定的。

① 罗鹭：《宋刻〈南宋群贤小集〉版本发微》。

明代中期以后江湖诗集不再见于著录，巧合的是，在江湖诗集失传之后不久，就出现了这宗宋刊本《南宋群贤小集》。由于这宗宋刊本宋人小集中有不少小集明确标示为"临安府棚北大街睦亲坊陈宅书籍铺印行"（各集的表述略有不同），小集名称又能够和《永乐大典》所引江湖诗集中的小集名称对应，所以长期以来人们把这宗宋刊本宋人小集及其衍生的钞本宋人小集等同于江湖诗集，以致不能够客观地认识两者之间的关系。

实际上，江湖诗集虽然已经亡佚，但根据《永乐大典》残卷所引，其中有些诗集如《江湖前贤小集》、《江湖后集》、《江湖续集》乃以小集汇编形式构成，这说明宋刊本《南宋群贤小集》中包含了部分从江湖诗集中散出的零册，是完全可能的。

从这部宋刊本的外在形态来看，其版式都是半叶十行，行十八字，上下单栏，四周双栏。小集版心上单鱼尾下题集名，题名往往较为简略，例如《巽斋小集》仅题"巽斋"二字，《菊磵小集》仅题"高"字（以其作者为高翥），《梅屋吟》仅题"梅屋"，《北窗小稿》仅题"北窗"，《鸥渚微吟》仅题"鸥渚"，《雅林小稿》仅题"雅林"，《菊潭诗集》仅题"菊潭"，《芸隐倦游稿》仅题"芸隐"，《芸隐横舟稿》仅题"舟"字……再从这些小集收录的内容来看，规模大小不一，有的甚至只有数页。如陈必复《山居存稿》仅收诗二十八首，总共六页；刘翼《心游摘稿》仅收诗十九首，加上林希逸序总共五页；李涛《蒙泉诗稿》仅收诗二十四首，总共六页；林逢吉《巽斋小集》仅收诗二十四首，总共六页……这些方面都显示出这些小集似乎不是单刻流传，而应该与其他小集合编在一起。

　　将宋刊本《南宋群贤小集》与《永乐大典》残卷所载江湖诗集进行对比，也可以看出两者之间的关系。《永乐大典》卷2405引"《江湖续集》刊（当作"邛"）州张蕴仁溥：兼味醒酮外……"，这首诗是《斗野稿支卷》中的《酥》，宋刊本《斗野稿支卷》卷端作者题名正作"邛州张蕴仁溥"，同于《永乐大典》所引；又《永乐大典》卷13993引"《江湖续集》建安朱继芳季实《次韵桥亭禊饮是处》"，此诗出于《静佳乙稿》，而宋刊本《静佳乙稿》卷端作者题名作"建安朱继芳季实"；又《永乐大典》卷3580引"《江湖续集》临江邓林性之《桂村》"，此诗出于《皇莘曲》，而宋刊本《皇莘曲》卷端作者题名作"临江邓林性之"；又《永乐大典》卷2266引"《江湖续集》柯山毛玥元白《石湖》"，此诗出于《吾竹小稿》，宋刊本《吾竹小稿》卷端题作者为"柯山毛玥元白"……这些说明流传至今的宋刊本小集正是《永乐大典》据以抄录的江湖诗集内容。

　　当然，也有许多不一样之处。例如，同样出自《江湖续集》所收之《斗野稿支卷》，《永乐大典》卷3005引作"《江湖续集》张蕴：丹阳道中流寓人……"，作者题名方式较为简略。宋刊本释斯植《采芝集》卷端题作者为"芳庭斯植"、《采芝集续卷》卷端题作者为"芳庭斯植建中"，而《永乐大典》中有的引作"芳庭斯植"，有的引作"芳庭"，有的引作"斯植"，各有所省略。宋刊本《云泉诗》卷端题名为"廉村薛嵎仲止"，而《永乐大典》中引作"廉村薛嵎"、"薛嵎"。宋刊本《适安藏拙余稿》卷端题名为"古汴武衍朝宗"，而《永乐大典》中引作"古汴武衍"、"武衍"，皆是依据宋刊本而有所省略。这些差异是由于《永乐大典》不同卷的抄写规范不一致，而非引用底本有不同来源。

宋刊本《南宋群贤小集》中包含了江湖诗集散出的零册，但将宋刊本《南宋群贤小集》等同于江湖诗集，则是一种误解。

宋刊本《南宋群贤小集》收入释绍嵩《江浙纪行集句诗》，卷首有自序言："（永上人）力请至再至三，又至于四，遂发囊与其编录，得三百七十六首，厘为七卷，题曰《江浙纪行》以遗之。"此集之序言、版式、卷末牌记"嘉熙改元丁酉良月师孙奉直命刊行"，种种皆显示并非出于陈起刊刻。《永乐大典》残卷中所引江湖诗集中亦收入这部小集，仔细对比不难看出两者的差异。宋刊本《南宋群贤小集》中的《江浙纪行集句诗》卷端题名为"亚愚江浙纪行集句诗，庐陵沙门绍嵩"，而根据《永乐大典》的抄写体例，完整的引用顺序当为"总集名称+作者+小集名称+诗歌标题+诗歌正文"，如果现传宋刊本《江浙纪行集句诗》即从江湖诗集散出的零册，那么《永乐大典》所引当抄作"江湖某集+庐陵沙门绍嵩+亚愚江浙纪行集句诗+诗歌标题+诗歌正文"。但我们翻检《永乐大典》，发现卷903所引为"《江湖集》沙门绍嵩亚愚《口占二首》"、卷7962载为"《江湖续集》沙门绍嵩亚愚《江浙纪行集句诗·西兴遣闷》"、卷11000引作"《江湖续集》沙门绍嵩亚愚《途次……之都城》"，尽管诸卷抄写严谨程度不一，但据以上引文（特别是卷7962引文）可以推断，《永乐大典》抄写者所见《江浙纪行集句诗》卷端题名方式应为"江浙纪行集句诗，沙门绍嵩亚愚"。也就是说，今传宋刊本《江浙纪行集句诗》并非《永乐大典》抄写者所见《江湖

续集》中的《江浙纪行集句诗》；宋刊本《南宋群贤小集》中陈
宅书籍铺刊本宋人小集与非陈宅书籍铺刊本宋人小集混杂的情
况，只能是明代后期藏书家所为。

完整的江湖诗集被拆开分装成零册流传，明确标示江湖诗集
信息的有关诗卷被有意舍弃，仅保存能够形成独立小集的部分；
各家宋人小集变成一个个完整的小单元之后，江湖诗集的影子趋
于模糊，藏书家很难将这宗宋人小集和江湖诗集联系起来。江湖
诗集被分拆成一系列宋人小集之后，更容易分散流入不同藏家手
中，难以再重新汇聚到一起；而在不以重辑江湖诗集为目标的藏
家那里，作为江湖诗集零册的宋人小集可能与其他单刻流传的宋
人集子混编在一起，从而使辑本内容变得混乱而复杂。这是宋刊
本《南宋群贤小集》中存在江湖诗集散出零册，却又混杂着非
陈宅书籍铺刊本小集的原因。

讨论至此，还有一点需要指出，其余几种版式不同的小集虽
非陈起刊刻，并不意味着《江湖前、后、续集》中没有刊入，
四库本《江湖后集》所辑周文璞八首佚诗中有的已见《方泉诗
集》，王同祖、朱南杰诗也分别见于《永乐大典》卷 8628、卷
903 所引《江湖集》中，说明《永乐大典》引用的江湖诗集中
确包含了周文璞、王同祖、朱南杰的诗集，这些诗集在宋代当不
止一刻。

二、《南宋群贤小集》并非系统、完足的辑本

与四库本《江湖小集》一样，这宗宋刊本宋人小集被题名

《南宋群贤小集》并著录为"陈起编",成了拥有书名和作者的汇编本,这很容易使人对其性质产生误解。实际上,这宗宋刊本宋人小集从出现以来就是开放、混杂、无序的状态,从来就没有形成系统、完足的整体。

明末汲古阁主人毛晋是目前所知最早传抄这宗小集的藏书家。现藏于上海图书馆的《汲古阁影钞南宋六十家小集》与宋刊本《南宋群贤小集》重合的小集有五十三家①。汲古阁影钞本的抄写质量非常高,不仅字体笔法极为近似,版式行款也是完全一致。

从外观形态上看,吴焯曾言宋刊本"并无序目可考,板样亦参差不齐",吴庠、罗鹭皆曾统计版式参差的小集名录,凡七种:王同祖《学诗初稿》行款版式为"每半叶八行十六字、白口、四周双边、双黑鱼尾";释绍嵩《亚愚江浙纪行集句诗》行款版式为"每半叶八行十六字、白口、左右双边、双黑鱼尾";朱南杰《学吟》行款版式为"每半叶八行十六字、白口、左右双边,单黑鱼尾";周文璞《方泉先生诗集》行款版式为"每半叶八行十五字、白口、四周双边、双黑鱼尾";叶茵《顺适堂吟

① 清代宣统纪元(1909)邓邦述从书友谭笃生处得到这部《汲古阁影钞南宋六十家小集》,跋言:"此五十巨册皆据南宋书棚本影钞。内有陈解元书铺印行木记约十四五处,亦有版式疏阔或原有缺叶至十叶者,悉仍其旧,无窜改臆断之习。乃至序后图印亦俱摹写酷肖,令人一见辄疑为原板初印,不知出于写官,技能工巧至此而极。……此五十册未可遽云完帙,但确从刻本移写,不失庐山真面,与宋本只隔一尘,与他家著录传钞之本不可同年而语矣。"这部丛刊经邓邦述鉴定,确为影宋钞本。后来陈立炎借邓邦述此书,上海古书流通处于民国十年影印刊行,民国十一年另加鲍廷博所辑《南宋八家诗》刊行。《汲古阁影宋钞南宋群贤六十家小集》,今藏于上海图书馆。

稿》甲、乙、丙三集行款版式为"每半叶十行十八字、白口、左右双边、单黑鱼尾",与陈起刻书相同,而丁、戊二集行款则为"每半叶九行十八字、白口、左右双边、单黑鱼尾";薛嵎《云泉诗》行款版式为"每半叶九行十七字、白口、左右双边、双黑鱼尾";黄文雷《看云小集》行款为"每半叶十行十六字、白口、左右双边、单黑鱼尾"。对比宋刊本《南宋群贤小集》和《汲古阁影钞南宋六十家小集》,不难发现,汲古阁影钞本中未收释绍嵩《江浙纪行集句诗》,其余小集的版式行款悉同于宋刊本《南宋群贤小集》,可见宋刊本《南宋群贤小集》正是汲古阁影钞本的底本。

再从佚失和残损的情况来看。现存宋刊本《南宋群贤小集》中出现多处佚失和残损,如宋刊本《安晚堂诗集》原有十二卷,此本仅存第六到第十二卷,前面五卷已经不存,而汲古阁影钞本也是阙前五卷;又宋刊本《芸隐横舟稿》施枢自序云有诗百二十题,但今本中仅存七十三题七十七首,其第十页之后紧接第廿一页,中间佚去十页,而汲古阁影钞本阙抄数量相等;又宋刊本《云卧诗集》仅存三叶,其后应该有所佚失,而汲古阁影钞本也完全一样;又宋刊本《雪蓬稿》最后半叶纸张破损,导致《通交代康尉启》一文存在缺字,而汲古阁影钞本在相同的地方也存在阙字。以上都可以证明,汲古阁影钞宋人小集所依据的底本就是宋刊本《南宋群贤小集》。

宋刊本《南宋群贤小集》中没有毛晋藏书印记,曾有学者以此质疑并非毛晋所藏,汲古阁影钞本并非直接出自宋刊本

《南宋群贤小集》①。然毛晋是否在所有藏书上都钤印，难以证明，即使这宗小集不是出自毛晋所藏，也不能否定汲古阁钞本与这宗宋刊本小集之间的关系。因为汲古阁影钞本未必都是以毛晋自己的藏书为底本。毛扆《汲古阁珍藏秘本书目》载："《国语》五本一套，从绛云楼北宋板影写，与世本大异。"又："《李太白集》四本，从绛云楼北宋板觅旧纸延冯窦伯影抄。"又："《战国策》三本，从绛云楼北宋本影写。"以上几部书都是以钱谦益绛云楼所藏宋本为底本影钞，还有一些影钞本的底本藏家连毛扆都不知道，如："《杜工部集》十本，先君当年借得宋板影抄一部，谓扆曰：'世行杜集几十种，必以此本为祖。'……不知先君当年从何处借来，今乃重入余手，得成全书，岂非厚幸？"既然汲古阁影钞本的底本并非全部出自毛晋自己藏书，那么这部宋刊本宋人小集上没有毛晋的藏书印也能理解了，很可能是毛晋从别的藏家那里借来的。

---

① 邓邦述《汲古阁影钞南宋六十家小集序》认为《汲古阁影钞南宋六十家小集》是以宋刊本《南宋群贤小集》为底本，但顾廷龙《南宋书棚本〈江湖小集〉经眼记》中反对邓邦述说法，云："邓氏群碧楼曾藏汲古合景宋钞《南宋群贤六十家小集》，初皆以为必从刻本出者，今观姚镛《雪蓬稿》叶十六后半幅行四第二字钞本缺，刻本尚存'隐'字。同叶行五第十四字钞本缺，刻本尚存'鹝'字。此叶系原本纸损，非板漫漶，故可证明景宋本皆从此出，毛钞则又辗转传写而来。并可知毛子晋于刻本未及寓目，书中未有毛氏一印，亦可证也。"顾先生认为宋刊本《雪蓬稿》末页第四行"隐"字和第五行"鹝"字皆为汲古阁影钞本所无，因此汲古阁影钞本并非直接源出于刊本。但宋刊本上这两个字都模糊不清，如非加以揣测根本无法辨认，如顾先生所举的"鹝"字，曾以宋刊本校过的吴焯钞本中即作"鷢"字，可见此处确实已破损难以辨认，影钞者在不能确定其文字的情况下阙抄是很有可能的，不足以成为否定汲古阁影钞本出自这宗宋刊本宋人小集的依据。

　　需要指出的是，《汲古阁影钞南宋六十家小集》的底本来源并不限于宋刊本《南宋群贤小集》。《汲古阁影钞南宋六十家小集》有而宋刊本《南宋群贤小集》没有的凡七家：郑清之《安晚堂诗集》、赵汝鐩《野谷诗稿》、周弼《端平诗隽》、张至龙《雪林删余》、罗与之《雪坡小稿》、宋伯仁《雪岩吟草》、岳珂《棠湖诗稿》，此外汲古阁钞本戴复古《石屏续集》附有《石屏长短句》、许棐《梅屋诗稿》附有《梅屋诗余》，此二种亦不见于宋刊本《南宋群贤小集》。以上小集中，《棠湖诗稿》、《石屏长短句》、《梅屋诗余》等三家是出自毛晋自己收藏的宋刊本。毛扆《汲古阁珍藏秘本书目·集部》载："宋板岳倦翁《宫词》（即《棠湖诗稿》）、宋板《石屏词》、许棐《梅屋词》，二本合一套，藏经纸面。许、岳二家人间绝无，石屏比世行本不同，一校便知。"宋刊本《棠湖诗稿》现藏于天津图书馆，根据书内钤印，此本为毛晋、钱福胙所递藏。大宗的宋刊本《南宋群贤小集》中，每家宋人小集的首页均钤"栋亭藏书"印，而《棠湖诗稿》首页并无曹寅钤印，可见宋刊本《棠湖诗稿》从未与大宗的宋刊本《南宋群贤小集》一起流传。毛晋从各处影钞宋人小集，影钞之后没有对不同底本来源的小集加以区分，说明他并不把宋刊本《南宋群贤小集》当成系统完足之本。

　　毛晋从不同藏家那里影钞宋人小集之后，也并未将这些影钞本汇聚成编。对比宋刊本《南宋群贤小集》和《汲古阁影钞南宋六十家小集》，可以发现，宋刊本《南宋群贤小集》有而《汲古阁影钞南宋六十家小集》没有的小集有五种：李龏《剪绡集》、《梅花衲》、林同《孝诗》、释绍嵩《亚愚江浙纪行集句诗》、陈起《增广圣宋高僧诗选》等。这五种小集毛晋也是有影钞过的。《梅花衲》、《亚愚江浙纪行集句诗》、《增广圣宋高僧诗选》等三种小集的汲古阁影钞本现藏于国家图书馆①，而大宗的汲古阁影钞宋人小集（六十家）今藏于上海图书馆②。这说明毛晋汲古阁影钞本宋人小集也是开放、混杂、无序的状态，而非作为系统、完足的整体流传。清末邓邦述获得了大宗而非全部的毛晋汲古阁影钞本宋人小集之后，交由上海古书流通处影印并以《汲古阁影钞六十家宋人小集》之名流传，这才造成汲古阁影钞本宋人小集是一个整体的印象。

总之，宋刊本《南宋群贤小集》版本来源不同，并非系统、完足的整体。认识清楚这个问题，才能够理解清代以来诸多钞本宋人小集辑本家数、卷数或增或损的原因，从而从根本上厘清这些宋人小集与江湖诗集之间的关系。

三、《南宋群贤小集》流传过程中产生的两种误解

宋刊本《南宋群贤小集》中包含了从江湖诗集中散出的零册，因而被等同于江湖诗集，是这宗小集在清代流传过程中产生的一个严重误解。

清初搜集和传抄宋人小集的学者、藏书家为数不少，其中最

① 《梅花衲》索书号：18286；《亚愚江浙纪行集句诗》索书号：04431；《增广宋高僧诗选》索书号：04438。
② 《汲古阁景钞南宋六十家小集》，上海图书馆藏，索书号：线善826029—80。

知名的是朱彝尊。《潜采堂行笈目录》中载有《宋小集》一本、《郑安晚诗》一本、《野谷集》一本、《亚愚纪行诗》一本、《方泉集》一本、《顺适堂集》一本、《宋小集》八本。《潜采堂宋人集目录》也载有"许棐《梅屋诗稿》一卷、《融春小缀》一卷、《梅屋第三稿》一卷、《第四稿》一卷、《梅屋杂著》一卷,一册",以及"宋人小集:黄大受《露香拾稿》、吴汝弌《云卧诗集》、武衍《藏拙余稿》、刘翰《小山集》、张良臣《雪窗小集》、葛起耕《桧庭吟稿》、利登《骰稿》、赵崇鉘《鸥渚微吟》、邹登龙《梅屋吟》、朱南杰《学吟》"。这两种目录都是为了方便检阅而著,因此著录非常简单,并未标明这些宋人小集为刊本还是钞本,有的甚至只著录"宋小集一本"、"宋小集八本",连具体细目都没有。随着小集数量增多,朱彝尊将这批小集汇聚在一起。王士禛《带经堂诗话》卷十载"南宋诗小集二十八家,黄俞邰钞自宋刻,所谓江湖诗也",其下列举二十八家名录并略加摘录点评,接着又载"竹垞辑宋人小集四十余种,自前卷所列江湖诗外……",其下列黄虞稷二十八种之外小集凡二十一种。这里提到"竹垞辑宋人小集四十余种",暗示着朱彝尊曾将手头的宋人小集汇聚起来。

　　朱彝尊不仅搜集宋人小集,还首次指出宋人小集与陈起《江湖集》存在关系。《曝书亭集》卷三六《信天巢遗稿序》云:"当宋嘉定间,东南诗人集于临安茶寮酒市,多所题咏,于是书坊取南渡后江湖之士以诗驰誉者,刊为《江湖集》。至宝庆初,李知孝为言官,见之弹事,于是刘克庄潜夫、敖陶孙器之、赵师秀紫芝、曾极景建、周文璞晋仙,一时同获罪,而刊诗陈起亦不免焉。今宋本先生诗（《菊磵小集》）殆即《江湖集》中之一，而陈解元者，起也。"这里指出宋本《菊磵小集》乃属《江湖集》的零册。又《曝书亭集》卷一九《近来二首》（其二）云："近来论诗专序爵，不及归田七品官。直待书坊有陈起，江湖诸集庶齐刊。"这里指出"江湖诸集"是陈起所刊。值得注意的是，清初江湖诸集早已亡佚，大规模从《永乐大典》中辑佚书的活动尚未开始，《近来二首》中的"江湖诸集"显然并非指陈起编刊的《中兴江湖集》、《江湖前、后、续集》等总集，而是清初流传的从江湖诸集中散出的陈宅书籍铺刊本宋人小集。

受到朱彝尊的影响，清代学者传抄或著录宋人小集时，往往将宋人小集当成陈起《江湖集》，径称之为"江湖诗"或径题为"陈起编"。例如《瀛奎律髓汇评》卷二十"刘潜夫《落梅诗》"条载有查慎行评语，曰："《江湖集》今名《宋人小集》，乃钞本。余于癸巳（1713）冬购得之，尚有棚北大街睦亲坊陈解元书坊刊印字样。"① 这里把宋人小集称之为《江湖集》。又曹寅《楝亭书目》中记载"宋本宋人诗，宋钱塘陈起编，六函四十七册"，这里将宋刊本宋人小集归之于"钱塘陈起编"。又礼亲王昭梿《啸亭杂录》卷四"昌龄藏书"云："富察太史昌龄，傅阁峰尚书子，性耽书史……今其遗书多为余所购，如宋末江湖诸集，多公自手钞者，亦想见其风雅也。"昭梿收购了傅察昌龄（曹寅外甥）所抄的宋人小集，并称之为"江湖诸集"。又王昶《重刻江湖群贤小集序》载："起所刻《江湖小集》，予于

① 方回选评，李庆甲汇评校点：《瀛奎律髓汇评》，第844页。

乾隆丙子（1756）曾见于扬州马氏小玲珑山馆，然不及三十种。"这里称小玲珑山馆所藏宋人小集为"江湖小集"。又《四库全书》入编《江湖小集》六十二家九十五卷，径题为"陈起编"。

清初诸家传抄宋人小集，种类和数量的多寡各不相同，原无固定家数，但随着学者将宋人小集等同于《江湖集》，宋人小集家数也被当成《江湖集》的家数。雍正三年（1725）吴焯瓶花斋汇聚南宋人小集一百十六卷，并自序云：

> 南宋钱唐人陈起鬻书为业，颇精雕板。当时称行都坊本。曹栋亭所藏宋印后归郎温勤，今见于家石仓书舍。仅有其半，并无序目可考，板样亦参差不齐。盖陈氏所刻诗，行于江淮之间，作者往往以己刻者附入，后竟以名取祸，此其平生未竟之绪，是以无编定卷帙。但从后来藏书家簿录中纪为宋人小集六十四家而已。余所见秀水朱氏本、花溪徐氏本、花山马氏本各不相同。大抵此集多不全，后人间取北宋入集之小者如陶弼、蒋堂等以傅俪之，以实六十四家之数耳。至《文献通考》所载《江湖集》九卷，亦陈氏刻。审陈振孙跋语，其非此集可知。余搜求不下十年，始汇其全。近日与赵谷林校勘此集，因书其端委示之。惜乎竹垞已往，不及见余本之完善。忆囊日落帆亭舟中对语，老人深叹曹氏藏本之佳而不知其不全。余生行都旧地，遥遥白云，怀古何深，实甚快焉。雍正乙巳除夕南华堂燃岁烛书，吴焯。

吴焯提到当时传抄者因为对"江湖群贤小集"并不了解，为了达到"后来藏书家簿录"记载的六十四家之数，乃选取北宋人小集混入其中。吴焯对北宋小集与南宋小集混编凑数的情况颇为不满，因此汇聚吴允嘉藏宋刊本宋人小集以及朱彝尊、徐乾学、马思赞等所藏宋人小集，尽剔北宋小集，最终得到南宋小集六十四家①。

吴焯汇编本现藏于国家图书馆②，其中有"洪迈《野处类稿》"、"乐雷发《雪矶丛稿》"二种，洪迈《野处类稿》实即朱松《韦斋集》卷一、二改题作者、书名而成③，乃属伪托之作。乐雷发《雪矶丛稿自序》言："尝得李抑抄书，必欲为之刻梓，即尝谢之。继而友人朱嗣贤、何尧卿捐泉市梓，又有请焉。辞之再四，而请益坚。余诗本无可传，而诸贤之拳拳者如此，仆不得辞矣。"据此，《雪矶丛稿》的刊刻者亦非陈起。自花山马氏本增入的"吴渊《退庵遗稿》"、"薛师石《瓜庐诗》"二种，其中《瓜庐诗》影钞宋本的序后还保存了"王师安刊"四字，可见这部诗集并非陈起所刻。这几部小集应该都是清人搜集并增入其中，无论今传《永乐大典》残本还是辑自《永乐大典》的四库本《江湖后集》，皆未记载此数人之诗，因此这几家是否

---

① 吴焯汇编本六十四家中，陈起《群贤小集拾遗》和《增广圣宋高僧诗集》二种不计家数。

② 国家图书馆文津馆藏，索书号为 79934。

③ 钱大昕《十驾斋养新录》卷十四、劳格《读书杂识》卷十二、陆心源《仪顾堂集》卷十八均已详细指出。又见今人曾维刚、铁爱花撰《洪迈〈野处类稿〉辨伪》（《文献》2006 年 7 月），司马朝军《文献辨伪学研究》中亦有《〈野处类稿〉真伪考》。

《江湖前、后、续集》入编小集，非常值得怀疑。虽然吴焯汇编本和其他诸家搜辑本一样，陈氏刊本江湖小集和非陈氏刊本宋人诗集混杂在一起，但他认为自己汇聚的小集已臻完足，甚至"惜乎竹垞已往，不及见余本之完善"。由此可见，吴焯和同时代藏书家一样存在"六十四家"的执见。

　　吴焯不仅将清人搜集的宋人小集六十四家当成陈起《江湖集》的完整家数，甚至还混淆了陈起和陈思。吴焯汇编本目录页卷端题"南宋人小集"，次行低一格题"群贤小集总目，宋陈思选"，显然是将二人混而为一。不仅吴焯汇编本中出现混淆陈思和陈起的情况，《南宋杂事诗》卷二亦载："名集犹传六十人，湖云江月话津津。而今花柳新题处，况是欣逢宝历春。"注云："南宋六十家小集，钱唐陈思汇集本朝人之诗集，尾书'刊于临安府棚北大街陈氏书籍铺'者是也，题曰'群贤小集'。"①《南宋杂事诗》由多位学者共同编撰，卷二诗歌及注文皆出自吴焯。注文中说南宋六十家小集乃"钱唐陈思汇集本朝人之诗集"，也是混同了陈思和陈起。又同卷的另一首诗写道："柴栅牵名何太迂，诗编著录号江湖。鹤山跋语题鸿宝，钟鼎能凌薛氏无。"注云："《读书附志》：'《江湖集》九卷，钱唐陈思汇本朝人之诗。'案，又刊《六十家小集》，皆南宋人。余插架有之。"② 此

────────────

① 厉鹗等撰，曹明升点校：《南宋杂事诗》卷二，浙江古籍出版 2019 年，第 101 页。

② 厉鹗等撰，曹明升点校：《南宋杂事诗》卷二，浙江古籍出版 2019 年，第 85 页。案：此处注文有误，赵希弁《读书附志》中未见任何关于江湖诗集的记载。"《读书附志》"当作"《直斋书录解题》"。《直斋书录解题》卷一五载"《江湖集》九卷，临安书坊所刻本"云云。

诗首二句讲陈起编刊江湖诗集，后二句"鹤山跋语题鸿宝，钟鼎能凌薛氏无"应指陈思《宝刻丛编》，此书卷首有魏了翁（鹤山）序。诗中同时提及编刊《江湖集》和《宝刻丛编》，也是将陈思和陈起混淆为一。需要注意的是，《南宋杂事诗》中两处地方载为"六十家小集"，但其自注中列出的群贤小集名目共有六十四家，名录跟国家图书馆所藏吴焯汇编本大致相同①，诗中载为"六十家"可能仅取约数。

吴焯汇编本成为当时藏书家传写的底本。鲍廷博在《读画斋重刻南宋群贤小集目次》后跋云："右南宋陈起编刻《江湖群贤小集》，借钞于汪氏振绮堂，汪本传自瓶花斋吴氏，其传录始末，绣谷述之详矣。"可见汪氏振绮堂曾从吴焯汇编本传抄，而鲍廷博则从汪氏振绮堂钞本传抄，又从钱时霁处借得宋本校定，嘉庆初顾修读画斋即以鲍廷博校本为底本刻梓。海宁周春藏旧钞本《群贤小集》六十四家八十八卷（后归于丁丙，现藏于南京图书馆），径题为"陈思编"，此钞本可能也直接或间接出自吴焯汇编本。

扬州马氏小玲珑山馆也藏有一宗宋人小集。王昶作于嘉庆六年（1801）的《重刻江湖群贤小集序》言："起所刻《江湖小集》，予于乾隆丙子（1756）曾见于扬州马氏小玲珑山馆，然不及三十种，并言此内如利登、周文璞、赵师秀已为嘉善曹征君绿波钞去云，将刻入《宋诗存》中。"（载于《读画斋刊南宋群贤

---

① 两者皆录陈起《群贤小集拾遗》和《增广圣宋高僧诗集》，但不计家数。《南宋杂事诗》所载六十四家中有严粲《华谷集》，国图藏吴焯汇编本中并无此小集，而是析分李龏《剪绡集》、《梅花衲》为二家。

小集》卷首）以往学者多据此认为马氏小玲珑山馆所藏宋人小集不及三十种。但丁丙《善本书室藏书志》卷三十八"群贤小集"条载："钱塘吴志上允嘉得宋椠本，珍秘倍至，同人稍稍传写。王渔洋得二十八家（笔者案：此处略误，《带经堂诗话》所载二十八家为黄虞稷钞本），吴尺凫汇为六十四家，马秋玉得六十家，卷各不同。"① 这里的记载却是"六十家"。那么，两种说法哪种更可靠呢？据王昶所载，曹庭栋《宋百家诗存》曾引用马氏所藏宋人小集，《宋百家诗存例言》云："宋人各家诗分选汇刻，宋时已有之，如吕居仁《江西诗派》二十五家，陈思《名贤小集》六十四家，原本惜不可得。"曹庭栋感慨原本不可得见，说明他所见应该是钞本。《宋百家诗存》中编入的宋人小集多达五十余家，不止三十之数，这说明马氏所藏钞本宋人小集当不仅三十家，王昶所记有误。其题为"陈思编"，则应与吴焯汇编本有关。笔者颇疑马氏所藏即吴焯汇编本，据丁申《武林藏书录》卷下载："吴焯与赵谷林昱，每得一异书，彼此钞存，互为校勘数过，识其卷首。先生卒后，悉载归广陵马氏。"吴焯死于雍正十一年（1733），死后藏书全都归于马氏，曹庭栋借抄、王昶观书皆在此后，他们所见到的宋人小集很可能就是吴焯汇编本。

由于吴焯汇编本的流传和影响，他关于宋人小集的错误看法也被人们所继承。除了曹庭栋《宋百家诗存例言》之外，阮葵

---

① 丁丙著，曹海花点校：《善本书室藏书志》，浙江古籍出版 2016 年，第 1637 页。

生《茶余客话》卷十一亦载："宋诗遗佚最多，缘明人尊唐黜宋，三五大家外，遗集仅存，供覆瓿衬簏之用耳。……陈思之《名贤小集》亦采六十四家，传本盖勘。"① 曹庭栋和阮葵生皆混同陈思和陈起，又认定江湖诗集包含六十四家宋人小集。王昶也受其影响混同陈起与陈思，《重刻江湖群贤小集序》云："然起父子又撰《宝刻丛编》、《宝刻类编》二书，皆能收采古今碑版，颇为渊博，其书止有传钞之本，顾君其得毋有意乎？"顾修则怀疑陈思为陈起之子，《读画斋重刊群贤小集例》亦载："查氏本题云宋陈思编。按：起以能诗见重于时，编中有《芸居乙稿》，起所著也。思号续芸，殆起之子欤？别有《小字录》、《书小史》行世。"这些看法不仅加深了对宋人小集的误解，还引起关于陈思是否曾编刊宋人小集的争议。

江湖诗集中的小集家数除了吴焯"六十四家"之说，清代还有"六十二家"、"一百二十家"、"一百十六家"之说。"六十二家"说见叶名沣《桥西杂记》"书贾"条载："宋钱唐陈思著《宝刻丛编》，以记所见金石文字。临安陈起喜与文士交，刻六十二家诗，为《江湖小集》。"② "六十二家"说，当以四库本《江湖小集》所收凡六十二家之故。"一百二十家"说来自鲍廷博。鲍廷博从钱时霁处借取宋刊本宋人小集，并有诗云："《国宝》争新落枣花，江湖处处擅才华。只须小换红羊劫，微幸寒灰六十家。""卅年馋眼慰琼琚，好事曾惊出烬余。后五百年重

---

① 阮葵生著：《茶余客话》，中华书局 1959 年，第 332 页。
② 转引自俞樾著，贞凡等点校：《茶香室续钞》卷二十二"宋时书贾陈思"条，中华书局 1995 年，第 867 页。

照眼，定知何处走蟫鱼。"并有自注云："原刻一百二十家，名《国宝新编》。"所谓"原刻一百二十家"，应该是看到吴焯"今见于家石仓书舍仅有其半"之说，而宋刊本尚存六十家，以此推算原刻有一百二十家。"百十六家"说见嘉庆初顾修《读画斋重刊南宋群贤小集跋》引载："龙尾山人查昌岐跋云：'时称《国宝新编》，又称《江湖集》，共百十六家。'其说未知所本。"查昌岐所说"百十六家"，可能和鲍廷博的理解相同，但由于将宋刊本计为五十八家，故有"百十六家"之说。"家数"之说无疑是清人将宋人小集辑本等同于陈起《江湖集》之后产生的误解。

总之，将《南宋群贤小集》等同于江湖诗集，进而混同陈起和陈思，是宋人小集在清代流传过程中产生的两种误解。

四、清抄宋人小集辑本的文献问题

许多藏书家对江湖诸集中包含哪些小集其实并没有非常准确的看法，或者他们在搜集的时候不曾有意将这些小集与江湖诸集进行区分，只要是宋人小集便加抄录，久而久之便出现了多种内容或增或损的宋人小集辑本。

顾氏读画斋刻《南宋群贤小集》中收录了薛师石《瓜庐诗》、乐雷发《雪矶丛稿》、吴渊《退庵先生遗集》、姜夔《诸贤酬赠诗》、翁卷《苇碧轩集》、赵师秀《清苑斋集》、徐照《芳兰轩集》、徐玑《二薇亭集》等多种诗集，这些小集辑本乃后人搜集传抄，同样不能证明属于江湖诗集。顾修刊刻的是鲍廷

博校本，鲍廷博校本又间接承自吴焯辑本，虽然有所掺入，毕竟
还是南宋江湖诗人的集子。另一位学者秦敦夫也曾获得一部
《群贤小集》，所收诗人则不限于南宋。江藩《半毡斋题跋》卷
上"群贤小集"条提到："（秦氏所收的钞本中）如白石、方泉、
仲高、器之四人皆绍熙庆元时人，其余宁宗、理宗两朝时人。惟
黄希旦集首九天弥罗真人传云：'希旦生于宋仁宗景祐二年，卒
于熙宁七年。'希旦乃北宋人，不应入此集。志上跋云：'后人
取北宋人集之小者如陶弼、蒋堂等以附俪。'则《支离集钞》即
附俪之一种矣。"① 秦敦夫辑本共七十种，甚至将北宋诗人小集
也收入其中，这明显就是网罗过滥了。

《中国古籍总目》中著录的宋人小集辑本多达十余种，台湾
也藏有十余种。国内图书馆收藏的十余种清代宋人小集辑本，除
了四库本《江湖小集》和顾氏读画斋刻《南宋群贤小集》之外，
还有：（1）国家图书馆藏冰遐阁钞本"清某某《宋人小集》"
五十五种七十六卷（《中国古籍总目》编号 60341744）。（2）国
家图书馆藏清金氏文瑞楼钞本"清某某编《宋人小集》"六十
八种一百六卷（60341745）。（3）北京大学图书馆藏清海宁陈氏
师简堂钞本"陈德溥编《宋人小集》"（60341746）。（4）北京
大学藏赵氏小山堂钞本"陈起编《南宋群贤小集》"（60341892）。
（5）国图藏冰遐阁钞本"《六十家名贤小集》"（60341893）。
（6）国图藏"陈思编《群贤小集》"六十八种一百二十二卷

---

① 江藩：《半毡斋题跋》卷上，《丛书集成初编》本，商务印书馆 1937 年，
第 6—7 页。

（60341897）。（7）清金氏文瑞楼钞本《南宋小集九家》（60241916）。
（8）上海图书馆藏清钞本"清某某编《南宋群贤诗六十家》"
（60341917）（9）国图藏吴允嘉抄"清某某编《南宋群贤小
集》"七种七卷（60241918）。（10）国图藏清钞本"清某某编
《宋四十名家小集》"（60341923）。（11）国图藏清钞本"清某
某编《宋四十三家集》（书名拟）"（60341924）。

　　以上辑本所收的小集或多至六十余种，或少至十余种，数量
和内容均无定数。这些宋人小集辑本虽然收录的小集数量或增或
损，但主体部分基本相同，无疑是同源所出。除《江湖小集》
之外，其余宋人小集辑本并未以"江湖"题名，不过其编者则
多题为"陈起"，或序跋中称之为陈起编刊，但其中所录小集诸
如洪炎《西渡诗集》、王铚《雪溪诗》、陶弼《陶邕州小集》、
岳珂《玉楮诗稿》、释契嵩《镡津文集》、释道璨《柳塘外集》、
姚述尧《萧台公余词》、张镃《玉照堂词钞》、黄希旦《支离集
钞》、杨甲《棣花馆小集》、何耕《惠庵诗稿》、黄庶《伐檀
集》、裘万顷《裘竹斋诗集》、张道拾《梅花诗》、汪元量《汪
水云诗》、刘学箕《方是闲居士小稿》、孙锐《孙耕闲集》、王质
《绍陶录》、罗公升《宋处士罗沧州先生集》、程俱《北山小集》
等，同样也是没有证据能够证明属于江湖诗集。

　　这些着意搜罗成编的辑本，早已有学者指出不能与陈起江湖
诗集等同视之。如法式善《存素堂文集》卷三《江湖小集跋》载：
"《江湖小集》九十五卷，凡六十二家，旧本题宋陈起编。……
是集以方回《瀛奎律髓》、张端义《贵耳集》、周密《齐东野
语》考之，其间增损多寡不符，时代前后互异，殆后人补缀所

成，非起原书也。"瞿镛《铁琴铜剑楼藏书目录》卷二十三亦载："《宋人小集》九十三卷，旧钞本，此即宋陈起《江湖集》，后人得其不全本裒录之，亦有羼入者。"遗憾的是，后来仍有研究者以这些辑本作为研究江湖诗派的依据。对于这些既非出自陈起刊刻，也无法证明属于江湖诗集的小集，使用之前有必要对其出现时间、源流本末进行考证。

第二节　宋刊本《南宋群贤小集》朱彝尊跋辨伪

关于陈思编刊《南宋群贤小集》的误解，通过文献源流考证不难得以解决，但宋刊本《南宋群贤小集》卷末有一则题为朱彝尊作的跋文，并抄写了全部小集的细目，这则跋文不仅使《南宋群贤小集》的流传问题变得复杂，而且还牵涉另一部宋诗总集《两宋名贤小集》，因此有必要对其真伪进行讨论。

一、宋刊本《南宋群贤小集》朱彝尊跋作伪的痕迹

在宋刊本《前贤小集拾遗》卷五之后，有一则题为朱彝尊作的跋并抄宋刊本《南宋群贤小集》书目。跋云：

宋陈思父子编《群贤小集》于宝庆、绍定间，又称《江湖集》。陈氏《书录解题》、马氏《经籍考》止云九卷，《国宝新编》云所刻甚夥。余所见写本多寡不一，然无过如

此。今计六十家，外间俱从此本传写者为全书，刻手精好，古香袭人，是书棚本之佳者。绛云晚年悬价求之不得。续编《群（案：当作"前"）贤小集拾遗》、《高僧诗选》犹世罕有。《高僧诗》甲集，即《九僧诗》也。余曾见汲古阁影宋写本《九僧诗》一册，毛斧季自为跋语，珍为压库之书。六七百年失传之秘册，余急录一本，今与甲集校之，不独诗数相符，行间行款亦不异，为正四十余字，眉目一爽。内如《白石集》，与今本不同，后附《诗说》，洵知宋刻之佳也！使毛氏父子见之，能不下拜？宋南渡后，山林湮没之士赖此以传，非书林射利之书可比。嘉禾兵火，巍然独存，所谓有神佛护持者，因录其目于后。康熙庚子（1720）春仲，彝尊书于梅里之荷花池上。

跋文后面钤"曝书亭藏书"印。除了跋文和细目之外，《皇荂曲》首叶也钤有"曝书亭藏书"印。这些情况似乎表明宋刊本《南宋群贤小集》曾为朱彝尊所藏，朱彝尊首次将这宗宋刊本宋人小集当成江湖诗集，又把陈思和陈起混而为一。

仔细揣摩朱彝尊跋的内容，语意多不通顺。吴庠先生列举六条证据证明这则跋文出于伪托："竹垞此跋，疑问滋多。《文献通考》所载《江湖集》九卷，虽亦陈氏刻，审诸陈振孙说，其非此集可知。吴绣谷早辨及此。博雅如竹垞，何至不知，一也。所云计六十家为全书，今按目逐次检阅，俞桂一家重出，实止五十六家，即以续编二种并数，亦止五十八家，二也。又云续编二种尤世罕有，书尤作犹，三也。又云汲古阁影宋本写《九僧诗》

一册，毛斧季自为跋语，珍为压库之宝。按斧季跋《九僧诗》，明云得宋本弄而读之，并无以影写本为压库之宝之语。且此跋（毛扆跋）作于康熙壬辰三月望日，竹垞已殁世三年矣，四也。跋尾纪年为康熙庚子春仲，按竹垞殁于康熙四十八年己丑，而庚子是五十九年初，疑庚子或是庚午，为来青阁小友之笔误，覆审原文，的是庚子，殁后十一年而作此跋，岂非笑话，五也。彝尊二字彝作爨，竹垞自书其名，何至有此俗写，六也。"① 以上六条证据中或有可商榷之处，但第四、五则可谓铁证。毛扆题《九僧诗》在朱彝尊死后三年，他无论如何也不能预知其事，跋文落款时间在死后十一年，更是明显错误，乃出伪托无疑。顾廷龙先生也认为朱彝尊跋文乃属伪托。②

其实，追溯宋刊本《南宋群贤小集》的流传，有助于我们更好地认识这个问题。清代康熙时期高士奇编刊先人高翥诗文，曾利用过《菊磵小集》。《经进文稿》卷四《菊磵遗稿序》载："在都门从御史大夫徐公所藏宋板书籍中，得菊磵诗一百有九首，合向之所录三十二首，又于他集中得十三首。顷同年朱竹垞复从宋刻《江湖集》中搜示四十七首，统计重出者十二首，前后凡五七言近体诗一百八十九首。"《信天巢遗稿》刊于康熙二十六年。根据高士奇《序》中所言，辑录此书时利用到两种宋刻文献：一是载录高翥诗"一百有九首"的"徐公所藏宋版书

① 吴庠《南宋书棚本江湖群贤小集记略》，《国立中央图书馆馆刊》，1947年第2期复刊，第9—11页。
② 顾廷龙：《南宋书棚本江湖小集经眼记》，《顾廷龙文集》，上海科学文献出版社2002年，第487页。

籍"；二是朱彝尊从"宋刻《江湖集》"中搜示四十七首。今考陈起刊本《菊磵小集》所载正好一百九首，那么高士奇从"御史大夫徐公"处借来的"宋版书籍"应即陈起刊本《菊磵小集》。又朱彝尊《曝书亭集》卷三十六《信天巢遗稿序》言："宋处士菊磵高先生尝以信天巢名其居，……今翰林侍读学士正公实先生裔孙。求遗诗于宗祠，所存无几。继借得宋本，则临安府陈解元书籍铺刊行者，凡百余篇，合以他书所采，镂诸枣木。"这里也印证了高士奇借得的高翥诗集是"临安府陈解元书籍铺刊行者"，即陈起刊本《菊磵小集》。那么就可以推知，陈起刊本《菊磵小集》在归于曹寅之前是藏在"御史大夫徐公"处。又据《信天巢遗稿》所载高吁（高翥十七世孙）识语云："今少詹事士奇表扬先世遗泽，于玉峰徐健庵司寇所藏宋集中得诗一百有九首。"可知"御史大夫徐公"即徐乾学（号健庵、玉峰）。虽然徐氏《传是楼书目》没有载录宋刊本宋人小集，但陈起刊本《菊磵小集》确为其所藏无疑。陈起刊本《菊磵小集》和大宗宋刊本宋人小集一起流传，因此其余宋刊本宋人小集应该也是为徐乾学所藏。

　　徐乾学之后，宋刊本宋人小集归于曹寅，《楝亭书目》中有记载，宋刊本上面也钤有曹寅藏印。朱彝尊没有收藏过宋刊本宋人小集，从吴焯《南宋群贤小集序》"忆曩日落帆亭舟中对语，老人深叹曹氏藏本之佳而不知其不全"之语也可以得到印证。不过，这里尚有一个疑问：既然朱彝尊没有收藏过宋刊本宋人小集，高士奇《序》中说"同年朱竹垞复从宋刻《江湖集》中搜示四十七首"，"宋刻《江湖集》"又是指什么书呢？首先，高士奇称之为"《江湖集》"，则所收诗人当为江湖诗人，版式特征也应该与陈宅书籍铺刊本相同。清初流传的载录高翥诗歌的宋刊诗集，只有宋刊残本《中兴群公吟稿戊集》。该残本共七卷，包含戴复古诗三卷、高翥诗二卷、姜夔诗一卷、严粲诗一卷，顾修曾以此残本与这几家小集相勘，指出"戴、高、姜三家小集所与此互有异同"（《读画斋重刊南宋群贤小集跋》）。笔者将影宋本《中兴群公吟稿戊集》与影宋刊本《菊磵小集》进行比较，《中兴群公吟稿戊集》中有五十八首为《菊磵小集》所无。朱彝尊在高士奇搜集的菊磵诗之外仍能"搜示四十七首"，说明他据以搜集的"宋刻《江湖集》"应为宋刊残本《中兴群公吟稿戊集》①。

宋刊本《南宋群贤小集》秘藏于徐乾学手中，后又为曹寅所收藏，朱彝尊应当无机会为之作跋并书写序目。事实上，从《曝书亭集》的记载看来，卷四十三《石刻铺叙》云"临安书肆陈思辑《宝刻丛编》，援据颇广"，又《宝刻丛编跋》云"临安书肆人陈思所撰《宝刻丛编》二十卷，颇中条理"，卷四十九《唐储潭庙裴谞喜雨诗碑跋》云"赣州储潭庙唐碑二，载陈思《宝刻丛编》，予属友人访求"，几处引及《宝刻丛编》皆不云是"陈起"。而在《近来二首》其二、《信天巢遗稿序》中提及《江湖集》和江湖诗案，皆称"陈起"而不云是"陈思"，可见

---

① 高吁识语云："于秀水朱竹垞太史所藏宋刻《江湖集》中得诗四十七首。"笔者案：今传宋刊残本《中兴群公吟稿戊集》钤印累累，但并无朱彝尊印记，而有朱氏友人马思赞钤印，故疑此书并非出自朱彝尊本人所藏，而是朱氏从马思赞处借阅。又高士奇辑刊之《信天巢遗稿》，自《雨中》、《挽章朋举》以下至《涧旁菊花》四十六首，前后次序与《中兴群公吟稿戊集》所载次序略同，《涧旁菊花》后又有《同周晋仙夜宿》残篇一首二句，可能是朱彝尊自《贵耳集》卷上辑得。（《中兴群公吟稿戊集》中尚有《夜过西兴》一首，因为朱彝尊漏辑，《信天巢遗稿》中未收。）

朱彝尊从来也没有混淆陈思和陈起。

二、伪朱彝尊跋作者蠡测

既然朱彝尊未曾藏过宋刊本宋人小集，而跋文中又至少有两条确凿证据，那么跋语及钤印之伪已毋庸置疑。令人感兴趣的是，这宗宋刊本宋人小集人间绝无，原不待朱彝尊题跋以提升文献价值，谁会伪造朱彝尊的藏书印记和题跋呢？

鲍廷博《顾氏读画斋重刊南宋群贤小集跋》（嘉庆辛酉1801）中详细记载了曹寅以后这宗宋刊本宋人小集的流传踪迹：

> 右南宋陈起编刻《江湖群贤小集》，借钞于汪氏（宪）振绮堂。汪本传自瓶花斋吴氏（焯）。绣谷述之详矣，其云："曹栋亭（寅）所得宋刻，归之郎温勤，今见于家石仓书舍者。"温勤为三韩郎中丞廷极，石仓则钱塘吴允嘉志上也。宋刻最为温勤宝爱，常置座右，朝夕把玩。郎卒于宫署，家人将并其平生服御烬之以殉。时石仓在郎幕，仓卒间手百余金，贿其家僮，出之烈焰中，携归秘藏，非至好不得一见也。石仓殁后，家人不之贵，持以求售，厉征君鹗得之，以归维扬马氏小玲珑山馆。乾隆壬辰（1772）仲冬，予于吴门钱君景开书肆见之惊喜，与以百金，不肯售，许借校雠，才及三之一，匆匆索去，以售汪君雪礓（焘）。不数年，雪礓客死金闾，平生所藏书画尽化为云烟，而是书遂不可踪迹矣。宋刻实六十家，装二十八册，绣谷云仅得其半，

> 盖尔时石仓老人不肯全出示之耳。予抄是书在乾隆辛巳
> (1761) 之春，维时亟于成书，友人二严昆季、姚君竹似、
> 潘君德园、郁君潜亭，俱踊跃助予，手抄录成。

他非常清晰地描述了曹寅宋人小集藏本的流传线索：曹寅传于郎廷极，郎廷极卒后归于吴允嘉，吴允嘉卒后又归于厉鹗，又入于小玲珑山馆，后又从小玲珑山馆散出。郎廷极曾任江宁府同知，与曹寅为同僚，曹寅去世以后，时任江西巡抚的郎廷极奏请由其子曹頫继任江宁织造，可见两人关系颇为密切。那么，郎廷极在曹寅死后获得包括这部宋刊宋人小集在内的部分藏书，应该是非常可信的。吴允嘉从郎廷极处得到宋刻本的过程虽然充满传奇色彩，但有吴焯亲眼目睹为证，也属可信。

吴焯《南宋群贤小集序》载："曹楝亭所藏宋印，后归郎温勤，今见于家石仓舍，仅有其半，并无序目可考，板样亦参差不齐。"因其所言"仅有其半"，故鲍廷博有"盖尔时石仓老人不肯全出示之"的猜测。不过，鲍氏在别处地方又另有理解。前引鲍诗"《国宝》争新落枣花"、"卅年馋眼慰琼琚"二首，自注云："原刻一百二十家，名《国宝新编》。"如果此书原有一百二十家，吴允嘉手里六十家，恰好就是吴焯所说的"仅有其半"，那么就不存在吴允嘉故意不将全部出示的情况。不管如何，根据吴焯所载便断定这部宋刊本原有一百二十家，并没有足够的说服力。即如今人据王昶《重刻江湖群贤小集序》所载马氏小玲珑山馆藏宋人小集不及三十种，便认为这部宋刊本到吴允嘉手里已经不全，也显然是不可取的。

　　马氏小玲珑山馆所藏的宋人小集辑本至少有两种：一为吴焯辑录本或源自吴焯辑录本的清人钞本；一为经曹寅、郎廷极、吴允嘉递藏的宋刊本。马氏兄弟去世之后，这部宋刊本流入书肆之中，后经过钱时霁之手售与汪峫（字雪礓），而小玲珑山馆也于乾隆五十年（1785）售与汪雪礓。这样宋刊本《南宋群贤小集》完成了一趟江湖之旅，重新回到小玲珑山馆。何琪曾在小玲珑山馆观看宋刻江湖小集，作《小玲珑山馆观汪雪礓所藏宋刻江湖小集》诗云："我来广陵三月半，帘幕家家飞紫燕。城东有园春尚赊，芳树初飘花一片。主人嗜古兼耽吟，欧赵风流今再见。朝来示我诗一编，睦亲坊刻此为冠。绿萝阴里乍开函，醃馤古香纷扑面。"诗中言之凿凿，所观为宋刻本不容置疑。结合鲍氏"予于吴门钱君景开书肆见之惊喜，与以百金，不肯售，许借校雠才及三之一，匆匆索去，以售汪君雪礓"的记载，可知何琪在小玲珑山馆中所看到的正是钱景开售与汪雪礓的这部书。

　　鲍廷博从钱听默处借阅此书，还有杨复吉《梦阑琐笔》为证：

　　　　南宋陈思刻《江湖小集》，曹楝亭寅藏有刊本，后归郎总制廷极，藏诸卧内，不轻示人，幕客吴石仓曾得一见。郎捐馆，遗命举卧内书画、古玩尽付诸火以为殉。吴袖金数铤馈诸举火者，潜以他书易之而出。吴得是书，宝爱甚至，后不知转徙何所。乾隆壬寅（1782），知不足斋主人鲍以文获见吴门市中，许以百金，不售，因借归以校家中旧钞。道过余家，于舟中举示。卷帙完好，静气迎人，洵数百年物也。

杨复吉提到鲍廷博借阅此书的时间，与鲍廷博自己的记载并不相同，一为壬辰（1772），一为壬寅（1782），李越深认为当以杨复吉所载为是，理由是："今考顾刻本内有十八处称乾隆壬寅刻校正，无一处提及壬辰，且日期在十一月。"其论甚当。此外，笔者还有两条补证：杨复吉《梦阑琐笔》载："壬寅岁，鲍渌饮过访，见而爱之（抄本《石初集》），余因持赠。"可见鲍廷博确在是年过访杨氏。又是年十一月，鲍廷博曾录《江湖后集》，有题识云："乾隆壬寅年十一月初七日，知不足斋录竟。"因此，鲍廷博借书校勘当在此年无疑，汪雪礓得到此书也当在乾隆壬寅年。

此书在归于吴门钱听默之前，还曾见于扬州书肆中。江藩《半毡斋题跋》卷上"群贤小集"条言："群贤小集即宗之（陈起）所刻，乾隆壬寅六月，于扬州书肆中得宋椠本，乃马氏玲珑山馆所藏，后为汪雪礓所有，是时曾录序目一卷。"① 江藩于壬寅岁六月曾在扬州书肆中看到这部书，而同年仲冬已归于钱氏。因此，此书的流传顺序为：曹寅—郎廷极—吴允嘉—厉鹗—马氏小玲珑山馆—扬州书肆—吴门钱听默书肆—汪雪礓小玲珑山馆。

这部宋刊宋人小集经过一百多年的沉寂之后，1946 年流入上海书肆来青阁，今藏于台北"中央图书馆"。据民国时期吴庠《南宋书棚本江湖群贤小集记略》、顾廷龙《南宋书棚本江湖小

---

① 江藩《半毡斋题跋》，《石刻史料新编》本第三辑《考证目录题跋类》，新文丰出版公司 1986 年，第 236 页。

集经眼记》的记载，是书有潘鱼宸、曹楝亭、钱昕默的印章，可见正是曾经曹寅、郎廷极、钱景开诸人递藏的那部宋刊本。令人颇感疑惑的是，《楝亭书目》卷四中记载"宋本宋人诗，宋钱塘陈起编，六函四十七册"，而鲍廷博所见"宋刻实六十家，装二十八册"，吴、顾载此书存五十六家六十册。① 同一部书诸家记载的家数、册数并不相同，笔者推测，可能曹寅藏四十七册宋刊本，传到钱景开时已经有所佚失，并经过重新装订，分装为六十家二十八册。再到今传五十六家六十册，同样也有所增损，并再次重新分装（顾廷龙《南宋书棚本江湖小集经眼记》中已有"分装"之说）。

厘清宋刊本《南宋群贤小集》的递藏过程之后，伪朱彝尊跋的作者便略可考证了。曹寅、郎廷极、吴允嘉皆属于学者型藏书家，造伪的可能性不大，而且吴焯在吴允嘉处见到这部宋刊本的时候"并无序目可考"，可见伪跋、序目和伪印应该是流入书肆之后所作。乾隆壬寅年，鲍廷博借观宋刊本之后作诗曰"《国宝》新刊落枣花"，又自注"名《国宝新编》"；同时获观者杨复吉《梦阑琐笔》也称此书为"南宋陈思编"，与伪跋的内容相同。鲍廷博与伪跋作者存在同样的误解，则伪跋必作于鲍廷博借书以前，即为扬州或苏州书贾所伪造。

民国时期杨彭龄（字寿祺）先生曾跋是本，曰：

---

① 据吴《记略》统计。观其细目实为五十八种，所收陈起三种，其中《圣宋高僧诗选》、《群贤小集拾遗》两种，吴认为"此二种内家数甚多，不应视为一家"。

　　此书后附朱彝尊氏跋语及编写目录，其所记录康熙庚子为五十九年，而垞翁则薨谢于康熙四十八年己丑，相去已十一年矣。然所用之纸的系宋制，非钱氏鲜能办此者，亦弥足可贵也。鲍跋又云："宋刻实六十家，装二十八册。"跋中并无提及垞翁之语，是此书之装成六十册以及垞翁跋语藏印，谓其尽出钱氏之手可也。（杨彭龄跋在宋刊本《南宋群贤小集》伪朱跋之后）

杨先生认为宋刊本上的伪朱跋是钱时霁所为，其理由有二：一，伪跋的用纸是宋纸，清代中期已经很难觅到宋纸来书写，但长期经手宋元版书的钱时霁则完全能够做到。二，鲍廷博《跋》中叙述递藏源流，并没有提及朱彝尊，说明他看到的宋刊本上还没有朱彝尊跋文和钤印。杨先生即民国时期上海书肆来青阁主人，家业旧书，所见宋元善本甚多①，对于纸张的年代鉴定值得信赖。从用纸来看，的确钱时霁的嫌疑最大。

第三节　《两宋名贤小集》辨伪

　　《两宋名贤小集》现存有清钞本多种：台北"国家图书馆"

---

① 杨跋又云："寿祺自先大父云溪公以来，世业旧书，性质疏散，不识书画碑帖，更不能诗，不足以比钱氏。所见宋元善本甚多，亦无记载可考，惟是志行纯洁，……当珍物委遗之际，倍蓰之利俯拾即是，立定脚跟，未尝折腰一往。今跋此书，可无愧怍矣。"

藏三百八十卷本、重庆市图书馆藏三百六十六卷本、福建省图书馆藏二百十五卷本、南京大学图书馆藏一百零八卷本。这些版本之间存在卷数不同、所收书目不同、排序不同的各种差异，但皆题为"宋陈思编，元陈世隆补"。乾隆时期编纂《四库全书》，将此书收入于"集部总集类"，底本即今台湾藏三百八十卷本。由于《四库全书》的影响力，这部书广为人知。其实四库提要中已经对其年代问题提出质疑，但由于论证不够深入，结论未为后人所信从，仍然将其当作早期宋诗总集加以利用。由此看来，这部书的文献问题、成书时间等仍有待发之覆。

一、《两宋名贤小集》的文献问题及其解释

最早提出《两宋名贤小集》真伪问题的是四库馆臣。《四库总目》卷一百八十七：

> 《两宋名贤小集》三百八十七卷，编修汪如藻家藏本。是编所录宋人诗集，始于杨亿，终于潘音，凡一百五十七家，有绍定三年魏了翁《序》，及国朝朱彝尊二《跋》。考所载了翁《序》与《宝刻丛编》之《序》字句不易，惟更书名数字，其为伪托无疑。彝尊《跋》中谓是书又称为《江湖集》，刻于宝庆、绍定间，史弥远疑有谤己之言，牵连逮捕，思亦不免，诗版遂毁。案刊《江湖集》者乃陈起，非陈思。且《江湖集》所载皆南渡以后之人，而是书起自杨亿、宋白，二书迥异。彝尊牵合为一，纰缪殊甚。然考彝

尊《曝书亭集》有宋高菊磵《遗稿》序，中述陈起罹祸之
事甚悉，未尝混及陈思，而集中亦不载此《跋》。当由近人
依托为之，未必真出彝尊手。又《跋》内称陈世隆为思从
孙，于思所编六十余家外增辑百四十家，稿本散逸，曹溶复
补缀之。今检编中所录，率多漏略，如《王应麟集》虽不
传，其遗篇见于《四明文献集》者尚多，而此编仅以五首
为一集，溶不应疏略若此，则谓曹溶补缀，亦不足信也。考
王士禛《居易录》曰：竹垞辑《宋人小集》四十余
种，……是彝尊本有《宋人小集》四十余种，或旧稿零落，
后人得其残本，更掇拾他集合为一帙，又因其稿本出彝尊，
遂嫁名伪撰二《跋》欤？然编诗之人虽出赝托，而所编之
诗则非赝托，宋人遗稿颇藉是以荟萃，其蒐罗亦不谓无功。
黎邱幻技，置之不论可矣。①

《总目》中指出这部书的两处疑点：（一）书前所载魏了翁
《序》、朱彝尊《跋》均为伪作；（二）书中编纂宋人诗集有疏
略之处，不当出自曹溶之手，曹溶补缀说不足为信。进而怀疑此
书是在朱彝尊《宋人小集》四十余种的基础上编成。

《总目》的论证仅从序跋和个别小集入手，没有全面细致地
考察这部书的内容和源流，因此该判断也显得说服力不够。乾嘉
年间，法式善《两宋名贤小集跋》曰：

---

① 《四库全书总目》，第 1705 页。

　　《四库书总目》载《两宋名贤小集》一百五十七卷，旧本题宋陈思编、元陈世隆补。凡一百五十七家，前有魏了翁《序》，后有朱彝尊《跋》。考了翁《序》，即《宝刻丛编》之序。彝尊《跋》以思与纂《江湖小集》之陈起合为一人，以此集与《江湖小集》合为一书，皆出伪托。又《跋》内称世隆为思从孙，于思所编六十家外增百四十家，稿本散逸，曹溶补之，亦不足信。兹书三百八十卷，作者二百五十三家，与《四库书目》迥异。其始于杨亿，终于潘音，而王应麟诗仅存五首为一集者，又与《四库书目》同，是可疑也。盖此书在宋时已称难得，后来辗转流传，皆藉缮录，未经付梓。好事者递为增损，遂无定本。惟就二《跋》而论，当是浙人会萃所成，假序跋以增重耳。二百五十三人之精光，赖此长存宇宙间，其功亦甚伟矣。奚必辨其为何人之书，何年所纂哉？① （《存素堂文集》卷三）

法式善对序、跋的质疑同于《四库总目》，但他认为此书确为宋人编，后来经好事者递为增损而形成多种不同的版本。胡念贻先生指出：

　　这部书确是陈思编和陈世隆增补的。书中收入了一些明清书目中未见著录的诗集，可见其由来已久。陈思是南宋的

① 法式善《存素堂文集》，嘉庆十二年刻增修本，《续修四库全书》，上海古籍出版社2002年，第1476册，第705—706页。

书商，他编选一部宋人诗集，其中可以收入陈起的《江湖前、后、续集》丛刊的一部分，这在宋代，不以为嫌。陈起的《江湖集》就收入了一些同时人的刻本。①

胡先生考辨了陈起和陈思并非同一个人，并认为这部书是陈思以陈起《江湖集》为基础编纂而成，因此《江湖集》被《两宋名贤小集》吸收，题为朱彝尊作的《跋》中称"是书又称为《江湖集》"并未全错。

许红霞先生以台北"国家图书馆"藏三百八十卷本为依据论述《两宋名贤小集》的汇集流传过程，②认为"今存三百八十卷本《两宋名贤小集》应是在宋陈思、元陈世隆所编本基础上逐渐形成的"、"三百八十卷本《两宋名贤小集》是经过明、清人的增益在清代编成的"，笔者照录证据如下：

（一）卷二十四宋祁《西州猥稿》后有明曹学佺按语云……说明《西州猥稿》是曹学佺所辑的。曹学佺，福建侯官人，字能始，万历进士，官至礼部尚书，有《石仓历代诗选》等书。（二）卷九十六陶弼《邑州小集》后有"补遗"，补了三十四首诗，后面还有明杨慎（1488—1559）的题记。（三）卷二百二十九赵汝回《东阁吟稿》后有：

---

① 胡念贻：《南宋〈江湖前、后、续集〉的编纂和流传》，《20世纪中国文学研究论文选（宋代卷）》，社会科学文献出版社2010年，第438页。
② 许红霞：《从三百八十卷〈两宋名贤小集〉看其汇集流传经过》，《海峡两岸古典文献学学术研讨会论文集》，上海古籍出版社2002年，第393—404页。

"汝回登嘉定第,授忠州判官,《咏橘花》诗……是皆奇句,
惜无全集。明青田刘基。"说明这些诗集都经过他们之手。
(四)卷九《寇莱公集》前,宣和五年十二月王次翁序后有
商丘宋荦按……宋荦(1634—1713)……顺治四年(1647)
以大臣子列侍卫,累擢江苏巡抚,官至吏部尚书。(五)卷
二百王质《林泉结契》末也有宋荦语……可见《林泉结契》
是宋荦从《绍陶录》中录出并命名的。(六)卷四十王珪
《王岐公集》卷末有松陵潘耒题……潘耒(1646—1708)……
康熙中以博学鸿词征。(七)卷一百五十四张尧同《嘉禾百
咏》,几乎每首诗后都有"附考",介绍与之有关之事情,
在讲到名胜的沿革时多次提到宋、元、明时的情况。……这
就说明"附考"是明以后的人所为,很可能就是朱彝尊。
(八)卷一百八十五王铚《雪溪集》前小传中的最后一句称
"于明清亦有声于时",显然此小传为清人撰写。

除了许先生所举的这些证据外,笔者检阅此书①,也发现卷三七
二王镃《月洞吟》前有"大明嘉靖壬子上元族孙养端茂成序"。
卷三七八《王尚书(应麟)遗稿》载诗五首,《天童寺》一首,
即明王应鹏《定斋先生诗集》卷下《天童寺》诗②;《东钱湖》
一首,即《定斋先生诗集》卷下《泛东湖经史相国祠堂二首》

---

① 四川大学古籍整理研究所编《宋集珍本丛刊》影印,线装书局 2004 年。此
影印本未交代藏所,经对比,正是台湾藏三百八十卷本。
② 王应鹏:《定斋先生诗集》,嘉靖三十九年刻本,国家图书馆藏,索书号
A01658。

其二。王应鹏（1475—1536）字定宇，号定斋，鄞县（今宁波）人，正德三年（1508）进士，王阳明亲传弟子①。以上证据充分说明，这部书中存在大量明清时期的文献，比较均匀地遍布在整部书里（分布在卷九、卷二四、卷四〇、卷九六、卷一五四、卷二〇〇、卷二二九、卷三七二、卷三七八中）。

书籍中出现许多晚于作者生活年代的内容，通常可以作两种解释：一是经过后人的递补增益，不小心混入了后世才有的内容；二是该书为后人编纂而伪托于前人。许先生正是从第一种方向来解释《两宋名贤小集》中混入的明清时期内容。但是，如果该编为"陈思编，陈世隆补编"，即如题为朱彝尊作的《跋》所称："陈世隆为思从孙，于思所编六十余家外，增辑百四十家"，那么，作为陈思从孙、藏书极富的陈世隆，又怎会不明白按照一般的丛书体例，正编、补编应该是分开的？这部书正续编的界限又在哪里呢？同样，如果说是清人在陈思原编、陈世隆补编基础上增益而成，则后人直接在全书后加"续补编"就可以了，何必打破全书体例，将带有明清时期辑录的小集乱入其中？

基于以上的疑点，不能不思考此书为后人伪编的可能性。《四库总目》指出《两宋名贤小集》的序、跋皆伪，进而怀疑该书为伪编，显然论证还不够充分。如果遵从四库馆臣的思路，则许先生指出的《两宋名贤小集》所含明清时期信息无疑给伪编说提供了重要的证据。实际上，编纂这样一部巨帙必然需要使用

---

① 成朱轶：《阳明弟子 一代名臣——王应鹏生平考略》，《名作欣赏》2018第5期。

大量文献材料，如果能找到《两宋名贤小集》的文献来源，问题也就迎刃而解了。

二、《两宋名贤小集》对《南宋群贤小集》的沿用

《南宋群贤小集》在流传的过程中被广泛地运用于文献整理和编纂中，曹庭栋《宋百家诗存》、厉鹗《宋诗纪事》就是典型例子。《两宋名贤小集》同样也是以《南宋群贤小集》为基础续纂而成。

仔细对比《两宋名贤小集》和宋刊本《南宋群贤小集》，可以发现许多差异。例如，宋刊本《南宋群贤小集》中李祁《梅花衲》、《剪绡集》、利登《骰稿》、释斯植《采芝集》、《采芝续集》、释绍嵩《江浙纪行集句诗》等四家，《两宋名贤小集》中并没有收入，反而收入了伪题"洪迈撰"的《野处类稿》。这说明《两宋名贤小集》与宋刊本《南宋群贤小集》并不存在沿用关系，其所沿用的是当时流传广泛、真伪混杂的钞本宋人小集。

《两宋名贤小集》并非简单沿用这些钞本宋人小集，还进行了许多莫名其妙的加工。下面试以台湾藏三百八十卷本来说明这点①。

首先，《两宋名贤小集》中对宋人小集进行了删改。邓林《皇荂曲》萧泰来跋、刘翼《心游摘稿》林希逸序、施枢《芸隐

---

① 台北"中央图书馆"藏三百八十卷清钞本是《四库全书》本的底本，也是流传下来最早、卷数最多的版本。四川大学古籍所编《宋集珍本丛刊》第101—103 册影印，线装书局 2004 年。

横舟稿》自序、《芸隐倦游稿》自序、林尚仁《端隐吟稿》陈必复序、陈必复《山居存稿》自序、姚镛《雪蓬稿》自序、薛嵎《云泉诗》赵汝回序、敖陶孙《臞翁诗集》卷末《诗评》并跋、朱南杰《学吟》跋、黄大受《露香拾稿》郑清之跋、武衍《藏拙余稿》自序、林同《孝诗》刘克庄序及林同跋，《两宋名贤小集》中皆删去不录。可以说，除了王同祖《学诗初稿》跋之外，其余序跋几乎都被删掉。

宋人小集中的文、赋、词也全被删去。例如姚镛《雪蓬稿》后有《杂著》，存《核斋铭》、《存斋箴》、《冰壶说》、《修政和县西山道院记》、《程太中祠堂记》、《继周圹记》、《题蔡九峰洪范内篇后》、《题戴石屏诗卷后》、《题孔明抱膝长啸图》、《题画卷》、《上吉守范计院启》、《贺人得郡启》、《谢荐启》、《通交代康尉启》等各体文章14篇，这些文章在《两宋名贤小集》中都被删去。又周文璞《方泉诗集》中有《钟山赋》、《方泉赋》、《燃犀赋》、《投金濑赋》、《石麟赋》、《黄连香赋》等多篇赋作，《两宋名贤小集》中全部删去。

宋人小集中的部分诗歌也被删或失录。例如严粲《华谷集》中《过回雁》、《参蒙斋先生》二首有阙文，所以《两宋名贤小集》不录。还有许多失录而查无原因的情况。例如叶适《顺适堂吟稿》甲乙丙丁戊集，《两宋名贤小集》只取甲乙集。施枢《芸隐横舟稿》中《横溇岸边梅花方开》应有三首，《两宋名贤小集》中只选录第一首，未录其余二首。毛珝《吾竹小稿》中《石渊》（《宋百家诗存》作《石湖》）一首，邓林《皇荂曲》中《效晋乐志拂舞歌淮南王二篇》，朱继芳《静佳龙寻稿》中

《行路难赠萧坦翁》，陈必复《山居存稿》中《防风氏庙》一首，薛嵎《云泉诗》中《柴门》、《独宿山中》、《渔家》、《题山中井泉》、《郑氏时斋取学而时习之句》、《松冈过许峰送葬》等六首，危稹《巽斋小集》、《题杨妃牙痛图》二首，刘过《龙洲道人诗集》中《自宣溪过早禾渡》（二首）、《东阳南寺》、《寄孙竹湖》等四首，周文璞《方泉诗集》中《望云亭》、《敬思堂四言》、《陈将军哀词》、《吊清溪姑词》、《水仙庙鼓吹曲四首》、《招魂》等多篇，《两宋名贤小集》中皆失录。

宋人小集中的诗歌注语也有个别失录的情况。例如毛珝《吾竹小稿》中《沧浪亭》后有注语"子美故物惟石枰存"、胡仲参《竹庄小稿》中《与生上人》注语"生公以右军帖轴之（置）几间，复以李涉《游鹤林寺诗》为屏，故云"、《题雪舟云心二友吟卷》注语"时二公约刊《三友集》"、陈鉴之《东斋小集》中《守参示予游问政山和陈广文诗予用韵呈守参》注语"玉碑见《卢仝集》"，《两宋名贤小集》中皆未录。

其次，《两宋名贤小集》中还出现作者错乱的情况。例如卷三三六邓林《皇荂曲》中有《孤山访郑渭滨不值》、《唤渡旋幕》、《寄里中社友》等三首，其中《孤山访郑渭滨不值》、《寄里中社友》二首应属徐集孙《寄竹所吟稿》，而在卷二九九、三百徐集孙《竹所吟稿》中却失录，反而误入邓林集中。《唤渡旋幕》实出施枢《芸隐横舟稿》，卷二九八胡仲参《竹庄小稿》中最后一首《萧山望城中遗》亦出施枢《芸隐横舟稿》，此二首在卷二九六施枢《芸隐横舟稿》中皆失录。不仅如此，《唤渡旋幕》、《萧山望城中遗漏》、施枢《即景》（《两宋名贤小集》误

题为《禹庙》)、《镜湖一曲》等多首还见于卷二三八《方是闲
居士小稿》，可谓一误再误。

再次，《两宋名贤小集》中还有增入诗作的情况。例如卷三
二〇朱南杰《学吟》，较《南宋群贤小集》本多出《烟雨楼》
一首。又卷一五六伪题洪迈的《野处类稿》中，卷末附录《集
外诗》十首，这十首诗确为洪迈所作，乃从宋元笔记、方志、
诗话中辑录。又卷二六五危积《巽斋小集》，卷末录《牵牛花》、
《接客篇》、《郭公篇》、《妇叹》等四首，这四首不见于《南宋
群贤小集》本。鲍廷博《知不足斋辑录宋集补遗》（参见民国时
期上海古书流通处影印《汲古阁影钞南宋六十家小集》附印）
从《全芳备祖》、《后村诗话》中辑录危积佚诗四首，《两宋名贤
小集》增入四首与《巽斋小集补遗》前四首同，顺序也一致，
并删其出处。又卷三一三高似孙《疏寮小集》卷末有《聚景
园》、《四圣观》、《石楠》、《木香》、《梅》、《纪梦》等六首，
这六首不见于《南宋群贤小集》本，也是鲍廷博《知不足斋辑
录宋集补遗》从《武林旧事》、《全芳备祖》和《陈随隐漫录》
中辑录高似孙佚诗七首，《两宋名贤小集》增入六首与《疏寮小
集补遗》前六首同，顺序也一致，并删其出处。此外，宋伯仁
《雪岩吟草》由《嘉熙戊戌家马塍稿》和《嘉熙戊戌夏复游海陵
稿》、《嘉熙戊戌己亥马塍稿》三部分构成，《两宋名贤小集》卷
三四五《西塍稿》录《嘉熙戊戌家马塍稿》部分，又附《寓西
马塍》、《羊角埂晚行》、《湖上》、《西湖晚归》等四首于卷末；
卷三四六《海陵稿》录《嘉熙戊戌夏复游海陵稿》，并附《登海
陵城》、《出陆》、《瓜州阻风》、《焦山简主僧无庵》、《琼花》等

五首诗于卷末；卷三四七《西塍续稿》录《嘉熙戊戌己亥马塍稿》，并附《曹娥谢赵菊庄相访》、《值雨》、《寄旧友》、《题象山县栖霞观应真亭简住持张羽士》、《村庄即事》、《别朱泠官》、《边头老马》、《夜过乌镇》、《简张寄翁秀才》、《呈菊坡先生陈枢使》、《驾鹤林吴尚书赴召隆兴》、《苦风督蹉课甚迫》、《秋雨简刘主簿》、《呈留耕先生王侍郎》、《寄题临江王实斋司户百花洲》、《夜坐》、《秋田小立》、《兀坐》、《晚凉》、《夏日二首》等二十一首于卷末。这些附于《西塍稿》、《海陵稿》、《西塍续稿》的诗无一例外都是来自鲍廷博《雪岩吟草补遗》①。《两宋名贤小集》伪编者曾利用鲍廷博的辑佚成果，这一点值得引起注意，因为它是考察《两宋名贤小集》真正成书时间的证据。

复次，《两宋名贤小集》中还存在随意割裂宋人小集的情况。例如《安晚堂诗集》存卷六至卷十二凡七卷，而《两宋名贤小集》中《安晚堂诗集》只有六卷。其卷二三〇末尾《和赵从道赋菜畦春富贵》、《送林教授行戊戌九月》，卷二三一末尾《安晚园戏占》、《九日即事》、《题偃溪闻长老尧民击壤图》、《谢林治中访别觉际》、《正月晦夕梦中作偈觉但记其首两句遂于枕上》、《因笔记贼入空室颂》、《乙巳三月出湖口占》（二首），卷二三二末尾《到龙井寺》、《孟童子中异科而还来访余于行都赐第辄赠以诗》，卷二三三《旌德观》（三首）、《赐第登楼》（三首）、《观王导传作》、《闲中偶成》（二首），卷二三四末尾

①《雪岩吟草补遗》录宋伯仁佚诗八十九首，《两宋名贤小集》所载三十首皆在其中。

《东湖送藕与茸芷》、《送新姜与茸芷》、《山间录拙作求教茸芷俚语将命笑掷幸甚》，卷二三五末尾《书西湖雷峰讲主草书宝庆丁亥闰夏》、《送王伯厚入广》、《送继一郭处士》，以上诗歌皆属于《安晚堂诗集》卷十二，可知原本第十二卷被割裂分置于前六卷之后。即前六卷而言，前后顺序大致和《安晚堂诗集》一致，但也有错乱之处。

此外，通过校勘也不难发现，《两宋名贤小集》著录的宋人小集并不仅仅依据源自宋刊本的钞本宋人小集，有时还依据其他版本进行校改增补。例如《野谷诗稿》汲古阁影钞本有六卷，《两宋名贤小集》唯作一卷，次序亦不相同，似乎另有所据。另一部宋人小集刘过《龙洲道人诗集》依据多种版本的情况更为明显。刘过《龙洲集》十五卷完整流传至今，而《南宋群贤小集》本《龙洲道人诗集》是节选本。《两宋名贤小集》既然题"陈思编"，则当依节选本著录。但我们发现，《两宋名贤小集》卷三二五《龙洲集》中有许多诗歌不同于《南宋群贤小集》本，而有明显参考足本《龙洲集》的痕迹。例如《和危府教三首》，《南宋群贤小集》本只选其中一首；《梅花》五首，《南宋群贤小集》本只选其三；《村店》二首，《南宋群贤小集》本只选其一；《游清潭吕资益蟠谷十绝》，《南宋群贤小集》本仅选录五首为《游清潭吕子益蟠谷五绝》；《谒江华曾宰二首》，《南宋群贤小集》仅录其一；《吴尉西亭二首》，《南宋群贤小集》仅录其一；《游郭希吕石洞十九绝》，《南宋群贤小集》仅录其九。以上组诗明显是据足本《龙洲集》中补全。又《代寿韩平原二首》，《南宋群贤小集》本未录，足本《龙洲集》中有组诗五首，《两宋名贤小集》中选录其一、其二。《寄孙竹隐先生》、《观三迭泉》二首，《南宋群贤小集》本未录，而《两宋名贤小集》据足本《龙洲集》选入。《呈徐直院》二首，与《南宋群贤小集》本《呈徐直院二绝》完全不同，而是选录《龙洲集》卷八《呈徐侍郎兼寄辛幼安》而改诗歌标题。以上所举数例皆可看出《两宋名贤小集》曾参考足本《龙洲集》。不过，《两宋名贤小集》所录《龙洲集》基本沿用《南宋群贤小集》，还是可以看出来的。因为两者不仅选入诗歌大体相同，有些诗歌文字也遵从《南宋群贤小集》本。例如《王农丞舟中》，《龙洲集》未录此首；《寄王巽伯》，《龙洲集》作《思故人》；《聿追庵题壁》，《龙洲集》无"题壁"二字，而《两宋名贤小集》悉同于《南宋群贤小集》。

综合这些方面，《两宋名贤小集》依据当时藏书家传钞的宋人小集，并对宋人小集进行改造，这种改造在很大程度上是随意而粗暴的，虽然较《南宋群贤小集》增补了少量佚诗，但删改之处更多，且造成了许多错误。台湾藏三百八十卷本《两宋名贤小集》是国子学正汪如藻进呈于四库馆之本①，四库馆采进书中还有一种《两宋名贤小集》一百五十七卷本。法式善曾借钞此本，《存素堂文集》卷三《两宋名贤小集跋》载："《四库书总目》载《两宋名贤小集》一百五十七卷，旧本题宋陈思编、元陈世隆补，凡一百五十七家。"《陶庐杂录》卷三亦载"余既

_____

① 吴慰祖：《四库采进书目·国子监学正汪交出书目》，商务印书馆1960年，第180页。

钞《江湖小集》九十五卷、《江湖后集》二十四卷、《两宋名贤小集》一百五十七卷"云云。清《续文献通考·经籍考》、《续通志》著录的"《两宋名贤小集》一百五十七卷"即此本。此外，流传至今的《两宋名贤小集》还有重庆市图书馆所藏三百六十六卷本、福建省图书馆所藏二百十五卷本、南京大学图书馆所藏一百零八卷本。诸本卷数、种类不完全一致，但皆收入明清时期出现或辑录的小集①，显示出粗制滥造、随意成编的特点。

由于《两宋名贤小集》的出现，《群贤小集》与江湖诗集、陈思与陈起的关系进一步被遮蔽，遂成为宋代文学研究中聚讼纷纭的问题。

三、《两宋名贤小集》对明清诗歌总集的沿用

《两宋名贤小集》所收多达一百五十七家、三百八十卷，较之《南宋群贤小集》六十余家百卷左右的数量，增加了不少内容，所增加的作者时代跨越北宋和南宋，这部分也可以追溯文献来源。经考查，《两宋名贤小集》与多部明清总集之间存在沿用关系。②

① 《中国古籍总目·集部·总集类》载录诸本细目，中华书局 2012 年，第 2836—2842 页。

② 笔者仅经眼台湾藏本、《四库》本，此外《两宋名贤小集》还存有几种版本，笔者未能逐一经眼，因此这几种版本上存在的元明以后文献信息无法详悉。据《中国古籍总目·集部·总集类》（中华书局 2012 年，集部第 6 册，2836—2842 页）所载，这几种版本的子目，重庆藏本中有宋祁《西州猥稿》、王质《林泉结契》、洪迈《野处类稿》、赵汝回《东阁吟稿》等四种，福建藏本中有宋祁《西州猥稿》、赵汝回《东阁吟稿》等二种，南图藏本有（转下页）

（一）明曹学佺《石仓历代诗选》

　　《石仓历代诗选》五百六卷，其中宋诗一百七卷。《两宋名贤小集》中有不少与《石仓诗选》全同的地方。例如《两宋名贤小集》卷七载文彦博《潞公集》，从首篇《留守相公宠示东田燕集诗依韵和呈》至《答庞相家园虽陋……谨次严韵》28首，除中间《华月》、《太原府统平殿朝拜》两首，其余26首内容和排列顺序皆同于《石仓诗选》卷一二九载文彦博诗。又卷二四宋祁《西州猥稿》中，从首篇《九日药市作》到《重阳不见菊》57首，内容、顺序全同于《石仓诗选》卷一二七载宋祁诗。其中《侨居》本有二首，《石仓诗选》仅录第二首，《两宋名贤小集》也是如此。又卷二九张维《渔乐轩吟稿》，从首篇《太守马太卿会六老于南园》到《送丁逊秀才赴举》共9首，内容、顺序全同于《石仓诗选》卷一三七录张维诗。又卷三四载刘筠《肥川小集》，从首篇《淮水暴涨舟中有作》至《公子》8首，

（接上页）洪迈《野处类稿》、王质《林泉结契》、王镃《月洞吟》、释道璨《柳塘外集》等四种，足见这几种版本都收入了明清时期才出现的书。而南图藏本更是有几种直接题"元某某撰"的。这些都说明这几种版本收书种数、卷数之多寡，并非因为是同一部丛书反复增入而形成，而是因为每一次成编都具有随意性。但从所收子目看来，均以陈起编刊的江湖小集为基础，这是没有问题的。美国国会图书馆藏观稼楼钞本《两宋名贤小集》四十三卷，据陈腾考证，"观稼楼"为吕留良所建，该书应抄于吕留良生前，即康熙二十一年（1682）前后（参见《观稼楼与冰蓼阁》，《读书》2022年第7期）。实则其书为宋人小集汇辑本，但并非《两宋名贤小集》，因其各卷卷端题名皆同于宋人小集，并无"两宋名贤小集 陈思编 陈世隆续编"字样，亦无诗人小传。疑后人添加函套并误题为"两宋名贤小集"，故图书馆著录时亦沿其误。

内容、顺序与《石仓诗选》卷一二七刘筠诗全同。又卷四〇王珪《王岐公集》122 首，从首篇《大飨明堂庆成》到《宫词》组诗（九十首）共 101 首，内容、顺序全同于《石仓诗选》卷一四五王珪诗。又卷六一《王校理集》中，从第二首《平居》至《送李子仪知明州》共 11 首，内容、顺序全同于《石仓诗选》卷一四三王安国诗。又卷一一三彭汝砺《鄱阳集》录 65 首，内容、次序全同于《石仓诗选》卷一六八彭汝砺诗。又卷一八九李弥逊《竹溪集》66 首，所收诗歌数量、内容、排序全同于《石仓诗选》卷二〇三李弥逊诗。又卷一九〇载曾几《茶山集》，从首篇《岭梅》到《送仓部吕治先守齐安》26 首，内容、顺序全同于《石仓诗选》卷一六二曾几诗。又卷一九四刘爚《云庄集》8 首，内容、顺序全同于《石仓诗选》卷二〇九载刘爚诗。又卷二四〇徐鹿卿《静轩小集》13 首，前 12 首内容、顺序全同于《石仓诗选》卷二一一徐鹿卿诗。又卷二五五杜范《清献集》53 首，从首篇《夏夜云月不见有感》到《和高吉父》皆与《石仓诗选》卷二〇八杜范诗同，仅《空明洞》、《送汤仲熊国正以直去国》两首从其他地方辑得。以上所举作家，有许多仍有完整集子流传，而《两宋名贤小集》选录内容、顺序竟然全同于《石仓诗选》，足可证明《两宋名贤小集》有沿袭《石仓诗选》的情况。

（二）康熙时期张豫章等人编纂《御定四朝诗》

《御定四朝诗》收录宋、金、元、明四朝诗作，其中宋诗部分有不少和《两宋名贤小集》所收相同，可以看出两者的沿袭关系。

例如《两宋名贤小集》卷一六录田锡《咸平集》诗 26 首，其中《江南曲三首》到《短歌行》8 首见于《四朝诗》卷四"乐府歌行"，排序全同。《拟古》组诗、《赠朱道士》见于《四朝诗》卷一五"五言古诗"，《拟古》组诗是从《咸平集·拟古十六首》中选出 6 首，而《两宋名贤小集》著录的 6 首中内容、顺序全同于《四朝诗》。又《御沟》、《风筝》、《送春》3 首见于《四朝诗》卷二五"七言古诗"载，《花雨》、《忆梅花》、《红树》、《秋夜有怀寄副翰宋白舍人》、《暇日偶题》、《郡中遣意寄友人》、《题天竺寺》七首，见于《四朝诗》卷四五"七言律诗"载。其中仅《和太素春书》一首并非出自《四朝诗》。又《两宋名贤小集》卷二九载苏颂《苏侍郎集》23 首，除了前两首《挽老苏先生》、《题睢阳五老图》不见于《四朝诗》，其余所录内容、顺序全同于《四朝诗》。《坐久月初上》至《次韵君实内翰同游范景仁东园》6 首，见于《四朝诗》卷一四"五言古诗"载；《又和次中答莘老见招》见《四朝诗》卷四九"七言律诗"载；《次韵约诸君游长干寺》、《谢太傅杜相公惠吴柑》2 首见《四朝诗》卷五八"五言长律"载；《和胡俛学士红丝桃》见《四朝诗》卷三〇"七言古诗"载；《和刁推官蓼花二首》到《赠同事阁使》6 首见《四朝诗》卷三七"五言律诗"载；《同赋山寺都李花》见《四朝诗》卷六七"七言长律"载；《和题李公麟阳关图》、《野翠堂》、《西湖》3 首见《四朝诗》卷六八"七言绝句"载。从田锡、苏颂的选诗可以看出，《两宋名贤小集》存在从《四朝诗》中辑录的情况，这也是《两宋名贤小集》晚出的凭证。

（三）曹庭栋编《宋百家诗存》

此书最早刊刻于乾隆六年。《两宋名贤小集》中大量的作家小传、作品与《诗存》相同。

首先从两书中所载作家小传来看，不仅有大量重复，其中包括一些共同的错误。如卷二一六程珌小传中称其"绍兴四年擢进士第"，据《宋史》本传所载，"绍兴"应为"绍熙"之误；卷三七七柴望小传中称"高宗朝叩阙十上书"，实应为"理宗朝"。孔凡礼先生《评〈宋百家诗存〉》中认为这些错误是《诗存》沿袭自《两宋名贤小集》，可谓源流倒置；又认为《诗存》中的作家小传（如王镃、姚孝锡小传）较《两宋名贤小集》作家小传内容丰富，是曹庭栋在《两宋名贤小集》的基础上加以考补①，也不正确。据《诗存》载，王镃《月洞吟》"原集无传，兹为前明嘉靖时其族孙养端编"，陈思、陈世隆为宋元人，哪里能得知此事并引用其书！实际上，《四库》本《两宋名贤小集》虽以台湾藏三百八十卷本为底本，但对底本略有刊削。孔先生所据为《四库》本，台湾藏本所载王镃、姚孝锡小传与《诗存》全同。《四库》本上所阙文字乃四库馆臣从底本删去，并非曹庭栋在《两宋名贤小集》的基础上有所增补。又卷二九七王琼小传："王琼字宗玉，钱塘人，积学敦行，以孝友称。徽

---

① 孔凡礼：《评〈宋百家诗存〉》，《孔凡礼古典文学论集》，学苑出版社1999年，507—510页。

宗初登进士第，宣和中任大宗正丞，提举永兴军路常平。靖康初除左司郎中，历官两浙江东漕副，直龙图阁，以病奉祠。绍兴间尝避地居括，遂家焉。"与曹庭栋《宋百家诗存》卷八王琮小传前半部分相同，也是跟着一起错。实际上，据俞文豹《吹剑录》外集、《临江府志》卷五《官师志》的记载，王琮，字中玉，号雅林，括苍人。嘉熙间为括南安抚司参议。一官处州，知清江县。有政声，贾似道尝荐之，有《雅林小摘》。其诗见收于《江湖续集》。《（绍熙）云间志》卷中"知县题名"有嘉定十七年到任知县王琮，四库本《江湖后集》卷二四有陈起《挽宣教郎新差通判庆元府王琮》一诗，应即其人。

　　总集编纂者根据大量史料去取修润而撰成作家小传，如果其中出现个别与他书相同之处，尚可理解为巧合。但大量小传内容的雷同甚至出现共同的失误，则只能说明两书具有互相沿袭的关系。《宋百家诗存》和《两宋名贤小集》有使用同源文献的情况（都沿用清代流传的宋人小集辑本），但《两宋名贤小集》内容也有不出自《南宋群贤小集》，而沿袭《宋百家诗存》的情况，如卷八陈洎《陈副使稿》载诗歌16首，数量、排序、文字与《宋百家诗存》卷四所载全同。又卷三七三姚孝锡《怡云轩诗集》（实际上应该是《醉轩集》）9首全出《宋百家诗存》。以上这些都说明《两宋名贤小集》成书应在《宋百家诗存》之后。

（四）清初汪森辑《粤西诗文载》

　　汪森于康熙三十四年（1695）任桂林通判，公余之暇博览群书，着意搜集粤西史料，后来纂成《粤西诗文载》和《粤西通载》。此书有康熙四十三年刻本。

《两宋名贤小集》中有明显沿袭《粤西诗文载》之处。如卷六六孙抗《映雪斋集》共载诗7首。从《北牖洞》至《夕阳洞》6首，与《粤西诗文载》卷十所载内容、排序均同，另一首《栖霞洞》则出《粤西诗文载》卷二二。又卷二七李师中《珠溪集》，共录其诗19首，从首篇《龙隐岩》到《赠韩迥》十二首分别出自《粤西诗载》卷二、卷六、卷一〇、卷一三、卷二二，前后顺序全同，其中首篇《龙隐岩》应为方信孺作，《粤西诗载》中误作李师中，而《两宋名贤小集》沿袭其误。这些都是《两宋名贤小集》抄录《粤西诗载》的证据。

（五）厉鹗《宋诗纪事》

该集编纂始于雍正三年（1725），至乾隆十一年（1746）付梓刻印，前后历时二十余年。

《两宋名贤小集》中有大量作者小传与《宋诗纪事》所载作家小传全同。如卷九寇准传同于《宋诗纪事》卷四，卷一六田锡小传同于《宋诗纪事》卷三，卷一八尹洙小传同于《宋诗纪事》卷一一，卷二二夏竦小传同于《宋诗纪事》卷九，卷二八苏颂小传同于《宋诗纪事》卷一五，卷二九张维小传同于《宋诗纪事》卷五三，卷三九范镇小传同于《宋诗纪事》卷一四，卷四九富弼小传同于《宋诗纪事》卷一二，卷六〇唐询小传同于《宋诗纪事》卷一二，卷六二朱长文小传同于《宋诗纪事》卷二二，卷一百六张商英小传全同于《宋诗纪事》卷二十八，卷一百七王盵小传同于《宋诗纪事》卷五六，卷一百八蔡确小传同于《宋诗纪事》卷二二，卷一一〇晏殊小传同于《宋诗纪事》卷七，卷一一四徐俯小传同于《宋诗纪事》卷三三，卷一一五李彭（彭有《日涉园集》，未见《玉涧小集》之名）小传同于《宋诗纪事》卷三三，卷一四七岳飞小传全同于《宋诗纪事》卷四三，卷二三八刘学箕小传同于《宋诗纪事》卷六三，卷二三九林同小传同于《宋诗纪事》卷七九，卷二四一杨备小传同于《宋诗纪事》卷一七，卷二五二裘万顷小传同于《宋诗纪事》卷五六。其中有些共同的错误，可以证明两者之间的沿袭关系。例如卷一四七岳飞小传中称其嘉定四年追封鄂王，实应为嘉泰四年，此乃沿袭《宋诗纪事》之误。

《两宋名贤小集》中所录作家作品也可以看出与《宋诗纪事》的沿袭关系。如卷三七五收录赵孟坚《彝斋集》五首，赵孟坚有《彝斋文编》四卷，前二卷皆为诗，而此五首与《宋诗纪事》皆同。《宋诗纪事》是从《铁网珊瑚》、《柘上遗诗》中辑录出来，可见两者之间的沿袭关系应该是《名贤小集》沿袭了《宋诗纪事》。又卷一〇八蔡确《玩鸥槛诗稿》后云："蔡确以弟硕赃败，谪守安州，夏日登车盖亭作此十绝。……宣仁盛怒，令确分晰，终不自明，遂贬新州。"此段《宋诗纪事》选录的《夏日登车盖亭十首》后有载录，明言出明代蒋一葵《尧山堂外纪》（卷五一），《两宋名贤小集》沿袭《宋诗纪事》，而删其出处。又卷三八〇潘音《待清轩遗稿》，小传曰："音字声甫，天台人。宋季躬耕不仕，筑室南洲山中，诏征天下遗逸，廉访使檄赞之行，固辞。有《待清轩遗稿》。"该小传全同于《宋诗纪事》卷八一所载。考《元诗选》初集卷五四"潘高士音"载：

"至正三年，诏征天下遗逸，廉访使檄赞之行，固辞。尝叹曰：泉石膏肓，非其时，莫可疗也。乙未岁卒，年八十有六。时明太祖渡江，已取太平路矣。兵火后，卷帙散亡。嘉靖间七世孙日升搜葺其遗稿及读书录，并刻之。"① 可见潘音为元人，其集乃明嘉靖间七世孙潘日升所辑。厉鹗误辑入《宋诗纪事》，而《两宋名贤小集》亦沿其误。由以上分析可见，《两宋名贤小集》存在明显沿袭《宋诗纪事》的情况。

除了以上提到的明清总集，《两宋名贤小集》中有些诗可能是从《樵李诗系》和《宋诗会》中抄录而来。如《樵李诗系》卷二著录毛滂小传及其诗5首，《两宋名贤小集》的毛滂小传明显从《樵李诗系》节略而来；毛滂诗6首之中，除《下渚湖》一首，其余5首同于《樵李诗系》。从小传和收录诗歌的相近程度可以推断两者应存在沿袭关系。又卷三四刘筠《竹友集》载诗12首，前8首见于《石仓诗选》卷一二七，《始皇》以下4首见《宋诗会》中载。卷二三宋庠《元献诗稿》载诗11首，《四朝诗》卷四五律诗所录4首、《宋诗会》卷一二所载6首全在其中（其中1首重合）。宋庠有《元宪集》传世，从卷二到卷一五都是诗歌，而《两宋名贤小集》所收11首与《四朝诗》、《宋诗会》重复率如此之高，可见应存在沿袭关系。又卷四八张先《张都官集》中著录《润州甘露寺》1首，据《宋文鉴》卷二五、《方舆胜览》卷三等载，应为沈括作，《宋诗会》误辑沈括诗入张先集，《两宋名贤小集》也载为张先作，极有可能是沿

---

① 顾嗣立编：《元诗选·初集》，中华书局1987年，第1968页。

袭《宋诗会》之误。

综上所论，《两宋名贤小集》所录作家小传存在与《宋诗纪事》、《宋百家诗存》作家小传相同之处，所录诗歌也多互见于明清总集《石仓历代诗选》、《宋诗纪事》、《四朝诗》、《宋百家诗存》、《粤西诗载》等。存在互见内容的两部著作之间的关系，如果不是同源，则必然存在互相沿用。目前没有文献资料表明《两宋名贤小集》和《宋诗纪事》等书存在共同源头，而《两宋名贤小集》题为"宋陈思编，元陈世隆补"，从年代早晚上来说，当然应该年代在后的沿袭年代在前的，但还需要结合书籍的其他情况来分析。厉鹗、曹庭栋是严肃的学者，不可能直接抄袭某部著作，应该是《两宋名贤小集》沿袭厉鹗、曹庭栋等人的著作，并且沿袭了一些厉鹗、曹庭栋等人造成的错误。

四、《两宋名贤小集》作伪者蠡测

《两宋名贤小集》题"宋陈思编，元陈世隆补"，实际上，从题名已经可以看出该书当为清人所编。胡念贻先生已经考证清楚陈起与陈思为不同的二人，却又认为陈起《江湖前、后、续集》完全有可能被陈思《两宋名贤小集》所吸收。但根据清代以前的文献所载，陈思编刊的典籍只有《宝刻丛编》、《书小史》、《书苑菁华》、《海棠谱》、《小字录》、《赐谥类编》等，并未见其编《两宋名贤小集》这部书的任何记载。其题为"陈思编"，乃因吴焯开始混淆二陈，瓶花斋抄本《南宋群贤小集》又广为流传，于是出现诸多题为"陈思编"的宋人小集辑本。《两宋名贤小集》正是根据其中某部宋人小集辑本增益而成，故亦题为"陈思编"。梳理清楚《南宋群贤小集》流传经过之后，这一点并不难理解。

《两宋名贤小集》卷首的魏了翁序是以《宝刻丛编序》移花接木而来，定为伪作无可置疑。又题朱彝尊撰的跋语云：

> 按陈思所编《群贤小集》，当时艺流游客多挟此以干谒时贵，称为《国宝新编》。镌本已属希觏，近日海内藏书家间有抄本，而现在著名之集率皆不录，所以止有六十余家不等。噫！假非陈思编辑之力，此六十余家者，保无有湮没勿传者乎？宜一书贾而为大儒所嘉叹也。此外百四十家，系其从孙世隆所编。秀水后学朱彝尊书。

又跋：

> 思所编《群贤小集》，皆其同时不甚显贵之人，刻于宋宝庆、绍定间。史弥远柄国，疑刘过（按：应作"刘克庄"）集中有谤己之言，牵连逮捕，思亦不免，诗版遂毁。其从孙世隆，当元至正之末，复合两宋名人之诗，选而梓之。甫完数家，复遭兵燹。其稿本流传，日以散逸。而吾乡曹倦圃先生仅得其十之二三，率皆糜坏，乃补缀成编，复汰其近日盛行诸集，留得二百余家，选宋诗者当于此中求之。彝尊又记。

这两则跋语写作水平不高，被四库馆臣疑为伪托，亦当无疑问。第一则朱《跋》中指《群贤小集》为《国宝新编》，可能是因为陈思编有《宝刻丛编》，伪托者误将《群贤小集》当成《宝刻丛编》，又将"陈世隆"的续编称为《国宝新编》。第二则朱《跋》指陈思编《群贤小集》而致祸，则分明是把他当成了陈起。如前所论，朱彝尊提及江湖集及诗案时皆称"陈起"，吴焯首次将陈起与陈思混淆为一，这里沿袭其误，可见并非朱彝尊所作。

值得注意的是，其中称《群贤小集》为"《国宝新编》"，与宋刊本《南宋群贤小集》的伪朱跋完全相同。同样出于伪造，并且又同样出现"《国宝新编》"这样一个新名词①，可以推断，这些跋语应出自同一人之手。也就是说，如果宋刊本《南宋群贤小集》卷末的伪朱跋出自钱时霁，那么题为"宋陈思编，元陈世隆补"的《两宋名贤小集》也应该是钱时霁所伪造。

根据上引鲍廷博《顾氏读画斋重刊南宋群贤小集跋》，鲍氏抄录群贤小集时在乾隆辛巳（二十六年，1761）。那么，以群贤小集为参照，辑录《知不足斋辑录宋集补遗》则当在此后。《两宋名贤小集》中利用了鲍廷博的辑佚成果，可见此书的编纂时间上限不会早于乾隆二十六年。而《两宋名贤小集》入编于《四库全书》，其编纂时间下限则在乾隆三十八年（1773）四库

---

① 明嘉靖年间顾璘曾撰《国宝新编》一卷，载李梦阳以下若干人传记，原名《亡友录》，门人请更为此名。至于宋人小集汇编本，乾隆以前从未见称为"国宝新编"者。

馆征书之时①。

尽管现在已经找不到钱时霁伪造此编的文献证据，但从其他记载中可以看到一些蛛丝马迹。吴骞《吴下赠书林钱景开》载："载酒论文讵偶然，云烟过眼兴幽偏。春风杨柳曾千古，夜雨江湖又十年。宛委营生终远俗，琅嬛有路直通仙。何时小集群贤了，许我传钞剑石边。"自注云："《南宋群贤小集》为临安陈思所辑。"② 吴骞《拜经楼诗集》为生前编刊（吴骞卒于嘉庆十八年，诗集编刊于嘉庆八年），其例按时间编次，此诗所属卷一乃"起乾隆乙酉（1765）尽甲午（1774）"。而《拜经楼藏书题跋记》卷三《吴郡图经续记》载："《续吴郡图经》，世间传本绝少，而此本为秀水濮自昆先生手校，尤为可宝。余三十年前尝偕鲍渌饮游吴中购得之，珍藏至今……嘉庆辛酉。"③ 此题记作于嘉庆辛酉（1801），往前推三十年即乾隆三十七年（1772）。也就是说，吴骞与鲍廷博同游吴中、赠诗给钱时霁应在乾隆三十七年前后。诗中有"何时小集群贤了，许我传钞剑石边"之句，说明当时钱时霁已经开始搜集宋人小集，但尚未辑录完备。

推定伪编者为钱时霁，围绕宋刊本《南宋群贤小集》、《两宋名贤小集》流传的相关问题也可以豁然而解。据李斗《扬州

---

① 乾隆三十七年四库馆开始征书，初由官方（主要是江南督抚和两淮盐政）购买，三十八年五月诏令允许藏书家进呈。参见《四库全书总目》卷一《圣谕·乾隆三十八年五月十七日奉上谕》。

② 吴骞著，虞坤林点校：《拜经楼诗集》卷一，浙江古籍出版社 2016 年，第16 页。

③ 吴骞撰，吴寿旸辑录：《拜经楼藏书题跋记》，《丛书集成初编》，商务印书馆 1939 年，第 62 页。

画舫录》卷十八载:"钱苍佩,湖州乌程人,精别宋椠元板,寄业书贾,丛书楼中人也。子时霁字景开,一字听默,世其业,工诗。诏开四库馆,采访江南遗书,皆赖其选择。"丛书楼为马氏小玲珑山馆中一处"岿然独高"、"迸叠十万余卷"的著名藏书楼(见全祖望《丛书楼记》),钱苍佩长期来往于丛书楼中,与江南著名藏书家交流,其子钱时霁自然也熟闻书林掌故和学界轶事。

　　钱时霁精通版本鉴定和书业运营,经手的珍稀古本不计其数,洪亮吉称他为藏书家中的掠贩家①。但江浙文人、学者与钱时霁多有交往,袁枚、顾广圻、黄丕烈、鲍廷博、吴骞等人对他极为推重。顾千里《题清河书画舫后》称:"乾隆年间滋兰堂朱文游三丈,白堤老书贾钱听默,皆甚重常熟派,能视装订签题根脚上字,便晓属某家某人之物矣。"② 黄丕烈《荛圃藏书题识》卷二"吴志二十卷"条:"犹忆白堤钱听默开萃古斋,此老素称识古,所见书多异本,故数年前常一再访之。"③ 又《荛圃藏书题识》卷八"渭南文集"条:"白堤钱听默,书友中巨擘也。其遗闻逸事有关于书籍者,所得最多。"④

　　钱时霁不仅精通版本之学,还很擅长作诗,被比拟于陈起

----

① 洪亮吉《北江诗话》卷三载:"于旧家中落者贱售其所藏,富室嗜书者要求其善价,眼别真赝,心知古今,闽本蜀本,一不得欺,宋椠元椠,见而即识,是谓掠贩家。如吴门之钱景开、陶五柳,湖州之施汉英诸书估是也。"
② 顾广圻著,王欣夫辑:《顾千里集》卷二十,中华书局 2007 年,第 331 页。
③ 黄丕烈著,屠友祥校注:《荛圃藏书题识》,上海远东出版社 1999 年,第 85 页。
④《荛圃藏书题识》,第 643 页。

（或误为陈思）。顾广圻《古刻丛钞跋》曰："向者白堤有钱山人听默，实书贾中陈思之流。"① 又吴骞《拜经楼诗话续编》卷一："予至吴门，恒与书林钱景开相周旋。景开往来维扬，游于玲珑山馆马氏，多识古今书籍，予尝拟之宋之陈起。其卒也，黄荛圃挽诗有云：'天禄琳琅传姓氏，虎邱风月孰平章。'盖实录也。"② 人们将钱时霁比拟于陈起，或许他着力汇聚群贤小集也是原因之一。

钱时霁开始汇集群贤小集的时候，初衷未必为了造伪（若是造伪则不当广为宣传）。当时他还没有获得宋刊本《南宋群贤小集》，只能以钞本宋人小集作为底本辑录宋人诗集。适逢朝廷开四库馆，向天下征求遗书，钱时霁因其精熟古籍版本，交游广泛，受委托负责声气联络，"采访江南遗书，皆赖其选择"，遂趁机将一些宋人小集随意续编成《两宋名贤小集》售与江南藏书家，间接地献书于四库馆。惟其如此，才能解释《两宋名贤小集》等伪编书籍何以能够在很短时间内被官方采进。

宋刊本《南宋群贤小集》从马氏玲珑山馆散出之后，极有可能被钱苍佩书肆所得。钱时霁虽然移居苏州虎丘经营萃古斋书坊，但经常往来于维扬，遂又将其从扬州携至苏州。钱时霁编纂《两宋名贤小集》过程中已多次伪造朱彝尊题跋，那么再次伪造朱彝尊跋文并抄写序目置于《南宋群贤小集》之后，自然是轻车熟路的操作。

---

① 《顾千里集》卷十九，第307页。
② 吴骞著，虞坤林点校：《拜经楼诗话续编》，浙江古籍出版社2016年，第9页。

钱时霁以风流自命，经常流连于花街柳巷。钱泳《履园丛话》卷二十一"小姐班头"："吴门称妓女曰小姐，形之笔墨，或称校书，或称录事。有吴兴书客钱景开者，尝在虎邱半塘开书铺，能诗，尤好狭邪。花街柳巷，莫不经其品题甲乙，多有赠句，三十年来编为一集，名《梦云小稿》。尝曰：'苟有余资，必为付刻，可以纪吴中风俗之盛衰也。'袁简斋先生每至虎邱，辄邀景开为密友，命之曰'小姐班头'。一日，余在先生席上遇之，赠以诗云：'把酒挑情日又斜，酒酣就卧美人家。年年只学梁间燕，飞去飞来护落花。'先生见之，抵掌大笑曰：'此真小姐班头诗也。'"① 因为这有才无行的品性，钱时霁有伪造古书的行为也就不难理解了。

其实，钱时霁伪造书籍的行为早已有所记载。陈鳣《经籍跋文·宋本礼记注疏跋》载："《礼记正义》七十卷，宋刻本。……乾隆十四年，惠定宇征君取校毛氏刻本，计脱误万余字，为跋而识之，有云：'四百年来阙误之书，犁然备具，为之称快。'其后七十卷之本归于曲阜孔氏，而定宇本间或传校毛刻。有书贾钱听默窃以所储十行本重临惠校，缀以原跋。十行本者，亦南宋时刻。以其每半叶十行，故称十行本。首题'附释音礼记注疏'，亦称附音本。前序后有'建安刘叔刚宅锓梓'，又称刘叔刚本，实即《沿革例》所谓'建本有音释注疏'。其版渐损，递修至明正德。故山井鼎《考文》目为正德本。厥后闽本、监本、毛本皆从此出。听默所临，每与惠校不符。盖十行本

---

① 钱泳著，张伟点校：《履园丛话》，中华书局 1979 年，第 559 页。

与七十卷本合者，无庸点勘。惟毛本脱误最甚，故惠跋计改字数如许之多。听默诡言惠校宋本，且伪用故家收藏印记，鬻诸长安贵客，以献伯相和珅。"① 惠栋曾以宋刊八行本《礼记正义》校毛晋汲古阁刊本，在当时学林广为人知，钱时霁遂以宋代坊刻十行本造出"惠校宋本"，并高价出售。

既有此案例，对于钱氏伪造宋刊本《南宋群贤小集》朱彝尊跋和细目的目的也就不难理解了：通过朱彝尊跋揭示这宗宋刊本宋人小集即《江湖集》，再通过细目显示现存宋刊小集就是《江湖集》的全部，这样可以达到以残本充足本的目的。

---

① 陈鳣著，李林点校：《经籍跋文》，浙江古籍出版社 2018 年，第 302—303 页。

第五章

四库本《江湖后集》辨误

第一节　四库本《江湖后集》所载
江湖诗人及小集名录

　　江湖诸集早已亡佚，明成祖时编纂的《永乐大典》中多有引用。清乾隆时期编纂《四库全书》的时候，《永乐大典》仍存九千余册，数量远远超过今天能够见到的四百多册。四库馆臣以《江湖小集》（四库馆采进的一部清人辑本）为参照，从《永乐大典》中辑录出的江湖诗人佚诗，汇编成四库本《江湖后集》二十四卷（此《江湖后集》的名称与陈起编刊《江湖前、后、续集》的名称较易混淆，需要引起注意）。尽管由于种种原因，此二十四卷中存在许多重辑、误辑、漏辑的情况，但对于研究晚宋诗歌史仍然具有极为重要的意义。

　　四库本《江湖后集》以人为纲，人各有传，传中简单记载生平，间有提及诗集名称。现根据所载相关信息，列表如下。

卷数	所录诗人	佚诗数量	集名
卷一	巩丰	9	小传："淳熙十一年进士，有《东平集》二十七卷。"未言其小集名称。
	周弼	96	《端平诗隽》
卷二	刘子澄	19	小传："集名《玉渊吟稿》。"
	林逢吉	48	小传："有《天台集》、《玉溪吟草》。"
卷三	周端臣	114	小传言："御前应制，有《葵窗稿》。"
卷四	赵汝鐩	105	《野谷诗稿》
卷五、卷六	郑清之	179	小传："今世所传者缺五卷，惟第六卷至十二卷存。今葺自《永乐大典》者分为二卷，共诗一百七十九首，乃起所选入《江湖集》者也。"
卷七	赵汝绩	33	小传："有《山台吟稿》。"
	赵汝回	31	小传："有《东阁吟稿》。"
卷八	赵庚夫	12	小传："陈振孙《书录解题》云：刘后村志其墓，择其诗百篇为《山中小集》，属赵南塘序而传之。"
	葛起文	4	集名不详。
	赵崇嶓	诗55首，词15首	小传："有《白云小稿》。"似当有诗集、词集各一种。
	张榘	54	集名不详。
卷九	姚宽	18	小传："按《文献通考》载《西溪居士集》五卷。"
	罗椅	16	小传："有《涧谷集》、《东南纪闻》云。"
	林昉	15	集名不详。
	戴埴	诗5首，文2首	集名不详。
卷十	林希逸	37	小传："有《鬳斋续集》、《竹溪十一稿》。"
	张炜	79	小传："有《芝田小诗》。"

卷数	所录诗人	佚诗数量	集名
卷十一	万俟绍之	诗22首，词3首	小传："有《郢庄吟稿》。"有词三首，或有词集刊行。
	储泳	22	小传："著有《华谷祛疑说》。"非小集名称，其集不详。
	朱复之	11	集名不详。
	李时	7	集名不详。
	盛烈	16	小传："有《岘窗浪语》。"
	史卫卿	10	集名不详。
卷十二	胡仲弓	167	《苇航漫游稿》
卷十三	曾由基	22	集名不详。
	王谌	65	小传："有《潜泉蛙吹集》。"
	李自中	7	小传："有《秋崖吟稿》。"
	董杞	9	集名不详。
	陈宗远	36	小传："有《寒窗听雪集》。"
	黄敏求	22	小传："集名《横舟小稿》。"
卷十四	程炎子	15	小传："有《玉塘烟水集》。"
	刘植	24	小传："有《渔屋集》。"
	张绍文	诗6首，词4首	集名不详。
	章采	9	集名不详。
	章粲	13	集名不详。
	盛世忠	15	小传："有《松坡摘稿》。"
	程垓	12	集名不详。
卷十五	王志道	30	小传："有《阆风吟稿》。"
	萧澥	30	小传："有《竹外蛩吟稿》。"
	萧元之	15	小传："有《鹤皋小稿》。"

续　表

卷数	所录诗人	佚诗数量	集名
卷十五	邓允端	7	集名不详。
	徐从善	12	小传："有《月窗摘稿》。"
	高吉	15	小传："有《嫩真小集》。"
卷十六	释圆悟	28	集名不详。
	释永颐	41	小传："有《云泉集》。"
卷十七	吴仲方	词7首	小传："著《秋潭集》。今辑自《永乐大典》散篇者，惟词若干阕，名《虚斋乐府》。"
	张辑	词12首	小传："有《欸乃集》。朱湛卢序其词云：东泽得诗法于姜尧章，世所传《欸乃集》，皆以为采石月下，谪仙复出，不知其又能词也。今辑自《永乐大典》散篇者只词若干首，名《清江渔谱》。"
卷十八、十九	敖陶孙	86	集名不详。
卷二十	李龏	诗192首，赋1首	小传："按遗书本龏诗止集句二种，曰《剪绡集》，曰《梅花衲》。今茸自《永乐大典》中者有《吴湖药边吟》、《雪林采蘋吟》、《雪林捻髭吟》、《雪林漱石吟》、《雪林拥蓑吟》。仍存其目，分编于前，其无标识及赋一首，分体附于后。"
卷二十一	黄文雷	40	集名不详。
	周文璞	8	集名不详。
	叶茵	6	小传："有《顺适堂甲、乙、丙、丁、戊稿》，兹自《永乐大典》补诗六首。"
	张蕴	65	小传："有《斗野支稿》，见遗书本。兹茸自《永乐大典》中，补诗六十五首。"
卷二十二	俞桂	8	小传："有《渔溪诗稿》，见遗书本。兹茸自《永乐大典》中，补诗八首。"

续　表

卷数	所录诗人	佚诗数量	集名
卷二十二	武衍	49	小传:"遗书本所载《适安藏拙余稿》一卷皆绝句,《适安乙稿》一卷古今诗。兹茸自《永乐大典》中者,题曰《适安藏拙余稿续卷》,乃世所行本不复见者也。"
卷二十三	吴仲孚	5	小传:"有《菊潭诗集》,见遗书本。兹茸自《永乐大典》中,补诗五首。"
	吴仲参	5	小传:"有《竹庄小稿》,见遗书本。兹茸自《永乐大典》中,补诗五首。"
	姚镛	6	"有《雪蓬集》,见遗书本。兹茸自《永乐大典》中补诗六首。"
	戴复古	6	"今茸自《永乐大典》中,补诗六首。"
	危稹	3	
	徐集孙	2	
	朱继芳	24	
	陈必复	29	"有《山居吟稿》,见遗书本。今茸自《永乐大典》中,补诗二十九首。"
卷二十四	陈起	51	集名不详。

四库本《江湖后集》保存了重要的江湖佚诗,馆臣所撰小传提到许多江湖诗人的生平和著作,是研究江湖诗派的重要材料,文献价值不言而喻。此外,此书还为我们提供了许多认识江湖诸集的角度。

首先,四库本《江湖后集》所辑六十六位诗人作品多寡不一,那些佚诗数量很少的诗人不一定有独立小集,可能是来自《中兴江湖集》或《前贤小集拾遗》等总集。但那些存诗数量较多的诗人,可以肯定,他们应该有集子编入江湖诸集中,甚至有不止一种集子。例如,敖陶孙有《臞翁诗集》一种流传,而四库本《江湖后集》卷十八、十九辑录补诗多达 86 首,说明敖氏或有别的诗集入编于江湖诗集之中。又如李龏有《剪绡集》、《梅花衲》两种集句诗流传,但四库本《江湖后集》中辑录佚诗近两百首,都不是集句诗,小传载其收入江湖诗集的小集还有《吴湖药边吟》、《雪林采蘋吟》、《雪林捻髭吟》、《雪林漱石吟》、《雪林拥蓑吟》等五种,《永乐大典》残卷所引《江湖后集》和《江湖续集》均有载李龏诗歌,可能他的七种集子(两种集句诗和五种原创诗)分别收入《江湖后集》和《江湖续集》之中。又如黄文雷《看云小集》自序言"芸居见索,倒箧出之",可知其集为陈起刊刻无疑。四库本《江湖后集》卷二十一辑录黄文雷佚诗 40 首,除了误辑和重辑各一首之外,其余 38 首皆未见流传,且佚诗中有《挽芸居》二首,可见黄文雷应该还有一种诗集入编于江湖诗集之中,这部已佚的诗集并非出自陈起刊刻,而应该出于陈续芸刊刻。又如张蕴有《斗野稿支卷》,陈起有《芸居乙稿》流传,四库馆臣仍能从江湖诗集辑出张蕴佚诗 65 首、陈起佚诗 51 首,说明他们应该还有其他小集入编于江湖诗集之中。《斗野稿支卷》和《芸居乙稿》从名称上看并非最早刊刻的集子,可以推测此二集之前当有《斗野稿》、《芸居稿》,只不过后来亡佚了。又如武衍有《适安藏拙余稿》、《乙稿》两种流传,四库本《江湖后集》卷二十二辑其诗 52 首,小传言:"兹葺自《永乐大典》中者,题曰《适安藏拙余稿续卷》,乃世所行本不复见者也。"所辑佚诗除了一首重辑之外,应该都是《续卷》中的诗歌。又如朱继芳有《静佳龙寻稿》、《静佳乙稿》两种流传,四库本《江湖后集》所辑佚诗 24 首,除了一首与《静佳乙稿》重复，其余均不见于此二集，故朱氏可能还有一种不知名小集入编于江湖诗集中。又如陈必复有《山居吟稿》流传，但四库本《江湖后集》卷二十三辑补诗多达 29 首，故陈必复应该还有另外一种集子收入江湖诗集中。

需要注意的是，四库本《江湖后集》小传中提及的诗人著作未必是收入江湖诸集中的小集，如卷一周弼小传载："弼字伯弜，汉阳人，文璞之子。嘉定间进士，江夏令。有《端平集》十二卷，荷泽李羣又选而序之，曰《端平诗隽》。"入编于《江湖续集》的周弼诗集，应该是据《端平集》选录出来的《端平诗隽》，而非多达十二卷的《端平集》。同卷巩丰小传载："丰字仲至，……有《东平集》二十七卷。"《东平集》二十七卷显然不会全部入编于江湖诗集。又如卷十一储泳小传言："泳字文卿，云间人，著有《华谷祛疑说》。"其书名似为子书而不类诗集名。

还有些小传内容特别简单，根本就没有提及该作家的小集名称，如上表标识为"某集"或"集名不详"处，都没有提及小集名称。不过，根据《永乐大典》残卷，我们还可以了解到部分诗人小集的名称，如卷 2264 引"林昉《石田别搞·西湖》"，卷 3527 引"林昉《石田别稿·蓬门诗》"，可知林昉诗集名为《石田别稿》。卷 20354 引"史卫卿《桂山小稿·西湖山居灯夕》……《依韵奉和司徒侍中龙兴灯夕》"，可知史卫卿诗集名为《桂山小稿》。《永乐大典》卷 15139 引"罗椅《涧谷小稿·见陈制帅子华》"，可知罗椅小集名称为《涧谷小稿》。《永乐大典》卷 2264 引"曾由基《兰墅集·西湖夜景》"卷 20354 引

"曾由基《兰墅续稿·元夕同友街游》……《元夕酒倦》",可知曾由基小集名为《兰墅集》、《兰墅续稿》。《永乐大典》卷2813引"董杞《听松吟稿》:略约低横露浅滩……",可知董杞诗集名为《听松吟稿》。个别江湖小集的名称也可从其他文献中获悉。如朱复之的小集,据张炜《谢朱高邮惠〈湛卢诗集〉》可知其集名很可能是《湛卢诗集》,编刊似在张炜《芝田小诗》之前。但仍有许多不知名的江湖小集,已是无法考知了。

四库本《江湖后集》所辑诗人及其小集,名录多数可与《永乐大典》残卷互相对应,由于残卷所剩无几,未见残卷引用的这部分尤具价值。虽然四库馆臣辑录时方法和态度皆不甚严谨,残卷中有些本该辑入而未辑入的诗人诗作。不过,综合《永乐大典》残卷和四库本《江湖后集》,可得出江湖诸集的大部分佚诗,这是没有问题的。

如同其他《永乐大典》辑佚书一样,四库本《江湖后集》中存在许多问题,例如辑录佚诗时不仅没有注明出自《永乐大典》的哪卷,也没有注明出自江湖诸集中的哪集,造成我们今天很难利用它来推进江湖诗研究。还有众所周知的漏辑问题。费君清先生指出:"从目前中华书局影印的八百卷残卷中可辑得江湖诗人一百零八家,将这些诗家与四库本《江湖小集》和《江湖后集》相校核,发现其中有三十六家是被以往所遗漏的。"[1]有鉴于此,费先生又从《永乐大典》残卷中将四库馆臣漏辑的

---

[1] 费君清:《论江湖集的历史真相》,第466页。

江湖佚诗辑录出来①，这些工作对于江湖诗派研究非常重要。

事实上，除了以上问题之外，四库本《江湖后集》中还存在相当严重的重辑和误辑问题，尚未被人注意。下面试对此进行揭示和探讨。

第二节　四库本《江湖后集》重辑举例

四库本《江湖后集》的辑佚过程，《四库全书总目》卷一八七所载最详：

> 起以刻《江湖集》得名，然其书刻非一时，版非一律，故诸家所藏如黄俞邰、朱彝尊、曹栋、吴焯及花溪徐氏、花山马氏诸本，少或二十八家，多至六十四家，辗转传钞，真赝错杂，莫详孰为原本。今检《永乐大典》所载，有《江湖集》，有《江湖前集》，有《江湖后集》，有《江湖续集》，有《中兴江湖集》诸名。其接次刊刻之迹，略可考见。以世传《江湖集》本互校，其人为《前集》所未有者，凡巩丰、周弼、刘子澄、林逢吉、林表民、周端臣、赵汝鐩、郑清之、赵汝绩、赵汝回、赵庚夫、葛起文、赵崇嶓、

---

① 参见费君清：《〈永乐大典〉江湖诗补辑》，《温州师范学院学报》（哲学社会科学版）1989年第4期；《宋人江湖诗后补》，《渤海学刊》1990年第1期；《宋人江湖诗续补》，《电大教学》1997年第5期。

张榘、姚宽、罗椅、林昉、戴植、林希逸、张炜、万俟绍之、储泳、朱复之、李时可、盛烈、史卫卿、胡仲弓、曾由基、王谌、李自中、董杞、陈宗远、黄敏求、程炎子、刘植、张绍文、章采、章粲、盛世宗、程垣、王志道、萧澥、萧元之、邓允端、徐从善、高吉、释圆悟、释永颐，凡四十八人。考林逢吉即林表民之字，盖前后刊版，所题偶异，实得四十七人。又《诗余》二家，为吴仲方、张辑，共四十九人。有其人已见《前集》，而诗为《前集》未载者，凡敖陶孙、李龏、黄文雷、周文璞、叶茵、张蕴、俞桂、武衍、胡仲参、姚镛、戴复古、危稹、徐集孙、朱继芳、陈必复、释斯植及起所自作，共十七人。惟是当时所分诸集，大抵皆同时之人。随得随刊，稍成卷帙，即别立一名以售，其分隶本无义例，故往往一人之诗，而散见于数集之内。如一一复其旧次，转嫌割裂参差，难于寻检，谨校验前集，删除重复，其余诸集，悉以人标目，以诗系人，合为一编，统名之曰《江湖后集》。庶条理分明，篇什完具，俾宋季诗人姓名、篇什湮没不彰者，一一复显于此日，亦谈艺之家见所未见者矣。[1]

尽管乾隆时期《永乐大典》已经有所散佚，但仍存九千余册。四库馆臣以两淮盐政采进本《江湖小集》（亦即《四库》本《江湖小集》的底本）为参照，将《永乐大典》保存的江湖佚诗

---

[1]《四库全书总目》，第 1701—1702 页。

辑录出来。两淮盐政采进本《江湖小集》再加上从《永乐大典》辑录出来的佚诗，便囊括了江湖诗的绝大部分内容，这种思路是没有问题的。而且馆臣在辑录佚诗的时候，非常谨慎地区分哪些是收入江湖诗集的小集，哪些是单刻流行的诗文集。四库本《江湖后集》卷五郑清之小传载："按《安晚堂集》六十卷，起所刻者十二卷，末有'临安府棚北大街睦亲坊南陈解元宅书籍铺刊'字一行，今世所传者缺五卷，惟第六卷至十二卷存。今葺自《永乐大典》者分为二卷，共诗一百七十九首，乃起所选入《江湖集》者也。"卷十二胡仲弓小传载："仲弓字希圣，清源人，仲参之兄，有《苇航漫游稿》。按《江湖集》诸人唱和诗，苇航诗名颇著于仲参，而诸选家无一及者。《永乐大典》载其集甚夥，此乃陈起所选者也。"据郑清之、胡仲弓二人小传的记载，《永乐大典》中尚有二人的其他集子，但馆臣辑入四库本《江湖后集》的诗都是明确标示出于江湖诗集的佚诗。这种处理无疑是非常得当的。

问题的关键在于，作为"参照物"的四库本《江湖小集》是否可靠呢？乾隆时期出现多种数量、内容参差不齐的宋人小集辑本，被当时的学者和藏书家当成陈起编刊的江湖诗集，四库馆臣已经明确指出这些小集辑本所收录的内容"真赝错杂，莫详孰为原本"，但又认为四库本《江湖小集》即陈起编刊江湖诸集中的"前集"，并以四库本《江湖小集》作为参照辑录佚诗，"校验前集，删除重复"，编为《江湖后集》。四库本《江湖小集》的问题已经有学者充分讨论过了。费君清先生指出，宋代文献中引录"《江湖集》"中曾极、敖陶孙、刘克庄等人诗歌，并不见于四库本《江湖小集》中；四库本《江湖小集》收录的许多小集时代偏晚，甚至存在若干陈起去世以后的小集，而且有些小集显然并非出于陈起刊刻，因此四库本《江湖小集》不能够等同于陈起《江湖集》①。

　　确如所言，两淮盐政采进本《江湖小集》只是清代前中期流传的几十种江湖小集辑本之一，不能完全等同于陈起刊刻的江湖诗集。在清代流传的几十种江湖小集辑本中，除了宋刊本《南宋群贤小集》与《汲古阁影宋钞本宋群贤六十家小集》两部之外，其余皆以钞本形态流传。诸多辑本所收录的小集主体相同，说明它们都是出自同一源头，但诸多小集辑本收录数量多寡不同，互有增损，又说明它们在传抄过程中有所增损。宋刊本《南宋群贤小集》与《汲古阁影宋钞本宋群贤六十家小集》版式行款尚不能够完全相同，有些并非出自陈起刊刻，其余的钞本又怎么能够断定全部出自陈起刊刻呢？更何况四库本《江湖小集》中还掺杂了一些不能证明为江湖诗集内容的小集，甚至有些是书商故意伪造的小集②。更重要的是，有些尚有宋刊本和影宋钞本流传的小集，例如赵汝鐩《野谷诗集》、周弼《端平诗隽》、林希逸《竹溪十一稿》、释永颐《云泉诗集》三种，四库本《江湖小集》中却没有收录，所以四库本《江湖后集》中辑录赵汝鐩诗多达一百五首，周弼诗多达九十七首，林希逸诗多达三十七

---

① 费君清：《论〈江湖小集〉非陈刻〈江湖集〉》，《文学遗产》1989 年第 4 期。

② 题为洪迈撰的《野处类稿》实际上出自朱松《韦斋集》，清人钱大昕《十驾斋养新录》卷十四、劳格《读书杂识》卷十二中已明辨其伪。

首，释永颐诗多达四十一首，这些工作都属于重辑。

　　另一种重辑的情况是，馆臣虽以四库本《江湖小集》作为参照，但四库本《江湖小集》中收入的诗歌，也收入在四库本《江湖后集》之中。例如卷十九敖陶孙小传载："陶孙字器之，号体斋，……有《臞翁集》，见遗书本。王士禛云：臞翁古诗歌行，颇有盛时江西风气，其诗评尤为谈艺家所推引。今葺自《永乐大典》中，补诗八十六首。"但所辑录佚诗中，《寄福清翅山舅陈梦实》一首已见《臞翁诗集》。又如卷二十一黄文雷小传载："文雷字希声，盱江人，有《看云小集》，见遗书本。王士禛《居易录》称其长句颇有骨力。今葺自《永乐大典》中，补诗四十首。"但其中《江石诗》实见于《看云小集》中，题为"古石"，注"长沙郡斋"。同卷周文璞小传载："文璞字晋仙，号野斋，又号山楹，阳谷人。有《方泉先生集》，见遗书本。张端义云：'野斋尝语予曰：《花间集》有五字绝佳"细雨湿流光"，景意微妙。……野斋之《灌口二郎歌》、《听欧阳琴行》、《金铜塔歌》，不减太（贺、）白。'今葺自《永乐大典》中，补诗八首。"检此八首诗，《金陵杂咏》四首其三"阴山侧畔月如霜"，正出自《方泉诗集》，唯"侧畔"二字作"祠下"；《寄华阳众侣》四首亦皆出自《方泉诗集》，属于重辑①。又如叶茵小传载："茵字景文，笠泽人，有《顺适堂甲、乙、丙、丁、戊

---

① 苏泂《泠然斋集》卷六附录"李琏《题金陵杂兴诗后十八首》"第一、二、三、五与四库本《江湖后集》所载周文璞《金陵杂咏四首》相同，但其三见于《方泉诗集》卷四，题作《阴山》；第六"暮雨潇潇郎不归"与《方泉诗集》卷四《暮雨》相同；第七"愁看幕府夕阳边"、十一"江水　（转下页）

稿》，兹自《永乐大典》补诗六首。"所补六首之中，其一《生长》、其五《失题》、其六《止庵驿路施茶》，皆见于《顺适堂吟稿》，分别题为《虎栅》、《安乐窝》、《止庵驿路施茶》。同卷张蕴小传载："蕴字仁溥，……有《斗野支稿》（笔者按：此为笔误，当作《斗野稿支卷》），见遗书本（笔者按：遗书本即采进四库馆之《江湖小集》）。兹茸自《永乐大典》中，补诗六十五首。"但其末篇《虎丘》实见于《斗野稿支卷》中。又如卷二十二武衍小传云："衍字朝宗，汴人。遗书本所载《适安藏拙余稿》一卷，皆绝句。《适安乙稿》一卷，古今诗。兹茸自《永乐大典》中者，题曰《适安藏拙余稿续卷》，乃世所行本不复见者也。"但其中《游吴门同乐园书池光亭壁呈使君张都承》一首已见于《适安藏拙余稿》，乃属重辑。又如卷二十三戴复古小传载："复古字式之，……有《石屏续稿》，见遗书本。……今茸自《永乐大典》中，补诗六首。"《到南昌呈宋愿父黄子鲁诸丈》其一已见于《石屏续集》，乃属重辑。同卷危积小传载："积字逢吉，临川人，有《巽斋稿》，见遗书本。兹茸自《永乐大典》中，补诗三首。"其中第三首《送孙行之出守衡阳》已见于《巽斋小集》，乃属重辑。同卷朱继芳小传载："继芳字季实，建安

（接上页）无情碧草春"、十五"司马家儿持酒梧"、十六"孙帝陵头水最悲"与《方泉诗集》卷二《金陵怀古六首》其一、其三、其四、其六相同；第八"细竹千竿殿影斜"与《方泉诗集》卷四《法宝寺》相同，第十二"相君自女小乘僧"与《方泉诗集》卷四《戒坛》相同，唯"自女"作"孙女"；第十七"云杪荧荧一塔灯"与周文璞《初至长子寺》相同。苏泂《泠然斋诗集》也是四库馆臣从《永乐大典》中辑录出来的，所谓"李琏《题金陵杂兴诗后十八首》"当有误辑，容后续考。

人，绍定五年进士，有《静佳乙稿》，见遗书本。今葺自《永乐大典》中，补诗二十四首。"但《蝶》一首，实为《静佳乙稿》之《观化》，属于重辑。又如卷二十四陈起小传载："起字宗之，钱塘人……有《芸居乙稿》，见遗书本。今葺自《永乐大典》中，补诗五十一首。"但其中《买花》一首实见于《芸居乙稿》，属于重辑。

郑清之《安晚堂诗集》是较为特殊的小集，原本有十二卷，流传到明末清初时已经亡佚了前五卷，宋刊本和毛晋汲古阁影宋钞本都仅存后七卷，四库本《江湖小集》亦仅有后七卷。四库本《江湖后集》卷五载郑清之小传言："今世所传者缺五卷，惟第六卷至十二卷存。今葺自《永乐大典》者分为二卷，共诗一百七十九首，乃起所选入《江湖集》者也。"既然以后七卷作为参照，那么辑自《永乐大典》者当全部属于前五卷的诗。遗憾的是，四库本《江湖后集》所录郑清之诗与四库本《江湖小集》所录郑清之《安晚堂集》重复甚多：《送继一郭处士》、《旧冬得蒌蒿数十根……聊发一笑》、《育王老禅屡惠佳茗……录以为谢》、《食蛤戏成》、《小轩偶成》、《赠谈命陈总属》、《食豆荚》、《谢童天老秋兰》、《闻觉际被风寄頔老》、《夜雨》见《安晚堂集》卷六，《和葺芷应直院送秋兰韵》、《同黄制属自延寿寺雨过禅寂寺》、《宿翠山》二首、《太史报彗星没》、《南玻口号十八首》、《和虚斋劝农十诗》见《安晚堂集》卷七；《静乐用元韵为劝学之什再和》、《再和劝学韵》、《适得卤蛤颇佳……戏缀前语代简》、《三友》、《浓绿中见芍药一朵》见《安晚堂集》卷八；《林治中郑广文以诗来遣鲁酒报聘拙语辅行》、《谢玉泉君黄伯厚和韵》、《诸君和篇摩垒致师不容闭壁再续前韵》、《再和戏黄玉泉》、《谢茸芷和韵》、《谢郑广文和韵》、《客有诵袁蒙斋得雨酬倡之什辄赓元韵志喜也呈虚斋使君》见《安晚堂集》卷九；《和郑制幹谢借居且惠朋樽醉螯诗》、《乍晴观蜂房戏占》、《题雪窦千丈岩》、《偶成》（作《安晚偶成》）、《因林治中近有捕虎之役调以拙诗》见《安晚堂集》卷十；《郑德言亲睹洛迦观音相……敬题其旁》、《拙偈调偃溪上人》、《赠许石田为僧》、《灵隐慧上人惠诗为古风以赠》、《和茸芷笋诗》、《村边以汤婆样惠示与诗俱来依元韵》、《比以拙诗戏调张籍……辄和两韵》、《因会原注古外切来诗再赓元韵》、《续宠之宠依韵以谢》、《偶于圃中问讯梅友……率尔有作》、《调云岑》（作《雪窗董寺丞将旨平谳安晚来访因举似偃溪为下一则语》）、《和白云老禅二偈》、《天育二老禅惠示经佛偈答以十诗》见《安晚堂集》卷十一；《孟童子中异科而还来访余于行都赐第辄赠以诗》、《正月晦夕梦中作偈觉但记其首两句遂于枕上足之录呈慧上人》、《因笔记贼入空室颂》、《赐第登楼》、《戏占》（题作《安晚园戏占》）、《旌德观》二首、《观王导传作》、《题偃溪闻长老尧民击壤图》、《赐第登楼》二首见《安晚堂诗集》卷十二。由此可见，四库馆臣辑录时态度极不认真。民国时期张寿镛编刊《四明丛书》，所收《安晚堂集》卷末将四库本《江湖后集》所录郑清之佚诗二卷尽数附录于后而未加考辨，亦可谓得失参半。

第三节　四库本《江湖后集》误辑举例

四库本《江湖后集》中不仅存在重辑，同时也有数量不少的误辑，现将误辑篇目列举如下。

四库本《江湖后集》卷三辑录周端臣佚诗，其中混有他人作品。《裴坟》出自俞桂《渔溪诗稿》，《暮春漳川闲居书事》出自潘阆《逍遥集》，《简雪窗董寺丞》出自《安晚堂集》。《书逸人俞太中屋壁》、《赠岐贲推官》、《寄唐异山人》、《题崇胜院河亭》、《作谢冯亚惠鹤》、《寄题石都尉林亭》、《冬日书事》、《赠三门漕运钱舍人》、《闻王衢王辟登第寄贺》、《谢长安孙舍人寄惠蜀笺》、《晨兴》、《和三门窦程寺丞见赠》、《怀寄河中表兄李征君》、《同用晦上人游渼陂》、《送谞师赴王寺丞召写碑》、《和江南提刑王国博见寄》、《酬薛田推官见赠》、《谢刘大著寄惠玉笺》（魏野作《谢大著刘煜寄惠玉笺》）等十八首都是出自魏野《东观集》。这么多魏野诗歌被误辑入周端臣诗，恐非一时误解，很可能辑录者误以为《东观集》作者即是周端臣。

卷七辑录赵汝绩佚诗，其中混有他人作品。《离越》一首，厉鹗《宋诗纪事》卷八十五录为赵汝唫作，注出《诗林万选》。赵汝回《纵游》一首，实见于陆游《剑南诗稿》卷六十四。

卷八辑录张槃佚诗，其中混有他人作品。《送姚提干行》实出于《安晚堂集》卷七，《登苏台用袁宪韵赠两赵提干（原注：汝积幼闻）》实出于《臞翁诗集》，《秦淮》实为周文璞《方泉诗集》卷三《跋钟山赋二首》其二。

卷八辑录张炜佚诗，其中混有他人作品。《题净众壶隐》实出自释绍嵩《江浙纪行集句诗》。《秋千》其一出自俞桂《渔溪诗稿》，其二则未详。《题村居》其二见叶茵《顺适堂吟稿》。

卷十一辑录史卫卿佚诗，其中混有他人作品。《秋步述所见》实出利登《骳稿》；《柳梢青》实为罗椅作，见《绝妙好词》、《阳春白雪》；《所见》实出施枢《芸隐倦游稿》；《有所见》实出何应龙《橘潭诗稿》。后两首正在《书里中所见》之后，或即皆在"见"字韵下，因未抄其余二首诗作者，故馆臣误以为皆属于史卫卿所作。

卷十二辑录胡仲弓佚诗，其中混有他人作品。《杂兴》三首实出自方岳《秋崖集》卷十三，《春日杂兴》十五首实出自方岳《秋崖集》卷八，《暑中杂兴》八首出自方岳《秋崖集》卷二。《郊行同张宰》实出赵汝鐩《野谷诗稿》卷六。《耕田》出自叶茵《顺适堂吟稿续集》。

卷十三辑录曾由基佚诗，其中混有他人作品。《病起幽园检校》实出自周弼《端平诗隽》。同卷辑录王谌佚诗，亦混入他人作品。《张守送酒次敬字韵作诗谢之游北山》实出陈造《江湖长翁集》卷六，原题作《游北山（小注：张守送酒次敬字韵作诗谢之）》。《寄王仲衡尚书》实出陈造《江湖长翁集》卷十三。《苕溪舟次》实出释斯植《采芝续集》。《嘉兴戊戌季春一日画溪吟客王子信为亚愚诗禅上人作渔父词七首》实出薛嵎《云泉诗》，题作《渔父词七首》。

卷十六辑录释永颐佚诗，《吕晋叔著作遗新茶》实出梅尧臣

《宛陵集》卷五十二，《游张园观海棠戏作》则出自释绍嵩《江浙纪行集句诗》）。

卷十七辑录吴仲方词七首，小传曰："仲方字季仁，雪川人，范七世孙，仲孚之兄也，著《秋潭集》。今辑自《永乐大典》散篇者，惟词若干阕，名《虚斋乐府》。"然这七首词皆出自赵以夫《虚斋乐府》。其中《贺新郎·送郑怡山归里》一阕，黄升《中兴以来绝妙词选》卷九引作《贺新郎·饯郑金部去国》，作者也是赵以夫。这些词属吴还是属赵？赵以夫《虚斋乐府》宋刊本虽然已经亡佚，但明末清初毛晋汲古阁有影宋钞本，此本前有淳祐九年自序，而馆臣将赵以夫《虚斋乐府》嫁接为吴仲方作，可谓大谬。

卷十九辑录敖陶孙佚诗中，《醉歌》一首，《前贤小集拾遗》中载其作者为徐玑。

卷二十辑录李龏佚诗中，有《绯桃》二首："汉武西池宴未归，霞妃粲粲弄春机。靓妆似怕东风笑，尽换宫罗五品衣。""衣裁缃缬态纤秾，犹在瑶池午醉中。嫌近清明时节冷，趁渠新火一番红。"陈景沂《全芳备祖》前集卷八"七言绝句"中载录其二，注为曾裘父作，而刘克庄《千家诗选》卷八百载录此首为"施真卿"作。又《遣兴三首》实出自吴汝式《云卧诗集》；《倚栏》实出自周弼《端平诗隽》，题作《天津桥》；《山庵早梅》亦出自周弼《端平诗隽》。

卷二十一辑录黄文雷佚诗中，《借周伯弜题天申宫苏文忠公画像》实出自周弼《端平诗隽》，原题《天申宫苏文忠画像》。《永乐大典》抄为"借周伯弜题"，可谓大谬。

卷二十二俞桂小传载："桂字晞郯……有《渔溪诗稿》，见遗书本。兹茸自《永乐大典》中，补诗八首。"虽然小传中所言补诗有八首，但其实只有六首。《采莲曲》五首其一实出徐集孙《竹所吟稿》，其二实出许棐《梅屋吟》，其四、五二首实出张至龙《雪林删余》，此四首乃属误辑。

卷二十三姚镛小传载："镛字希声，……有《雪蓬集》，见遗书本。兹茸自《永乐大典》中，补诗六首。"其第一首《北高峰诗》实出徐集孙《竹所吟稿》，属于误辑。同卷徐集孙小传载："集孙字义夫，建安人，有《竹所吟稿》，见遗书本。今茸自《永乐大典》中，补诗二首。"但其《本心参政约游西山分韵得顶字》出自牟巘《陵阳集》卷一，另一首《余种竹方成扁其室曰竹所友人以诗至用其韵》则属于林尚仁《端隐吟稿》，两首皆为误辑。同卷朱继芳小传载："继芳字季实，建安人，绍定五年进士，有《静佳乙稿》，见遗书本。今茸自《永乐大典》中，补诗二十四首。"其《闲观》一首，实为《采芝续集》之《观化》；《次韵胡仲方因杨伯子见寄》二首实出于姜夔《白石道人诗集》，属于误辑。同卷释斯植小传载："斯植号芳庭，住锡南岳寺，有《采芝小集》，见遗书本。兹茸自《永乐大典》中，补诗二首。"但这二首中，《和子履雍家园》出自苏舜钦《苏学士集》卷三①，《送李容甫归北都》则出自李昭玘《乐静集》卷一，两诗皆为误辑。

卷二十四陈起诗《胡季怀有诗约群从为秋泉之集辄以山果

---

① 此诗又见于《欧阳文忠公集》外集卷七，究属何人，有待续考。

助筵戏作二绝》实出于周必大《省斋文稿》卷三。

周弼《端平诗隽》、赵汝鐩《野谷诗集》，这两种诗集本有流传，四库本《江湖小集》未收录这两种小集，所以四库馆臣也将二人诗辑佚出来。检其辑录的周弼诗，有的属于明显误辑，例如《久客思归感兴》实出释斯植《采芝集》，《鄱阳湖四十韵》实出刘弇《龙云集》，《题湖上壁》实出周紫芝《太仓稊米集》。也有的既不与他人小集重合，也不见于周弼《端平诗隽》之中，如《题蕺山僧竹阁》、《访别》、《溪馆送别》、《晚泊》、《溪亭话别》、《赠别水云翁》等诗歌，很可能出于其他已佚小集，而这些已佚小集并不一定属于周弼。例如《赠别水云翁》，水云当指宋末元初遗民诗人汪元量。周弼卒于南宋宝祐三年（1255），而汪元量出生于淳祐元年（1241），周弼跟汪元量交往的可能性极小，怎么可能称其为"水云翁"呢？再检其辑录的赵汝鐩诗中，《清明日同传元瞻阁才元周济美曾原伯宇文子友宇文子英汪冲之王谦仲集樱朱园分韵得食字二十韵》、《访郑隐君不遇》两首不见于今传赵汝鐩《野谷诗集》，也不详其出处，很有可能出自某种已佚小集。

第四节　四库本《江湖后集》辑佚问题产生的原因

四库本《江湖后集》中存在严重的漏辑、重辑、误辑问题。有些错误当然要归咎于馆臣辑佚准备工作不够充分，辑佚态度不够严谨，疏于检核。也有些是辑佚方法上的疏失。举一个例子，

《永乐大典》中题为"无名氏"的江湖诗，就没有辑录入四库本《江湖后集》中，如卷903载："《江湖集》无名氏绝句：行到山深处，临流一两家。也知春色好，随分种桃花。太乙峰前是我家，满床书籍旧生涯。春城恋酒不归去，老却碧桃无限花。侍宴黄昏未肯休，玉阶夜色月如流。朝来自觉承恩最，笑倩傍人认绣球。照影空蒙山色里，背人扑漉水禽飞。梅花落尽春寒在，细雨斜风点客衣。"四库馆臣于"诗"字韵辑录佚诗甚多，此四首因作者为"无名氏"，却不辑录。

通过四库本《江湖后集》重辑、误辑问题的考辨，我们还发现有些问题并非四库馆臣的责任，而是《永乐大典》编纂者或抄写者造成的。

《永乐大典》于永乐元年开始修纂，永乐二年初稿即已告成，虽然后续有所修改增补，但定稿也在永乐五年进呈，而誊抄完毕则在永乐六年十二月。据姚广孝《进永乐大典表》称，全书凡一万一千九十五册，二万二千八百七十七卷，仅目录即有六十卷之多。虽然投入人力多达二千余人，但五年之间即告成功，其工程之进展不可谓不神速。《永乐大典》将引用典籍的内容分割之后编入不同韵部中，造成了辑佚时的麻烦。更重要的是，作为多人参与的大型类书，在编纂和抄写的过程中难免出现文字鲁鱼亥豕、体例不统一、错抄漏抄等各种问题。而且后人据以辑佚的底本是嘉、隆时期重新抄录的副本，很可能较正本又增加了不少此类错误。此类错误显然不能由四库馆臣承担责任。

以现存《永乐大典》残卷所载江湖佚诗为例，首先存在很多误抄，包括误抄小集名称、诗歌标题、诗人姓名等问题，甚至有的诗歌被嫁接到其他作家名下。费君清先生指出其中误抄作者姓名的问题，李龏分别写成李龚、李龚父、李功父；陈起写成陈起宗；张良臣写成张良；徐集孙（字义夫）写成孙义夫；朱静佳写成朱静修；萧立之写成萧立；王琼中玉写成王琼中；翁灵舒写成蒋灵舒；周密公瑾写成周密公①。这类简单的错误是比较容易被辑佚者发现并修正的，但有的错误如果没有仔细考订则很容易被沿袭下来。例如《永乐大典》卷 2260 引录"《江湖续集》周弼《鄱阳湖四十韵》"，此诗被辑入四库本《江湖后集》之中，但实际上此诗并非出自《端平诗隽》，而是出自刘弇《龙云集》，《永乐大典》误为周弼，四库馆臣辑录时遂沿袭其误。

其次是阙抄的问题。《永乐大典》原则上是据原书抄录，完整引书规范应该先以朱色标示出于"江湖某集"，其下墨色著录诗人姓名字号，次集名，次诗歌标题，次诗歌内容。如卷 13075 载"《江湖续集》清源胡仲弓希圣《苇航漫游稿》、《西来洞天》……"，这则引录抄写得非常严谨细致。但并非所有地方都这样严谨地将全部信息都抄写下来，如卷 11000 载"《江湖续集》胡希圣《寄朱静佳明府》"、卷 13075 载"《江湖续集》胡仲弓《题金粟洞》"，同样引录《江湖续集》所载胡仲弓诗歌，这两卷中皆阙抄小集名称，并且作者姓名的抄写方式也不同，可见抄写时不能严格遵守已定的规范。

《永乐大典》阙抄诗歌标题的情况经常存在，如卷 2346 载：

---

① 费君清：《〈永乐大典〉中南宋诗人姓名考异九则》，《文献》1988 年第 4 期。

"《江湖续集》高吉诗：塞南月冷乌夜飞，茫茫旷野无枝栖。防边夜歌大风起，铁衣如冰冻不死。功成那忍乞爱卿，叫阊已献龟形绮。钱塘江边乌欲栖，小卿醉软红玉肌。觯云溜簪困未醒，山头赤乌啄金饼。春宵恨不长如年，无情银漏何溅溅，起来一笈花嫣然。"因其阙抄标题，在四库本《江湖后集》中径取首句中"塞南"二字作为标题。又卷 5838 载："《江湖续集》宋陈起诗：今早神清觉步轻，杖藜聊复到前庭。市声亦有关情处，买得秋花插小瓶。"馆臣将此篇辑入四库本《江湖后集》卷二十四，因《永乐大典》阙抄诗歌标题，遂因诗意题为"早起"，但这首诗见于陈起《芸居乙稿》中，原标题为"买花"。诸如此类，由于《永乐大典》阙抄标题，辑佚者凭借自己的理解而臆加标题的情况，在四库本《江湖后集》中数量不少。

　　《永乐大典》阙抄作者的情况也经常存在。例如卷 14544 载："《江湖续集》《是处》：是处堪弹铁，今朝又起单。潮高疑地窄，芦矮信天宽。阡陌嘉禾种，茅茨钓月湾。一风飘夕照，仿佛见青山。"又同卷载："《江湖后集》《寄题江湖稳处》：缚屋求于稳处宜，到门还似上船时。江湖未必风波险，平地风波险不知。"这里引用《江湖续集》、《江湖后集》中的诗歌，却没有标示诗歌的作者。而四库本《江湖后集》辑录的诗歌都是有作者的，那么就可以推测，《永乐大典》中所有没有标示作者的江湖佚诗，四库馆臣都没有加以辑录！以卷 903 "诗"字韵为例，此卷中收录江湖佚诗最夥，馆臣于此卷中辑录佚诗也最多，但对于此卷中阙抄作者的诗，馆臣皆未加以辑录。如："《江湖集》雄蜂雌蝶两纷纷……"、"《江湖集》《读严粲诗风撼潇湘覆江空雪月明以其一联隐括为对》"、"《江湖集》《还杜子埜诗卷》"、"《江湖集》……《读陶诗罢》……《与陈刚父论诗》……《答诗友征近诗》……《题杨敬之赠项斯诗后》"等等，这些诗歌无疑出自江湖诗集，但由于阙抄作者，所以馆臣皆未加以辑录。余皆如此。费君清先生从残卷中辑录佚诗，除了卷903之外，其余诸卷所载佚诗"阙名"者有二十二首之多①。

有的阙抄甚至导致了辑佚者无法认清诗歌归属，甚至对作者产生误解。例如四库本《江湖后集》卷二十"李龏"诗中有《山崦早梅》一首，实出于周弼《端平诗隽》。检《永乐大典》卷2808载："《江湖后集》李龏父诗：草木尽凋残，孤标独耐寒。瘦成唐杜甫，高抵汉袁安。雪里开春国，花中立将坛。年年笑红紫，翻作背时看。《山崦早梅》：晴逼寒笆春满邻，汉奁芳额渐轻匀。东风未放全消息，雨萼愁香不见人。"李龏，字和父，在这里被抄成"李龏父"，仅仅是一个简单的错误。四库本《江湖小集》中保存李龏的集句诗二种，但陈起父子编刊入江湖诗集的李龏小集尚有多种。四库本《江湖后集》卷二十载："龏字和父，菏泽人。……按遗书本，龏诗止集句二种，曰《剪绡集》，曰《梅花衲》。今葺自《永乐大典》中者，有《吴湖药边吟》、《雪林采蘋吟》、《雪林捻髭吟》、《雪林漱石吟》、《雪林拥褢吟》，仍存其目，分编于前。其无标识及赋一首，分体附于后。"这些都是江湖诗集中收入的李龏小集，但《永乐大典》明确标示小集名称的诗仅有少数，没有明确标示小集名称，馆臣只

---

① 费君清：《宋人江湖诗续补》，《电大教学》1997年第5期。

能将其"分体附于后"者多达一百五十四篇，如上引"草木尽凋残"诗就属于其中一首。这就造成了我们无法清晰认识李龏各个小集的情况。更重要的是，有些诗歌同时阙抄作者和所属小集的名称，导致馆臣将这些诗歌误辑入他人小集。如《山崦早梅》出于周弼《端平诗隽》，但这里正接在李龏诗之后，又阙抄作者姓名，从体例上看很容易被理解为同出自李龏，所以四库本《江湖后集》中将此诗误辑为李龏诗了。

除了阙抄作者姓名之外，《永乐大典》也存在不钞江湖诗集名称而直接抄小集名称的情况。以卷 2264 为例，此卷引录有"胡仲弓《苇航漫游稿》"、"陈宗之《芸居贵（当作乙）稿》"、"王志道《浪风吟稿》"、"刘子澄《玉渊吟稿》"、"叶茵《须（当作顺）适堂吟稿》"、"赵崇（阙璠字）《白云小稿》"、"东鲁林表民《玉溪吟草》"、"邓林性之《皇荂曲》"、"曾由基《兰墅集》"、"周伯弜《端平诗隽》"、"叶绍翁《靖逸小集》"、"大梁张良臣集"、"僧永颐《云泉诗》"、"僧亚愚《江浙纪行集》"、"宋芳庭《采芝集》"等诗集，这些诗集都入编江湖诗集之中。这些小集中如释绍嵩《江浙纪行集》还有单刻本流传，但有的恐怕仅有江湖诗集入编之本而无单刻本。如果《永乐大典》不抄"江湖某集"而直接抄写小集名称，根据四库馆臣辑佚的方式，是不会辑录入四库本《江湖后集》的。例如前面提到的林昉《西湖》、《蓬门诗》、史卫卿《西湖山居灯夕》、《依韵奉和司徒侍中龙兴灯夕》，这几首诗就因为没有冠以"江湖某集"，而未辑入四库本《江湖后集》中。这样一来，就会造成许多原本应该是江湖诗集中的诗却漏辑了。

　　《永乐大典》在保存文献方面的功用无疑是非常巨大的，四库馆臣从中辑录佚书不少于 928 种①，而曹书杰先生统计，《四库总目》著录者有 516 种（包括《大典》校补之书），收入《四库》的有 388 种，存目 128 种②。许多宋元时期的诗文集因为四库馆臣的辑佚而得以保存，成为古代文学研究的基本文献资料。四库《大典》本存在各种各样的文献问题，以往总是归咎于辑佚工作安排不当、四库馆臣辑佚态度不够认真，但通过四库本《江湖后集》文献问题的讨论，我们发现，许多问题是在《永乐大典》编纂和抄写过程中产生的。认识清楚这一点，不仅有助于客观评价四库馆臣的工作得失，也使我们能够更好地整理和利用《大典》本文献。

① 张升：《四库馆签〈永乐大典〉辑佚书考》，《文献》2004 年第 1 期。
② 曹书杰：《中国古籍辑佚学论稿》，东北师范大学出版社 1998 年，第 141 页。

附录

旧题"陈世隆编/著"诸书辨伪①

《两宋名贤小集》乃清人利用真伪杂陈的宋人小集伪编而成，并混淆"陈思"与"陈起"，题编纂者为"陈思"，题续编者为"陈思"之孙"陈世隆"，本书正文已经加以考辨。现存还有许多题为"陈世隆"编、撰、藏的书籍，包括《北轩笔记》、《宋诗拾遗》、《宋僧诗选补》、《宋诗外集》、《艺圃蒐奇》等。仔细考察这些书籍的内容，疑点层出，甚至陈世隆其人的有无也非常可疑。这种奇怪现象在文献史上绝无仅有，堪称文献史上的"陈世隆之谜"。谨对此问题论述如下。

一、《宋诗拾遗》辨伪

《宋诗拾遗》无刊刻本，仅有清钞本三种传世。其一藏于南

---

① 本文曾分别发表在《文学遗产》2014 年第 2 期、《文学遗产》2016 年第 2 期。陈宇、汪俊《陈世隆编纂诸书伪作说质疑》（《宋代文化研究》第二十九辑，线装书局 2022 年 1 月）中指出拙文使用材料方面的一些疏误，故收入本书时删掉几处原作中的文献证据，并补充了一些论述。

京图书馆，卷端作者题为"钱塘陈世隆彦高选辑"。卷首有丁丙跋云：

> 《宋诗拾遗》二十三卷，钱塘陈世隆彦高选辑，旧钞本。彦高为宋睦亲坊书坊陈氏之从孙行。其选辑当代诗篇，犹承《江湖集》遗派，故题曰"拾遗"，尝馆嘉禾陶氏，至正间没于兵，厉樊榭《宋诗纪事》亦未见是书，其中失收不下百家也。

此跋文又见《善本书室藏书志》卷三十八著录。其二是日本静嘉堂文库所藏二十三卷本。此本旧为陆心源藏书，《仪顾堂题跋》卷十三《宋诗拾遗跋》云：

> 《宋诗拾遗》二十三卷，题曰钱唐陈世隆彦高选辑，旧钞本。有鲍氏辛甫白文方印，俊逸斋长白文方印，康熙诗人鲍钤旧藏也。四库未著录，阮文达亦未进呈。提要云："……今《宋诗补遗》亦无传本。"据此，则传本之稀，有如星凤。厉樊榭辑《宋诗纪事》亦未见此书，其失收者不下百家也。

笔者未曾经眼此本，从陆心源跋文来看，此本与丁丙本均为二十三卷，卷端题名也一样，陆氏题跋与丁本题跋具有相似性，两个钞本在内容上应无大差异。其三收录于《宋诗外集》第八至十二册（日本国会图书馆藏），凡二十八卷，此本较罕为人知。

陈世隆生平，仅见旧题陈世隆《北轩笔记》钞本中不知何人所作的小传，云：

> 陈彦高，名世隆，以字行，钱塘人。自其从祖（陈）思以书贾能诗，当宋之末，驰誉儒林，家名藏书。彦高与弟彦博下帷课诵，振起家声。弟仕兄隐，各行其志。元至正间兄弟并馆于嘉兴，值兵乱，彦高竟遇害。诗文集不传，惟《宋诗补遗》八卷、《北轩笔记》一卷，彦博馆主人陶氏有其钞本云。

此小传的作者、时代、文献来源皆不清楚，小传称陈世隆有"《宋诗补遗》八卷"，书名、卷数都与今本《宋诗拾遗》不同。《四库全书总目》卷一二二《东轩笔记提要》称："今《宋诗补遗》亦无传本。"除此之外，未见乾隆以前文献著录或提及《宋诗拾遗》或《宋诗补遗》。厉鹗《宋诗纪事》引据文献皆详注出处，亦未曾见到《宋诗拾遗》或《宋诗补遗》。

《宋诗拾遗》在乾隆以前未见征引和著录，陆心源藏本是否真如其所说是鲍钦旧藏，非常可疑。鲍钦与厉鹗是挚友，《樊榭山房集》中仍存不少两人唱和之作。厉鹗为了编《宋诗纪事》，数十年间搜集宋诗文献甚勤，若鲍氏果真藏有此书，厉鹗似不应不见。而陆心源所藏《宋诗拾遗》之鲍钦印章，则很可能是后人伪造。

《宋诗拾遗》存在很多文献问题。钱锺书《容安馆札记》卷一第286则指出："《拾遗》所著作者姓名多不可信，如以王绩无功为宋人王阗是也。"① 即指其卷十六将唐王绩《在京师故园见乡人问讯》误系在宋王阗（字无功）名下。此外还有一些将易代之际诗人（如未入宋的五代诗人）辑入其中的情况，但这些问题都不影响其编者为元人。更值得引起注意的是，陈世隆卒于元至正间，《宋诗拾遗》当成书于元代中后期，但此书中存在不少误收明代以后诗作的情况。以二十三卷本为例：

卷二郭崇仁《闻高阳路警报》："上郡连烽火，河阳更羽书。兵戈连岁扰，老病一身余。警哨无安枕，忧危有报疏。名山犹未卜，何处好闲居。"此诗与乔世宁《丘隅集》（嘉靖刊本）卷四《闻河西警报二首》其二："上郡连烽火，河湟更羽书。一时传警报，中夜独踌躇。岁苦兵戈扰，身怜老病余。名山犹未卜，何处可闲居。"仅有少数文字差异。乔世宁字景叔，耀州人。嘉靖十七年进士，官至四川按察使，《明史》卷三八八有传。

又卷三郭昭著《秋夜》："秋空澹澹天无极，东望平林净如拭。清光倒涌冰轮寒，山河吸作玻璨色。主人对此欲凌风，瑶光浮白珍珠红。留连中夜不知倦，酣歌惊动蛇龙宫。"郭昭著《塞山曲》："胡马秋肥塞草黄，弯弧直拟犯渔阳。归鞭却避弓闾水，知是嫖姚旧战场。"今考两诗与张四维《条麓堂诗》卷一《四景图诗》其三、卷三《塞上曲》（纪癸亥秋宣大事）其四非常接近②，

―――――――――
① 转引自王水照：《钱锺书的学术人生》，《王水照文集》第10卷，上海古籍出版社2023年，第147页。
② 张维《四景图诗》其三："秋江浩荡天无极，万山云净青如拭。纤阿寂寂冰轮寒，大千世界玻璨色。道人逸兴欲凌风，遥觎浮白珍珠红。留连终夜不知倦，酣歌声微蛟龙宫。"《塞上曲》其四："胡马秋肥塞草长，弯弧直拟犯渔阳。归途却避弓闾水，知是嫖姚旧战场。"

当以张诗改造而成。张四维字子维，蒲州人。嘉靖三十二年进士，改庶吉士，授编修。隆庆初，进右中允直经筵，寻迁左谕德。《明史》卷三一一有传。

又卷五周振《护国寺》：“碧云红树万山秋，蹑磴攀萝径转幽。斜日荒荒岩际下，细泉浅浅寺前流。萧梁赐额名犹在，石塔藏碑字尚留。千载废兴真梦幻，清灯夜雨思悠悠。”今考清康熙刻本《天台山全志》卷一八载此诗，并载作者小传：“周振，武进人，字□□，嘉靖十一年任天台令。”又康熙《江西通志》卷六三《名宦志》亦载：“周振字仲玉，武进人。嘉靖中知余干县，水旱频仍，悉心赈给，开新河以济民，厅事前槐木已枯复茂，人以为德感。”

又卷九张志道《西湖怀古》：“荷花桂子不胜悲，江介繁华异昔时。天目山来孤凤歇，海门潮去六龙移。贾充误国终无策，庾信哀时尚有词。莫向中原夸绝景，西湖遗恨是西施。”以及卷二十三张以宁《赣州郁孤台吊辛稼轩作》，两诗皆见于张以宁《翠屏集》卷二。张以宁字志道，古田人，元泰定中登进士，累官翰林侍讲学士、中顺大夫、知制诰兼修国史。《明史》卷一七七有传。作于洪武二十二年的陈南宾《翠屏集序》言：“先生之诗文虽未获其全，姑以其存者锓诸枣，而其未得者续当求而传之。”可知其集到此时才刊刻流行，之前已几乎不传。

又卷二十一吕徽之《春景》：“前溪冻解绿生波，好雨催花向晓过。宿酒未醒眠未起，半窗红日鸟声多。”《夏景》：“竹几藤床石砚屏，薰风帘幕篆烟青。空斋数点黄梅雨，添得芭蕉绿满庭。”《秋景》：“商声早已到梧桐，夜气生凉湛碧空。闲倚小窗

侍明月，紫箫吹彻木樨风。"《冬景》："斗室萧萧日晏眠，疏狂
惟与懒相便。寻常甲子无心记，看到梅花又一年。"此四诗实即
王绂《王舍人诗集》卷五《题静乐轩》四首。钱谦益《列朝诗
集》、朱彝尊《明诗综》、周亮工《因树屋书影》俱载此诗，作
者皆署王绂。王绂字孟端，无锡人。洪武中，坐累戍朔州。永乐
初，用荐以善书供事文渊阁。久之，除中书舍人。《明史》卷二
八六有传。

又卷二十三彭应寿《石桥寺》："石磴盘空别岛开，深林苍
翠拂衣来。昙华映日千峰晓，瀑布凌风万壑哀。野寺无人猿自
啸，危梁骇客鹤频回。桃源洞香知何处，翠髻云房亦浪猜。"今
考《天台山志》卷十七亦载此诗，题作《石梁》，"晓"作"绕"，
"瀑布"作"飞瀑"，"香"作"杳"，作者为彭梦祖。按，"香"
字误，出律。乾隆《江南通志》卷一百五十《人物志》载："彭
梦祖，字应寿，全椒人，万历庚辰进士。"

综上所考，《宋诗拾遗》中误辑不少明人的作品。这些作品
的数量，在全书中占比甚小，但也可以证明此书之成不出自元人
之手。

《宋诗拾遗》不仅仅误收了明人的诗作，而且与多部明清总
集有因袭关系。下面试举几种二十三卷本《宋诗拾遗》沿用的
明清总集。

（一）明蔡璞《东瓯诗集》

《东瓯诗集》七卷，明蔡璞辑，收录宋元明温州诗人之作。
其中宋代部分收录诗人七十四家，诗作二百六十五首。与《宋

诗拾遗》的雷同率极高。《东瓯诗集》卷一：周行己一首，与《宋诗拾遗》卷二十三所载同。郑伯熊六首，与《宋诗拾遗》卷十六所载同。郑伯英三首，与《宋诗拾遗》卷十八所载同。徐德辉五首，与《宋诗拾遗》卷十七所载同。甄龙友四首，与《宋诗拾遗》卷十六所载同。周去非一首，与《宋诗拾遗》卷十八所载同。木待问三首，与《宋诗拾遗》卷十八所载同。卷二：蔡幼学六首，与《宋诗拾遗》卷十七所载同。王楠三首，与《宋诗拾遗》卷十九所载同。戴溪一首，与《宋诗拾遗》卷十九所载同。赵汝迕一首，与《宋诗拾遗》卷二十一所载同。卷三：赵立夫二首，与《宋诗拾遗》卷二十所载同。陈揆一首，与《宋诗拾遗》卷十七所载同。薛师董三首，与《宋诗拾遗》卷九所载同。赵汝铎一首，与《宋诗拾遗》卷十九所载同。卢方春七首，与《宋诗拾遗》卷二十二所载同。戴野一首，与《宋诗拾遗》卷二十所载同。卷四：薛仲庚二首，与《宋诗拾遗》卷十所载同。鲍野一首，与《宋诗拾遗》卷十所载同。赵希迈三首，与《宋诗拾遗》卷十一所载同。徐鼎一首，与《宋诗拾遗》卷二十一所载同。周自中两首，与《宋诗拾遗》卷二十三所载同。卢祖皋二首，与《宋诗拾遗》卷十九所载同。宋恭甫一首，与《宋诗拾遗》卷二十二所载同。胡圭四首，与《宋诗拾遗》卷十九所载同。许景亮一首，与《宋诗拾遗》卷十五所载同。宋之才一首，与《宋诗拾遗》卷十四所载同。林斗南一首，与《宋诗拾遗》卷二十一所载同。曹豳二首，与《宋诗拾遗》卷二十一所载同。林千之一首，与《宋诗拾遗》卷十一所载同。林元卿一首，与《宋诗拾遗》卷十一所载同。卷五：谢隽伯二首，与《宋诗拾遗》卷十一所载同。

以上这些诗人,《东瓯诗集》与《宋诗拾遗》所载每个人的诗作数量和篇目完全一样,甚至同一个诗人多篇诗作之间的排列次序也完全相同,毫无例外。不仅如此,所有诗人的小传也完全相同,不差一字。两书还具有一些相同的阙文。据学者研究:"戴溪《送王木叔黄州教职》诗有二句'岷山有旧约,相从结□□',同卷钱文子《望吴亭次黄□口》'东望长安山复山,数□还出两峰间……□似暮云低更好',偶因版残阙字。戴诗载《宋诗拾遗》卷十九,诸本俱阙此二字;钱诗载丛书本《宋诗拾遗》卷二十七,亦阙此数字。"① 这些正可作为《宋诗拾遗》袭自《东瓯诗集》的证据。

(二)清沈季友《檇李诗系》

《檇李诗系》四十卷,清沈季友辑,收录清初以前嘉兴诗人之作。其中所载宋人诗与《宋诗拾遗》雷同者甚多。以《檇李诗系》卷二所载为例:吕谓一首,与《宋诗拾遗》卷五所载同。闻人安道一首,与《宋诗拾遗》卷四所载同。闻人安寿一首,与《宋诗拾遗》卷四所载同。钱颛诗一首,与《宋诗拾遗》卷七所载同。郭三益四首,与《宋诗拾遗》卷九所载同。吕渭老一首,与《宋诗拾遗》卷十三所载同。王希吕二首,与《宋诗拾遗》卷十五所载同。赵善应二首,与《宋诗拾遗》卷十六所载同。朱敦儒二首,与《宋诗拾遗》卷十五所载同。鲁訔一首,

---

① 参见陈宇、汪俊:《陈世隆编纂诸书伪作说质疑》。

与《宋诗拾遗》卷十六所载同。赵汝能一首，与《宋诗拾遗》卷十六所载同。李正民三首，与《宋诗拾遗》卷十四所载同。李长民一首，与《宋诗拾遗》卷十三所载同。王彦和一首，与《宋诗拾遗》卷十六所载同。张伯垓一首，与《宋诗拾遗》卷十六所载同。娄机一首，与《宋诗拾遗》卷十八所载同。赵汝愚四首，与《宋诗拾遗》卷十八所载同。陈炳一首，与《宋诗拾遗》卷十八所载同。钱文一首，与《宋诗拾遗》卷十八所载同（误作钱大）。莫若冲，三首，与《宋诗拾遗》卷十八所载同。叶廷珪一首，与《宋诗拾遗》卷十七所载同。莫若拙一首，与《宋诗拾遗》卷十八所载同。蔡开一首，与《宋诗拾遗》卷十八所载同。王用亨二首，与《宋诗拾遗》卷十八所载同。卫泾一首，与《宋诗拾遗》卷十八所载同。叶时二首，与《宋诗拾遗》卷十八所载同。陆埈三首，与《宋诗拾遗》卷十九所载同。卜祖仁一首，与《宋诗拾遗》卷十五所载同。《檇李诗系》卷二共收录三十七人之诗，其中二十八人所载诗与《宋诗拾遗》完全相同，甚至同一人的不同诗作的排列次序也完全相同。

《檇李诗系》选录之诗皆与嘉兴（檇李）相关，而其中一卷与《宋诗拾遗》雷同的比例竟然如此之高，这充分证明《宋诗拾遗》伪作者确曾从《檇李诗系》中抄录诗作。伪作者在抄录中也沿袭了《檇李诗系》的错误。比如吕谔《题阎立本北斋较书图》。考陆心源《穰梨馆过眼录》卷一载《阎立本北斋校书图》诗墨迹，末题署："淳熙十六年八月十日临江谢谔书。"则此诗作者应是谢谔，而非吕谔。谢谔，字昌国，临江新喻人。传记见《宋史》卷三八九。吕谔，则为嘉兴人，天禧三年进士，见至元《嘉禾志》卷十五《宋登科题名》。《槜李诗系》不慎误谢谔为吕谔，而《宋诗拾遗》照抄，致以讹传讹，更是《宋诗拾遗》抄袭《槜李诗系》的力证。

（三）清张豫章等《御选宋诗》

《御选四朝诗》三百一十二卷，康熙皇帝御定，张豫章等奉敕编次，选录宋、金、元、明四朝诗，其中《御选宋诗》七十八卷。

《御选宋诗》所选宋诗与《宋诗拾遗》收录之诗相比，与丁本《宋诗拾遗》重合的有七十一人，与《宋诗外集》本《宋诗拾遗》重合的有七十八人。而且有些重复显然是不正常的。比如《御选宋诗》选苏籀之诗共五首，即卷十八《木犀花一首》，卷三十一《游鼓山（孙子安见招）》，卷三十九《和韩子苍梅花》，卷五十一《次韵范子仪东山之什》，卷六十七《仲秋苦热半格一首》。《宋诗拾遗》卷十五选录苏籀诗亦五首，与《御选宋诗》选目完全相同。《宋诗拾遗》不是普通的选本，而是如其书名所示，是带有拾遗补阙性质的总集，故所收绝大多数皆是名不见经传且无专集传世者。而苏籀有《双溪集》流传至今，《宋诗拾遗》收录苏籀之诗，本来就没有必要。更让人惊讶的是，苏籀《双溪集》卷一至卷五共有五卷约三百首诗，如果说《宋诗拾遗》和《御选宋诗》分别独立从《双溪集》这三百首诗中选录，竟然都选录五首，而且篇目完全暗合，这就很难解释了。而且，《宋诗拾遗》和《御选宋诗》不仅选诗相同，甚至连苏籀的小传也几乎完全相同，这说明《宋诗拾遗》与《御选宋诗》

应存在沿袭关系。

《宋诗拾遗》沿袭《御选宋诗》的例子不止于此。比如，《御选宋诗》选苏过诗共两首，卷十五《小雪》和卷四十九《送昙秀》。《宋诗拾遗》卷十四亦选录此两首。苏过有《斜川集》十卷，明初仍存，但清初编《御选宋诗》时已经不存。乾隆间四库馆臣从《永乐大典》中辑《斜川集》，其中《小雪》诗见于卷一，原诗二十八句，一百四十字。《御选宋诗》所载仅为中间十句，五十字（应是从《事文类聚》中辑录），而《宋诗拾遗》亦完全相同。又如，《御选宋诗》卷七十一选录虞俦《和姜梅山》两首。两诗皆见于虞俦《尊白堂集》卷四，题作《姜邦杰以四绝见寄因和之》，原诗共四首，此为其一、其二两首。《御选宋诗》在四首中选录两首，并改题作《和姜梅山》。而《宋诗拾遗》亦载虞俦《和姜梅山》二首，选目和诗题竟完全与《御选宋诗》同。再如，穆修《穆参军集》今存，有诗五十余首，《御选宋诗》从中选录五首：卷三十五《和毛秀才江墅幽居好（十首录一首）》，卷四十五《江南春》、《灯》，卷六十四《贵侯园》、《玉津园》。《宋诗拾遗》卷二选录穆修诗亦五首，且选目完全与《御选宋诗》相同。而且，其中《灯》首句，《穆参军集》原作"杳杳有时当永恨，依依何处照闲眠"，《御选宋诗》选录时"杳杳"偶然误作"黯黯"，《宋诗拾遗》亦有此误。凡此，皆为《宋诗拾遗》抄袭《御选宋诗》之力证。

（四）清汪森《粤西诗载》

《粤西诗载》二十五卷，清汪森辑，收录秦汉至明末与广西有关的诗作。《粤西诗载》载录白玉蟾诗共三首：卷六《梧州江上夜行》（《白真人集》卷二）、《初至梧州》，卷十四《除夕客桂岭》。《粤西诗载》从白玉蟾诗中选录三首与粤西相关之诗，是合情合理的。而《宋诗拾遗》所选录不多不少恰好也是这三首诗，则令人感到不解，白玉蟾存诗超过千首，究竟以什么标准能选出这三首诗呢？显然，这三首诗并非选录，而是从《粤西诗载》中抄来的。

《宋诗拾遗》抄袭《粤西诗载》的证据还不止此条。《粤西诗载》卷二十二载曹亨伯《浔州行部》，据王象之《舆地纪胜》卷一百十一、祝穆《方舆胜览》卷四十所载，此诗作者实当作陈亨伯。陈遘，字亨伯，永州零陵人，生平见《宋史》卷四四七。《粤西诗载》收录此诗偶然误作曹亨伯，《宋诗拾遗》卷九竟也作曹亨伯，这更进一步证明《宋诗拾遗》确实抄袭《粤西诗载》。

（五）厉鹗《宋诗纪事》

《宋诗纪事》刊刻于乾隆十一年，此书是《两宋名贤小集》的文献来源之一，同样也为《宋诗拾遗》所沿袭。

如《宋诗纪事》卷三载吕蒙正诗三首，《宋诗拾遗》卷一所载同。其中《鸿沟》诗有句云："大抵关河须一统，可能天地更平分？"其中"关河"两字原作"华夷"。宋《记纂渊海》卷十九，《明一统志》卷二十六所载皆然，清初《骈字类编》卷二百五所载亦同。至康熙《开封府志》卷五"鸿沟"条引吕蒙正诗，始因避讳改"华夷"为"关河"，《宋诗纪事》据以辑录。而

《宋诗拾遗》竟亦作"关河"，可说是其抄袭《宋诗纪事》的铁证。

又《宋诗纪事》卷十八载钱公辅《寄题翠麓寺呈伯强寺丞》，并注明出处为《惠山古今考》。今检《惠山古今考》卷七确有此诗，但题作《寄题惠山寺翠麓亭呈伯强寺丞》。诗句文字亦偶有不同，"呀然出户瞰山足，屹然数竿围上头"句，"屹然"原作"屹尔"；"山僧领我丐诗榜，诗未脱吻惊旋翰"句，"领"原作"顾"，"未"原作"来"；"何当一赋归去来，再款岩室空披搜"句，"空"原作"穷"。可见，《宋诗纪事》据《惠山古今考》载录时偶有笔误或有意改动，而《宋诗拾遗》卷四载录此诗，诗题与诗句文字竟与《宋诗纪事》完全相同，是为其抄袭《宋诗纪事》的又一力证。

又王士禛《居易录》卷一："宋刻晁公遡子西《嵩山集》五十四卷。公遡，公武子止弟也。古赋一卷，神女庙赋最奇丽。诗在叔用、无咎之下，颇有警策。如：'人生汉南树，风物剑西州。''一年风物仓庚报，万里乡心杜宇知。''万里艰难炊剑首，十年流落梦刀头。'又：'秋江水清不胜绿，还与汉江颜色同。望中白鸟忽飞去，落日丹枫相映红。'（《秋江》）'折得寒香日暮归，铜瓶添水养横枝。书窗一夜月初满，却似小溪清浅时。'（《咏瓶中梅》）'征衣消尽洛阳尘，泣向东风拭泪痕。不及青春归有信，一年一到乐游园。'（《感事》）'不见罘罳阙，于今已十春。素衣不忍弃，为有洛阳尘。'（《有感》）皆佳。"《嵩山集》卷二至卷十四共十三卷四百余首诗，王士禛从中摘录若干佳句和这四首诗。检《嵩山集》，其中《咏瓶中梅》诗题原作

《咏铜瓶中梅》。且此四诗在《嵩山集》中的先后次序是：《感事》、《秋江》、《有感》、《咏铜瓶中梅》。王士禛摘录时随意调整为：《秋江》、《咏铜瓶中梅》、《感事》、《有感》。《宋诗纪事》卷四十八亦载晁公遡这四首诗，出处标注为《嵩山集》。但所载四诗的诗题、次序皆与《居易录》同，而与《嵩山集》异，可知其实转录自《居易录》。《宋诗拾遗》卷十八亦载此四诗，诗题、次序皆同《宋诗纪事》，是为其抄袭《宋诗纪事》又一力证。

又《宋诗拾遗》卷十八载吕祖俭《题史子仁碧沚（碧沚即芳草洲）》两首，其一云："相家小有四明山，更葺桃源渺莽间。四面楼台相映发，一川烟水自弯环。"其二云："中川累石势嵯峨，城外遥峰耸翠螺。旧说夕阳无限好，此中更得夕阳多。"《宋诗纪事》卷五十九所载相同。今考此诗实为楼钥之作，见《攻媿集》卷十，题为《史子仁碧沚》。《宋诗拾遗》与《宋诗纪事》同误。更奇怪的是，《宋诗拾遗》此诗前有小序，云："子仁名守之，心非叔父弥远所为，著《升闻录》以寓规谏，避势远嫌，退处月湖，与慈湖诸公讲肄为乐。宁宗御书'碧沚'字赐之。"厉鹗《宋诗纪事》此诗后则附录："《宁波府志》：'子仁名守之，心非叔父弥远所为，著《升闻录》以寓规谏，避势远嫌，退处月湖，与慈湖诸公讲肄为乐。宁宗御书'碧沚'字赐之。'"这两段文字完全相同，不差一字，厉鹗据《宁波府志》载录，而在《宋诗拾遗》中竟然变成了小序。细审此段文字，根本不可能是此诗的小序，因为显然不是当时人的口气。首先，直呼史弥远之名，不符合当时人称呼的惯例，而更似后世人追述。而且，宁宗是庙号，无论吕祖俭还是楼钥，逝世都早于宁宗，怎么可能写出这样的小序？今考文徵明《甫田集》卷二十二《跋宋通直郎史守之告身》载："守之，鄞人，越国公浩孙，卫王弥远之侄。仕不甚显，人鲜知者，而家传载其事颇详，谓其志行不苟，尝心非其叔父弥远所为，著《升闻录》以寓规谏……又谓其避势远嫌，退处月湖，与慈湖诸公讲肄为乐。宁宗书'碧沚'字赐之。"则此段文字实源自家传。

综上所论，二十三卷本《宋诗拾遗》中不仅误收明人诗歌，而且有大量沿袭清代宋诗总集之处。其属清人伪作已无疑义。从其对《宋诗纪事》的沿袭，更可推断成书时间当在乾隆十一年之后。

那么，日本国会图书馆所藏《宋诗外集》本（或称"丛书本"）《宋诗拾遗》二十八卷，可靠性又如何呢？陈宇、汪俊曾对此本做过调查：

> 此本《宋诗拾遗》前二十三卷与丁本大体相同，但包括诗人诗题顺序、每卷诗人都有变动，合计少六十六人，多八十六人，较之丁本更优。如丁本卷四钱公辅《寄题翠麓寺呈伯强寺丞》录自清厉鹗《宋诗纪事》，此本无，卷十另载其《众乐亭》诗二首；卷八郑协《钱塘晚望》，实为范协《年年》诗，此本无；卷九张志道《西湖怀古》，实为元初张以宁所作，此本无，另载《白石山》诗；卷十张伯玉《寄令狐挺》诗与卷五张毂诗重复，此本无，另载其《隐静山》、《乐众亭》二诗；卷十八载晁公逊《秋江》、《咏瓶中

梅》、《感事》、《有感》四诗，为厉鹗《宋诗纪事》据王士禛《居易录》选录，此本无；卷二十二王实《古意》，实为元初王义山诗，此本无。丁本中十八位作者姓名阙略不全，丛书本少一人，其余同阙，推知在经后人增益前，此本前二十三卷与丁本、陆本系出一源。①

二位学者认可二十三卷本中出现了许多来自厉鹗《宋诗纪事》的内容，将此本与二十三卷本进行对比，指出二十八卷本的文本内容呈现出比较大的差异，删减了小部分二十三卷本中重出、疏误或沿袭清人总集之诗。又：

> 后五卷起自李丙、唐仲友，终朱淑真、尼正觉，合计作者一百五十五人，诗二百八十七首。与丁本不相重复，但作者编次无序，又羼入叶盛等明人，疑为后人补辑。检丛书本卷二十七有高质斋、高遁翁诗，卷二十八有高迈、高选诗，高遁翁条下注"见《江村遗稿》"。《江村遗稿》一卷收高选、高迈、质斋、遁翁诗凡十九首，乃康熙二十六年（1687）高士奇所刊，附于高选之子蕡《菊磵集》后。②

从这段记载看来，此本后五卷中存在许多问题，编次无序而且收入了明清人的诗作，或引明清所辑宋人诗集的情况较多。其伪不

---

① 参见陈宇、汪俊：《陈世隆编纂诸书伪作说质疑》。
② 参见陈宇、汪俊：《陈世隆编纂诸书伪作说质疑》。

待辨而知。但陈、汪推测这些明清诗为朱彝尊补辑:"补辑一
事,已在曹溶身后,且高氏家刻流布未广,后世著录仅有抄本,
则补辑之人极有可能就是曾为《信天巢遗稿》作序的朱彝
尊。"① 那么,此推测是否合理呢?朱彝尊作为清初著名学者,
具有卓越的学术素养,而且对明诗文献非常熟悉,编纂过《明
诗综》,将《宋诗拾遗》中编入明人诗歌的疏误归之于他,恐怕
难以令人信服。他们作此推测的原因,可能是二十八卷本"前
有朱彝尊题记,目录页有陈世隆、曹溶识语"。陈世隆识语不得
其详,曹溶识语云:

> 宋诗之散佚,此二十八卷尽之矣。牧翁尝以不见彦高
> 《拾遗》为恨,惜其既赴召玉楼,而余得之,渊明诗云"奇
> 文共欣赏",盖其难哉!倦圃老人溶识。

朱彝尊跋语云:

> 元陈彦高征士既辑《两宋名家小集》成,又以宋时羽
> 缁闺秀等集洎一切杂诗多散佚者,盖欲为一网无余之计。复
> 荟萃是编,名曰《宋诗外集》,共十有二册。绛云晚年悬价
> 求之,终于莫得。余于辛酉之冬从吾乡倦圃曹先生借至京
> 师,初疑陈氏所编或不止此,逡巡未录,而先生仙游之信忽
> 至,物在人亡,不胜凄悼。因即命佣手抄竟,缀此数语,缄

---

① 参见陈宇、汪俊:《陈世隆编纂诸书伪作说质疑》。

归其家。窃叹前辈借书之不吝，真有借一瓻还一瓻之风，而今尚何人哉。康熙丙寅岁立秋后二日，小长芦朱彝尊书于京邸之古藤书屋。

朱彝尊跋文与其行迹颇相符合。辛酉之冬是康熙二十年（1681），这年秋天朱彝尊典试江南，得归乡里，与曹溶有过来往。《曝书亭集》卷四十六《宋拓钟鼎款识跋》："隆庆六年，项子京获之，寻归曹先生。……辛酉冬，予留吴下，先生寓书及册复命予跋，予仍不果。"而康熙丙寅（1686）秋，朱彝尊的确寓居在京城古藤书屋。曹溶于此前一年的冬天去世，"先生仙逝"之语也符合事实。总体而言，此题跋涉及的行迹、事迹确无可疑之处。

即便如此，并不能说明此跋为真。因为这则朱彝尊跋文，与宋刊本《南宋群贤小集》、《两宋名贤小集》上的所有"朱彝尊跋"，全都不见于《曝书亭集》。《曝书亭集》是朱彝尊"晚归梅会里，乃合前后所作，手自删定"（据卷首查慎行序），其中从卷三十四至四十、卷四十二至四十四，凡十卷皆为书籍序跋，数量不可谓不多，何以如此巧合地同时舍弃这些序跋？朱彝尊的《潜采堂宋元人集目录》、《竹垞行笈目录》、《曝书亭集》诸书中也根本未曾提及与"陈世隆"有关的这些书籍。可见跋文除了伪托，别无他解。

笔者曾对《宋诗拾遗》的书名感到怀疑：以"拾遗"命名的诗文总集都是有具体所指的。比如高棅《唐诗拾遗》，是在编选《唐诗品汇》之后，继续选录《唐诗品汇》未载的好诗，也即"拾"《唐诗品汇》之"遗"。杨慎《选诗拾遗》，补选萧统

《文选》失收的梁朝以前诗歌佳作,是"拾"《文选》之"遗"。陆心源《唐文拾遗》,是"拾"《全唐文》之"遗"。而《宋诗拾遗》作为书名却很让人费解。名为拾遗,究竟"拾"谁之"遗"?丁丙在《善本书室藏书志》卷三十八中认为:"其选辑当代诗篇,犹承《江湖集》遗派,故题曰《拾遗》。"① 这一解释显然太过牵强,《江湖集》所收皆南宋末江湖诗人之作,而《宋诗拾遗》所载诗歌上自北宋初,下至南宋末,并且没有明显的统一风格,根本看不出与《江湖集》有任何关系。"朱彝尊跋"中指出《宋诗拾遗》是在《两宋名贤小集》之后为图"一网无余"而辑,即拾《两宋名贤小集》之遗,这一说法同样也有不合理之处:《两宋名贤小集》仅收录百余家诗集,所遗之宋诗何止千万,不知如何能拾?

虽然如此,"朱彝尊跋"仍然具有极为重要的作用,因为它透露了一个重要信息:《宋诗拾遗》与《两宋名贤小集》出自同一人之手,且实际编纂时间在《两宋名贤小集》之后。

二、《北轩笔记》辨伪

陈世隆唯一传记文字见于旧题元陈世隆撰《北轩笔记》书前附录。因为有这则言之凿凿的小传,所以即便题为陈世隆编、撰、藏的著作存在许多疑点,学界还不敢怀疑这些书为伪作。

《北轩笔记》被认为是元代少有的考辨性笔记之一,受到学

---

① 《善本书室藏书志》,第1644页。

界较高的评价。《四库总目》卷一二二《北轩笔记提要》载：

> 所论史事为多，如论西伯戡黎力辨委曲回护之说，论鲁两生不知礼乐，论胡寅讥刘晏之非，论秦王廷美生于耿氏之诬，论周以于谨为三老有违古制，皆援据详明，具有特见。至所载僧静如事，则体杂小说，未免为例不纯，是亦宋以来笔记之积习，不独此书为然，然不害其宏旨也。①

四库馆臣肯定了这部笔记的学术价值，仅指出其为例不纯之失，对其内容没有进一步研究。此书内容多与其他著作互见，如"毕再遇"条，与《齐东野语》卷七"毕将军马"条全同；"礼有谥"条，与支允坚《梅花渡异林》卷二"谥法"条全同。笔记体著作所载多为文人学者读书或游历时的一隅之见，尤其是评论历史的史论笔记，引用史料或有相同，但对问题的看法各有独到之处，像《北轩笔记》这样观点和表述都全同于他人的情况，几乎是不可能的。

值得注意的是，《北轩笔记》中有许多与明人著作互见的地方，内容基本相同而仅个别词语或句子不同，其真正成书时代需要深入分析。下面试举几个例子：

（1）"三代养老之礼"条，与于慎行《穀山笔麈》卷十六"三代养老之礼"条基本相同。《北轩笔记》言："三代养老之礼，远不可考记，所传者多汉人拟议之词。后周以于谨为三老云

---

① 《四库全书总目》，第 1052 页。

云。"而明代天启、万历两次刊刻《榖山笔麈》,在"多汉人拟议之词"句以下皆有"东京西周仿而行之,未必三代之旧也"句。多出来的这句话中,"东京西周"显然有误。据《通典》卷二十职官条所载,东汉明帝、魏高贵乡公、后魏孝文帝皆曾行三老五更之礼,故"西周"二字应是误记或刊刻时致误。《榖山笔麈》为于氏撰,门人郭应宠整理刊行,该书纯为原创,所存有明一代典章制度、传记资料等非常丰富。此段若抄自《北轩笔记》,这句错误不通之语的增入令人难以理解,唯一的解释是《北轩笔记》抄录《榖山笔麈》,而将此句不通之语删掉。

(2)"东坡守胶西时"条,与何孟春《余冬录》载述基本相同,惟"曾不得一廛环堵为终老地"以下,《余冬录》作:"是故春读王宗稷所为先生年谱,而于心有感焉。为之叹曰:'天生斯才而固厄之如是耶?'既而曰:'孔孟之至圣大贤而不能一日安其身也,他尚何道哉!古今人岂不有如坡公者耶?'东坡与人书,间及生事不济,辄自解云:水到渠成,不须预虑。在儋,有诗曰:海南万里真吾乡。亦可谓善处穷者。"(《余冬录》卷二十八"人品")《北轩笔记》作:"其与人书,间及生事不济,辄自解云:'水到渠成,不须预虑。'亦可谓善处穷矣。"何孟春《书东坡先生年谱后》为读书的体会,并非照抄他人见解,因此其与《北轩笔记》的沿袭关系应该是后者沿袭前者。

(3)"七雄之末"条,与王世贞《弇州四部稿》卷一百一十文部《史论》所载"当七雄之末"条意思全同,而表述有所更改。试举其片段言之。王世贞《史论》载:"当七雄之末,诸善战者以法归吴起,以智归孙膑,以巧归田单,以勇归白起及廉颇、李牧，而公子无忌不与焉。彼公子者以为卑虚得士，急于收名，而稍见其实，差胜于孟尝、平原辈尔。愚以为善为兵者，固无如公子者也。吴起、孙膑之时，秦固未甚强，而田单之所摧则骑劫，颇则栗腹，而牧匈奴也。白起用秦师以攻诸侯，固无有不糜碎者。是故白起用劲者也。吴起用治者也，膑、单、廉、李，乘瑕者也。"《北轩笔记》则载为："七雄之末，诸善战者，吴起以法，孙膑以智，田单以巧，白起、廉颇、李牧以勇，而公子无忌不与焉。公子特以卑身下士，差胜孟尝、平原、春申三君，不知善为兵者，固无如公子者也。吴起、孙膑之时，秦未甚强，而田单之所摧则骑劫，颇则栗腹，而牧匈奴也。白起用秦师以攻诸侯，宜无不糜碎者。"对比两则论史之文，可以看出《北轩笔记》不仅改变表述方式，且有所删削。

（4）"问鲁两生云"条，与高拱《本语》"问鲁两生云"条仅"乐之用达"与"乐之效达"的一字之差。此条用问答体，与《本语》全书体例完全符合，可见其为《本语》原有内容。另外两则"世传汉高溺戚姬之宠"和"唐刘晏领度支"的内容也同于《本语》，并且保持问答体形式，不同的是，《北轩笔记》中删去首句"问"字，行文较为拘谨，可见其为改编无疑。

从文献对比可以看出，《北轩笔记》中存在许多与明人著述互见的内容。两种典籍存在互见内容，属于同源关系还是沿用关系，从典籍的文献性质、出现时代即可判断。一般而言，汇编杂抄性质的文献沿袭原创性质的文献，时代晚的文献沿用时代早的文献。何孟春《书东坡先生年谱后》、于慎行《穀山笔麈》、王世贞《史论》、高拱《本语》等书是他们读书治学所得，而《北轩笔记》中有的全文照抄，有的略加删削改窜，足以证明此书并非元末明初人的著作。其书既伪，其传记又毫无出处可考，且所言"从祖思以书贾能诗"，陈思固为宋末之书贾兼学者，却不闻其能诗，这里混淆了陈思与陈起，存在非常明显的错误，难以取信于人。

三、《宋僧诗选补》辨伪

该书卷首题"元钱塘陈世隆彦高编"，分上中下三卷，附在陈起《圣宋高僧诗选》七卷清钞本（南京图书馆藏）之后，①合十卷。此十卷清钞本前有王士禛题辞，谨录如下：

> 宋九僧诗，见欧阳公《六一诗话》，言其集已不传，世多不知。所谓九僧者，据周煇《清波杂志》云："九僧为剑南希昼、金华保暹、南越文兆、天台行肇、沃洲简长、青城惟凤、淮南惠崇、江东宇昭、峨眉怀古。"今宗之所选《前集》，九人适合，疑即《宋九僧诗》也。《清波志》又云："九僧诗极不多，景德五年史馆张亢曾序其集，引惠崇'人游曲江少，草入未央深'之句，惜皆不载，当是节本。"张序因以选录而去之耳。大抵九僧诗规抚大历十子，稍窘边幅，若"河分冈势断，春入烧痕青"自是佳句，而轻薄子

---

① 《圣宋高僧诗选》有五卷本、七卷本两种。五卷本前集一卷后集三卷续集一卷，七卷本则前集又分为三卷。

有司空曙、刘长卿之嘲，过矣。《后集》凡三十三人，以赞宁压卷，文莹、道潜、清顺皆在焉。文莹尝撰《玉壶清话》，道潜即参寥，清顺为东坡所赏。《续集》十九人，以秘演压卷，惠崇、守诠皆在焉。秘演，欧阳永叔友。守诠，亦东坡所喜。而惠崇名尤著。《许彦周诗话》云觉范题李愿画像云云，当与黔安并驱。黔安谓山谷，仲殊、参寥虽名世，皆不能及也。末《宋僧诗补》三卷，乃宗之之孙彦高所辑，意在全两宋释子之诗，究多未备云。新城王士禛书。

考此题辞，与《带经堂诗话》卷二十、《居易录》卷十四所载"宋高僧诗前后二集钱唐陈起宗之编"条非常接近，唯表述方式偶有不同。如题辞载："今宗之所选《前集》，九人适合，疑即《宋九僧诗》也。"用疑似的语气。而《带经堂诗话》作："《前集》即《六一诗话》所谓《九僧诗》也。"用肯定的语气。又如题辞载："《清波志》又云：'九僧诗极不多，景德五年史馆张亢曾序其集，引惠崇"人游曲江少，草人未央深"之句，惜皆不载，当是节本。'张序因以选录而去之耳。"断为节本的语气较为肯定。《带经堂诗话》作"皆不载，疑为节本，或即此本是也，今亢序亦不载"，用疑似的语气。检《清波杂志》所载正作"以是疑为节本"，与《带经堂诗话》相同。又如题辞载："当与黔安并驱。黔安谓山谷。""黔安谓山谷"五字与上下文颇不协调，《带经堂诗话》中此五字乃作注文。

更重要的是，题辞最后一句："末《宋僧诗补》三卷，乃宗之之孙彦高所辑，意在全两宋释子之诗，究多未备云。新城王士禛书。"《带经堂诗话》并无此句，可见王士禛的评论乃就《宋高僧诗》前后二集而论，并未见到《宋僧诗选补》。且题辞增入内容中以陈世隆为陈起之孙，与《北轩笔记》附录小传所言"陈思"也有明显不同，又是一个混淆陈起与陈思的失误。由此可见，此题辞乃以王士禛《带经堂诗话》所载为基础略加改窜而成。在钞本《宋高僧诗选》卷首加上这样一篇伪造的题辞，其目的只能是为了掩饰题为"陈世隆"编《宋僧诗选补》三卷之伪。

再从此集所辑内容看，卷中录林外（字岂尘）《酒楼》一首，林外为绍兴三十年进士，官兴化令，并非僧人。又德祥《风雨》一首，德祥乃元明之际有名僧人，时代似较陈世隆稍晚。释大壑《南屏净慈寺志》卷四"法胤"载："德祥止庵，仁和人，俗钟氏。生于至顺元年庚午五月十四日，洪武初住持净慈，悟宗阐教，未几，被旨征为僧录右善世，后迁径山主席。二十五年甲戌十月十三日……竟寂，寿六十三。师善书法，名重一时。攻诗刻苦，清逼郊岛。所著有《桐屿集》行世。"①　（钱谦益《列朝诗集》闰集卷二"止庵法师祥公"条疑其至永乐中尚在，误。）

除了误辑的情况，其所录作者三十三人中，有十五人与清代沈季友《檇李诗系》所载同，即惟正《山中》、法成《山居》、文及翁《和苏学士东坡韵二首》、净昙《绝句》、法常《题室

① 释大壑《净慈寺志》，《西湖文献集成》第23册《西湖寺观志专辑》，杭州出版社2004年，第563页。

门》、真觉《再题华庵》、彩云《彩云偈》、惟湛《示人》、怀悟《庐山莲社咏》、净真《呈安抚赵端明》、梵卿《偈》、智鉴《梅溪即事》、原妙《云庵》、妙普《山居》、《口吟》、可观《九日》。《槜李诗系》专录嘉兴诗人作品，《宋僧诗选补》不限于此，却有近半诗人与《槜李诗系》相同。而《槜李诗系》卷三十所载宋诗僧共二十一人。只有六人未见于《宋僧诗选补》，其中林酒仙遇贤、高尚真人刘卞功、赤脚道人汤复亨，三人并非僧人；契松禅师三首、慧梵二首已见《宋高僧诗选》的后集和续集，庐陵樵衲绍嵩已有《江湖纪行集句诗》流传甚广。

　　两书还出现一些共同的错误。如"文及翁"为南宋末执政，并非僧人。文及翁《和苏学士东坡韵二首》从押韵来看，正是答苏轼《秀州报本禅院乡僧文长老方丈》诗，因此二诗作者当为"文长老"①。《（至元）嘉禾志》卷三十一误为"文及翁"，《槜李诗系》和《宋僧诗选补》可能同源而误，也可能存在互相沿用的关系。又如《彩云偈》的作者，《槜李诗系》题为"彩云禅师"，并注云："嘉兴真如寺禅堂后有彩云桥，相传禅师居此。"此偈语流传颇广，很多书籍中都有记载。宋道行《雪堂行和尚拾遗录》载作者为"鉴懃"，《（嘉泰）普灯录》卷二十七载作者为"释慧懃"，《月磵禅师语录》中也有此偈，而词语略异。朱刚考此诗作者应为"释慧懃"，"彩云"乃此诗开篇语②。《槜李诗系》和《宋僧诗选补》共同出现"彩云禅师"这个子

---

① 冯应榴《苏轼诗集合注》卷八引《本觉寺碑记》，有"宋蜀僧文及主之，请易为寺"（上海古籍出版社 2001 年，第 390 页），则文长老当名为"文及"。
② 朱刚：《唐宋诗歌与佛教文艺论集》，复旦大学出版社 2020 年，第 166 页。

虚乌有的人物，可证两者的确存在互相沿用的关系。

那么，《宋僧诗选补》与《槜李诗系》是前者沿用了后者，还是后者沿用了前者呢？《宋僧诗选补》没有诗人小传，很难从其中准确地辑录出槜李僧人的作品。而《槜李诗系》对诗人按时代排列，以人系诗，人名之下有小传，比较容易从中转录宋代僧人诗作。再从文本中看，《槜李诗系》卷三十"象田禅师梵卿一首"，小传云："徐氏《笔精》载：象田梵卿禅师，嘉兴人，有《上堂偈》一首。"已经明确地交代了辑录的来源。而《宋僧诗选补》则载为"梵卿，字象田"，这是臆改。因为《槜李诗系》中僧人多称"字号+某某禅师"，如"高峰原妙禅师"，即"原妙字高峰"；"瑞竹上人怀悟"，即"怀悟字瑞竹"，很可能是依此类推以"象田"为字。实际上，"象田"指绍兴象田寺，徐象梅《两浙名贤录》卷六："梵卿姓钱氏，嘉兴人，得旨东林总禅师，住绍兴之象田。"不仅如此，《偈》中尾联"老夫有个真消息，昨夜三更月在池"，宋普济《五灯会元》卷十七中此偈语亦作"老夫"，而《宋僧诗选补》中"老夫"二字误作"老大"。又《槜李诗系》卷三十真觉禅师《再题草庵》诗，《宋僧诗选补》作"再题华庵"，王象之《舆地纪胜》卷三《两浙西路·嘉兴府·风景下》"福严院"有"真觉禅师有《草庵歌》，黄山谷为之书"，可见此诗应作"再题草庵"，作于《草庵歌》之后。凡此种种，都是《宋僧诗选补》转录自《槜李诗系》时有意无意造成的讹误。

四、《艺圃蒐奇》辨伪

《艺圃蒐奇》，旧题明徐一夔编。据《四库总目》著录，该丛编前有至正戊申（1368）徐一夔自序，称："钱塘陈子彦高避兵檇李，惠子之五车，茂先之三十乘，携以俱来。适余亦栖止是邦，尝得借观。兹编古今名人杂著之小者，从无刊版。彦高检有副本，悉以赠余，装成若干册，名之曰《艺圃搜奇》。"该丛编乃据陈世隆藏书编成，故或径称"陈世隆《艺圃蒐奇》"。这部书没有刻本流传，现在已经不详去向。由于《四库全书简明目录标注》、《邵亭知见传本书目》中有著录"艺圃蒐奇本"，民国时期杨守敬、李之鼎《丛书举要》和杨家骆《丛书大辞典》也著录其子目，今人或以此论定其所收书之年代（如对司空图《二十四诗品》真伪问题的考辨），故有必要对其编者进行考辨。

从《艺圃蒐奇》的流传来看，旧题徐一夔作的《序》中称该丛书至正年间已经成编，但该丛书的名称以及其中收录的大多著作，有明一代却无人提及、著录或引用，这很令人生疑。事实上，《艺圃蒐奇》的真实性在《四库总目》中已受到质疑：

> 其中舛谬颠倒，不可缕举。其最甚者，如褚少孙补《史记》，自前代即附刊《史记》中，并非秘笈，而取为压卷，名曰《史记外编》，又佚其《平津侯列传》、《建元以来侯年表》二篇。挚虞《文章流别论》，乃抄《艺文类聚》、《太平御览》之文，犹有所本也。至《谷神子》即《博异

记》,《醴泉笔录》即江休复《嘉祐杂志》,苏轼《格物粗谈》即伪本《物类相感志》,俞琬《月下偶谈》即《席上腐谈》,杨万里《诚斋挥麈录》即王明清《挥麈录》,晁说之《墨经》即晁子一《墨经》,大抵改易书名、人名以售其欺。至镏绩虽元、明间人,而《霏雪录》成于洪武中,此编既辑于至正戊申,犹顺帝之末年,何以预载其书?且所录《灌畦暇语》与李东阳重编残阙之本一字不易,岂元人所及见邪?其为近时所赝托,不问可知矣。①

这里提出的证据有二:一是该编所收伪书众多,或改易书名,或同时改易书名和作者。二是所收书《霏雪录》、《灌畦暇语》成于序言作年(1368)之后。另外,在《万柳溪边旧话提要》中又言:

末有玘曾孙实《跋》,称弘治二十九年於祠屋中求得旧本,简断墨暗,不可读者逾半。命门人许灵钞其完者,而恨全帙之不可得。是此书已非完本矣。元陈世隆载入《艺圃搜奇》,所载之文与此本并同。断无明人所钞坏烂之本,适与元人所见一字不异者。此亦足证《艺圃搜奇》必非元人书也。②

---

①《钦定四库全书总目》,第 1759 页。
②《钦定四库全书总目》,第 343 页。

这里提到《艺圃蒐奇》本《万柳溪边旧话》后面有弘治二十九年尤实跋语，以此证明《艺圃蒐奇》绝非元末编纂。但《四库总目》的论证存在明显疏失，尤实跋中自称为洪武二十九年登第，后于祠屋中得旧本，而非弘治二十九年得旧本（弘治只有十八年）。因此，这个质疑没有被后人充分重视。如钱大昕《艺圃搜奇跋》云：

> 右《艺圃搜奇》二十册。元末钱塘陈世隆彦高、天台徐一夔大章避兵檇李，相善。彦高箧中携秘书数十种，检有副本，悉以赠大章，大章汇而编之。此书世无刊本，黄虞稷《志》、《明史·艺文》亦未著录，故知之者鲜。曹子清巡盐扬州时尝抄以进御，好事者始得购其副录之。岁己丑，予如京师，道出吴门，从朱文游假得，身中无事，取读之。其中如《文昌杂录》、《韵语阳秋》、《默记》，皆非足本；《谈薮》所纪多宋南渡事，而误以为庞元英著。元英撰《文昌杂录》，见《宋史·志》，而此编转阙其名，皆不免千虑之失。书成于至正末，而所收镠绩《霏雪录》多言洪武间事，盖大章仕明之后别有增入矣。①

钱大昕指出《艺圃蒐奇》所收书存在非足本、误题作者的问题，对于其中所录陈世隆以后著作仅举《霏雪录》一种，认为这是

---

① 钱大昕《潜研堂文集》，《嘉定钱大昕全集》九，江苏古籍出版社1997年，第9册，第513页。

徐一夔仕明之后所增入，而未曾注意《灌畦暇语》实存李东阳所辑的问题。

钱大昕之所以对这套丛书不疑有伪，应该是对"曹寅进御丛书"说信以为真之故。那么，曹寅抄写进御之事是否属实呢？李祚唐先生说："曹寅是拥有《艺圃搜奇》的，除了前引记载之外，尚有其所编刊《楝亭藏书十二种》（康熙四十五年扬州诗局刻本）收有《艺圃搜奇》本《墨经》一证，该书题下署'宋晁说之以道著'，与提要所载正同。曹寅曾从朱彝尊处钞有大量古书，……而朱彝尊又曾获得曹溶大量藏书。……曹溶为浙江秀水人，称'浙西曹氏'，与徐一夔至正戊申序文'避兵檇李'语中地望正合（朱彝尊亦秀水人），有可能获得成于其地的《艺圃搜奇》。"[1] 他指出曹溶有可能获得《艺圃蒐奇》，曹溶藏书为朱彝尊所得，朱彝尊藏书又为曹寅所得，故曹寅以《艺圃蒐奇》进御是可靠的。但是，曹氏《楝亭书目》中所收丛编甚多，如《金声玉振集》、《欣赏编》等皆著录，若曹寅果获得《艺圃蒐奇》，为何《楝亭书目》中不见著录？再比较《楝亭书目》与《艺圃蒐奇》子目，相同者固然不少（李祚唐先生所举晁说之《墨经》只是其中一种），但不合者也甚多。如《楝亭书目》著录"宋南安庞元英录"《文昌杂录》，《艺圃搜奇》阙题作者名。[2] 又宋眉

---

[1] 李祚唐：《〈司空图《二十四诗品》辨伪〉献疑》，《学术月刊》1997 年 10 期。
[2] 该书《丛书举要》中题"宋庞元英"，应是后人补题。钱大昕《潜研堂文集·跋艺圃搜奇》言："文英撰《文昌杂录》，见《宋史·志》，而此编转阙其名，不免千虑之失。"可知该书原是阙题撰人姓名的。

山苏轼著"《物类相感志》一卷",《艺圃搜奇》中题作"《格物
麤谭》"。又"本朝檇李曹溶辑"《刘豫事迹》,《艺圃蒐奇》中
题作"宋□□□"。又江休復著"《江邻几杂志》一卷",《艺圃
蒐奇》中题书名作"《醴泉笔录》"。又"明知非子尤侗撰"
《万柳溪边旧语》,《艺圃蒐奇》中题作者为"宋尤玘"。……
《艺圃蒐奇》丛书中与《楝亭书目》相合的,尤可解释为这些伪
书在曹寅之前已经产生,而为曹寅所收,也为《艺圃蒐奇》编
者所选入。但是两者著录不同之处,除了曹寅没有见过这套丛书
之外,没有其他解释。

　　实际上,《艺圃蒐奇》与《百川学海》、《续百川学海》、
《广百川学海》、《学海类编》之类的丛书属于同一性质,随意摘
录成编,属于真伪混杂的杂纂丛书,学者型藏书家不可能看重这
样的书籍,更遑论进御于朝廷。钱大昕从朱文游那里获觏此书,
朱文游即与钱时霁齐名的苏州书贾,书商称《艺圃蒐奇》曾被
曹寅进御朝廷,虽然不足为信,但正好说明其成编时间是在曹寅
任职巡盐御史即康熙四十三年以后。

　　再从《艺圃蒐奇》的收书情况来看。《四库总目》载《艺圃
蒐奇》有 20 册,103 种,有录无书、曹寅补录者 13 种。而杨家
骆《丛书大辞典》中著录《艺圃蒐奇》共 17 册 87 种,又著录
旧题曹寅编的《艺圃蒐奇》之"原阙补"3 册 19 种,以及旧题
曹溶编的《艺圃蒐奇续编》10 册 49 种。① 《丛书大辞典》中著

① 杨家骆:《丛书大辞典》,南京中国图书大辞典编辑馆 1936 年,第 150—
151 页。

录的《艺圃蒐奇》原集和"原阙补"合 20 册 106 种,却较《四库总目》著录的《艺圃蒐奇》原集和"原阙补"少了 10 种,当以《艺圃蒐奇》存在不同版本之故。① 又邵懿辰标注《四库全书简明目录》言:"《艺圃搜奇》一百五十四种,旧题徐一夔编,有元至正戊申自序,而所载多明人之作,盖近时所赝托也。存目十八卷,补二卷,只一百三种。"邵氏言《艺圃蒐奇》凡 154 种,较《总目》所载又多 51 种,李祚唐先生认为"邵氏或应曾见另一部内容组合不尽相同的原书",但笔者颇疑 154 种或即《艺圃蒐奇》及《续集》之总数,据《丛书大辞典》著录,续集子目凡 49 种(其中《罗湖野录》在《艺圃蒐奇》正编中已经著录),与原编 106 种,合起来正好 154 种。② 总的来说,《丛书举要》所载《艺圃蒐奇》子目,或有个别是后来混入,但大致是可靠的。

《丛书举要》所载《艺圃蒐奇》正编 106 种,与《学海类编》重复者就达 53 种之多,③ 现著录如下:

> 贾岛《二南密旨》、杨晔《膳夫经》、李匡乂《资暇录》、唐□□□《灌畦暇语》、康骈《剧谈录》、郑文宝《江表志》、宋□□□《五国故事》、张商(应作唐)英

---

① 《艺圃蒐奇》正编子目中有《罗湖野录》,复见于题为曹溶编的《艺圃蒐奇续编》子目中,可见正续编之间可能存在区分不严格的情况。

② 《举要》著录的《续集》子目仅为 9 册子目,阙第 4 册子目,李祚唐先生推测"第三册有子目十种为各册中最多者,疑或原四册子目已误并入三册中"。

③ 其中杨晔《膳夫经》、康骈《剧谈录》、赵抃《御试备官日记》、陈抟《按节坐功法》、赵希鹄《洞天清录》、耐得翁《都城纪胜》等 6 种不载于《学海类编》道光木活字刻本,但见于国家图书馆藏翁方纲手书《学海类编目录》中。

《蜀梼杌》、宋周羽中（应作翀）《三楚新录》、宋江休复《醴泉笔录》、宋赵抃《御试备官日记》、宋苏轼《格物麤谭》、宋唐庚《三国杂事》、宋刘敞《南北朝杂记》、陈抟《按节坐功法》、宋方勺《青溪寇轨》、宋葛立方《韵语阳秋》、宋李隐《漱石轩笔法》、宋太平老人《袖中锦》、宋曾慥《高斋漫录》、宋王铚《默记》、宋郑景璧《蒙斋笔谭》、宋蔡絛《北狩行录》、宋□□□《窃愤录》（附《阿寄替传》）、宋□□□《刘豫事迹》、宋撰人阙《碧湖杂记》、宋朱子《程董二先生学则》、宋吴□□《吴氏诗话》、宋□□□《诗谈》、宋西郊野叟《庚溪诗话》、宋苏轼《乌台诗案》、宋赵潾《养疴漫笔》、宋庞元英《文昌杂录》、宋赵叔向《肯綮录》、宋庞元英《谈薮》、宋□□□《南窗纪谈》、宋谢伋《四六谭麈》、洞天清录（宋赵希鹄）、宋孙宗鉴《西畬琐录》、宋尤玘《万柳溪边旧话》、宋沈淑《谐史》、宋□□□《朝野遗记》、《樵谭》（即献丑集之一，宋许棐）、宋俞琰《月下偶谈》、宋姜夔《诗说》、宋杨万里《诚斋挥麈录》、宋方岳《深雪偶谈》、宋耐得翁《都城纪胜》、宋□□□《三朝野史》、宋方凤《金华游录》、元镏绩《霏雪录》、元□□□《东园友闻》、元姚桐寿《乐郊私语》。

其与《学海类编》重复之书超过半数，而且大多数书为故意造伪。如江休复《醴泉笔录》实为《嘉祐杂志》；苏轼《格物麤谈》实为伪本《物类相感志》；刘敞《南北朝杂记》实出《太平御览》著录之《谈薮》；方勺《青溪寇轨》实出其《泊宅编》；宋□□□《刘豫事迹》，实本杨克弼《伪豫传》，又杂采他书附益之；宋吴□□《吴氏诗话》乃摘自吴子良《林下偶谈》；宋苏轼《乌台诗案》实钞自蔡正孙《诗林广记》后集卷四《（苏东坡）乌台诗案》；宋赵溍《养疴漫笔》乃"书贾从说部录出"；孙宗鉴《西畲琐录》实摘自《东皋杂录》；宋太平老人《袖中锦》乃杂钞说部之文；宋□□□《窃愤录》（附《阿寄替传》）实出辛弃疾《南渡录》；俞琰《月下偶谈》实摘自《席上腐谈》；杨万里《诚斋挥麈录》实为王明清《挥麈录》……这些伪书中《格物麤谈》、《西畲琐录》等仅见于《艺圃蒐奇》和《学海类编》，可见两编之间存在沿用关系。

　　另外，题为曹溶编的《艺圃蒐奇续编》已失传，但从《辞典》所著录细目看来，其所收的 49 种书中，同于《学海类编》者就有 15 种，将近三分之一的重复率①。乾嘉学者王鸣盛《蛾术编》卷一四《说录》"合刻丛书"条载："艺圃搜奇，卷首标'钱唐陈世隆彦高原赠'，序称至正戊申。《续艺圃搜奇》，'秀水陶越艾村原赠'。"这是清代人所见到关于《艺圃蒐奇》正续编编者和文献来源的记载。但是，这则记载的内容是非常可疑的。因为《艺圃蒐奇续编》所录皆清初杂著，家富藏书的曹溶何必

① 具体目录为：第二册明陈诚《使西域记》、商辂《蔗山笔麈》、第三册钱德洪《平濠记》、杨继益《淡斋外言》、江应晓《列宿次第说》、第六册宋凤翔《秋泾笔乘》、第七册姚士粦《日畿访胜录》、第九册郎廷极《胜饮编》、第十册陆陇其《读礼志疑》、毛先舒《声韵丛说》、金德纯《旗军志》、缪彤《庐传纪事》、陈芳生《捕蝗考》、薛熙《练阅火器阵记》、周嘉胄《装潢志》。

假借陶越藏书乃成此编？且《艺圃蒐奇续编》收录有郎廷极《胜饮编》和薛熙《练阅火器阵记》①，《胜饮编》卷首有杨颙《序》言："官东莱时，偶辑酒史十八卷，名之曰《胜饮编》。"可知此书是郎廷极为参政道分守登莱时所编，郎氏任此职时在康熙三十七至三十九年（据李绂《穆堂类稿》卷二五《中宪大夫四品额驸郎君墓志铭》及王先谦《东华录·康熙六十六》所载推知），而曹溶卒于康熙二十四年。又《练阅火器阵记》中有"时康熙三十七年冬十月廿又七日"之句，已是在曹溶卒后十三年。

　　《艺圃蒐奇》与《学海类编》中存在大量重合，《学海类编》旧题"曹溶编"固不足信，但题"陶越续补"或有所本，可能是以陶越藏书为基础编纂而成②。而《艺圃蒐奇》续编题为"曹溶编"，源文献出自"陶越"。根据这些关系，笔者推测《艺圃蒐奇》应该沿用了部分《学海类编》的内容，其成书当在《学海类编》之后。

五、"陈世隆之谜"

　　综上，题为陈世隆著、编、藏的几部书《宋诗拾遗》、《北

---

① 此两书《学海类编》道光刻本未载，参见翁方纲《学海类编目录》。
② 《学海类编》旧题为"曹溶编，陶越续补"，乃因卷首《辑书大意》末尾有"倦圃老人述，门人陶越增订"二行。但此编中所收录典籍多有曹溶卒后之作，且大量沿用明清丛书，不大可能出自藏书家曹溶之手。仔细推究《辑书大意》的意思，此编或以陶越藏书为基础编纂而成，题为"曹溶编，陶越续补"是由于后人误解。

轩笔记》、《两宋名贤小集》、《艺圃蒐奇》、《宋僧诗选补》均存在收入时代较晚作品或沿袭他书的情况。

此外，题为"陈世隆"编撰的书还有两部。一是《艺圃蒐奇》中收录的《西湖竹枝词》。由于该丛书已经不传，无法具体考知此书的情况，笔者颇疑此书也是伪题作者，因为明人著述中并无著录或引用陈世隆《西湖竹枝词》者。二是日本国会图书馆藏清钞本"《宋诗外集》十二册"，也题陈世隆编。这部书笔者尚未经目，仅从"日本所藏中文古籍数据库"查询得知子目。据载录，此编分方外、闺秀、唱和、联句、集句、集字、选集七类。方外类有陈抟《剑潭吟稿》一卷、黄希旦《支离子集》一卷、白玉蟾《琼山道人集》二卷、释利登《骹稿》一卷，第二册为释斯植《采芝集》一卷《续集》一卷、释永颐《云泉诗集》一卷、释道璨《柳塘外集》二卷、释刚《高峰吟稿》一卷①，闺秀类有朱淑真《断肠集》二卷，唱和类有李昉《禁林燕会集》一卷、钱明逸《睢阳五老会诗》一卷、司马光《洛中耆英会诗》一卷、释正蒙《袞言》一卷、钱公辅《众乐亭唱和》一卷、潘良贵《三江亭唱和》一卷、释绍嵩《镡津唱和集》一卷，联句类有魏野《草堂联句》一卷，集句类有李龏《剪绡集》三卷、《梅花衲》一卷、释绍嵩《江浙纪行集句》四卷、胡伟《宫词集句》一卷，集字类有苏轼《归去来辞集字诗》一卷，选集类有房祺《河汾八老诗》八卷、杜本《谷音》二卷、陈起《圣宋高僧诗选》三卷《后集》二卷《续集》一卷，陈起《前

---

① 数据库所查到信息如此，疑脱一字。

贤小集拾遗》八卷，陈世隆《宋诗拾遗》二十八卷。由此可见，《宋诗外集》实则为宋元诗集的杂编（房祺《河汾八老诗》、杜本《谷音》皆入元之后编成）。许红霞先生曾经眼此书，大致情况如下：

> 《宋诗外集》现藏于日本国会图书馆，荟萃了宋时羽缁闺秀等集泊一些散佚的杂诗，前有清康熙二十五年（1686）朱彝尊题记。但其中第二册中所收的宋释道璨《柳塘外集》二卷，是江都张师孔在康熙四十六年（1707）游庐山时才发现的，事见此书卷首张师孔序，清王士祯《分甘余话》卷三也提到此事。这显然是矛盾的。而《增订四库简明目录标注》卷十九集部八总集类《两宋名贤小集》下有邵章续录："瞿氏有旧抄本《宋诗外集》七册，元钱塘陈世隆彦高所编，以补《两宋名家小集》之遗。"故疑十二册本的《宋诗外集》经过清人重新编定，并增加了内容。①

这部书第二册中收录了康熙四十六年（1707）才发现的书，书前还有一篇张师孔序，显然不可能是元末所有。瞿世瑛（1820—1890，撰《清吟阁书目》）曾藏旧抄本七册，许先生据此怀疑这部十二册的书中部分为陈世隆编，部分为清人增入。但是，瞿氏乃晚清人，而非元明时人，其收藏的七册《宋诗外集》，如何能判定就是原编完本，而十二册本是后人增入呢？瞿氏所藏七

---

① 许红霞：《从三百八十卷〈两宋名贤小集〉看其汇集流传经过》。

册，可能是十二册本在流传过程中散佚其中部分内容，也可能如《两宋名贤小集》一样是因随意编纂而具有多种版本，也可能内容同于十二册本而被改装为七册。总之，"册"不同于"卷"、"篇"，原本就可以随意改装，用来判断书籍内容多寡和是否完整，大多数情况下是没有什么说服力的。这部书杂编宋元人诗集，邵章认为是"补《两宋名家小集》之遗"，但其中所录多与《两宋名贤小集》重合，显然并非严谨的补编。从其收入《柳塘外集》来看，极有可能也是清人所编，而伪托于"陈世隆"。

这些题为"陈世隆"编、撰、藏的著作都收入明清时代才出现的作品，以往一般解释为"后人增入"。不可否认，古代典籍尤其是先秦秦汉间典籍在流传过程中的确可能出现文本内容不断累积的情况，但累积造成这个观点也必须建立在从产生到定型有迹可循的基础之上。这些题为"陈世隆"编、撰、藏的著作都是钞本，向未见著录和引用，甫一出现就包含了许多明清文献信息，恐怕并不适用"后人增入"来进行解释。

这些著作之间没有明显的表面联系，这是一种非常罕见的情况。围绕"陈世隆"而产生的系列伪书，呈现出几方面的共同特点：（一）皆出现于清代康熙中后期到乾隆中期之际。（二）都收入时代较晚的作品或沿袭他书。（三）序跋中呈现出许多相似之处。或者托名于曹溶和朱彝尊。《北轩笔记》首见于题为"曹溶编，门人陶越艾村续编"的《学海类编》中；又《两宋名贤小集》有题为朱彝尊作的《跋》，其中称"思所编六十余家外，增辑百四十家，稿本散逸，曹溶复补缀之"；又《宋诗外集》前有题为朱彝尊作的题记；又与《学海类编》存在密切关系的

《艺圃蒐奇》，有题为曹溶编的"续集"。或者存在一些相似的错误。如托名于朱彝尊的《两宋名贤小集跋》中将陈思和陈起混淆，而在托名王士禛的《宋僧诗选补题辞》中也有这个情况。这充分说明，这些托名"陈世隆"的伪书不可能是一个巧合，而应该是一次大规模的造伪。

《北轩笔记》既为伪书，其附录传记的可靠性也需要重新检验。元明典籍中从未提到"陈世隆"其人其书，然陈世隆传记中所言"弟彦博"者，却实有其人。《南雍志》卷六《职官年表下》："陈世昌彦博，钱塘人。由元翰林编修署职，寻升太常博士。"又嘉靖《嘉兴府图记》卷十六《人文七》："陈世昌字彦博，钱塘人。至正初由布衣召为翰林编修，代祀海上，值道梗，遂与同邑沈铉留居嘉兴教授生徒。张士诚据平江，屡征不屈。洪武初召修礼书，授太常博士，寻以母老辞归，复征至京，卒。所著有《希贤集》。"陈世昌本为元代翰林编修，因兵乱而留居嘉兴，以教授生徒谋生，这又与传记所言"弟仕兄隐"、"至正间兄弟并馆于嘉兴"符合。可见，陈世隆小传并非完全没有依据。但各种关于陈世昌的文献记载中，都没有提到其从祖为陈思，且《嘉兴府图记》中提到一同留居嘉兴的人为同邑沈铉，而未及其兄陈世隆。另外，小传中提到陈世隆的两种著作"《宋诗补遗》八卷、《北轩笔记》一卷"，《宋诗补遗》并无其书，《北轩笔记》乃属伪书。综合这些情况，不但陈世隆小传真伪掺杂，甚至陈世隆其人也很有可能是伪编者捏造出来的。

陈世隆其人的相关信息皆在其所造书中，除了《北轩笔记》上的传记，《两宋名贤小集》中有多则题为"陈世隆"作的按语，许红霞先生指出：

> 在此书的卷二十七李师中《珠溪集》中最后一首诗《天目山》题下有隆按："海陵东南姜堰北有天目山，古地钵福地，陶隐居云'地钵临江东'是也。东晋道士王冶隐居于此，后白日飞升，非吾杭之天目也。"此乃陈世隆所加按语，四库本也存有。后面遗有陈世隆题识："吾家旧藏李诚之集，今已无之，余多方蒐采，仅得此数篇，尚有佳句见于记载者。……吉光片羽，亦可珍也。陈世隆识。"此题识四库本无录。又如卷二百一十二罗从彦《豫章先生诗集》后也有题识曰："豫章先生集，近蜀中已有新刻，所载诗止此数首，理学名儒固不以吟咏擅长也。予家藏本有嘉定己卯罗棠君美跋，言先生尚有《白云亭》、《独寐寮》、《寄傲轩》三诗，以纸蠹朽不能具录，则知先生之诗在宋时已缺遗矣。至正辛亥春仲，钱塘陈世隆。"至正无"辛亥"，疑为"辛卯"之误。[1]

《宋诗拾遗》卷十二"许尚《灵峰庵》"下也有世隆按语：

> 尚，字爵莫考，自号和光老人，所著有《华亭百咏》，今所存者止此而已。

---

[1] 许红霞：《从三百八十卷〈两宋名贤小集〉看其汇集流传经过》。

两书中存在的数处陈世隆按语，原是"陈世隆补"最能取信于人的证据，但其中一处落款时间为"至正辛亥"，至正无"辛亥"年，许先生怀疑是"辛卯"之误。其实这个疏误也可作为造伪的证据，只是证据力比较弱。其书中大量沿用明清书籍、出现明清人所撰诗文，才是证伪的主要证据。

《两宋名贤小集》序跋作伪，随意增删《南宋群贤小集》，所载诗歌及作者小传多沿袭明清总集。《宋诗拾遗》为拾《两宋名贤小集》之遗，成编自然在其后。《北轩笔记》卷首作者小传有"《宋诗补遗》"，若指《两宋名贤小集》的"陈世隆编"部分，则其成书当在《两宋名贤小集》之后；若指"《宋诗拾遗》"，则其成书更在《宋诗拾遗》之后。《宋诗外集》则又更在《宋诗拾遗》之后。以上书籍成书次第大致如此。

最后说一下如何认识这些伪文献的价值。题为陈世隆编撰的《两宋名贤小集》、《宋僧诗选补》、《宋诗拾遗》等书，保存了数量相当大的宋诗作品。《两宋名贤小集》的源文献基本都还有流传，因此价值不高。《宋僧诗选补》、《宋诗拾遗》等搜集文献颇见功夫，除了个别误辑的情况，绝大多数诗歌作者无误。非常遗憾的是，为了托名陈思、陈世隆，所以每条材料之后都不注出处，导致许多诗歌不知从何辑录，我们现在想利用这些数量丰富的宋诗文献也无从下手了。

六、余论

真伪判断是对书籍作者和时代的认定，必须慎之又慎。《四库总目》中存在许多依据一二疑点就扣上大帽子的情况，如依据王应麟《困学纪闻》中的一条材料，即指今传《子夏易传》为宋代以后伪作，但实际上王应麟所引并不足以证明今本《子夏易传》为宋以后伪造之书。也存在发现疑点而没有继续深究，随意解释为后人羼入的情况，如指出《雪履斋笔记》中有袁了凡语，但没有发现其整体沿用陈弘绪《寒夜录》，全书出自清人伪造的事实。四库馆臣对《两宋名贤小集》的辨伪主要根据是序跋的可疑，尽管最后证明结论是正确的，但不可否认，仅依靠序跋的证据力还是远远不够。

本文主要依据是旧题"陈世隆编、著"诸书中存在大量晚于所题作者时代的信息。书籍中出现晚于作者时代的内容，属于后人造伪还是后人羼入，应当根据书籍编纂、流传规律，综合多方面疑点进行论定。那些自己创作并托名于他人的，最不容易定为伪作，而利用已有材料改头换面重新编纂之后托名于前人，则是比较容易发现的。通过分析文献之间的引用关系，分析各书的性质、作者学养、书中所辑诗歌的来源，即可得知孰为第一手辑录，孰为对第一手辑录的沿用。比如《北轩笔记》与《余冬录》、《本语》、《少室山房笔丛》之间的互见文献，通过分析，明人的著作为原创，而《北轩笔记》则为沿用。《两宋名贤小集》与厉鹗《宋诗纪事》、鲍廷博《知不足斋辑录宋集补遗》也是如此，后两书辑录时已经注明出处，无疑为第一手辑录，《两宋名贤小集》的互见内容，则是对厉、鲍著作的沿用。理解这一点，则旧题"陈世隆编、著"的那些书籍的真实时代，也就可以确定了。

主要参考文献

【古代文献】

《宋史》，脱脱等编，中华书局 1977 年

《元史》，宋濂等编，中华书局 1976 年

《郡斋读书志校证》，晁公武著，孙猛校证，上海古籍出版社 1990 年

《直斋书录解题》，陈振孙著，上海古籍出版社 1987 年

《四库全书总目》，永瑢编，中华书局 2003 年

《四库采进书目》，吴慰祖著，商务印书馆 1960 年

《藏园增订郘亭知见传本书目》，莫友芝著，傅增湘增订，中华书局 2009 年

《善本书室藏书志》，丁丙著，曹海花点校，浙江古籍出版 2016 年

《四库采进书目》，吴慰祖编，商务印书馆 1960 年

《拜经楼藏书题跋记》，吴骞著，吴寿旸辑录，《丛书集成初编》本，商务印书馆 1939 年

《皕宋楼藏书志》，陆心源著，浙江古籍出版社 2016 年

《寒云藏书题跋辑释》，袁克文著，李红英点校，中华书局 2016 年

《宋元明清书目题跋丛刊》，中华书局编辑部，中华书局 2006 年

《中国古籍总目·集部·总集类》，中国古籍总目编纂委员会，中华书局 2012 年

《南宋群贤小集》，台北"国家图书馆"藏宋刻本，台湾艺文印书馆 1972 年影印本

《汲古阁景钞南宋六十家小集》，上海图书馆藏，国家图书馆出版社 2014 年影印本

《宋中兴群公吟稿》，北京印铸局 1920 年影印本

《江湖小集》，《文渊阁四库全书》影印本，上海古籍出版社 1987 年

《江湖后集》，《文渊阁四库全书》影印本，上海古籍出版社 1987 年

《两宋名贤小集》，四川大学古籍所编《宋集珍本丛刊》第 101—103 册影印，线装书局 2004 年

《南宋群贤小集》，吴焯钞本，国家图书馆藏

《南宋群贤小集》，清嘉庆年间顾修读画斋刊本，国家图书馆藏

《永乐大典》（1—10 册），解缙编，中华书局 1986 年

《永乐大典》，解缙编，国家图书馆出版社 2004 年

《永乐大典》（十七卷），解缙编，上海辞书出版社 2003 年

《永乐大典索引》，栾贵明著，作家出版社 1997 年

《辛弃疾词编年笺注》，辛弃疾著，辛更儒笺注，中华书局 2018 年

《龙洲集》，刘过著，《丛书集成初编》本，商务印书馆 1937 年

《戴复古诗集》，戴复古著，金芝山点校，浙江古籍出版社 2012 年

《刘克庄集笺校》，刘克庄著，辛更儒笺校，中华书局 2011 年

《秋崖诗词校注》，方岳著，黄山书社 1998 年

《叶适集》，叶适著，刘公纯等点校，中华书局 2010 年

《永嘉四灵诗集》，陈增杰点校，浙江古籍出版社 1985 年

《绝妙好词笺》，周密编，厉鹗笺，曹明升、刘深点校，浙江古籍出版社 2019 年

《沧浪诗话校释》，严羽著，郭绍虞校释，人民文学出版社 1983 年

《鹤林玉露》，罗大经著，王瑞来点校，中华书局 1983 年

《齐东野语》，周密著，张茂鹏点校，中华书局 2004 年

《瀛奎律髓汇评》，方回选评，李庆甲汇评校点，上海古籍出版社 1986 年

《剡源集》，戴表元著，陆晓东、黄天美点校，浙江古籍出版社 2014 年

《诗渊》，佚名编，书目文献出版社 1993 年

《曝书亭全集》，朱彝尊著，吉林文史出版社 2009 年

《宋百家诗存》，曹庭栋著，上海古籍出版社1993年

《南宋杂事诗》，厉鹗等著，曹明升点校，浙江古籍出版2019年

《宋诗纪事》，厉鹗编，陈昌强、顾圣琴点校，浙江古籍出版社2019年

《法式善诗文集》，法式善著，人民文学出版社2015年

《半毡斋题跋》，江藩著，《丛书集成初编》本，商务印书馆1937年

《宋诗纪事补遗》，陆心源编著，光绪刻本

《沅湘耆旧集》，邓显鹤编纂，欧阳楠点校，岳麓书社2007年

《书林清话》，叶德辉著，复旦大学出版社2008年

《历代诗话·沧浪诗话》，何文焕辑，中华书局2004年

《历代诗话续编》，丁福保编，中华书局2006年

《全宋诗》，北京大学古文献研究所编，北京大学出版社1991年

《宋诗话全编》，吴文治编，凤凰出版社1998年

《全宋诗订补》，陈新、张如安著，大象出版社2005年

《全宋文》，曾枣庄、刘琳主编，上海辞书出版社、安徽教育出版社2006年

《宋集珍本丛刊》，四川大学古籍所编，线装书局2004年

《宋代序跋全编》，曾枣庄编，齐鲁书社2015年

《全宋笔记》，上海师范大学古籍所整理，大象出版社2019年

《全元文》，李修生主编，凤凰出版社2000年

【研究著作】

《宋诗研究》，胡云翼著，商务印书馆 1930 年

《黄庭坚和江西诗派资料汇编》，傅璇琮编，中华书局 1978 年

《中国古代文学论稿》，胡念贻著，上海古籍出版社 1987 年

《刘克庄年谱》，程章灿著，贵州人民出版社 1993 年

《宋诗选注》，钱锺书著，人民文学出版社 1994 年

《宋诗纵横》，赵仁珪著，中华书局 1994 年

《江湖诗派研究》，张宏生著，中华书局 1995 年

《宋元诗社研究丛稿》，欧阳光著，广东高等教育出版社 1996 年

《中国古籍辑佚学论稿》，曹书杰著，东北师范大学出版社 1998 年

《南宋江湖派研究》，张瑞君著，中国文联出版社 1999 年

《宋诗精华录译注》，蔡义江等，上海古籍出版社 1999 年

《唐宋词汇评》（两宋卷），吴熊和著，浙江教育出版社 2004 年

《宋人总集叙录》，祝尚书著，中华书局 2004 年

《论江湖集的历史真相》，费君清著，《中国人文社会科学博士硕士文库续编·文学卷上》，浙江教育出版社 2005 年

《辛弃疾资料汇编》，辛更儒编，中华书局 2005 年

《南宋出版家陈起研究》，黄韵静著，花木兰文化出版社

2006 年

《文史论萃》，胡益民著，安徽大学出版社 2008 年

《宋代晚唐体诗歌研究》，赵敏著，巴蜀书社 2008 年

《清代宋诗选本研究》，谢林海著，上海古籍出版社 2011 年

《宋才子传笺证》（南宋后期卷），傅璇琮、程章灿主编，辽海出版社 2011 年

《姜夔资料汇编》，贾文昭编，中华书局 2011 年

《刘克庄的文学世界——晚宋文学生态的一种考察》，侯体健著，复旦大学出版 2013 年

《江湖——南宋"体制外"平民诗人研究》，陈书良著，中国国际广播出版社 2013 年

《朱彝尊年谱》，张宗友著，凤凰出版社 2014 年

《庙堂与江湖：宋代诗学的空间》，山内精也著，朱刚、张淘、刘静等译，复旦大学出版社 2017 年

《贾似道及其文学交游研究》，张春晓著，崇文书局 2017 年

《宋诗派别论》，梁昆著，北京文化艺术出版社 2018 年

《士人身份与南宋诗文研究》，侯体健著，复旦大学出版社 2018 年

《唐宋词人年谱》，夏承焘著，商务印书馆 2021 年

《宋代科举社会》，梁庚尧著，东方出版中心 2021 年

《宋代酬唱诗歌论稿》，吕肖奂著，复旦大学出版社 2021 年

《宋元文学与文献论考》，罗鹭著，复旦大学出版社 2021 年

《宋代科举制度史》，诸葛忆兵著，浙江人民出版社 2023 年

【论文】

吴庠：《南宋书棚本江湖群贤小集记略》，《国立中央图书馆馆刊》，1947年第2期复刊

胡念贻：《江湖前、后、续集的编纂和流传》，《文史》第十六辑，中华书局1982年

陈尚君：《姜夔卒年考》，《复旦学报》1983年第2期

李越深：《江湖诗案始末考略》，《浙江大学学报》1987年第2期

李越深：《江湖派诗歌风格论》，《温州师范学院学报》1988年第1期

费君清：《〈永乐大典〉中南宋诗人姓名考异九则》，《文献》1988年第143期

张宏生：《江湖集编者陈起交游考》，《文献》1989年第1期

费君清：《论〈江湖小集〉非陈刻〈江湖集〉》，《文学遗产》1989年第4期

费君清：《〈永乐大典〉江湖诗补辑》，《温州师范学院学报》1989年第4期

费君清：《宋人江湖诗后补》，《渤海学刊》1990年第1期

张瑞君：《〈江湖集〉〈江湖前后续集〉的刊行及江湖派的鉴定》，《文献》1990年第1期

胡益民：《关于江湖派的鉴别标准与江湖诗人名单》，《江淮论坛》1990年第5期

胡益民：《陈起交游续考》，《文献》1991年第2期

胡益民：《陈起佚诗辑补》，《河北师院学报》1993年第1期

刘毅强：《南宋"江湖诗派"名辨——简论江湖诗派不足成派》，《华东师范大学学报》1993年第3期

李越深：《论江湖诗人与江湖诗味》，《浙江社会科学》1995年第2期

费君清：《宋人江湖诗续补》，《电大教学》1997年第5期

费君清：《〈南宋群贤小集〉汇聚流传经过揭秘》，《绍兴文理学院学报》1999年第4期

胡益民：《〈江湖〉诸总集"名录"新考》，《复旦学刊》2000年第2期

顾廷龙：《南宋书棚本〈江湖小集〉经眼记》，《顾廷龙文集》，上海科技文献出版社2002年

张升：《四库馆签〈永乐大典〉辑佚书考》，《文献》2004年第1期

季品锋：《江湖派、江湖体及其他》，《文学遗产》2006年第4期

钱建状：《科举与江湖派诗人的漫游》，《科举学论丛》2007年第1期

史伟、宋文涛：《"江湖"非"诗派"考论》，《社会科学家》2008年第8期

吕肖奂：《南宋中后期游士群体交游唱和的非虚拟空间》，《新宋学》第7辑，复旦大学出版社2018年10月

罗鹭：《〈江湖前后续集〉与〈江湖集〉求原》，《新国学》

2010 年第八卷

罗鹭：《宋刻〈南宋群贤小集〉版本发微》，《古典文献研究》第十七辑下卷，凤凰出版社 2015 年 6 月

侯体健：《刘克庄的乡绅身份与其文学总体风貌的形成——兼及"江湖诗派"的再认识》，《中山大学学报》2011 年第 3 期

侯体健：《江湖诗派概念的梳理与南宋中后期诗坛图景》，《文学遗产》2017 年第 3 期

王岚：《对江湖派诗人小集编刊的初步考察》，《望江集》，北京联合出版公司 2020 年

陈宇、汪俊：《陈世隆编纂诸书伪作说质疑》，《宋代文化研究》第二十九辑，线装书局 2022 年 1 月

后　记

北京的春天来得晚，二月底了，窗外枯树还不见一点生机。但在岭南，外面的花草树木永远都是一片油绿，几乎觉察不到四季的轮回。虽然在北京已经生活了二十年，我还没有能够很好地完成南北方生活的切换，内心深处仍感觉自己只是一个流寓客人。

在宋诗研究这个领域，我也是一个漫游而至的客人。2009年9月，我入职北京师范大学古籍与文化研究院。古籍院以元代为主要研究方向，我申请了一个教育部人文社科青年项目《元人总集叙录》（2010年）。在调查研究元人总集的过程中，几部题为"元陈世隆"编纂的宋诗总集引起了我的兴趣。这几部诗歌总集都掺杂了很多明清人的作品，且都只有钞本，每书的各版本之间存在非常大的差异，具有随意成编的特点，证伪并不困难。但这几部诗集中包含了许多江湖诗人的作品，它们与江湖诗集之间存在什么样的关联？顺着这个问题，我又往南宋方向行进，断断续续地写了一些文章。

2017年，我以"江湖诗集整理与研究"为题申报国家社科基金项目并获批。2018年，古籍院由于种种原因不得不拆分，我和几位同事被分到文学院。在那前后，我曾想回广东找工作，因两个女儿的上学问题，一再蹉跎，遂成久客。这几年，我所在的办公室门口仍然贴着"元代文化研究中心"的牌子，但我因做这个项目，对宋代文学文献产生兴趣，却成了这块牌子底下的逃兵。

这本小书的出版，算是给这段时间的工作做了一个总结。

本书中的部分章节曾经发表在《文学遗产》、《文史》、《文献》、《古典文献研究》、《华南师范大学学报》等杂志上。在这次出版之前，我重新检视自己过去的论述，对一些细节进行修正。例如《中兴江湖集》存在两种不同体例的题名方式，一是直接题诗人姓名，一是题"籍贯＋某氏"。我过去认为《中兴江湖集》在诗案发生之后可能有过重刻，出于规避政治风险而故意隐去诗人姓名。后来看到《中兴群公吟稿》版框外左上角题有该卷的作者字号，突然意识到《中兴江湖集》可能也在版心或书耳简单地标注"籍贯＋某氏"，以方便读者检阅，而《永乐大典》的编纂者疏于检核，仅据版心或书耳的标识来抄录，故而造成这种题名方式不一的现象。若是这样，就不存在后来重刻之说。又如对于宋刊本《南宋群贤小集》的递藏经过，我曾推断马氏小玲珑山馆并未藏过此书，这次重新考查了一些文献，觉得证据并不充分，因此仍将马氏小玲珑山馆视为收藏链条上的一环。此外还有几处修正，就不一一列举了。

作为国家社科基金项目的成果，本书在结项时获得多位匿名评审专家非常中肯的意见，对进一步修改和完善有很大的帮助。对于旧题"陈世隆编"的《宋诗拾遗》、《两宋名贤小集》等总集为清人伪编的观点，扬州大学陈宇、汪俊二位先生在《陈世隆编纂诸书伪作说质疑》中表示反对，虽然他们对拙作中的很多关键性证据没有提出反证，但所指出拙作采用证据的几处硬伤确实存在。承蒙指出，借着这次出版的机会已经加以改正。

从发表《〈宋诗拾遗〉辨伪》开始，到最后形成这本小书，我多次得到北京大学张剑老师和程苏东老师的帮助。认识张老师十三年，谋面不过数次，但张老师给予的慷慨帮助，对我的科研生涯具有非常重要的意义。中国人民大学陈伟文老师为我提供长久的生活支持，经常和我分享有关文献学问题的思考，本书中的一些研究是在他启发下完成的。

本书能够在上海古籍出版社出版，离不开徐卓聪老师的信任和支持。徐老师最初是询问我《〈元史艺文志〉刊误补遗》的完成情况，但聊着聊着，反促成了这本书的出版。在书稿审核和校对过程中，担任责编的张旭东老师付出辛苦的劳动，几次针对其中一些明显的短板提出修改意见，尽量促使这本小书更加完善，认真负责的态度令人感动。谨此一并致谢！

在最后搁笔之际，我的心情是轻松的，也有许多的伤感。记得上一本书《元人总集叙录》出版之后，我送了一册给导师袁行霈老师，后来师母杨贺松老师打电话给了我很多鼓励。她总是为学生的一点点进步感到高兴，毫不吝啬赞美之词。一直以来，我从袁老师和杨老师那里得到数不清的呵护和关怀。但现在，杨老师再也看不到这本小书的出版了。我深深地想念她。

王　媛

2025 年 2 月 24 日

图书在版编目（CIP）数据

南宋江湖诗研究 / 王媛著. -- 上海 : 上海古籍出
版社, 2025. 5. -- ISBN 978-7-5732-1527-7

Ⅰ. I207.227.442

中国国家版本馆CIP数据核字第2025QW8551号

南宋江湖诗研究

王 媛 著

上海古籍出版社出版发行

（上海市闵行区号景路 159 弄 1-5 号 A 座 5F 邮政编码 201101）

（1）网址：www.guji.com.cn

（2）E-mail：guji1@guji.com.cn

（3）易文网网址：www.ewen.co

启东市人民印刷有限公司印刷

开本 850×1168 1/32 印张 12 插页 2 字数 269,000

2025 年 5 月第 1 版 2025 年 5 月第 1 次印刷

印数 1-1,100

ISBN 978 - 7 - 5732 - 1527 - 7

Ⅰ·3906 定价：68.00 元

如有质量问题，请与承印公司联系